dtv

Stonebrook, irgendwo im Süden Ontarios, 1949. Bill Chambers kehrt aus dem Krieg zurück zu seiner Frau Sylvia, seinen Kindern und dem kleinen Eisenwarenladen, zurück in den Kleinstadtalltag. Die kommenden Jahre bringen der Familie Glück, Feste und Geburten, aber auch Unglück und Todesfälle. Fast ein halbes Jahrhundert später sind auf einem Familienfoto schon die Urenkel zu sehen. In all diesen Jahren muß jedes Mitglied der Familie seinen eigenen Weg finden, doch alle sind durch gemeinsame Erinnerungen, Liebe und Trauer miteinander verbunden.
»Bonnie Burnard ist eine Meisterin der Einfühlung. In gute Familiensagas wird man hineingesogen, und aus dieser findet man gar nicht mehr heraus.« (Cosmopolitan)

Bonnie Burnard, geboren 1945, lebt in London in Ontario. Sie lehrt an der University of Western Ontario und rezensiert Bücher für verschiedene Tageszeitungen. Für ihre Erzählungen wurde sie mehrfach ausgezeichnet, 1999 erhielt sie für ›Ein ganzes Leben‹ den renommierten kanadischen Giller Prize.

Bonnie Burnard

Ein ganzes Leben

Roman

Deutsch von Barbara Christ

Deutscher Taschenbuch Verlag

Für Anne Szumigalski (1922–1999)

Ungekürzte Ausgabe
August 2002
Deutscher Taschenbuch Verlag GmbH & Co. KG,
München
www.dtv.de

Titel der kanadischen Originalausgabe:
›A Good House‹ (HarperCollins Canada, Toronto)

Umschlagkonzept: Balk & Brumshagen
Umschlagfoto: © The Image Bank/Andre Gallant
Gesetzt aus der Sabon 10/12· (3B2)
Gesamtherstellung: Druckerei C. H. Beck, Nördlingen
Gedruckt auf säurefreiem, chlorfrei gebleichtem Papier
Printed in Germany · ISBN 3-423-20555-5

1949

Von den welligen Feldern und endlosen Meilen flacher Entwässerungsgräben östlich der Stadt gespeist, näherte sich der Stonebrook Creek im spitzen Winkel der Stadt; der Bach ergoß sich durch den Livingston-Kanal und floß dann an den brennenden Müllhügeln der Deponie vorbei, einem üppigen, wachsenden Abfallmeer, das nachts durch die Raubzüge emsiger Waschbären zum Leben erwachte und das nachmittags für die meist gutmütigen Hunde aus der Stadt eine zweite Heimat war. Hinter der Deponie wurde der Bach schmaler, wandte sich mit einer scharfen Kehre nach Westen und floß dicht am Fuße des Bald Hill entlang.

Dann schlängelte er sich durch den unlängst wiedereröffneten Neun-Loch-Golfplatz. Der Platz war während der Kriegsjahre geschlossen gewesen, aber als die Männer zurückgekehrt waren, hatten Scharen von Freiwilligen ihn in vielen Arbeitsstunden wieder zu dem gemacht, was er vor dem Krieg gewesen war. Der Rasen war kurzgeschoren und eingeebnet, um das Auge zu täuschen, Sandgruben rahmten ihn ein, und der Bach bildete immer wieder ein Hindernis aus Wasser, das hübsche Holzbrücken überspannten.

Unten, nahe am Wasser, wuchsen Nesseln und Rohrkolben, Goldruten und Eselsdisteln, und im Hochsommer gab es orangefarbene Lilien und Butterblumen und dichte, schwebende Libellenwolken und Schmetterlinge. Man mußte dem Wasserlauf nicht lange folgen, um Sauger oder Welse oder Karpfen zu sehen. Natürlich gab es Schlangen und Bisamratten, und es gab die flüchtige Angst vor dem Ertrinken. Aber gewöhnlich sah man im Wasser keine ernste Bedrohung, sondern etwas ganz Natürliches, etwas, über das man unbesorgt hinwegsehen konnte. Die meisten Einwohner von Stonebrook lebten von der Wiege bis zur Bahre, ohne an den Bach auch nur zu denken. Man konnte ohnehin nichts daran ändern.

Hinter dem Golfplatz strömte der Bach unter der schmalen, schön gewölbten Highway-Brücke am südlichen Stadtrand hindurch, und schließlich gelangte er in die Stadt selbst, er floß in der Nähe der doppelten Gleisspur hinter der Konservenfabrik entlang und dann an den Vinegar Works, an der Gießerei und an den letzten verbliebenen Scheunen vorbei.

Dominion Canners war in den vierziger Jahren noch in Betrieb, und es war wichtig für die Stadt, eine Konservenfabrik zu haben, denn sie bedeutete Arbeit für Männer und für Frauen, schmutzige, ehrbare Saisonarbeit, bei der Obst und Gemüse verarbeitet wurden. Die Arbeit war gut bezahlt, aber die Produktion schwankte, weil sie gänzlich vom Markt und von den Erträgen bestimmter Ernten abhängig war. Die Jobs waren nur während der Kriegsjahre sicher gewesen. Damals hatte man tonnenweise Obst und Gemüse herbeitransportiert, um es zu trocknen und per Schiff zu den Männern zu schicken, die in Übersee kämpften.

In den Wintermonaten steckten Kinder, die sich in formlose, naß riechende Wollsachen eingepackt hatten, ihre brennenden Taschenlampen bei Turnballs Scheune in die Gabelungen der Weiden am gefrorenen Bach und schaufelten den Schnee auf die Uferböschungen, sie schlugen eifrig auf die härtesten Eiskanten ein, um die Oberfläche soweit zu glätten, daß man Schlittschuh laufen konnte unter dem Winterhimmel, der niemals schwarz war, sondern immer vom allerdunkelsten Marineblau. Brüder und Schwestern stritten darum, wer mit den Familienschlittschuhen an der Reihe war, und wenn man bei Tauwetter im Dezember leuchtendrote Handschuhe verlor und dann vergaß, konnte man sie später durch das trübe Eis sehen, gefangen erwarteten sie unter den kargen, überhängenden Zweigen der Bäume den Frühling. Wenn an manchen Abenden das Licht des fernen Mondes und der Sterne vom aufgetürmten Schnee am Ufer abprallte wie Blitzstrahlen vom Satin eines Hochzeitskleids, knipsten die Kinder ihre Taschenlampen aus und waren stolz, nachts alleine draußen und im natürlichen Licht sicher zu sein.

Doch bald sollte es keinen Grund mehr geben, Stonebrook Creek freizuschaufeln, denn die Leute sprachen inzwischen von einer Memorial Arena zu Ehren der Kriegstoten.

Diesmal waren sechzehn Söhne der Stadt in Übersee getötet worden und dreißig weitere verwundet, einige davon schwer. Amputierte sah man jetzt oft und aufgerissene, schlecht verheilte, ehemals hübsche Gesichter und leere und unentschlossene Augen, und in der Sommerhitze draußen am See sah man Rücken und Brustpartien und Glieder, die von breiigen Fleischwülsten verschandelt waren, Militärärzte ohne den Luxus der Zeit hatten sie über Wunden gezogen, ohne die Sorgfalt, die Zeit gestattete. Viele Familien lernten langsam und still, wie man mit den kleinen, unerwarteten Explosionen gereizter Nerven umging, einige der Verwundeten hatte man mit dem zusätzlichen Gewicht eines Schrapnells in ihren hart gewordenen Körpern nach Hause geschickt, und als die Kämpfe schon seit vier Jahren zu Endc waren, gruben die Ärzte in der großen Tierklinik in London sie immer noch eifrig aus, oft notgedrungen jeden Splitter einzeln.

Stonebrook Creek hatte nicht genug Kraft für eine Industrie. Stonebrook war nie eine Fabrikenstadt gewesen. Der Bach war ein guter, zuverlässiger Abwasserkanal, was jetzt, wo so viele Häuser neu entstanden, sehr wichtig war, und er bot Arbeit für die Männer der Stadt, zu deren vielen Verpflichtungen es auch gehörte, sich gelegentlich um die Ufer des Bachs zu kümmern, um das hüfthohe Unkraut im Sommer und manchmal um ausrangierte, rostige Stücke scharfkantiger Maschinenteile und ab und zu um einen fest verschnürten Leinensack mit Kadavern, den die Steine tief unten im Bachbett festgehalten hatten, um Abfall, den jemand auf die faule Art losgeworden war, faul, weil es zum See nicht weit war und weil man ganz leicht ein Ruderboot mieten konnte.

Und ein paar Privatgrundstücke grenzten an den Bach. Bevor er schließlich die Stadt verließ, um sich Lake Huron zu nähern und dort zu münden, wandte er sich scharf nach Norden und verlief dann hinter einer langen Straße mit Häusern am Rand ihrer ausgedehnten Gärten entlang. Und die Häuser, die an dieser Straße standen, waren so gut wie alle anderen auch.

1949 gab es in Stonebrook vielleicht fünfhundert Häuser, aus Backstein oder aus gestrichenem Holz, und durcheinander, groß und klein, neu und alt, gut und schlecht. Normalerweise standen sie weit hinten auf sehr großen Grundstücken, fünf oder sechs voll ausgewachsene Bäume schützten sie vor dem Wetter, eigens gepflanzter Ahorn, manchmal Ulmen oder Walnußbäume, gelegentlich Hickorys oder Kastanien. Vierzig oder fünfzig Häuser waren nach dem Krieg neu gebaut worden, sie standen zwar auf bescheideneren, moderneren Grundstücken, aber die meisten hatten feine Küchen vom Allerneuesten und Wäscheschlucker und hohe, trockene Keller und im Wohnzimmer Teppichboden von Wand zu Wand. In fast allen Wohnstraßen gab es jetzt einen frischen Straßenbelag und nagelneue Gehwege aus gegossenem Beton, und zwischen den hohen Masten mit den schweren Telefon- und Stromkabeln, die von dort zu den einzelnen Dächern führten, standen jetzt Straßenlaternen.

Unten bei den Vinegar Works gab es fünf oder sechs vernachlässigte Häuser, die man nicht mehr herrichten konnte, und die ergatterte für beinahe nichts ein Mann, der ein Obdach suchte, der irgendeinen Unterschlupf für seine Familie brauchte, auch wenn die Linoleumböden sich in viele unerklärliche Richtungen neigten, auch wenn in den Zimmern der Gestank all ihrer vorherigen Bewohner hing.

Die prächtigen Häuser hatte man im oberen Teil der Stadt in der Nähe der Kirchen errichtet, als die Stadt noch jünger und kleiner war, vor dem Ersten Weltkrieg, drei Backsteinhäuser, die dem Geldadel gehörten, jedes mit einem Türmchen und einer umlaufenden Veranda. Die Veranden waren für Kinder an Regentagen gedacht, für Teewagen am Morgen und für leise Gespräche am späten Abend, für behagliche, intime Gespräche, die man nicht einfach im vorderen Zimmer oder in der Küche oder im Schlafzimmer führen konnte, und schon gar nicht auf der Straße.

Wenn man im Schutz der Dunkelheit auf einer dieser Veranden saß, konnte man auf der Haut die Last der feuchten Sommerluft spüren, man konnte ihn riechen, den sanften Geruch von Eau de Toilette und gemähtem Gras und Veilchen und Geißblatt in dieser Luft. Man konnte dem endlosen Zirpen von einer Million Grillen lauschen, dem Gesang eines Vogels, der in den höchsten Zweigen der Bäume von Nest zu Nest flog, und manchmal konnte man hören, wie ein Auto leise brummte oder eine Tür ins Schloß fiel oder Leute Straßen entfernt etwas riefen. Wenn man lange genug dort saß und ein geduldiger Mensch war, konnte man in der Dunkelheit sehen. Man mußte nur mit den deutlichsten Formen anfangen, mit denen, die am leichtesten zu erkennen waren, die jeder kannte, und sich dann sehr konzentrieren.

Das Haus der Chambers, ein anderthalb Stockwerke hohes weißes Holzhaus mit grauem Schindeldach, stand auf halbem Weg an der Straße, hinter der Stonebrook Creek verlief. Wie bei fast allen Leuten in der Stadt wuchsen auch bei den

Chambers zwei große Ahornbäume dicht am neuen Gehweg, und unter dem großen Fenster zur Straße hin standen ein paar dekorative, immergrüne Sträucher, um die Linie des Fundaments zu verwischen. Hinten im Garten, der sanft zum Bach hin abfiel, gab es noch zwei Ahornbäume, eine Roßkastanie, eine Salweide, drei sehr alte Hickorys und am flachen Ufer des Bachs zwei majestätische Weiden, die über das Wasser hingen.

Ein schmaler Kiesweg führte am Rand des Grundstücks entlang zu einer Garage, die zu klein und eigentlich nur ein großer Schuppen war. Aber das war normal. Zu den Ausmaßen der Nachkriegslimousinen paßten nicht viele Garagen. Wenn Besuch da war, und es war oft Besuch da, blieben die Autos einfach auf dem Rasen stehen. Der Rasen mußte widerstandsfähig sein und einiges aushalten, er mußte ohne Hätschelei gedeihen, denn niemand kümmerte sich um ihn. Er sollte hauptsächlich dafür sorgen, daß kein Unkraut wuchs und daß es nicht zu schnell schlammig wurde.

Ein großes Wohnzimmer mit drei kleinen, bleiverglasten Fenstern zur Seite und einem großen, kürzlich eingebauten Panoramafenster zur Straße hin nahm die ganze Front des Hauses ein. Seit dem Krieg hatte man viele Wohnzimmerfenster, die eigentlich genau die richtige Größe hatten, durch solche Panoramafenster ersetzt, denn sie rahmten angeblich den Blick zur Straße hübsch ein und ließen auch mehr Sonnenlicht ins Zimmer.

Im langgezogenen Wohnzimmer gab es einen Marmorkamin, der nicht besonders gut zog, zarte, tulpenförmige Wandleuchten an beiden Seiten und einen breiten Bogen, der zur vorderen Diele und in das Vestibül führte, zu einer Sprossentür mit schräggeschliffenen Scheiben und zu einer schweren Eingangstür, die immer verschlossen war und die nie jemand öffnete, außer vielleicht zu Weihnachten oder für einen Fremden.

Vom Vestibül aus führte eine Treppe mit leuchtenden

Hartholzstufen, die sich in der Kehre fächerförmig ausbreiteten, hinauf zu einem kleinen Flur, auf halbem Weg gab es ein weiteres schönes Bleiglasfenster, transparent und aus gemustertem, grünem und rosenfarbenem Glas, und vom Flur aus konnte man in ein Badezimmer gehen und in drei Schlafzimmer mit besonders großen Wandschränken, die in die Dachschräge eingelassen waren. Das war der stille Teil des Hauses, wo man die Stimmen dämpfte, wo man manchmal Zurückgezogenheit suchte und fand.

Auf der Rückseite des Hauses, hinter dem Wohnzimmer, gab es ein Eßzimmer mit einem rutschigen Hartholzboden, einer Schwingtür zur Küche und einem breiten Fenster mit Blick auf den weitläufigen Garten. Wenn im Winter die Bäume kahl waren und man die neuen, seidigen Gardinen hob, konnte man von diesem Fenster aus Stonebrook Creek sehen, zumindest konnte man sehen, wo die weiche Schneedecke zur gefrorenen Oberfläche des Baches wurde.

Sylvia Chambers' Küche verfügte über die meisten modernen Annehmlichkeiten: Es gab einen vernünftigen Herd, ein nagelneues Porzellanspülbecken und einen fast neuen Frigidaire zum halben Preis, den Bill aus dem Eisenwarenladen mit nach Hause gebracht hatte, zum halben Preis wegen einer kleinen, harmlosen Delle an der Seite. Die Küche war groß genug für den riesigen Kiefernholztisch, an dem die Familie im Alltag die meisten Mahlzeiten zu sich nahm, und man erwartete, daß jeder, der vorbeikam, die niemals verschlossene Küchentür benutzte.

Alle Wände waren verputzt und gestrichen, glatt wie Seide. Die Treppe und die Zierleisten waren aus Eiche, und die Fußleisten waren acht Zoll hoch. Man konnte im Erdgeschoß von Zimmer zu Zimmer im Kreis herumrennen, wieder und wieder. Kleine Kinder taten das gern, und Hunde, die zu Besuch waren.

Es war ein gutes Haus. Bill und Sylvia Chambers hatten es 1941 gekauft, als Patrick vier, Daphne ein Jahr alt und

Paul gerade geboren war. Der Bankkredit hatte überschaubar ausgesehen, und als Bill und Sylvia die Papiere in diesem Herbst unterschrieben, hatten sie mit vorsichtigem Optimismus auf ihr Leben geblickt, auch wenn der Krieg in Europa in vollem Gange war und in der nächsten Zeit sicher nicht enden würde.

Beide hatten nie an einem anderen Ort gelebt. Sie dachten nur selten an ihre entfernten Ahnen, eine unklare Mischung aus ruhigen, hart arbeitenden Iren und frömmlerischen Schotten und gelegentlichen schwarzen Schafen dazwischen, entweder aufbrausende, unleidliche, geschwätzige Iren oder Schotten, die verrückt geworden waren. Bills Großeltern väterlicherseits hatten acht Meilen nördlich der Stadt eine Farm besessen, aber weil es nicht genug Land für alle Söhne gab, hatte sein Vater sich allmählich in den Eisenwarenladen eingekauft, in dem Bill jetzt arbeitete. Das war vor der Krise in den dreißiger Jahren.

Als der Eisenwarenladen nach den dreißiger Jahren für ein Butterbrot dahingegangen war, hatte Bills Vater angefangen, oben im Chev Olds Autos und Transporter zu verkaufen, und das hatte ihm sehr gefallen, dieser Handel und Wandel, die guten Zigarren, der Flachmann mit dem Ryewhisky zum Feiern in der oberen Schublade seines ansonsten leeren Schreibtischs. Jetzt, im späten mittleren Alter, war er ein unbedeutender Gesellschafter und dachte nicht entfernt daran, sich zurückzuziehen.

Sylvia Fergusons Großeltern waren in ihrer Jugend aus der Gegend von Chatham zugezogen, um den Lebensmittelladen zu übernehmen, den Sylvias Vater kürzlich den Clarkes verkauft hatte, auch wenn er widerstrebend eingewilligt hatte, noch ein paar Jahre als Metzger weiterzumachen.

Bill und Sylvia hatten 1936 geheiratet, in King Georges Todesjahr, denn Sylvia war mit Patrick schwanger, eine Situation, die nicht unbedingt erwünscht, aber auch nicht ungewöhnlich war. Sylvias Vater stellte sich schnell auf die

Umstände ein, er sah keinen Grund, sich mit solchen Sachen zu genau zu befassen, aber ihre Mutter dachte, daß Sylvia es besser hätte treffen können, weil sie so besonders hübsch war, und dummerweise sagte sie das auch.

Sylvia mußte ihre Mutter auf die Stufen der vorderen Veranda zerren und versuchen, sie ein für allemal davon zu überzeugen, daß Bill Chambers ein sehr anständiger Mann war, ein netter Mann, daß er zwar offenkundig nicht im traditionellen Sinne hübsch oder brillant war, daß er aber trotzdem alles hatte, was eine Frau sich wünschen konnte, aber mindestens. Bei diesen letzten Worten hatte sie gelächelt und dreist die Augenbrauen hochgezogen, was selten war und auch sofort verstanden wurde, und damit war die Sache für immer erledigt.

Bill Chambers verpflichtete sich 1942, nach Übersee zu gehen, sehr bald nachdem sie das Haus gekauft hatten, als Sylvia gerade begann, an das Leben zu glauben, das sie sich einrichteten. Er war kein Kind mehr, er war fast dreißig. Um sich zu rechtfertigen, sagte er Sylvia, er könne es einfach nicht ertragen, nicht zu gehen. Er fuhr mit dem Zug davon und wurde zuerst nach Halifax geschickt; dort bildete ihn sein Land viel zu hastig aus, klärte ihn zu schnell auf über Schiffe und Wasserbomben und deutsche U-Boote, und dann schickte man ihn und all die anderen per Schiff hinüber, damit er das anzuwenden versuchte, was er zu schnell gelernt hatte.

Als es vorbei war, vorbei für ihn, kam er als Linkshänder zu Sylvia und zu den Kindern zurück. Im organisierten Chaos eines Luftangriffs, im bitterkalten, lauten, schwarzen, blutigen Durcheinander einer Nordatlantikschlacht wurde die Umsicht verbraucht, die Bill sich angeeignet hatte, die bewußte, nüchterne, rationale Reife, von der er gedacht hatte, daß sie nötig sein würde. Er sah zu, wie seine rechte Hand die drei wichtigsten Finger verlor, sah zu, wie zwei von ihnen auf Deck vor seinen Füßen landeten, und kurz bevor der Kerl neben ihm sie mit einem Fußtritt über Bord beförderte, machte er im Geiste ein Foto, das ihm für den Rest seines Lebens verfügbar blieb: die blutigen Finger, die mit dem Auf und Ab des Schiffes leise hin und her rollten, das breiige, übel zugerichtete Fleisch, das nicht mehr sein eigenes war, aufgebrochen wie eine geplatzte Wurst, und die Nägel daran, bläulichweiß und beinahe immer noch echt.

Aber all das machte Bill Chambers nicht zu etwas Besonderem. Er war lebendig nach Hause gekommen, zu seiner Familie, zu seiner Arbeit, in die Geborgenheit seines Hauses am Stonebrook Creek. Und 1949, als der Krieg glücklich zu Ende und gewonnen war und Bill nur drei Finger und dazu die Zeit, seine linke Hand zu trainieren, gekostet hatte, als das Land im Begriff war, einen beispiellosen Boom zu erleben und als Sylvia glaubte, daß sie die Kinder sicher durch ihre Kindheit bringen würde, war es Geborgenheit, auf die die Chambers gegen alle Hoffnung hofften.

1952

Die neue Sirene wurde am ersten schönen Dienstag im April in den Turm der Town Hall von Stonebrook eingebaut, die Regenzeit hatte die Felder durchnäßt und aufgeweicht und war dann ganz plötzlich zu Ende gewesen, und die Frühlingssonne konnte endlich die Erde für die Bepflanzung wärmen.

Man wollte die alte schmiedeeiserne Glocke durch diese neue Technik nicht ersetzen, sondern unterstützen. Die Glocke sollte weiterhin Mittag schlagen, aber die Sirene sollte bei Feuer und bei Notfällen Zeichen geben. Die Sirene sollte die Freiwilligen von der Arbeit oder dem Abendbrottisch oder vom Baseball oder aus den Betten holen.

Alle Stadträte waren der Ansicht, daß diese doch beträchtliche Ausgabe gerechtfertigt war, denn im letzten Juli war ein Tornado durch das Land gerast, und die Leute beklagten sich noch Monate später darüber, daß sie von der Town Hall keinerlei Warnsignal gehört hatten, keinen verwünschten Laut durch diesen Wind. Die Stadträte und alle anderen, die sich damit beschäftigt hatten, glaubten, daß das Heulen einer Sirene vermutlich besser tragen würde, daß der Wind es wahrscheinlich unvermindert verbreiten würde.

Es waren Vorschriften einzuhalten, und es mußte beim ersten Mal gelingen, also war der Auftrag für den Einbau an eine Firma aus Sarnia gegangen, und als die Männer aus Sarnia am Dienstag morgen um halb acht mit dem verpackten Ding hinten auf einem Transporter in die Kurve vor der

Town Hall bogen, wartete auf deren Stufen eine kleine, halboffizielle Abordnung auf sie, um die Türen aufzuschließen und das Licht anzumachen und um sie die drei Treppen hoch in die Spitze des Glockenturms zu führen. Der Bürgermeister war da und die beiden Stadträte, die sich am meisten für die Sirene eingesetzt hatten. Norma Fawcett, die schon ewig bei der Stadtverwaltung arbeitete, wo sie die Steuern in Empfang nahm, die städtischen Bücher führte und sich während der Sitzungen im Stadtrat Notizen machte, war dazugebeten worden, falls jemand gebraucht wurde, der Kaffee holte oder vielleicht etwas aus der Bäckerei.

Charles Taylor, der ruhige, wohlerzogene Einfaltspinsel der Stadt, war von seiner Mutter mit Hose, Hemd und Krawatte ausgestattet und hergeschickt worden, um den Einbau zu beobachten, denn sie glaubte fest daran, daß Charles wie alle anderen ein Recht darauf hatte, beteiligt zu sein. Und Archie Stutt war selbstverständlich anwesend, denn er leitete de facto alle städtischen Wartungsarbeiten, also konnte man wetten, daß er für das Ding verantwortlich sein würde, wenn die Experten aus Sarnia wieder abgefahren waren.

Bill Chambers stieß zu der Delegation auf der Treppe, als die Sirene gerade vom Transporter gehoben wurde. Er hatte sich selbst Frühstück gemacht und war eine Stunde zu früh aus dem Haus in Richtung Eisenwarenladen gegangen. Er hatte einen kleinen Umweg durch die Stadt gemacht, um etwa zur richtigen Zeit da zu sein. Er hatte dort bei den anderen Männern keine offizielle Funktion, aber er war vor zwei Jahren mit Archie Stutt zwei Stockwerke hinaufgestiegen, um Maß zu nehmen und zu schätzen, wieviel Holz man für eine neue Turmtreppe brauchen würde, und damals hatte er die alte Glocke zum ersten Mal aus der Nähe gesehen, und er hatte sie sehr bewundert.

Sie war nicht aus Messing wie eine Zierglocke, sondern aus bescheidenem Gußeisen. Hier und da verschandelten verkrustete Kleckse aus Vogeldreck den matten Zinnglanz, aber sie war trotzdem schön. Ihr Gewicht sah man ihr an, sie hatte drei Fuß Durchmesser an der Basis. Der Klöppel war so groß wie ein Softball. Bill wußte nicht genau, ob jemand der Glocke etwas anhaben wollte. Der Stadtrat hatte geschworen, sie zu behalten, und es hatte geheißen, daß die Sirene ihr nicht in die Quere kommen würde, aber manchmal spielten die Leute verrückt und hatten spontane Ideen, manchmal mußte man die Leute ein wenig kontrollieren. Er wollte einfach ungefähr eine Stunde still herumstehen und auf die Glocke aufpassen.

Man hatte Stonebrook an der Eisenbahnlinie erbaut, dort, wo drei Verwaltungsbezirke zusammenstießen. Die Schienen hatten wie bei vielen Schwesterstädten den ersten Anstoß gegeben. Vielleicht hatten sich die Eisenbahningenieure für die ganze nördliche Strecke nach Goderich einen Verlauf näher am Ufer des Lake Huron vorgestellt, aber das gewundene, enge Tal des Stonebrook Creek hatte sich als teure Abschreckung erwiesen.

Das strikt rechtwinklige Raster, das die Stadtgründer gelegt hatten, war nach den beiden gekreuzten Hauptstraßen ausgerichtet, und nur, wenn sich ein Straßenverlauf an Bald Hill und an den Bach anpassen mußte, wich er von diesem Raster ab. Auf der Front Street, die eigentlich King Street hieß, hatte man vor hundert Jahren die Bäume gefällt, als die ersten Geschäfte gebaut worden waren, aber die schmalere Straße mit der Town Hall war noch immer von gesunden alten Ahornbäumen gesäumt, deren massige Zweige sich schon vor langer Zeit hoch oben miteinander zu einem vollkommenen sommerlichen Blätterbogen verbunden hatten. Die Hochsommerhitze drang noch immer ohne weiteres durch die Blätter, aber das Sonnenlicht wurde durch den Bogen gefiltert und verfeinert, es fiel in Flecken auf das heiße Straßenpflaster, auf das gepflegte Gras und die leicht unebenen Gehwege.

Die Town Hall hatte den Ehrenplatz bekommen, aber ihr Glockenturm war nicht das höchste Bauwerk in der Stadt. Alle Kirchtürme mit Ausnahme der Gospel Hall überragten ihn, und alles überragte der Wasserturm, der hinter der Town Hall auf dicken, wegen der Stabilität gespreizten Stahlbeinen saß, die tief in der Erde verankert und von Betonfüßen umgeben waren, damit sie sich bei starkem Wind nicht bewegten. Der Wasserturm war dunkelgrün und wurde oft gestrichen, mindestens alle zwei oder drei Jahre, denn man sah in ihm die erste und offensichtlichste Widerspiegelung der Geschicke der Stadt, ihrer Selbstachtung. Wenn man von Norden aus auf die Stadt zufuhr, konnte man deutlich sehen, wie sich das Wort STONE in großen weißen Buchstaben vom Grün des Turmes abhob, wenn man aber von Süden kam, wenn man der kurzen, leichten Kurve am Golfplatz vorbei zum Bach hinunter und über die hübsche alte Brücke folgte und dann den letzten langen Hügel zur Stadt hinauffuhr, erschien das Wort BROOK nur in Teilen, denn die Türme der United Church und der Roman Catholic Church trennten die Buchstaben voneinander.

Die Town Hall hatte man wie die Bibliothek und die Kirchen so gebaut, daß man sie ernst nehmen mußte. Die Fenster, die Türen und die Dachtraufe waren nicht kunstvoll verziert, sondern zweckmäßig, symmetrisch, beruhigend. Es gab solide Ecksteine und um die doppelten Vordertüren, an allen Ecken und unter den Dachvorsprüngen kompliziertes, aber unauffälliges Mauerwerk. Es gab eine großzügige Betontreppe mit stabilen Balustraden und rechts und links davon mit Ketten abgegrenzte Flächen und gepflegte Beete mit Geranien, Löwenmaul und Stiefmütterchen und guter, regelmäßig erneuerter Erde.

Die breiten Stufen vor der Town Hall wurden häufig für offizielle Fotoaufnahmen benutzt, für Bilder von den Girl Guides, den weiblichen Hilfstruppen, von Stadträten vor einer der wöchentlichen Sitzungen, von irgendeinem wichtigen oder berühmten Besucher, der stolz im Vordergrund und in der Mitte einer Gruppe interessierter Leute aus der Stadt plaziert worden war. Auf diesen Bildern gab es gewisse Wiederholungen, Gesichter, die man in allen Gruppierungen wiedersah, von einem Jahr zum anderen. In der Sommerhitze posierten die Männer in Anzughosen und weißen Hemden mit breiten Krawatten, manchmal in leichten Anzügen, und die Frauen zwischen ihnen trugen konservative bedruckte Kleider und manchmal kesse Hüte mit dünnen Schleiern. Auf Winterbildern trugen die Männer Filzhüte, unter deren Seidenbändern kleine Entenfedern steckten, und Wollmäntel, die schwer aussahen, und einige Frauen hatten Pelze, einen Fuchs mit schlaffen Pfoten, der feierlich um die Schultern drapiert war, oder eine Persianerjacke mit passendem Pillbox-Hut.

In der Town Hall gab es im Erdgeschoß ein Büro, wo die Leute ihre Steuern bezahlten und sich über die Sturmschäden beklagten, und es gab ein weiteres Büro, in dem der Stadtpolizist seinen Schreibtisch und ein paar überfüllte Aktenschränke hatte, dort konnte man ihn telefonisch erreichen, wenn er nicht beim Friseur war oder auf der Front Street auf und ab lief und schwatzte. Es gab vier Gefängniszellen, die gelegentlich gereinigt, aber kaum benutzt wurden. Es gab einen Waschraum mit zwei Kabinen, der viele Jahre lang von Kindern genutzt wurde, die man zu weit weg von zu Hause aufgegriffen hatte.

Der Saal im zweiten Stock bot Platz für dreißig Reihen glänzender, harter, dunkelbrauner Stühle mit quietschenden Klappsitzen. Die Stuhlreihen waren an Schienen befestigt, und diese Schienen konnten am Boden festgeschraubt werden, aber sie waren nicht festgeschraubt, denn manchmal mußte man sie an einem Nachmittag wegräumen und am Rand des Saales stapeln, wegen irgendeiner Vorführung oder weil so viele Leute da waren, daß man nicht sitzen konnte, oder weil es einen großen Tanzabend gab, auch wenn die Tanzabende jetzt gewöhnlich in der Memorial Arena stattfanden, die unten in der Nähe des Festplatzes gebaut worden war. Der neue Tanzboden in der Arena war aus bestem Hartholz, und man hatte ihn gleich eingebaut, weswegen er nicht mehr so beunruhigend federte, wenn sehr viele Leute da waren. Dort gab es eine kleine Bühne für eine fünfköpfige Band und auf der Bühne ein Klavier, das im vergangenen Jahr vom Erlös einer Tombola um einen kläglichen Weihnachtstruthahn angeschafft worden war.

Die Arena war das neueste öffentliche Gebäude in der Stadt. Nach dem Krieg waren überall in der Provinz Dutzende von Gedenkhallen entstanden, denn Eishockey war in Mode und würde zweifellos noch mehr in Mode kommen. Während der Monate, in denen Geld beschafft und gebaut wurde, berichteten beide Zeitungen in Stonebrook über die laufenden Ereignisse, und als man schließlich die Türen aufstieß, setzten die Redakteure den Gesamtwert stolz auf fünfzigtausend Dollar fest, und sorgsam schlossen sie in ihre Schätzung Unmengen Kies und elektrische Leitungen ein, die ohne Rechnung geliefert worden waren, all die großen und kleinen Geldspenden, die auch Leute geschickt hatten, die im Ausland lebten, sogar aus Kalifornien oder aus Calgary, und die umsonst geleistete körperliche Arbeit, die eigentlich fünfundsiebzig Cent die Stunde kostete. Bill Chambers hatte Patrick und Paul einige Male mit dorthin genommen, um Beton zu mischen oder Bauholz zu schleppen, und Sylvia und Daphne hatten an ein paar Abenden Nägel eingeschlagen. Fünfzigtausend Dollar waren 1952 noch eine beträchtliche Summe. Man konnte für weniger als sechstausend Dollar ein durchaus vernünftiges Haus bauen; man konnte sich für um die viertausend einen voll ausgestatteten Cadillac wie den von Doc Cooper kaufen.

Kurz nachdem die Arena fertig und in Betrieb genommen war, fing Patrick Chambers an, fair, aber ernsthaft und zuverlässig in der Verteidigung für die Stonebrook Bantams zu spielen, und er hatte bereits einen kurzen Wulst mit dikken, verheilten Stichen gleich über der rechten Augenbraue. Der elfjährige Paul spielte ein bißchen vor der Zeit und normalerweise im Mittelfeld als Angreifer für die Pee Wees, und er hatte so lange Beine, eine so erstaunliche Schrittlänge, daß er bis dahin jeder ernsteren Anfechtung entgangen war. Obwohl er oft angegriffen wurde, denn er hatte oft den Puck.

In der eigentlichen Arena umgab eine ovale Reihe bemalter Brettersitze die Eisfläche wie in einem römischen Forum. Zwischen den Spielphasen versammelten sich die gegnerischen Teams in den gegnerischen Umkleidekabinen, um sich von ihren Trainern loben und Strafpredigten halten zu lassen; die Umkleidekabinen waren sicher durch eine Imbißbude getrennt, an der man Limonade aus einer Kühltruhe mit Eiswasser oder heiße Schokolade und Pommes frites und sehr gute Hot Dogs kaufen konnte, auf denen sich großzügig bemessene Mengen scharfer, in Butter gebratener Zwiebeln türmten.

Über den Umkleidekabinen und der Imbißbude gab es einen Rang, auf dem die Brettersitze in Stufen zu den wuchtigen Dachsparren hin anstiegen, die sich oben über die Eisfläche erstreckten, hoch und massiv wie in einer Scheune oder in einer Kirche. Ältere Leute oder Leute, die nicht unbedingt wollten, daß Kinder auf ihnen herumkletterten, konnten oben auf dem Rang sitzen und in Ruhe die Eishockeyspiele sehen.

Die Leute, die zum Einbau aus Sarnia gekommen waren, hatten sich als Profis erwiesen. Und nicht einer der Männer, die an diesem Morgen zusammenkamen, hatte die alte, gußeiserne Glocke in irgendeiner Weise erwähnt, die Unterhaltung drehte sich nur um die Sirene. Aber trotzdem war Bill froh, daß er hingegangen war. Es war sehenswert gewesen.

In weniger als zwei Stunden, einschließlich einer halben Stunde Kaffeepause mit Geplänkel und Kleie-Muffins, die noch heiß vom Ofen in der Bäckerei gegenüber waren, hatten die Männer die Sirene sicher montiert und angeschlossen und waren im Begriff zu gehen. Bill blieb nicht zum Kaffee. Er konnte nicht den ganzen Morgen damit verbringen, auf die Turmglocke aufzupassen. Als der verantwortliche Kerl um kurz vor zehn soweit war, daß er die Sirene zum ersten Mal ausprobieren konnte, war Bill bei seiner Arbeit im Eisenwarenladen und versuchte geduldig, mit Margaret Kemp, der unerschütterlichen Buchhalterin, zwei verwirrende Bauholzrechnungen nachzuvollziehen.

Als Sylvia Chambers das erste Heulen der Sirene hörte, stand sie mit den Händen in den Hüften an dem langgezogenen Tulpenbeet, das die andere Seite der Einfahrt säumte, und fragte sich, ob Pfingstrosen in Frage kämen.

Patrick Chambers saß an seinem Pult hinten im Klassenzimmer in der Highschool, hinter Murray McFarlane, und er konjugierte laut das lateinische Verb für »gewinnen«, zusammen mit dem Rest der zehnten Klasse, die einmal zur Universität gehen sollte.

Daphne, die in der siebten, und Paul, der in der sechsten Klasse war, standen zusammen mit den vielen anderen Kindern aus den vielen anderen Klassen draußen auf dem staubigen Schulhof und hörten zu. Nachdem der Rektor den Höflichkeitsanruf von Norma Fawcett aus dem Verwaltungsbüro bekommen hatte, war er von Klassenzimmer zu Klassenzimmer gegangen, um seine Lehrer vorzuwarnen, und viele Lehrer bereiteten eine kurze, improvisierte Lektion in Staatsbürgerkunde vor, während sie auf dem Schulhof standen und zuhörten: der Zweck und die Funktion einer Town Hall, wie die Menschen in einer Gemeinschaft zusammenarbeiten müssen, für den Fortschritt, für die Sicherheit, für das Wohl der Gruppe als ganzer. Die meisten Kinder waren still, ihre Arme hingen herab, und ihre Gesichter waren nach oben gewandt, als könnte ein solches Geräusch nur vom Himmel kommen.

Als die Turmglocke zwei Stunden später zwölf Uhr schlug, wie sie es am vergangenen Tag und an jedem Tag zuvor getan hatte, war Bill schon draußen auf der Front Street. Wenn er es einrichten konnte, verließ er den Eisenwarenladen ein paar Minuten vor Mittag, weil er den Klang der Glocke gerne deutlich hörte, draußen an der Luft.

Sylvia hatte eine Mahlzeit aus Schweinekoteletts und Apfelgrütze vom letzten Jahr und Kartoffelbrei und Maispüree für den Augenblick vorbereitet, in dem alle nach Hause kamen, und sie stand auf der Hintertreppe und nahm die letzten Kleider von der Leine, schnappte nach Hemden und Hosen, Schürzen und Pyjamas, Nachthemden und Unterwäsche, faltete sie und warf sie in den Weidenkorb zu ihren Füßen. Sie hatte richtig vermutet, es war ein guter, windiger Morgen für die Wäsche gewesen. Sie konnte den Morgen in den Kleidern riechen.

Patrick hatte sich von seinen Freunden getrennt, um die letzten wenigen Blocks von der Highschool alleine zu gehen. Während er ging und dabei gewissenhaft auf jedes neue Betonquadrat genau zwei Schritte setzte, versuchte er einmal mehr, sich mit Erfolg eine Geschichte auf Latein zu erzählen. In der Geschichte mußte es um Krieg gehen, denn fast alle Verben und Substantive, die er in diesem Jahr bei dem mürrischen Mr. Stewart gelernt hatte, paßten am besten zum Krieg.

Paul und Daphne, die beide gerade eine schnell erdachte Lektion in Staatsbürgerkunde bekommen hatten, gingen die wenigen Blocks nebeneinander her und sprachen kein Wort, es war ungewöhnlich, daß sie zusammen nach Hause kamen, denn Paul mit seinen langen Beinen lief so schnell. Dort, wo er *jetzt* hinging, war er gern, er aß gerne schnell zu Mittag, damit er bald wieder auf dem Schulhof sein und seine Rowdyfreunde treffen konnte. Daphne mußte für jeden seiner Schritte zwei oder drei machen, aber das war in Ordnung, sie konnte das.

Bill hatte auf dem Gehweg vor dem Haus gestanden und nach den Kindern Ausschau gehalten, er hatte auf sie gewartet, während sie aus verschiedenen Richtungen näher kamen, und als alle zusammen um die Hausecke bogen, hörte Sylvia auf die Kleider zu falten und betrachtete sie. Sie sah ihren Kindern gerne beim Kommen und Gehen zu, sie tat das regelmäßig. Gelegentlich versuchte sie so zu tun, als gehörten sie gar nicht zu ihr. Sie hoffte, daß sie die Kinder dadurch anders sehen konnte, vielleicht so, wie andere Leute sie sahen, einfach so, wie sie waren.

Paul kam zuerst die Treppe hinauf, er nahm immer zwei Stufen auf einmal, sechs in drei Schritten. Einer Aprillaune folgend, blieb er auf der Veranda stehen und öffnete die Tür, so daß seine Mutter zuerst in die Küche treten konnte, dann stürzte sich Patrick auf ihn, und er steckte fest und hielt die Tür für Bill und Daphne auf. Sobald sein Vater vorbeigegangen war, schubste Paul Patrick weg und prügelte ihn in die Küche. Früher hatte er immer gegen Patrick verloren, nicht, weil der stärker war, sondern weil er mehr Selbstvertrauen hatte, aber diese Zeiten waren vorbei.

Sie nahmen alle am Tisch Platz und warteten, bis Sylvia am Herd fertig war und ihre Schürze abnahm, um sich zu ihnen zu setzen. Dieses Warten war eine Regel, eine von sehr wenigen. Bill fing an und hielt Daphne die Schüssel mit den Kartoffeln hin, und als das Essen um den Tisch herumgereicht worden war, gab er Sylvia seinen Teller, damit sie sein Kotelett schneiden konnte, und fragte alle: »Und wo wart ihr, als die Sirene losging?«

Alle erzählten nacheinander ihre Geschichte, und dann griff Paul nach der Flasche, um sich ein drittes Glas Milch einzugießen, was man an den meisten Tagen zu verhindern wußte, aber er dachte dabei an den Schulhof und daran, wer vielleicht schon wieder dort war, und sagte: »Und was heißt das jetzt?«

»Das könnt ihr euch doch angewöhnen«, sagte Bill. »Erinnert euch daran, wo ihr wart.«

Weder die Chambers-Kinder noch ihre Freunde dachten besonders oft über das Erinnern nach oder über Gewohnheiten, die man entwickeln könnte. Sie waren zufrieden, wenn sie ungezügelt vorwärts drängen konnten, und für Gewohnheiten machte man ihnen ohnehin die Hölle heiß, etwa für Nägelkauen bis zum Fleisch, am Schorf kratzen, um Wunden offenzuhalten, im Pyjama zum Stonebrook Creek schleichen, um zu sehen, wie das Mondlicht auf dem dunklen Wasser glitzerte. Die Kinder nutzten ihre Zeit, um das zu tun, was sie tun mußten. Sie bewohnten die Stadt so, wie es ihnen entsprach.

Die meisten Erwachsenen glaubten, daß nichts Schlimmeres passieren konnte als ein Hundebiß oder ein Bienenstich oder ein oberflächlicher Schnitt von einer Glasscherbe, die irgendwo auf einem Weg herumlag, solange alle ein Auge auf die Kinder hatten und keines auf dumme Gedanken kam. Sie wollten die Kinder nicht mit möglichen, aber höchst unwahrscheinlichen Gefahren belasten, denn die meisten mochten Übertreibungen ohnehin nicht leiden. Es half nichts, die Dinge unverhältnismäßig aufzublasen. Gleich nach dem Krieg hatte sich ein beinahe tauber Herumtreiber, der keine feste Arbeit fand, unter der Haupttribüne unten an der Rennbahn erhängt, und niemand hatte den Tag vergessen, an dem man ihn gefunden und abgeschnitten hatte, aber die meisten Leute waren der Meinung, daß seine Entscheidung eine Sache war, mit der niemand etwas zu tun hatte, am wenigsten die Kinder, so schlimm es auch war.

So vertraut wie mit der Town Hall und der Arena waren die Kinder auch mit den endlosen Meilen der Eisenbahngleise und mit den rauchenden Feuern drüben auf der Deponie, die immer brannten, mit der Konservenfabrik und den Vinegar Works und mit der Gießerei, mit den Läden an der Front Street, der Rennbahn, den Kirchen, dem Rotary Park, der Bibliothek. Sie rannten den Erbsenwaggons hinterher, die unterwegs zur Konservenfabrik waren, und zerrten an den verhedderten Stengeln, um von den süßen jungen Erbsenschoten zu essen. Mit leeren Taschen und Köpfen voller Pläne ließen sie sich in die Läden treiben, gingen wieder hinaus, wenn man ihnen das sagte, und kamen in der nächsten Woche völlig unbefangen zurück.

Und Bald Hill und Stonebrook Creek kannten sie ganz genau. Im Winter wurde der Hügel Toboggan Hill genannt, denn was war verlockender als die Gefahr, am Ende einer langen Schlittenfahrt völlig durchnäßt zu sein? Die breite Toboggan-Bahn lag unberührt in der hellen, dunstigen Wintersonne, sie war an beiden Seiten von dichten, hohen, herabhängenden Fichten und Tannen und Kiefern gesäumt, und der Neuschnee fiel aus den treibenden Wolken auf ein weiches, blendendes Weiß herab. Im Frühling, wenn der Schnee verschwunden war, gingen die Kinder nicht mehr so oft zum Hügel, aber wenn sie eine Abkürzung nahmen und ihn dabei überquerten und sahen, daß die immergrünen Bäume an ihrer Toboggan-Bahn versucht hatten, sich zu vermehren, daß ihre Sämlinge Wurzeln geschlagen hatten, rissen sie sie einfach aus. Sie gingen ihr Revier ab und glaubten, daß der Hügel und auch der Bach sehr groß waren, wie Kinder es eben tun. Aber sie irrten sich. Sie konnten ihre Schlitten und ihre Toboggans in ein paar Minuten lachend und schreiend wieder hinauf auf den Hügel ziehen, und wo der Bach sich verengte, konnten sie mühelos darüberspringen, dort, wo der Wasserlauf zum Teil unterbrochen war, wo er von recht großen Felsen und kleineren Felsen aufgehalten wurde, die der Strom mit der Zeit kieselglatt gewaschen hatte. Sie konnten den Bach fast überall überqueren, wenn sie ein paar alte Bretter zum Festhalten fanden.

Sie folgten Stonebrook Creek durch Gärten ohne Zäune und hinaus ins Land und suchten Geheimnisse, Blutsauger oder Kröten mit zwei Köpfen oder fremdartige Skelette oder, bitte, bitte noch einmal, einen weggeworfenen Haufen dreckiger Heftchen in einem Karton.

Es war Daphne, die die dreckigen Heftchen fand. Als sie eines Morgens allein am Stonebrook Creek entlang eine Meile aus der Stadt herausspaziert war, hatte sie etwas Neues entdeckt, einen Karton, der beim letzten Mal noch nicht dagewesen war, und sie war hinuntergeklettert und hatte sich weit über das Ufer gebeugt, um den Karton zu öffnen. Patrick und seine Freunde nahmen ihr die Heftchen bald weg, aber dieser Fund verlieh Daphne kurzzeitig einen gewissen Ruf, ein wenig Status. Sie hatte den Jungen etwas verschafft, das sie haben wollten.

Sie waren alle zusammen zurück zum Bach gerannt, Daphne vorneweg, und die Jungen schubsten sie beiseite und knieten sich hin, um nach den durchnäßten Frauen in schwarzen Höschen zu greifen, und ihre rasende Begeisterung machte Daphne ganz zittrig im Bauch, aber sie war schlau genug, das nicht zu sagen. Sie überließ ihnen die Sache und ging pfeifend davon.

Es war für die Kinder nicht ungewöhnlich, durch die Achtlosigkeit der Erwachsenen etwas Wichtiges zu lernen. Die meisten hörten mit beträchtlichem Geschick zu und erkannten mühelos die Sprachmelodie, den Tonfall in der Stimme, der ihnen zeigte, daß jemand etwas für sich behalten wollte. Viele schnüffelten ohne eine Spur von Reue in Wandschränken oder Kommoden herum, wenn sie Gelegenheit dazu hatten, wenn sie manchmal morgens alleine zu Hause blieben oder im Nachbarhaus niemand war. Manchmal nahmen sie etwas mit, nur eine Kleinigkeit, die etwas, das sie jetzt für wahr hielten, beweisen konnte, aber der Diebstahl sollte fast immer nur vorübergehend sein.

Trotz der Bemühungen ihrer Lehrer lernten sie das meiste über die Außenwelt am Freitag- oder Samstagabend im Kino, in einem ansteigenden, engen Saal zwischen Taylor's Fine China und der Legion, mit schmalen, harten Sitzreihen und staubigen, roten Samtvorhängen, die die große Leinwand umrahmten. 1952 waren Kriegsfilme in Mode und Dschungelfilme und Western. Normalerweise konnte man fest mit einer knallharten, aber schönen dunkelhaarigen Frau mit großen Brüsten rechnen, die der Held beim besten Willen nicht lieben konnte, und in den Western gegen Ende mit einer Schießerei oder mit einer Schlägerei oben auf einem fahrenden Zug. Die Guten machten nicht gern viele Worte, und die Bösen starben langsam, häufig im Treibsand, während sie laut, aber sinnlos bereuten, weil sie nicht zu retten waren. Die Bösen wußten sogar selbst, daß es niemanden gab, der sie retten würde.

Die Kinder spielten planlos und ein wenig ungeordnet. Ihre überschäumende Begeisterung verging so schnell, wie sie gekommen war. Sie lernten einander von ganz alleine kennen.

Es waren zähe Kinder dabei und Kinder, die nicht entfernt zäh genug waren, aber die meisten standen wohl irgendwo zwischen beiden Extremen. Wenn es Streit oder Schlägereien gab, und die gab es gelegentlich, erzählten sie den Eltern nichts davon, denn Eltern unternahmen sowieso nie etwas. Eltern konnten einen nicht retten. Wenn die Kinder schlammig und klatschnaß oder ungewöhnlicherweise aus einer Wunde blutend oder schlecht gelaunt oder unruhig oder besiegt nach Hause kamen, machte niemand viel Aufhebens darum. Ein Teller Eiscreme, eine Schüssel Cornflakes, ein Witz, ein Bad, ein Verband, eine gute Nacht voller Schlaf, das war die Lösung.

Patrick, Daphne und Paul Chambers spielten nur in einem Sommer miteinander, in dem Sommer mit dem Zirkus. Murray McFarlane, der zuvor mehr oder weniger unsichtbar und bedeutungslos für sie gewesen war, hatte sie und ein paar Dutzend andere Kinder verführt. Aus einem Grund, den niemand hätte nennen können, war Murray in diesem Sommer plötzlich der Anführer.

Nach Murrays Examen in der zehnten Klasse waren seine Eltern zur Belohnung mit ihm nach Detroit gefahren, dort hatten sie Kleider eingekauft und in Restaurants gegessen und einen Hollywood-Film gesehen, ›Die größte Schau der Welt‹. Murray kam aus Detroit zurück und hatte die Dialoge fast völlig vergessen, aber die Zirkusszenen dröhnten noch immer in Technicolor durch seinen Kopf, er erinnerte sich daran und träumte davon und stellte sich alles vor, und dann beschrieb er den anderen, zuerst nur wenigen, die auf der Treppe der Town Hall saßen, ganz genau einen Zirkus, einen möglichen Zirkus. Murray war bereit für seine goldene Zeit, auch wenn er nicht Eishockey oder Baseball spielte, oder vielleicht gerade deshalb.

Patrick würde bald fünfzehn werden, Daphne war zwölf und Paul elf. Murray führte ihre getrennten Freundeskreise, die sich normalerweise nach kleinen, aber wichtigen Altersunterschieden gruppierten und wahrscheinlich aus gutem Grund auseinandergehalten wurden, zu einer Masse von Kindern zusammen, und Darsteller wie Arbeiter setzten sich gleichermaßen eifrig und ernsthaft für die gemeinsame Sache ein.

Murray war ein ganzes Stück größer als die anderen Kinder, er hatte einen langen Oberkörper, schlaksige Arme und dünne Beine mit langen Knochen. Und er war ziemlich unkoordiniert, wie sein berüchtigter Onkel Brady, der mit nur einem Auge aus Italien nach Hause gekommen war und dann an einer Eisenbahnkreuzung starb, weil er zu betrunken war, um seine Autotür öffnen zu können. Er war in Patricks Alter, aber nicht in Patricks Freundeskreis. Er streifte normalerweise allein durch Stonebrook und schloß sich anderen Kindern nur an, wenn er das dringende Bedürfnis verspürte, und dann ging er ganz plötzlich wieder, als wäre ihm eingefallen, daß er etwas Wichtigeres zu tun hatte. Sie sahen ihn, wenn er allein am Bach entlangging oder auf der Treppe der Town Hall saß oder manchmal oben in der Arena auf dem Rang, wo er sich das Spiel ansah, oder meistens die Menge, die sich das Spiel ansah. Wenn an Sommerabenden der Himmel schon so dunkel war, wie er werden konnte, kurz bevor alle nach Hause mußten, saß er gelegentlich eine Weile mit ihnen auf den Schaukeln im Rotary Park und hörte den höhnischen Bemerkungen und den dreckigen Witzen zu. Er lachte durchaus dann, wenn er sollte, wenn es Zeit war. Aber er war still. Er sagte nichts, was man sich merken oder wiederholen mußte.

Mrs. McFarlane, die viel älter war als die anderen Mütter und an lähmender Migräne litt, machte sich um Murrays Kommen und Gehen keine Sorgen. Er war einfach irgendwo draußen, das sagte er ihr, und das glaubte sie.

Als sie an ein paar Abenden auf den Treppen der Town Hall miteinander gesprochen hatten und Murray sich seiner Autorität gewiß war, sagte er den anderen Kindern, daß alle einmütig das tun mußten, was sie am besten konnten, wenn der Zirkus gut werden sollte. Er berief das erste Treffen ein, an einem verträumten Abend Ende Juni, nach dem Essen unter dem Wasserturm.

Der Bauhof der Stadt, eine offene Fläche aus festgetretener Erde von vielleicht zwanzig Yards im Quadrat, lag vor Blicken einigermaßen verborgen hinter der Town Hall und war nur über eine kurze Seitenstraße zu erreichen, eigentlich über einen von breiten, glatten Ahornstümpfen gesäumten Weg. Um ihn zu finden, mußte man wissen, wo er war. Mitten auf dem Bauhof stand der Wasserturm, und an der Nordseite gab es eine große Garage aus Betonblöcken mit riesigen Türen für den Löschzug. Niemand außer den Feuerwehrleuten und ein paar unvermeidlichen Offiziellen durfte diese Garage betreten, und die Jungen, die das Waschraumfenster der Town Hall offenhielten, um dort zusammen eine gestohlene Packung Du-Maurier-Zigaretten zu rauchen, und die mit Leinensäcken für die Tauben auf den Kirchturm kletterten, hielten sich an diese Regel, sie nahmen sich zusammen und hielten sich daran, denn sie wußten auch ohne Erklärung, daß ein Feuer eine ziemlich üble Sache sein konnte, daß das Feuer sich jederzeit nehmen konnte, was immer es wollte.

In einer größeren Garage auf der anderen Seite des Hofs standen der Müllwagen und die beiden kleineren Transporter der Stadt, sie wurden für laufende Reparaturarbeiten an der Straße benutzt, wenn tote Eichhörnchen oder Waldmurmeltiere aufzuschaufeln waren, für kleinere Notfälle wie die Wartung eines Abwassergrabens nach einem großen Sturm oder gelegentlich dann, wenn ein räudiger, zweifelhaft aussehender Hund eingefangen werden mußte, den kein Mensch kannte. Im hintersten Winkel dieser großen Garage gab es eine lange Werkbank und eine Sammlung sehr ernstzunehmender Werkzeuge, die Archie Stutt scharf und sauber hielt. Er war schon seit Jahren der Mann von der Stadt, vor dem Krieg und danach, und während seiner vorübergehenden Abwesenheit in Übersee hatte ihn ein Herumtreiber vertreten, der sich seither wieder herumtrieb. Auf dem Boden lagen Haufen aus zusammengerollten, fettigen Seilen, und fünf Schubkarren hingen hoch oben an der Wand, wo sie ihm nicht im Weg waren. Archie trug Overalls und den ganzen Winter über eine schwere, abgenutzte Jacke, denn in der Garage war es kalt, aber im Sommer war es kühl, und dann fühlte er sich dort sehr wohl.

Wie in der Town Hall hingen in der Garage die Lampen an dicken Kabeln von der Decke, acht Stück, und manchmal, wenn ein Sturm die Doppeltüren aufgerissen hatte, schwangen und quietschten und summten die Lampen im Wind, und Archie schaute hinauf und rief den Kindern, die sich um ihn drängten, zu: »Du lieber Gott, eines schönen Tages ...« Archie war berühmt dafür, daß er immer das Schlimmste erwartete.

Patrick Chambers Freunde, fünf Jungen, die ihren Wachstumsschüben ausgeliefert waren und in Größe, Gewicht, Intelligenz und Selbstvertrauen das breitest mögliche Spektrum boten, wurden hauptsächlich durch ihre Qualitäten als Spötter zusammengehalten. Aber Murray hatte sie gefesselt, seine erstaunliche Fähigkeit zu reden, jedem genau zu erklären, was möglich sei, was sie möglich machen könnten. Sie hatten von dem Treffen am Wasserturm gehört, und sie tauchten dort auf und bezogen Position außerhalb des Kreises der Kinder, die sich eng um Murray versammelt hatten, und noch bevor etwas aus ihrem Repertoire abfälliger Bemerkungen treffen konnte, hatten sie alle Zirkusjobs, Verantwortung, die Murray ihnen mit einer Ernsthaftigkeit zugewiesen hatte, die neu für sie und in ihrer Neuheit bezwingend war. Sie wurden in das entscheidende frühe Planungsstadium einbezogen und verloren so ihren Schwung. Einige hatten hin und wieder Reife vorgespielt, gewöhnlich als Antwort auf die überzogenen Erwartungen eines Elternteils oder eines anderen Erwachsenen, aber dies hier war anders. Das wußten sie, und sie waren bereit.

Daphne und ihre Freundinnen saßen zu Murrays Füßen, ihre Gesichter waren sommerbraun, sie hatten ihre ärmellosen Blusen hochgeschoben und in der Taille geknotet, und ihre bunten Baumwollshorts waren seit dem Vormittag staubig und voller Erde. Ein paar von den kleineren Mädchen, die immer noch Zöpfe oder Rattenschwänzchen trugen, sahen besonders unordentlich aus, denn Mädchen in diesem Alter wurden nur einmal am Tag von ihren Müttern zurechtgemacht, gleich nach dem Frühstück. Alle Mädchen kauerten auf dem festgetretenen Boden, rutschten hin und her und baten um eine wichtige Rolle. Sie wußten, daß das ihre Chance war, zu glänzen, auffallende, glamouröse Sachen zu tragen und den Leuten zu zeigen, was wirklich in ihnen steckte.

Eines von den älteren Mädchen, diejenige, die am sichersten war und plötzlich frecherweise genauso reden konnte wie Murray, verschränkte die Arme und sagte, daß sie einen Hochseilakt bräuchten, wenn es wirklich echt sein sollte, und sofort fielen alle anderen ein und wollten unbedingt Akrobatik und, ja, Murray, ja, ein Trapez.

Paul und seine Freunde nahmen den Raum zwischen den Mädchen und den älteren, weltgewandteren, spöttischen Jungen ein. Sie waren still und geduldig und warteten wie immer ab, um zu sehen, wie es weiterging.

Murrays Plan war, den Zirkus gleich hier einzurichten, auf dem festgetretenen Platz, wo die Transporter rückwärts aus den städtischen Betonblockgaragen fuhren. Sein Plan war, ein Vorsprechen abzuhalten, um zu sehen, wer was am besten konnte.

Er versuchte, gerecht zu sein. Er hatte eigentlich in Gruppen zu zweien oder dreien vorsprechen lassen wollen, damit es nicht zu Demütigungen kam, aber immer tauchten fast alle auf. Nur einmal versuchte jemand zu spotten. Einer von Patricks Freunden, ein schwerfälliger Junge mit einem leicht verkürzten Bein, der nicht aufzuhalten war und keine Zurückhaltung kannte, machte eine spöttische Bemerkung über die am wenigsten anmutige Radschlägerin, aber sein Versuch hatte nicht die geringste Chance gegen »Halt deine dumme Klappe«, »Halt's Maul, verdammt« und »Verschwinde, du Wichser«. Alle zeigten das, was sie am besten zu können glaubten, und Murray sah geduldig zu, beurteilte, was er sah, und machte sich auf einem kleinen, schwarzen Block Notizen. Nachdem er ein paar Tage überlegt hatte, teilte er sie ihren Fähigkeiten entsprechend ein.

Sie übten den ganzen Juli hindurch, viermal in der Woche, am Montag-, Mittwoch- und Freitagabend und am Sonntagnachmittag. Murray kannte die Probenpläne genau und war gnadenlos, wenn jemand fehlte. Sylvia Chambers nähte, tauschte Materialien mit anderen Müttern, setzte ihre Schere an Kleider, die sie nicht mehr mochte, an abgenutzte Handtücher, an graue Anzughosen, die an den Knien und am Hintern glänzten. Die McGregor-Kinder stöberten ein marineblaues Cape mit leuchtendrotem Futter auf, das nach Mottenkugeln roch. Weihnachtspyjamas, die Väter ohnehin nie tragen würden, wurden zu Clownskostümen umgearbeitet, und Badeanzüge wurden mit Pailletten, Organzarüschen und Samtbandbögen aufgeputzt.

Jongleure zogen sich in ihre Gärten zurück und trainierten hart. Es gab einen Bauchredner mit einer ausgestopften Altmännerpuppe, deren Kopf von der glücklicherweise Nicht-mehr-Lieblingspuppe seiner Schwester stammte, und es gab eine Tierdressur, nicht einfach Hunde, die durch Reifen sprangen, sondern zwei wundersame Katzen, Mutter und Tochter, die lange auf den Hinterbeinen laufen konnten, und außerdem ein ebenso wundersames Tigerkätzchen, das beinahe sprechen konnte, jedenfalls konnte es »mein« und »nie« sagen.

Einer von Pauls Freunden übte kurze Läufe auf einem Bügelhorn, das seiner älteren Schwester gehörte, die in der Bügelhorn-Band der Highschool mitmarschierte, und ein anderer Junge lernte einen halbwegs anständigen Wirbel auf einer alten Trommel, die sein Nachbar ihm geliehen hatte, ein sehr, sehr alter Mann, von dem niemand vermutet hätte, daß er die Trommel schlug.

Murray suchte die Akrobatinnen aus, die Mädchen, die an jedem Frühlingstag auf den Wiesen vor den Häusern radschlugen, wenn sie aus der Schule kamen. Er richtete sich nach ihren Wünschen, als es Zeit war, die Partner zu bestimmen, die Jungen, die sie hochheben und einander auf die Schultern setzen und versuchen sollten, sie zu fangen und vor Verletzungen zu schützen, wenn sie stürzten.

Charles Taylor, Charles der Erste, wie sie ihn nannten,

kam jeden Abend feingemacht mit Hemd und Schlips, und um seinen Hals hing an einer geflochtenen Schnur seine silberne Sicherheitspfeife, sein Signal. Alle kannten das Geräusch der Pfeife, denn Charles pfiff, wenn er glaubte, daß er sich verlaufen hatte, oder wenn ihm ein Hund nicht geheuer war, der ihm folgte, und einmal pfiff er sehr laut, als er über die Gleise lief, stolperte und sich am Rücken verletzte. Charles stand an der Seite parat und sah mit sehnsüchtiger Aufmerksamkeit zu, wie die Mädchen ihre Figuren übten, und manchmal ließen die Kinder ihn helfen, aber nicht, wenn es darum ging, die Mädchen zu retten.

Das Trapez wurde an einen Träger unter dem Wasserturm gehängt. Murray kaufte das Seil neu im Eisenwarenladen, zur Sicherheit, um es genau zu wissen, und dann mußte er die Ausziehleiter der Stadt borgen. Als er darum bat, sagte Archie, daß er lieber selbst hinaufklettern wolle. Archie hatte ihnen ein drei Fuß langes Rohr als Stange überlassen, aber als er die beiden Löcher gebohrt und das Seil eingefädelt hatte, weigerte er sich, so hoch hinaufzuklettern, wie die Kinder es wollten, besonders die Jungen, und während sie seine Leiter festhielten, sagte er ihnen, daß sie sich gescheiterweise angewöhnen sollten, zweimal nachzudenken.

Archie gewöhnte sich an, die Garage offenzulassen, wenn er in einem städtischen Transporter herumgondelte oder sein Werkzeug saubermachte. Die Kinder unterhielten sich mit ihm, sie arbeiteten sich immer weiter in die Garage vor, bis sie ein Stück geflochtenen Stahl für das Hochseil fanden, und inzwischen zuckte Archie, der Witwer war und keine Kinder mehr zu Hause oder irgendwo in seiner Nähe hatte, nur noch mit den Schultern und nickte zu fast jeder Bitte, die ihm auf- und abhüpfend vorgetragen wurde. Er zerrte seine Leiter wieder hervor und befestigte ein Ende des Drahts an einem weiteren Träger und das andere Ende am Tritt eines Telefonmastes auf der Straße. Es hing acht Fuß über dem Boden und fiel leicht ab, aber Archie sagte, das sei in Ordnung, Hochseile könnten abfallen.

Murray verlangte, daß unter diesen wichtigsten Luftattraktionen Matratzen lagen; die Besitzer steuerten sie freiwillig bei, und sie wurden aus den Betten gezogen und täglich über die Straße hin- und hergetragen. Patrick hatte sich gemeldet und die Verantwortung für die Matratzen übernommen, er sorgte dafür, daß sie jeden Abend nach dem Üben in die richtigen Betten zurückgebracht wurden, und beim nächsten Mal baute er sie wieder auf, er teilte seine Freunde ein, die ältesten, kräftigsten Jungen, denn es mußten mindestens zwei sein, damit die Matratzen nicht auf dem Gehweg schleiften und in Fetzen gerissen wurden.

Während die Mädchen beim Üben ihre Auftritte perfektionierten und sich und alle anderen mit jedem Mal weiterbrachten, weiterzwangen, standen Patrick und die anderen Jungen mit verschränkten Armen in der Nähe und behielten die Matratzen im Auge, für den Fall, daß irgendein Trottel versehentlich eine davon verschob.

Daphne war als jüngstes Mädchen für das Trapez und für den Hochseilakt ausgewählt worden. Sie war ausgewählt worden, weil sie zierlich war und keine Angst hatte und weil ihr natürlicher Gesichtsausdruck ein offenes Lächeln war. Talent, sich in Szene zu setzen, nannte Murray das. Er sagte, daß das wichtiger war als alles andere, und die anderen Mädchen sollten zusehen, wie Daphne lächelte, und es genauso machen. Noch bevor Murray ihr zunickte, hatte Daphne gewußt, daß sie ausgewählt werden würde, denn schon mit zwölf wußte sie einiges über das Talent, sich in Szene zu setzen, und über die Belohnungen, die man dafür bekam. Wie viele glückliche Mädchen hatte sie schon längst gelernt, daß ein Lächeln oder ein Lachen sich auszahlten.

Paul war ein Clown, er hatte darum gebeten, und er wollte freiwillig auf dem Stumpf neben dem Telefonmast an der Straße stehen und kassieren, wenn alle Schlange standen, um die Vorstellung zu sehen.

Ein Pfadfinderzelt wurde aus der Garage des Scoutmasters gezerrt und als Umkleideraum aufgebaut; Archie gab ihnen ein langes Stück von seinem eigenen, fettigen Seil, und sie sperrten damit den Platz für die Vorstellung ab. Genügend Weihnachtslichterketten für ein Dutzend Bäume wurden von Träger zu Träger zu Telefonmast gespannt, bis sie einen Baldachin bildeten.

Die Mädchen, die nicht radschlagen konnten, malten kunstvolle Schilder mit Zirkusszenen und mit Informationen wie dem Datum, der Uhrzeit und dem Eintrittspreis, oder sie organisierten einen Stand für Freshie, das eiskalte, farbige Wasser, das die Leute für fünf Cent das Glas kaufen sollten, über die Verwendung des Erlöses wollte man später entscheiden. Murrays Vater, dem die Futtermühle gehörte, war ein sehr beschäftigter Mann, und er hatte nur ungefähr vor Augen, daß die Kinder hinter der Town Hall irgend etwas planten, aber weil seine Frau darauf bestand, steuerte er das Geld für Hot Dogs, Brötchen und Zwiebeln bei. Die Hot Dogs sollten auf den Rotary-Grills von zwei weiteren Vätern zubereitet und mit beträchtlichem Preisaufschlag verkauft werden, um die Dinge zu bezahlen, die Murray mit seinem eigenen Geld hatte kaufen müssen: eine Rolle gelbe Eintrittskarten, einen Verbandskasten, Verlängerungsschnüre für die Weihnachtsbeleuchtung, etwas Bindfaden, ein paar Dosen billigen Thunfisch für die Katzen und Suppenknochen für die Hunde.

Sie begannen mit der Vorstellung um Punkt halb acht am Donnerstagabend vor dem Town-Frolic-Wochenende, das immer auf dem Festplatz stattfand. Alle außer den Darstellern, den Babys und den beiden Vätern, die Zwiebeln und Hot Dogs zubereiteten, mußten fünfundzwanzig Cents an Paul bezahlen, um an dem Telefonmast vorbeigehen zu dürfen. Der Brotmann, dessen Tochter eine der Schildermalerinnen war, hatte ihm einen Geldgürtel mit Chromzylindern geliehen, und er hatte ihn mit Quarters und Dimes und Nickels gefüllt, die Murray für den Anfang feierlich abgezählt hatte, Wechselgeld, sagte Murray dazu. Kurz bevor die ersten Leute kamen, nahm Paul sich im Clownskostüm und mit bemaltem Gesicht hinter dem Zelt ein paar Minuten Zeit und übte, wie man die Münzen in die Zylinder gleiten ließ und wie man die daumengroßen Hebel drückte, damit sie in die Handfläche fielen. Murray hatte ihn ermahnt, daß es stimmen, daß es hinkommen mußte. Er sagte, sie müßten wissen, wie viele Leute kamen, damit sie für das nächste Jahr planen konnten.

Fast alle erschienen: Eltern, Großeltern, Tanten, Onkel, Junggesellen und späte Mädchen, Babys in Sportwagen, Lehrer, der Priester, der Pfarrer, der alte Pfarrer. Ein paar Sommerkadetten vom Armeelager am See tauchten auf, und die älteren Mädchen verfielen in fieberhafte, träumerische Hoffnung, daß einer sie vielleicht nach Hause brachte, wenn der Zirkus vorbei war, daß dann vielleicht ein Arm um ihre Schultern lag oder daß vielleicht ganz ernsthaft Briefe versprochen wurden, für später, wenn der Junge das Armeelager verlassen hatte und nach Petersborough oder Toronto oder Galt in sein wirkliches Leben zurückgekehrt war.

Ein paar Kinder aus dem Reservat waren in die Stadt gekommen und standen still herum, sie hatten sich einzeln oder zu zweit unter die Menge gemischt. Die Leute steckten ihnen Quarters zu für den Eintritt, oder damit sie sich ein Freshie oder ein Hot Dog leisten konnten.

Paul stand auf dem Stumpf, wartete auf Murrays Zeichen und hörte sich wie erwartet die Schmähungen der Leute an, die in der Schlange standen. Manche Frauen sagten laut, wie gut ihnen sein Clownskostüm gefalle, und als Margaret Kemp, die schon seit Jahren mit Bill Chambers im Eisenwarenladen arbeitete, sagte: »Genau wie Sylvia«, sagte eine andere Frau nicht eben freundlich: »Ja, nicht wahr, ganz genau.« Der Leiter der Bankfiliale, der ganz genau wußte, wer Paul war, fragte ihn: »Woher sollen wir wissen, daß du kein Fremder bist? Woher sollen wir wissen, daß du unser Geld nicht einsteckst und verduftest?« Charles Taylor stand ganz nah bei Paul auf dem Stumpf wie ein Wachtposten.

Als er von Murray das Zeichen bekam, ließ Paul ohne Bedenken alle warten, damit er richtig addieren und subtrahieren konnte. Ein Kerl, ein reicher Farmer, den er nicht einmal kannte, gab ihm eine Fünf-Dollar-Note und schenkte ihm das Wechselgeld.

Sie hatten das, was man ein volles Haus nannte. Murray trug ein satingefüttertes Wollcape und einen alten, schwarzen Filzhut mit breiter Krempe von seinem Großvater, einem Mann, den er nicht gekannt hatte. Um den Hals hatte er einen weißen Seidenschal mit Monogramm geschlungen, der seinem Vater gehörte, und um die Sache abzurunden und die Aufmerksamkeit auf seine Hände zu lenken, trug er ein Paar weiße Baumwollhandschuhe von seiner Mutter, er hatte sie neben der Bibel in der Schublade des Tischs in der Diele gefunden und ohne ihre Erlaubnis anprobiert. Dieser Streich war zwar untypisch für ihn, aber sehr wirkungsvoll, denn nachdem er die Handschuhe einmal anprobiert hatte, waren sie für Mrs. McFarlane nicht mehr zu gebrauchen.

Er hieß die Menge willkommen und benutzte dabei eine kunstvolle Zirkussprache. »Meine Damen und Herren«, sagte er. »Weiden Sie Ihre Augen ..., fragen Sie sich, ob Sie jemals so etwas gesehen haben ...« Er rühmte jeden Auftritt, den er vorstellte, und mit einem weiten Schwung seines Capes zeigte er an, wohin die Menge ihre Aufmerksamkeit richten sollte. Er gestikulierte dramatisch mit dem Taktstock, den ihm eine Tambourmajorin im Ruhestand ausgeliehen hatte, die neu in der Stadt war und in der Bank of Commerce arbeitete. Sie hatte den Taktstock durch ihr Kassiererinnenfenster geschoben, nachdem sie seine Scheine in

Münzen gewechselt hatte, und er hatte ihr nur versprechen müssen, vorsichtig damit zu sein.

Sie waren gut. Fast alle waren sehr gut. Die Leute applaudierten großzügig und lachten, weil sie die offensichtliche Mühe zu schätzen wußten, die hinter den Darbietungen steckte. Archies Seile und Kabel hielten, und die aufgeputzten Kostüme der Mädchen wirkten in der Weihnachtsbeleuchtung beinahe professionell. Die Hunde und Katzen schienen die Menge nicht zu bemerken, sie taten, was sie tun mußten, um dann hinter dem Zelt ihre Belohnung zu bekommen. Der Geruch von in Butter geschmorten Zwiebeln veranlaßte Leute, die keinerlei Hunger hatten, exorbitante fünfzig Cent für ein Hot Dog hinzublättern, und jemand legte für ein Foto ein Baby in Pauls Arm. Das Baby starrte gelassen in sein weißes Clownsgesicht und auf seine übergroßen roten Lippen, als wären sie einfach wieder einmal etwas Neues.

Als Daphne gegen Ende ihrer sorgfältig eingeübten Trapeznummer stürzte, reichten die Matratzen nicht aus, obwohl sie genau so lagen, wie Patrick es angeordnet hatte. Alle Leute, die mit so etwas Erfahrung hatten, sagten sofort, daß Daphnes mit lautem Krachen gebrochener rechter Unterarm heilen würde, daß Kinder sich ständig die Arme brachen, daß aber der Bruch in ihrem Kiefer wirklich übel aussah.

Sylvia Chambers hatte gerade Margaret Kemp von ihrer neuen Nähmaschine erzählt. Sie sah ihre Tochter fallen, und dann sah sie, daß Daphne, gleich als sie aufgekommen war, nach ihrem Gesicht griff. Laut sagte sie: »Oh, Daphne. Oh, Liebling.« Sie sah kurz hinauf zu dem Trapez, das in der wirbelnden Luft noch immer schaukelte, das sich noch immer von Daphnes letztem Kunststück bewegte, und dachte, warum muß es uns treffen?

Bill Chambers stand in der Nähe der Rotary Grills und unterhielt sich mit einem anderen Mann. Er hatte den ersten Teil von Daphnes Vorstellung gesehen, aber dann hatte jemand seinen Namen gesagt, und er hatte weggeschaut. Er sah nicht, wie sie stürzte. Der Mann neben ihm zog ihn fest am Arm, damit er sich wieder umdrehte, und danach dachte er nur noch daran, vorwärts zu kommen, sich nach vorne durchzudrängen, niederzuknien und seine Tochter sanft unter den Schultern zu stützen. Er hielt sie und sagte ihr, daß sie nur schreien sollte, wenn sie mußte. »Laß es raus«, flüsterte er. »Du mußt nicht tapfer sein.« Ein kleines Stück blutiger Knochen hatte die Haut an ihrem Handgelenk durchstoßen, und er betrachtete den Bruch als das, was er war, er wußte, daß man ihn richten konnte und daß er mit der Zeit heilen würde. Aber ihr Mund und ihre Mundhöhle. Die Haut über ihrem Kiefer war heil und unverletzt, aber die Knochen darunter waren durch den Aufprall nicht mehr an ihrem eigentlichen Platz. Die Knochen waren vollkommen schief. Er mußte sich beherrschen, mußte sich zureden, um nicht wegzuschauen.

Er beugte sich vor und beobachtete ihr Gesicht und wartete, als wäre es an ihr, den nächsten Schritt zu tun. Daphne gab einen Laut von sich, aber als er hörbar wurde, war es nicht mehr der Laut, der in ihrer Kehle gesessen hatte. Sie hörte ihn und sah sofort, daß sie ihrem Vater schreckliche angst gemacht hatte. Er war nicht vorbereitet gewesen.

Sylvia war jetzt auch bei ihr, sie drückte Daphnes bloße Beine an sich, die zitterten und schlohweiß waren, als hätte der Sturz durch die Luft die tiefe Sommerbräune gebleicht. »Halt durch, mein Schätzchen, tapferes Mädchen«, sagte Sylvia zu ihr. Sie sagte, daß Doktor Cooper schon in seine Praxis gegangen war, und daß man sie gleich mit der Matratze hochheben und zu Cooper bringen würde, hinten auf irgendeinem Transporter, der gleich vor der Town Hall stand und schon unterwegs war.

Daphne schaute von ihren Eltern weg und in die anderen besorgten Gesichter über ihr, und dann schaute sie an den

Gesichtern vorbei zu den Weihnachtssternen hinauf. Sie schluckte einen Mundvoll Blut und erkannte den warmen, sauren Geschmack, und weil sie wußte, daß man sein eigenes Blut nicht schlucken soll, drückte sie sich mit ihrem heilen Arm hoch und versuchte auszuspucken, sie beugte sich so weit vor, wie sie konnte, damit die Matratze nicht schmutzig wurde. Dann unterbrach lautes Weinen die Stille, die sie nicht gehört hatte, Mädchen weinten, ihre Freundinnen, und als sie sich noch einmal umdrehte, um auszuspukken, sagte sie: »Ich hab mir weh getan.«

Patrick schob seine Eltern beiseite und packte eine Ecke der Matratze mit beiden Händen, er achtete auf die Männer an den anderen Ecken und hob an, als man ihm das Zeichen gab. Er sagte zu Daphne, daß alles in Ordnung sei, und meinte damit, wir sind alle da. Sie schaute direkt zu ihm auf, und er sagte das schlimmste Wort, das er kannte, um sie zu trösten. »Scheiß drauf«, sagte er gerade laut genug, daß sie es hören konnte, bevor sie ohnmächtig wurde.

Er war froh, daß sie ohnmächtig geworden war. Er wußte vom Eishockeyspielen, daß das besser war. Aber er wußte nicht, wie er jemals hatte glauben können, daß eine Lage Matratzen irgend etwas nutzte. Er sollte alles mögliche lernen, er sollte Sachen wie den Querschnitt der Erde in seinem Geographiebuch verstehen, der da unten meilentiefe Schichten zeigte, hauptsächlich Fels. Er versuchte, sich zu erinnern, ob Murray das mit der einen Lage Matratzen gesagt hatte, oder ob er sich selbst für die eine Lage entschieden hatte.

Paul, dessen Gefühle gewöhnlich jeder klar und deutlich in seinem Gesicht lesen konnte, stand in seinem Clownskostüm aufmerksam und furchtbar ängstlich gleich unter dem Wasserturm. Er war allein und sehr aufgeregt, aber weil Sylvia aus seinem schmalen kleinen Mund sehr sorgfältig ein fettes, rotes Lächeln gemacht hatte, bewirkte sein Weinen nichts, niemand kam zu ihm. Er war nahe genug dabei gewesen, um die Knochen brechen zu hören, als seine

Schwester auf dem Boden aufkam, und er hatte gesehen, wie ihr Körper in den Armen ihres Vaters erschlaffte, aber er wußte nicht, wie schlimm es war, was das bedeutete, und niemand dachte daran, zu ihm zu gehen und ihn zu beruhigen, ihm zu sagen, daß seine Schwester vor Schmerz ohnmächtig geworden war, daß das eine natürliche Reaktion war und wahrscheinlich ein Segen. Er schnappte mit seinem Lächeln nach Luft, und es fiel ihm schwer, die zusätzliche Luft zu bekommen, die er brauchte.

Als die Matratze angehoben wurde, traten die Leute zurück, damit Bill und Sylvia Daphne sicher hinaus zu dem Transporter begleiten konnten. Bill drückte Sylvia fest an sich, sie bewegten sich dadurch unbeholfener, als sie es normalerweise taten, wenn sie getrennt voneinander gingen. »Sie wird schon wieder«, sagte er zu ihr. »Man kann heute fast alles reparieren.« Er versuchte, sie auf den Kopf zu küssen. »Wir schaffen das schon.«

Die Männer hoben Daphne auf die Ladefläche des Transporters, und als der letzte heruntergesprungen war, um die Klappe zu schließen und zu verriegeln, zog Sylvia ihren Rock bis auf die Hüften hoch und kletterte ihr nach. »Sie fährt nicht allein«, sagte sie, drehte sich um und reichte Bill die Hand. Sie kniete und Bill hockte, und endlich setzte sich der Transporter in Bewegung. Daphne war immer noch ohne Bewußtsein. »Hast du gehört, was sie gesagt hat?« fragte Sylvia. »Sie hat gesagt: ›Ich hab mir weh getan.‹« Jetzt, wo sie fuhren, ließ sie ihren Tränen freien Lauf. »So etwas Schlimmes passiert, und es heißt immer noch, ich hab mir weh getan, es heißt immer noch, das ist bestimmt meine Schuld.«

»Das ist doch nur eine Redensart«, sagte Bill, obwohl er wußte, daß es mehr als eine Redensart war. Mitten in einer lauten, blutigen Schlacht hätten erwachsene, sterbende Männer eigentlich schreien sollen, mein Gott, irgendein Bastard hat mir das Bein abgerissen, irgendein Bastard hat mich geblendet, irgendein grauhaariger Industriekapitän hat mich hierhergeschickt, damit ich verblute, und sogar damals hatte er sie nur sagen hören, es tut weh, hier tut es weh.

»Sie hat es wirklich gut gemacht«, sagte Sylvia. »Sie hat so hart gearbeitet.«

»Wir bringen sie durch«, sagte Bill.

Auch Murray war der Matratze zum Transporter gefolgt, er war neben den Trägern hergerannt. Ein paar Leute aus der Menge, allen voran der alte Pfarrer, hatten die Gelegenheit genutzt und leise gemurmelt, daß so etwas ja passieren mußte. Als hätten sie gewußt, daß ein Unfall geschehen würde, als hätten sie darauf gewartet. Aber die meisten Leute sahen das ganz anders. Viele Männer und auch ein paar Frauen sagten immer wieder zu Murray: »Es war nicht deine Schuld, Murray. Unfälle passieren eben.« Und: »Mach dir keine Vorwürfe, mein Sohn.«

Er hörte nichts davon. Er sprach schneller, als er je gesprochen hatte, er wollte unbedingt die ganze Schuld zum Ausdruck bringen und auf sich nehmen, er war darauf gefaßt, daß jemand ihn an den Schultern herumreißen und schreien würde, das ist deine Schuld, Murray, du und deine großartigen Ideen. Manchmal läßt man das lieber mit den Ideen. Du bist alt genug, du solltest das eigentlich wissen.

Alles, was er an diesem Abend und in diesem ganzen Sommer wollte, war die Schuld und eine zweite Chance, damit er ein älteres, stärkeres Mädchen auswählen oder das Trapez niedriger hängen oder mit ausgebreiteten Armen direkt unter Daphne stehen konnte, wenn sie ausrutschte und sich drehte und fiel und sich fing, und sich dann doch nicht fing.

Daphne ging in diesem September wieder zur Schule, fast sofort, nachdem sie aus dem Krankenhaus in London gekommen war. Sylvia war der Meinung, daß es für Daphne viel besser wäre, wieder eine Art normales Leben mit ihren Freundinnen zu führen, trotz der Schmerzen, die manchmal sehr schlimm waren, manchmal der reine Schmerz, auch wenn den Ärzten das Wort Beschwerden offenbar lieber war. Nach Sylvias Erfahrung war Ablenkung in den meisten Fällen das beste.

Daphnes Freundinnen holten sie morgens ab, manchmal nahmen sie ihre Bücher vom Tisch, um sie selbst im Arm zu tragen, und eine von ihnen kam gewöhnlich nach der Schule mit ihr nach Hause und trieb sich dort bis zum Abendessen herum. Sylvia fragte sich manchmal, ob diese Besorgnis echt sein konnte. Ab und zu erwischte sie sich dabei, wie sie dachte, daß die Mädchen nur spielten, die Erwachsenen nur imitierten, und daß dabei eine von ihnen, Daphne, das vorgeblich verletzte Mädchen war und die anderen die vorgeblich liebenden Freundinnen. Bill war einigermaßen entnervt von dem unablässigen Geplapper hoher Stimmen überall in seinem Haus, von dem wilden Gekicher und dem grundlosen Treppauf, Treppab. Aber er beklagte sich nie. Er sagte zu Sylvia, er hoffe nur, daß sich das alles eines Tages in Luft auflösen würde wie irgendein Fimmel.

Sylvia kochte herzhafte Suppen, damit die nötige Nahrung an der Verdrahtung in Daphnes Kiefer vorbeigelangen konnte, und sie half ihr mit ihren Zähnen, von denen die meisten wundersamerweise unversehrt geblieben waren. Sie hielt Daphnes hübsche Lippen auf, um ihr die Zahnbürste in den Mund zu schieben, und wenn die Zähne sauber waren, gingen die beiden vom Badezimmer zu Sylvias Frisiertisch im Schlafzimmer. Sie setzte Daphne auf den gepolsterten Frisierhocker und spielte mit ihrem Haar, sie drehte es hoch zu einem Knoten, legte es dann zu einer eingeschlagenen Rolle zurück und sagte, daß sie noch viel zu jung war für diese Frisur, daß man aber später daran denken konnte. Sie experimentierten und lachten in den dreiteiligen Spiegel hinein, während die tiefroten Blutergüsse an Daphnes Hals braun und lila und dann kränklichgelb wurden und schließlich verschwanden.

Patrick und Paul waren insgeheim erleichtert, daß es nicht schlimmer gekommen war, sie waren froh, daß nicht ihre Wirbelsäule zerschmettert war, so schlimm Daphnes Kiefer auch aussah und offenbar immer aussehen würde. Aber das sagten sie natürlich nicht laut.

Murray McFarlane kam an einem Sonntagnachmittag im Oktober zum ersten Mal vorbei, und alle waren draußen und harkten die Blätter hinunter zum Bach, um sie dort zu verbrennen. Bill fand in den Dachsparren der Garage einen alten, eigentlich ausrangierten Rechen für Murray, und während alle anderen die Blätter zu immer größeren Haufen türmten, unterhielt Sylvia mit einer Schaufel das Feuer und warf die rotglühende Asche immer wieder mitten hinein. Blätter, die noch brannten, trieben langsam im Aufwind wie verkohlte Schmetterlinge oder Krähen aus Papier, manchmal schwebten sie nach oben und verschwanden, und manchmal fielen sie wieder herunter, ins Feuer oder in den Bach, und wenn sie auf das Wasser trafen, zischten sie. Paul warf Kastanien in die brennenden Haufen, er schleuderte sie so fest, wie er konnte, hinein, damit sie tief einsanken, und jedesmal, wenn eine heiße Kastanie explodierte, fuhr Daphne zusammen, und dann lachte jemand, um ihr die Angst zu nehmen, die neu für sie und für alle anderen war.

Sylvia hörte, daß Patrick sich über einen vergeudeten Sonntag beschwerte, und sie mußte sich beherrschen, um ihn nicht auszuschimpfen. Sie fand, daß es ein guter Tag gewesen war. »Dieser Geruch in der Luft ist deine Belohnung«, sagte sie und wies mit dem Kopf auf das Feuer mit seinem rostigen, bittersüßen Duft.

Als sie fast fertig waren, ließen Bill und Sylvia die Kinder im Garten zurück und gingen hinein, um ein kurzes Sonntagsschläfchen zu machen. Sylvia zog die Vorhänge im Schlafzimmer zu und dachte an den kommenden Winter, an den Schnee, der über den Garten hinwegtreiben, an das schmutzige Eis, das den Bach verkrusten würde, und sie fing an, Bill zu beschreiben, welche Arbeit sie in diesem Jahr vor sich hatten.

»Zuerst müssen wir sehen, daß bei ihr alles gut verheilt«, sagte sie und schloß die Tür. »Jetzt verwöhnen sie alle, aber das ist in Ordnung. Wir verwöhnen sie eine Weile, und dann können wir sie wieder abhärten.« Sie hatte ihre rauchigen Kleider schon über das Bett geworfen und schmiegte sich an ihn. »Und es gibt Schuldgefühle, die wir loswerden müssen. Schuldgefühle, die die Jungen offenbar haben.« Sie spielte mit dem Band an seinen Boxershorts und zupfte immer wieder daran, aber nie so fest, daß sich die kleine Schleife löste. »Das wichtigste ist, daß sie irgendwie wieder sie selbst wird«, sagte sie. »Ich will nicht, daß sie sich dadurch verändert. Sie soll genau so sein, wie sie ohne den Sturz gewesen wäre.«

»Ich bin dabei«, sagte Bill und löste die Schleife selbst.

»Es ist die Angst«, sagte Sylvia. »Wir müssen ihr helfen, damit sie ihre Angst überwindet.«

Als Sylvia später herunterkam, um das Essen vorzubereiten, war Murray immer noch da und saß mit Patrick auf der Hintertreppe, also lud sie ihn ein, zu bleiben und mit ihnen zu essen. Er rief sofort zu Hause an, um seiner Mutter Bescheid zu sagen, und nach diesem Tag mit Harken und Brennen und mit Pfannkuchen zum Abendessen und hervorragendem Schinken, den Sylvia immer von ihrem Vater, dem Metzger, bekam, tauchte Murray regelmäßig auf und saß in der Küche herum und sprach mit jedem, der sich die Zeit nahm, ihm zuzuhören.

1955

In dem Jahr, als alle ihre Kinder zur Highschool gingen, wurde Sylvia Chambers krank. Sie war vierzig. Angeblich waren Wunderdrogen am Horizont zu sehen, aber sie waren nicht leicht erhältlich, und obwohl sie einige Wochen im Krankenhaus verbrachte, hielt man eine Operation in ihrem speziellen Fall für wenig vielversprechend, man hielt sie letztlich für einen zu hohen Preis. Rettung war nicht zu erwarten. Im Januar fing sie an, sich etwas merkwürdig zu fühlen, im Laufe des Frühjahrs ging es ihr immer schlechter, und Ende Juli starb sie.

Bill gab der Krankheit seiner Frau keinen Namen. Er setzte sich mit Patrick und Daphne und Paul an den Küchentisch und sagte ihnen nur, daß sie sehr ernst war. Sie hörten das Wort, das ihr Vater sagte, ernst, und sie wußten, daß er sie mit dem Wort warnen wollte, aber sie wollten keine Warnung hören. In diesen ersten Monaten vertrauten sie auf Doktor Cooper, der alt, lahm und selbstsicher war, auf die Kraft der Medikamente, die sie im Drugstore holten, und am meisten auf die robuste Natur ihrer Mutter. Sie gingen davon aus, daß sie sich erholen würde.

Ende Februar nahmen sie wie gebeten das Kirschbaum-Ehebett ihrer Eltern auseinander und brachten es Stück für Stück nach unten, sie halfen ihrem Vater, ein paar Wohnzimmermöbel in die vordere Diele zu räumen, damit man das Bett dem Panoramafenster gegenüber aufstellen konnte. Bill hatte Sylvia gesagt, daß er mit ihr nach unten ziehen würde. Er hätte ein Bett für das Wohnzimmer ausleihen und das Kirschbaumbett oben für sich behalten können, aber er hatte beschlossen, nachts nicht von ihr zu weichen, sie nicht zurückzulassen und allein die Treppe hinaufzugehen. Barbarisch, dachte er, wenn er sich vorstellte, wie er diese Treppe hinaufging.

Er wußte, was die Leute in der Stadt dachten, daß Sylvia ihn nämlich geheiratet hatte, weil er offensichtlich ein zuverlässiger Mann war, daß sie einfach eine vernünftige, überlegte Entscheidung getroffen hatte. Die Leute konnten nicht wissen, wie gut sie es miteinander hatten. Wie ruhig sie sein konnte, wie patent, obwohl sie für jeden Unsinn zu haben war. Wie sie zum Frühstück herunterkam, während er ihren scharfen Schweiß noch in der Nase hatte, und so gelassen aussah, so ungekünstelt, und wie sie sofort genau so werden konnte, wie die Kinder oder der Rest der Welt es von ihr erwartete. Sie verwandelte sich so schnell von einer Frau in die andere. Einmal hatte sie zu ihm gesagt, daß es irgendwie Spaß machte und daß eine Frau außerdem genau das tun mußte, ob ihm das nicht klar wäre. Wie denn sonst? fragte sie ihn. Er hatte nichts erwartet und mit nichts gerechnet und alles bekommen. Und jetzt sollte er es verlieren, sollte stillsitzen und zusehen, wie sein Verlust Schritt für Schritt näher kam.

Die Kinder gewöhnten sich schnell daran, daß ihre Mutter im Wohnzimmer war, und sie gewöhnten sich daran, durch die vollgestellte Diele die Treppe anzusteuern, aber jedesmal, wenn sie sich am Sofa vorbeidrückten oder sich das Schienbein an der harten Kante des Kaffeetischs stießen, dachten sie, das bleibt nicht so. Das ist nur jetzt so.

Patrick Chambers war vier Jahre älter als Paul, seine Wachstumsschübe waren vorbei, und er war wie Bill etwas weniger als durchschnittlich groß. An seinen Bruder würde er nie herankommen. Er hatte ganz ähnliche Gesichtszüge wie Daphne, aber ihr Mund war hübsch, und seiner war nur entschlossen und scharf geschnitten. Seine Augen waren von demselben leuchtenden, schönen Wedgewoodblau wie Sylvias, wie die von Sylvias Vater. Außer seiner Größe hatte er von Bill die breiten Schultern mit den kräftigen Muskeln und das dunkle, dichte Haar, das er als sorgfältig frisierten, geschniegelten Entenschwanz trug. Wenn er sich mit den anderen Kerlen verglich, stellte er fest, daß er höchstwahrscheinlich gutaussehend war, seine Schulfotos schienen das zu beweisen und die Art, wie manche Mädchen nervös wurden, wenn er sie ansah.

Daphne war genauso groß wie Sylvia, und sie wäre ihrer Mutter wie aus dem Gesicht geschnitten gewesen, wenn sie sich den Kiefer bei dem Sturz in ihrer Kindheit nicht auf so seltsame Weise gebrochen hätte, wenn die Verformung des ausgeheilten Kiefers ihr Gesicht nicht merklich und dauerhaft schief gemacht hätte. Sie hatte die blauen Augen und Sylvias unerschütterliches Lächeln, den besonders hübschen Mund, den spitzen Haaransatz unter ihrer Ponyfrisur, den gesunden Schwung in ihrem langen Haar und die eleganten, gewölbten Augenbrauen, die schon mit Sylvias Pinzette behandelt werden mußten.

Nur Paul hätte man der Familie unter vielen Menschen nicht zugeordnet, er war so offensichtlich anders, daß gelegentlich beim Abendessen darüber gewitzelt wurde. Er war zwar der Jüngste, aber er war seit kurzer Zeit und endgültig größer als sie alle und auch als alle anderen in der neunten Klasse, und das meiste trugen seine eishockeygestählten Beine zu dieser Größe bei. Er trug sein regelmäßig geschorenes sandfarbenes Haar in einem sachlichen Bürstenschnitt, und neben seiner Nase und auf seinem Kinn gab es einen Aknestreifen, den er so weit wie möglich ignorierte. Er hatte gerade angefangen, sich Bills Rasiermesser aus dem Medizinschrank zu nehmen, und oft kam er vorübergehend gefleckt mit ausgerissenen Toilettenpapierstückchen an den Frühstückstisch, sein Blut sickerte hindurch und verkrustete schnell, während er seine Cornflakes aß. Seine großen Augen waren ungewöhnlich graugrün, eine Farbe, die es zuvor in keiner Generation auf der einen oder anderen Seite gegeben hatte, und die Wimpern, die seine großen Augen schützten, waren so lang und dicht und dunkel wie die eines Filmstars. Zwei Mädchen im Aufenthaltsraum seiner neunten Klasse hatten ihm schon gesagt, daß sie für solche Wimpern jemanden umbringen würden.

Wenn es eine Eigenschaft gab, die alle Familienmitglieder teilten, etwas, das vielleicht in den Genen eingeschlossen und somit für alle Nachkommen abzusehen war, dann waren es die außergewöhnlich schönen, feingliedrigen Hände. Bills Hände ebenso, und vielleicht sogar besonders, auch wenn man in Betracht zog, daß ihm im Nordatlantik die Finger abgerissen worden waren.

Murray McFarlane war nur einen Zoll kleiner als Paul, aber schlaksig und nicht so sicher, nicht so bewußt sinnlich in seinen Bewegungen. Er ging mit Patrick in die dreizehnte Klasse, und über die Jahre, seit dem Sommer mit dem Zirkus, hatte er sich allmählich in die Chambers-Familie hineingearbeitet. Er war nach Daphnes Sturz nicht verschwunden, wie ein anderer Junge vielleicht. Wenn er da war und eine Mahlzeit aufgetischt wurde, aß er mit ihnen, er half Patrick und Paul freiwillig bei saisonalen Pflichten, etwa beim Schneeschaufeln, wenn viel gefallen war, beim Aufräumen nach einem Sturm, im Herbst beim Blätterrechen und beim Verbrennen der Blätter am Ufer des Bachs. Er tauschte mit ihnen allen bescheidene und ungewöhnliche Weihnachtsgeschenke aus: einen Abakus, einen Kaugummispender, ein Namensschild aus Messing für die unbenutzte Eingangstür, das Bill prompt an die Hintertür nagelte.

Als Verbeugung vor der sozialen Konvention wurde Patrick manchmal zum Dinner bei Murrays Familie eingeladen, aber diese Einladungen wurden immer zu einem Anlaß ausgesprochen und weit im voraus ausgemacht. Murrays Eltern waren außerordentlich fromme Anglikaner und schon etwas älter, Anfang Sechzig. Sie hatten Murray bei letzter Gelegenheit bekommen. Seine Eltern waren beide der einzige überlebende Sproß einer sehr wohlhabenden Familie, und dieses schwere Schicksal verschaffte ihnen einige Verpflichtungen und viele Annehmlichkeiten, die der Reichtum mit sich bringt. Mr. McFarlanes jüngerer, lediger Bruder Brady, dessen fröhliche Gutmütigkeit sehr beliebt gewesen war, hatte ein kurzes, von der Flasche beherrschtes und schließlich beendetes Leben gelebt, und Mrs. McFarlane hatte vor dem Ersten Weltkrieg einen sehr jungen Bruder durch Meningitis verloren und nach dem Krieg eine Schwester, ihren Zwilling, wahrscheinlich durch Brustkrebs, wie die Ärzte nachträglich vermuteten. Die McFarlanes besaßen ein doppeltes Erbteil erstklassigen, verpachteten Farmlands, ein gutes Drittel der Häuser an der Front Street und die größte Futtermühle im Verwaltungsbezirk, die Murrays Vater noch immer betrieb, damit er beschäftigt war. Sie wohnten in Mrs. McFarlanes Elternhaus. Es war eines der Häuser mit einem bescheidenen Türmchen und einer breiten, umlaufenden Veranda, und Mrs. McFarlane unterhielt manchmal auf ihrer Veranda ein paar Freundinnen an Kartentischen, die man für einen Bridgenachmittag und ein sommerliches Mittagessen aufgestellt hatte.

Murray trug ohne Klagen die Einsamkeit, die seiner Veranlagung entsprach. An Sommerabenden nahm er Daphne und manchmal ein paar von ihren Freundinnen mit hinaus zum See, dort fuhren sie in dem dunkelblauen Hardtop-Buick seines Vaters die breite Straße am Strand auf und ab, und er kurbelte alle Fenster herunter, um aus dem Wagen das Kabriolett zu machen, das sein Vater nicht kaufen wollte. Wenn er nicht schalten mußte und eine Hand leicht auf dem Lenkrad lag, fuhr er sich mit den Fingern durch seinen streng frisierten Entenschwanz, knöpfte sein Hemd bis zum Gürtel auf und zeigte eine schmale, aber wohlgeformte Brust. Er bot Daphne immer den Beifahrersitz an, damit sie das

Radio bedienen konnte, und sie suchte dann Bill Haley oder Brenda Lee oder Buddy Holly, drehte die Lautstärke voll auf und sang aus Leibeskräften, manchmal hängte sie sich dabei aus dem Fenster.

Wenn er nicht mehr herumfahren wollte, brachte er den Wagen am Strand zum Stehen und unterhielt sich von Fahrer zu Fahrer mit irgendeinem Jungen von der Schule. Dann waren die Mädchen still, schauten und hörten zu, und dann fuhr er los, wendete in den flachen Wellen und hinterließ lange, schmale, gebogene Reifenspuren hinter ihnen im nassen Sand.

Er lernte mit Daphne am Eßzimmertisch, er brachte ihr bei, wie man einen überzeugenden Aufsatz schreibt, er forderte sie heraus und lobte sie, weil er wie jeder andere sah, daß sie weit über dem Durchschnitt lag. Und bei Eishockeyspielen saß er dicht neben ihr, während sie zusahen, wie Patricks oder Pauls Team gegen irgendeine andere Stadt antrat. Er berührte sie nicht, versuchte es nicht einmal, er wartete nicht auf eine Gelegenheit, sie aus dem Gleichgewicht zu bringen oder ihr Haar zu zerzausen oder eine ihrer kleinen, ausdrucksvollen Hände in die seinen zu nehmen. Seine Unbeholfenheit hatte sich noch nicht ausgewachsen, aber er besaß eine Art dünne, schlaksige Kraft. Nachdem die Krankheit von Sylvia Besitz ergriffen hatte, nachdem jeder verstanden hatte, daß sie gerne bewahren wollte, was von ihrer Haltung übrig war, rief sie eines Abends im Frühling nach Murray, um ihm zu sagen, daß er wahrscheinlich an der Reihe war, sie zum Abendessen in die Küche zu tragen. Auf ihr Rufen hin eilte er ins Wohnzimmer, packte sie fest im Rücken und unter ihren dünnen Oberschenkeln und hob sie mühelos vom Bett hoch, und sie konnte sein Selbstvertrauen durch ihren Morgenrock spüren. Als er sich umdrehte, um sie durch die Tür zu tragen, hielt er sie fest an seine Brust gedrückt.

In der Zeit vor Sylvias Tod saß die Familie nach dem Abendessen oft zusammen und unterhielt sich, die leeren Teller schoben sie zur Mitte des Tischs, damit sie Platz für ihre Ellbogen oder ihre verschränkten Arme hatten. Ihr ganzes Leben lang hatte Sylvia ausgezeichnet gut andere Leute nachmachen können. Schon als junges Mädchen hatte sie ihre eigene Stimme verstellen und jemand anderen ins Zimmer bringen können, jemand, dessen Tonfall leicht zu erkennen war und der Ansichten hatte, über die man sich leicht lustig machen konnte. Ihr Gesicht war jetzt dünn, und ihre wedgewoodblauen Augen waren unnatürlich groß, aber sie konnte noch immer ein paar Leute ganz genau nachmachen, unter anderem Katherine Hepburn und den schüchternen jungen Bürgermeister der Stadt, und mit dem größten Vergnügen ihre hoffnungslos fröhliche Schwägerin, die als unbeliebteste Tante der Kinder einen sicheren Stand hatte. Alle Imitationen brachten ihr Applaus ein.

Wenn Pauls Größe zur Sprache kam, und sie kam oft zur Sprache, weil sich die Unterhaltung dadurch aufheitern ließ, sagte Sylvia, daß er bestimmt ein Findelkind war, ein vertauschtes Baby, das man versehentlich an ihr Krankenhausbett gebracht hatte. Dann beschrieb sie eine sehr große Mutter, die sich über ihr kleingewachsenes Kind wunderte. Aber niemand glaubte, daß das wirklich so war, denn Paul, und nur Paul, konnte das Kunststück, das seine Mutter konnte. Er konnte wie ein Monster in einem Horrorfilm Krallen aus seinen Hände machen, er konnte die oberen Gelenke seiner langen Finger krümmen und die anderen Gelenke gestreckt lassen. Paul und Sylvia zeigten ihr Kunststück oft zusammen, lächelten einander über den Tisch hinweg an und freuten sich, weil die anderen sich gruselten.

Zwei- oder dreimal in diesen Monaten nahm Sylvia etwas Energie zusammen und versuchte zu sagen, was sie wirklich dachte. Mit einer Bedachtsamkeit, die sie nur zum Teil hinter ihrer Lässigkeit verbergen konnte, sagte sie eines Abends, daß sie jeden einzelnen beschreiben wollte, seine Fähigkeiten und seine besonderen Talente. Sie wollte erklären, warum sie auf dieser Erde waren.

Sie sagte: »Patrick ist still, aber zuverlässig. Er kann andere Leute stützen, wenn sie das am meisten brauchen. Das ist immer wahr gewesen und wird immer wahr sein«, und Patrick stand vom Tisch auf und verbeugte sich.

Sie sagte: »Daphne hat etwas Geheimnisvolles, etwas, das die Leute daran erinnert, wenn man sie denn an etwas erinnern kann, daß die Dinge nicht notwendigerweise so sind, wie sie scheinen«, und Daphne stand auf, stellte sich in die Mitte des Zimmers und knickste in alle vier Richtungen, als säße eine aufmerksame Menge um sie herum.

Sie sagte: »Paul bewegt sich schnell, und er denkt schnell. Und er ist lustig, und das ist eine wunderbare und nützliche Sache, die man nie unterschätzen sollte«, und Paul nahm die übertrieben bescheidene Haltung eines wirklich zerknirschten Menschen an, er senkte ernst den Kopf, und alle schnaubten vor Lachen, denn wegen seiner von Bill manchmal sogenannten neuen Großspurigkeit hatte man Paul hin und wieder daran erinnern müssen, daß sein glorreicher Status als Mittelpunkt des Bantam-Eishockeyteams nicht automatisch auf alles andere zu übertragen war.

Sylvia war noch nicht fertig und wandte sich zu Murray, denn sie hätte ihn unter keinen Umständen ausgelassen. »Murray«, sagte sie, »ist einfach gut. Und zwar angeboren gut.« Murray, der die Wahrheit über sich zu wissen glaubte, blieb, wo er war, wandte das Gesicht ab und zuckte mit seinen schmalen Schultern.

Während Sylvia sprach, hatte Bill zustimmend genickt, als hätten sie alles durchgesprochen und gemeinsam entschieden, was zutraf. Die Kinder wußten nur zu gut, daß solche Aussagen selten waren. Andere Kinder, deren Mütter nicht in das Wohnzimmer gezogen waren, hörten wahrscheinlich nie, daß jemand sie so freundlich beschrieb. Aber trotz ihrer Blödeleien saugten sie es auf, sie glaubten, was ihre Mutter ihnen sagte, sie nahmen sich die Worte und packten sie weg, um sie in Zukunft gegen andere Worte zu setzen, die sie zum Teil schon kannten.

Manchmal kamen nach dem Abendessen alle nach und nach ins Wohnzimmer, umringten Sylvia im Bett und unterhielten sich. Sie fingen dann mit maßlos übertriebenen Berichten von jüngsten Ereignissen an: der betrunkene, tobende Schwager von irgend jemandem war bei einem Tanzabend in der Arena hinausgeworfen worden, auf einer Hochzeit, die schon für Juli vorgesehen war, sollten die Brautjungfern dunkelroten Veloursamt tragen, das höchste Buntglasfenster in der Bibliothek war unerklärlicherweise in der Nacht zum Donnerstag zerbrochen, wahrscheinlich hatte es eine bücherfeindliche Sekte mitten in der Nacht eingeschlagen, wie Daphne sagte.

Dann ging es weiter mit beiläufigem, erholsamem Klatsch, mit Mutmaßungen und Rätseleien. Wenn sie in Schwung kamen, griffen sie sich die seltsamsten Leute heraus, die Außenseiter, oder die, von denen sie am wenigsten wußten, oder die, die sie nicht mochten. Wenn die Unterhaltung in vollem Gange war, ermutigten und widersprachen und unterbrachen und beschuldigten sie sich gegenseitig und logen gerade so viel, wie nötig war, damit sie weiterging.

Sylvia kannte noch immer jeden, über den sie sprachen, sie war noch nicht so lange bettlägerig, daß sie vergessen hätte, wie die Welt funktionierte, sie stachelte sie an, und manchmal übertrumpfte sie die anderen mit leicht gehässigen, aber offenkundig genauen Berichten aus der fernen Vergangenheit.

Wenn sie nicht mehr konnte, sank sie in ihren Kissenhaufen zurück und erklärte: »Wir sind wirklich verabscheuungswürdig, wirklich, wir alle«, und Bill gab wie üblich zur Antwort: »Wir sind nicht so schlimm, daß wir nicht noch schlimmer werden könnten.« Wenn Sylvia sehr müde war, verließen die Kinder das Wohnzimmer und drückten im Hinausgehen einfach durch die Decken ihre Füße.

Weil Bill noch immer in den Eisenwarenladen zur Arbeit gehen mußte, überließ er Sylvias Pflege tagsüber ihrer Mutter. Und er saß noch immer mit den anderen Männern, die in der Stadt arbeiteten, mit den Geistreichen, wie man sie nannte, in den vorderen Nischen des Blue Moon herum. Die Geistreichen kannten Sylvia Chambers Lage, und sie versuchten, sich darauf einzustellen, versuchten, alles mit ihren arbeitenden Körpern abzuschirmen. Normalerweise vertrieben sie sich die Zeit damit, über Politik zu reden, sie verdrehten ungerührt die Tatsachen, vergrößerten die Probleme bis zur Hoffnungslosigkeit und wiederholten wie Wahlsprüche die Worte Scheißpolitiker und Steuererhöhung. An manchen Tagen attackierten sie zur Abwechslung die Fortschritte in Wissenschaft oder Technik, über die gemunkelt wurde, und ihr Argwohn wuchs durch das immer zuverlässige Zusammenspiel von halbgaren Informationen und wuchernder Skepsis. Aber weil Bills Lage so war, wie sie war, hielten sie sich zurück, sie zögerten kurz, bevor sie etwas sagten, dämpften ihr unstetes, spöttisches Maschinengewehr-Gerede durch indirekte, halb ausgesprochene Gefühlsäußerungen und benutzten Klischees, um nicht deutlich werden zu müssen. Sie ertrugen das gelegentliche Schweigen und stellten knappe, freundliche Fragen, nicht um der Antwort, sondern um der Freundlichkeit willen.

Das konnte nicht so bleiben. Als sie von der Freundlichkeit mürbe waren und genug davon hatten, faßten sie einen Plan.

Die Männer wußten, daß Sylvia nach unten ins Wohnzimmer gezogen war und daß es im Haus nur ein Badezimmer gab, also beschlossen sie, daß eine Gruppe Amateur-Zimmerleute ihr im Erdgeschoß ein Badezimmer bauen sollte. Archie Stutt war mit von der Partie und beide Großväter und der anglikanische Priester. Trevor Hanley, der die Chev-Olds-Handlung hatte, sagte, daß er kommen würde und daß er schon aufgewärmt war, weil er gerade im Herbst die letzten Handgriffe an einem Schuppen draußen bei seinem Häuschen gemacht hatte. Und Archie sagte, daß er mit dem neuen Kerl bei Esso reden und sehen würde, ob er dabei war.

Bill leistete keinen Widerstand. Er hatte den alten Palisadenzaun allein abgerissen, als er aus Übersee kam, aber mit so etwas konnte er nicht dienen, denn selbst jetzt, wo er sich schon seit mehr als zehn Jahren ausschließlich auf seine linke Hand verließ, war sie noch nicht ganz zuverlässig, nicht bei Präzisionsarbeit, nicht mit schwerem Werkzeug. Und in seiner Stellung konnte er seine Arbeit im Eisenwarenladen nicht liegenlassen.

Aber er nutzte seinen Rabatt und kaufte das meiste Material, und er lieh bei der Presbyterian Church eine Kaffeemaschine für dreißig Tassen aus. Er kochte jeden Morgen frischen Kaffee und stellte ihn in die Küche auf einen improvisierten Tisch neben der Hintertür, denn es war März, der Boden war hart, und bei der Arbeit war es kalt.

Sie fingen außen an zu bauen. Anfangs versammelten sich die Hunde aus der Nachbarschaft, um ihr Interesse bellend zu bekunden, und daraufhin rannten im Garten die Eichhörnchen in die Hickorys hinauf und versteckten sich in den winterlichen Zweigen. Als die Eichhörnchen sahen, daß sie nicht viel zu befürchten hatten, kamen sie zurück, und die Männer gaben ihnen Namen und verwickelten sie in Gespräche. Der neue Kerl drückte sich grober aus, als die älteren Männer es gewöhnt waren, aber weil sie sich weigerten, ebenso zu antworten, weil sie sich die Mühe machten, ihre Worte zu wählen, mäßigte er sich. Sie waren es gewohnt, das Gespräch auf diese Weise zu lenken, und sie dachten nicht schlecht von ihm, sie nahmen nur an, daß er anders erzogen worden war. Vielleicht von Wölfen, meinte der Priester zu Anfang.

Die meisten Männer brachten ihre eigenen Schaufeln und Hämmer und Sägen mit, ihre eigenen Maßbänder. Sie gruben sich durch den dünnen Schnee in die Erde und durchbrachen die gefrorene Schicht mit den mildesten Gotteslästerungen und mit ein wenig zusätzlichem Druck ihrer Stahlkappenstiefel auf die Schaufelblätter. Sie schleppten das Bauholz von dem schneebedeckten Haufen in der Einfahrt herbei, bauten einen Rahmen für das Fundament und mischten Beton in einer von Archies Schubkarren. Als er gegossen war, feuerte Archie unter einem improvisierten Zelt, das nur aus einer alten, fleckigen Plane über den Gartenstühlen bestand, ein Propangasöfchen an, damit der Beton trocknen konnte.

Sie bauten auf dem kalten Boden Rahmen für drei rechteckige Wände und hämmerten sie zusammen, und als die Wände standen, skizzierte Trevor Hanley ein flaches Dach und sagte, daß sie es besonders sorgfältig bauen mußten, damit die Verbindung zum Haus auch wirklich ganz genau schloß, denn wenn es jemals ein Leck geben würde, dann wahrscheinlich da.

Der Klempner kam, um den Abfluß zu installieren. Er bohrte Löcher durch die alte Grundmauer und lötete Erweiterungen an die bestehende Wasserleitung im Keller, und als er sagte, daß er alle Leitungen hatte, die er brauchte, bauten sie den Unterboden und ließen nur eine Falltür offen, die er für ausreichend hielt. Sie deckten die Nägel an den Wänden mit Sperrholz und Dachpappe und einer Verkleidung ab, die im Frühling jemand weiß streichen sollte, damit sie zum Rest des Hauses paßte. Der anglikanische Priester warf ein halbes Dutzend Schindelpacken auf das Dach und kletterte ihnen nach.

Archie und ein paar Männer, die bei der Stadt angestellt waren, gruben einen langen Graben vom neuen Badezimmer zur Abwasserleitung auf der Straße und legten ein Fünf-Zoll-Rohr als Verbindung. Kurz nachdem sie das Rohr vergraben hatten, bedeckte der letzte treibende Schnee die breite Schlangenlinie aus aufgeworfener Erde, die im Sommer einsinken und sich setzen sollte.

Die Männer kamen herein und brachten Werkzeug und Lärm und unverblümte Männergespräche mit in die Küche. Sie brachen mit dem Holzhammer ein türgroßes Loch in die Küchenwand und glätteten die Öffnung dann sorgfältig mit der Handsäge. Die Kinder räumten auf, sie schaufelten Sägemehl und Putzstückchen in Kartons, die in die Garage gebracht und zur Deponie geschleppt werden sollten, wenn jemand Zeit hatte. Isoliermaterial wurde zwischen die Nägel gestopft und mit erstklassigem Sperrholz verkleidet, und dann wurden ein Schrank und ein Spiegel und ein Waschbecken und eine Toilette geliefert. Der Klempner kam zurück, und der Elektriker mit einem kleinen elektrischen Heizofen. Auf den Boden wurde ein dicker grauer Teppich geklebt, damit es mitten in der Nacht warm war unter Sylvias bloßen Füßen.

Die Großväter fuhren in einem von Trevors brandneuen 55er Chev-Pickups davon, mit einem Vorführwagen, wie er sagte, was bedeutete, daß Trevor in diesem Jahr genau diesen Transporter haben wollte, und nachdem sie die Straßen kreuz und quer abgefahren und überlegt hatten, bei wem vielleicht eine lose Tür herumlag, bogen sie in Bert Wynnes Einfahrt ein, und natürlich hatte Bert eine Eichentür, die er für so eine Gelegenheit in den Dachsparren seiner Scheune aufgehoben hatte. Sie boten ihm zwanzig Dollar, aber er war mit zehn zufrieden, und als die Tür im Haus war und in neuen, stärkeren Angeln in ihrem Rahmen hing, flickte und glättete Archie den zerfetzten Putz darum herum.

Als die Arbeit getan war, zogen ein Dutzend Männer Stühle um den Küchentisch oder lehnten an der Theke und teilten sich eine Vierzig-Unzen-Flasche Canadian Club, gestiftet von Archie Stutt. Sie tranken schweigend und waren mit sich zufrieden. Keiner machte Witze, und wenn jemand zu schwatzen versuchte, kam nichts zurück, denn es fielen ihnen keine Ausschmückungen ein, die der Mühe wert gewesen wären.

Sylvias Mutter riß die alte Küchentapete ab und verbrannte sie in dem Faß unten am Bach. Sie blieb bei dem Papier stehen, solange es brannte, und drückte es mit dem Brecheisen immer wieder in das Feuer hinein. Während sie wartete, bis das Feuer seine Arbeit getan hatte, hüllte sie sich fest in ihre dicke alte Strickjacke, drehte sich um und sah zu, wie der kalte Aprilbach eilig zum See hin floß.

Sie tapezierte die Küche und auch das Badezimmer neu, und die Tapete war in Farbe und Muster ganz ähnlich der, die sie abgerissen hatte. Sie brauchte drei Tage dafür. Margaret Kemp hörte im Eisenwarenladen früher auf und half ihr dabei.

Das Badezimmer war in blassem Altrosa eingerichtet. Patrick fuhr Daphne nach Sarnia und über die Bluewater Bridge nach Port Huron, weil sie ihn darum gebeten hatte, sie kaufte dort zwei teure Garnituren dicke, rosafarbene amerikanische Handtücher, und auf dem Nachhauseweg hielten sie in der Stadt bei Clarke's an und kauften rosafarbenes Kleenex und Toilettenpapier, das neu auf dem Markt und sehr beliebt war.

Als das Badezimmer ganz fertig war, wurden die Männer eines Abends zum Kaffee und zu einem Stück extradunklem Schokoladenkuchen eingeladen, der Spezialität von Sylvias Mutter. Paul war auserwählt und durfte die Tür zu ihrem Werk aufreißen. Sylvia saß auf einem Küchenstuhl und tat so, als hätte sie nicht die ganze Zeit zugesehen und zugehört, als hätte sie nicht bereits begonnen, die Toilette zu benutzen. Sie sagte ihnen, sie hätten das fabelhaft gemacht, sagte, es sei so praktisch für sie, und: »Wie kann ich euch nur jemals danken?«

Zwei Monate nachdem das Badezimmer fertig war, stand Sylvia mitten in der Nacht darin und wusch sich ihr verschwitztes Gesicht und ihren Hals, und dann fiel sie um. Sie sah sich selbst im Spiegel zu, während sie niedersank. In den wenigen Sekunden, die ihr Vater brauchte, um zu Sylvia zu kommen, gelangten die Kinder nur bis zur Treppe, und dort hörten sie, wie Sylvia laut auf ein Dutzend verschiedene Arten nach Gott rief und dann nach Bill und wie sie ihm mit kalter, mitternächtlicher Stimme sagte, daß er ihnen beiden zuliebe aufhören solle, so zu tun, als würde er verstehen.

»Hör verdammt noch mal damit auf«, sagte sie zu ihm. »Es hilft mir nicht.«

Und dann hörten sie, wie er ihr auf die Füße half und versuchte, sie mit erstickten Worten und seinem eigenen unterdrückten Schluchzen zu beruhigen.

Nach der Nacht mit dem Sturz kam Doktor Cooper zweimal täglich vorbei, um Sylvia Spritzen in die Hüfte zu geben, und er sagte Bill im Vertrauen, daß dieses Medikament ihr Wesen vielleicht ein wenig verändern würde, daß er das wissen mußte, und man konnte es nicht wirklich sagen, aber es war das beste, was es im Augenblick gab.

Reverend Walker von der United Church kam einmal in der Woche, gewöhnlich am Vormittag. Als er bei seinem ersten Besuch seinen Kaffee und ein Muffin bekommen hatte, bat er Sylvias Mutter, sie eine Weile allein zu lassen. Sie tat das widerwillig und schloß die Tür mit etwas zu viel Kraft hinter sich. Bill sagte Sylvia, daß er Walker wegschicken würde, wenn sie das wollte, aber sie sagte nein, das sei in Ordnung, er mache nur seinen Job. Sie sagte niemandem, worüber sie an diesen Vormittagen einmal in der Woche sprachen.

Margaret kam jetzt direkt nach der Arbeit im Eisenwarenladen und kochte das Abendessen. Sie war eine außergewöhnlich große, füllige Frau mit einem Alltagsgesicht und den flachen Schuhen vom letzten Jahr, ihre üppige Figur tarnte sie achtsam, indem sie sich gebückt hielt und großen Wert auf Kleidermuster legte und auf hübsch bedruckte Blusen, die sie nicht in ihre engen Röcke steckte. Sie trug nur einen Hauch Lippenstift, und es war ihr noch nie in den Sinn gekommen, ihre Augenbrauen zu zupfen. Manchmal leckte sie einen Finger ab, um ihre Brauen in Form zu bringen, aber es hätte sie überrascht, davon zu hören.

Margaret packte zu. Sie kratzte Töpfe aus und schrubbte auf Händen und Knien den Küchenfußboden, und Paul mußte auf einen Küchenstuhl steigen und den Anschluß der Küchenlampe abschrauben, damit sie die schon lange toten Fliegen durch den Abfluß spülen konnte.

Sie konnte passabel kochen, aber weil sie keine Erfahrung damit hatte, den allgemeinen Appetit einzuschätzen, war es sehr schwierig für sie, die richtige Menge zu treffen. Nach einer Woche beschloß sie, daß es so etwas wie zuviel einfach nicht gab, daß man alles, was übrigblieb, auf irgendeine andere Weise verbrauchen konnte, in einer Suppe, einem Auflauf oder einem Eintopf. Lieber zuviel als zuwenig, beschloß sie, und oft mußte sie gar nichts beschließen, weil Bills Mutter einen Schmorbraten geschickt oder jemand aus der Straße wieder einmal einen Hackfleischauflauf vorbeigebracht hatte.

Margaret setzte sich nicht mit ihnen an den Tisch. Während Bill und die Kinder aßen, ging sie ins Wohnzimmer und suchte eine nette Musik im Radio neben Sylvias Bett, dann holte sie Schüsseln mit heißem Wasser und einen Waschlappen und das weichste Handtuch, schloß die Tür vor den anderen, zog die Paisley-Gardinen zu und schlug das Laken zurück. Wenn sie mit dem Waschen fertig waren, kam sie mit einer frischen Schüssel zurück, und sie wuschen Sylvias Haar, das zum ersten Mal in ihrem Leben kurz geschnitten und inzwischen völlig glanzlos war. Auf dem Tisch neben dem Bett stand immer ein Glas Noxema, und Margaret rieb

Sylvias Rücken, ihre Arme und Beine und Füße damit ein, sie bearbeitete kräftig die Haut, um die Durchblutung in Gang zu halten.

Wenn Sylvia gewaschen war, sie sagte *erfrischt* dazu, suchte sie aus einem Dutzend Nachthemden, die sie geschenkt bekommen hatte, seit man von ihrer Krankheit wußte, eines aus, und die beiden zogen es ihr gemeinsam an. Margaret wechselte gewissenhaft und schnell das Bettzeug, sie half Sylvia auf, führte sie zu einem Sessel, zog das Bett ab und machte es innerhalb einer Minute neu. Und ohne jemanden um Erlaubnis zu fragen, zog sie die besten Quilts hervor, die sie bei einem Abstecher ins Obergeschoß sorgfältig verpackt im Wäscheschrank gefunden hatte.

Für Sylvia kochte sie separat und hielt sich mit Salz und Gewürzen ein wenig zurück, wie Cooper es empfohlen hatte. Sie kochte gute Cremesuppe mit Pilzen oder Hühnchen oder Kartoffeln und servierte sie in einem von Sylvias Suppentellern aus Porzellan. Manchmal machte sie Lachskroketten oder Waldorfsalat, genug für sie beide und für sonst niemanden.

Sylvia wußte das alles sehr zu schätzen, besonders das Waschen. Sie sagte, daß es beinahe das schlimmste war, sich nicht selbst frischhalten zu können, und sie wollte auf keinen Fall von ihrer Mutter oder von Bill oder Daphne gewaschen werden. Als Margaret ihr eines Spätnachmittags einen großen Handspiegel hielt, damit sie ihr nasses Haar kämmen konnte, sagte Sylvia zu ihr: »Ist das Leben nicht sonderbar?«

Margaret hielt den Spiegel fest und versuchte, ihr eigenes Gesicht dahinter zu verstecken. Sie hatte nicht die leiseste Idee, was Sylvia sagen würde. Sie hatte gehört, daß manche Leute sich ehrlich äußerten, wenn sie glaubten, daß sie im Sterben lagen, und manchmal auch gegenüber Bekannten. Sie versuchte, sich darauf vorzubereiten und fragte sich, wie sie denn Sylvia eine Hilfe sein konnte, wo sie doch selbst keinen Glauben hatte, keinen Zauberspruch, keinen Weg, an irgend etwas anderes zu glauben als an das Leben, das direkt vor ihr lag. Alles, woran sie glaubte, alles, was sie sich jemals selbst hatte sagen können, war: Man kann nicht wissen, was passieren wird, und wenn es passiert, hat man normalerweise keine Wahl. Natürlich konnte sie streng mit sich selbst sein und sich vor Augen führen, daß durch Weinen oder Klagen oder Fortgehen nichts zu erreichen war, aber wie sollte sie zu dieser blassen Frau in diesem Bett so etwas sagen? Wenn es etwas anderes gab, was man sagen konnte, zeigte es sich heute nicht.

Aber darum ging es nicht, keineswegs. Sylvia sprach schließlich weiter, und sie sagte nur: »Wir kennen uns schon so lange und sind bis jetzt nie wirklich Freundinnen geworden.«

Margaret legte den Spiegel in ihren Schoß und strich tapfer eine Strähne hinter Sylvias Ohr. »O ja«, sagte sie. »Verschiedene Leben.«

»Aber jetzt nicht«, sagte Sylvia. »Nicht mehr.«

Margaret nickte.

»Du mußt mir bei etwas helfen«, sagte Sylvia. »Wenn das geht.«

»Ja«, sagte Margaret und nahm an, daß es um etwas Praktisches ging.

»Irgendwann bald wird das hier sehr schnell schlimmer werden«, sagte Sylvia. »Ich habe wie alle anderen über die Kinder nachgedacht.« Sie hielt für einen Moment inne, um ihre Worte abzuwägen. »Patrick wird sich in Wut flüchten, nehme ich an, und Paul in Tränen. Daphne, das weiß ich einfach nicht. Wäre es irgendwie möglich, daß du ...«

»Ja«, sagte Margaret, nicht weil sie verstand, was sie tun sollte, sondern weil Sylvia glaubte, daß es eine Frau sein mußte, sonst hätte sie nicht gefragt. Und das war sie, eine Frau. »Ja«, sagte sie. »Natürlich.«

Margaret brachte manchmal ein paar Lebensmittel mit und einmal Bücher aus der Bibliothek, leichte Geschichtsbücher und ein paar Krimis mit Eselsohren, aber keines wurde gelesen. Aber Sylvia bat um einen guten Atlas, Margaret fuhr nach London, um einen zu kaufen, und sie studierten ein paar Stunden lang die Veränderungen in der Welt.

Nach ein paar Wochen nahm Margaret Daphne mit zum Bett ihrer Mutter und gab ihr das Tablett mit dem Porzellanteller und dem Silberlöffel. Sie stand an dem staubigen Panoramafenster und fragte Daphne über ihre Hausaufgaben und über ihre Freundinnen aus, bis die Suppe halb aufgegessen war. Sie wußte, wer Daphnes Freundinnen waren, denn sie sah sie oft zusammen die Straße entlang in die Stadt gehen, dann unterhielten sie sich und stupsten sich gegenseitig mit den Schultern, immer noch ein bißchen verspielt, aber auch ernst und seit neuestem behutsam mit Daphne und miteinander. Man konnte es an ihrer Haltung sehen, an ihren strengen Mienen, an ihren Blicken, die schamlos die Blicke der anderen suchten und Verständnis verhießen. Die Mädchen kamen jetzt nicht mehr ins Haus, man konnte sie höchstens bis hinter die Küchentür locken, doch darin war ganz leicht eine weitere ungeschickte, unangebrachte, gutgemeinte Geste des Respekts zu erkennen.

Daphne hörte auf, ihre Mutter mit Suppe zu füttern, und Margaret überlegte, wie es für die Jungen wäre, wenn sie sie mit ein paar Zeitungen und einem Eimer Essigwasser zu den staubigen Fenstern schicken würde, und als dann das Geschirr abgewaschen war, nahm sie ihren Harris-Tweedmantel und ihre Handtasche, sagte gute Nacht und ging zur Hintertür hinaus.

Die Großeltern kamen gewöhnlich nach dem Abendessen, wenn Margaret gegangen war. Manchmal war einer von Sylvias Brüdern und dessen Frau dabei oder ihre Schwester von außerhalb oder Bills Bruder aus Windsor mit seiner fröhlichen Frau und den kleinen Kindern. Sie trugen Küchenstühle herein und verteilten sie willkürlich um Sylvia herum im Zimmer. Die Nichten und Neffen durften kurz auf dem Bett sitzen und ihre Tante umarmen, dann lümmelten sie auf dem Teppich und spielten geheime kleine Flüsterspiele oder Schnippschnapp oder Hampelmann.

Die Erwachsenen versuchten, über Dinge zu reden, die Sylvia vielleicht interessierten, über Sandy Koufax und die Brooklyn Dodgers, über Lassie, über James Deans schlimmen Tod, aber alle hörten zu höflich zu, waren zu aufmerksam, wenn jemand etwas sagte, und fast alle lachten unnatürlich schnell und waren sich sofort einig. Sylvia nahm ihre Worte nicht als Sätze wahr, die sie bewußt formulierten, um etwas mitzuteilen, sondern als öde Folge dumpfer Geräusche gegen die dumpfe Stille, die allmählich in ihr aufstieg. Sie nahm ihre Worte wahr als kleine, gutgemeinte Schläge gegen einen Bunker aus Beton. Trotzdem bat sie nie, könntet ihr bitte einfach das Maul halten und nach Hause gehen.

Gelegentlich unterhielten sie sich einfach selbstvergessen miteinander, und manchmal war Sylvia dankbar dafür. Der Aufmerksamste unter ihnen beobachtete sie während der Unterhaltung genau, und er wußte, was es mit den kleinen, ruckartigen Bewegungen ihrer Hände auf sich hatte, damit, daß sie leicht den Kopf einzog, als wollte sie etwas ausweichen, das zu dicht über ihr flog.

Daphne war der Meinung, daß es schön wäre, die Kekse und die Schnittchen, die die Frauen immer mitbrachten, auf dem Silbertablett von der Anrichte zu servieren, und Bills Vater, ein schwerer, grobknochiger Mann, der laut und langsam sprach, machte einen gewaltigen Wirbel, als sie mit dem Tablett im Raum herumging, und sagte, daß sie sich so nett mache. Sylvias Vater, der dünn und drahtig war und wegen eines Emphysems keuchte, hielt sich nicht an die Konventionen, wie man es von ihm erwartet hätte. Er weinte ganz offen und sagte schreckliche, tiefempfundene Dinge wie »Du warst immer die Stärkste« und »Ein halbes Leben« und »Warum trifft es nicht mich statt dessen«, und immer, wenn er damit anfing, holten die anderen gemeinsam tief Luft und machten sich bereit, dem ein Ende zu setzen.

Als das zum dritten oder vierten Mal passierte, strömten plötzlich Tränen über Pauls Gesicht, und er mußte es zur Wohnzimmerwand drehen, und weil Sylvias Vater sich in seinem Enkelsohn wiedererkannte, erhob er sich aus seinem Sessel und ging zu Paul, womit er alles nur noch schlimmer machte. Patrick hatte in diesen wenigen, kurzen Monaten gelernt, seine Liebe als unaussprechlichen Druck in sich zu tragen, und er sprang so schnell auf, daß er beinahe seinen Stuhl umwarf. Er nahm die Treppe in fünf großen Sprüngen und schlug die Schlafzimmertür hinter sich zu, und nach diesem Abend saß er nicht mehr bei ihnen, er sagte nicht einmal hallo, wenn sein Großvater durch die Küchentür kam.

Sylvias Mutter blieb stoisch. Als geborene Koordinatorin besprach sie die praktischen Dinge mit Margaret, um sicher zu sein, daß alles in guten Händen war. Sie nahm die Wäsche mit nach Hause, weil sie einen neuen Wäschetrockner im Keller hatte, sie schrieb die erforderlichen Briefe, um sämtliche Neuigkeiten mitzuteilen, und sie versuchte, am Eßzimmertisch die Hausaufgaben zu überwachen. Und sie schimpfte mit Paul, unter vier Augen, aber ernsthaft. »Ich kann dieses Weinen nicht ausstehen, Paul«, sagte sie. »Jetzt nicht. Danach ist noch genügend Zeit dafür, das kannst du mir glauben.«

Eines Abends in der Mitte einer Woche, in der Sylvias Kräfte wieder aufzuleben schienen, rief sie Daphne allein zu sich ins Wohnzimmer. Als Daphne die Tür geschlossen und sich auf dem Bett niedergelassen hatte, sagte Sylvia, daß sie wissen sollte, wie leid es ihr tat, daß sie später nicht dasein würde, um ihr zu helfen, bei ihrer Ehe und ihren Babys. Als Daphne sprechen wollte, als sie sagen wollte, sag das nicht,

Mom, sag das nicht, hob Sylvia die Hand. Sie wollte so gerne offen sein, ehrlich sein. Sie wollte sagen, nimm dir Zeit, wenn du glaubst, daß du bereit bist für einen Ehemann, geh nicht nur nach dem Aussehen, bring ihn zum Sprechen, finde heraus, wie er denkt. Oder, laß nicht zu, daß dein Herz deinen Kopf übertönt. Oder, was dir auch passiert, laß es dir nicht einfach gefallen. Aber sie sagte das, was sie einstudiert hatte.

»Ich glaube, kluge Frauen achten auf Verläßlichkeit und Treue, wenn sie sich für einen Ehemann entscheiden, und ich glaube, Männer wollen mehr oder weniger dasselbe. Und es kann nie schaden, wenn man auch ein bißchen was zu lachen hat.« Daß Daphne sich vor langer Zeit den Kiefer gebrochen hatte, erwähnte sie nicht, auch nicht ihre Sorge, daß das verformte Gesicht den Männern vielleicht das Interesse nehmen würde, daß sie sich instinktiv abwenden würden.

»Eine Geburt«, sagte sie »ist nicht annähernd so schlimm, wie manche Frauen es dir dann vielleicht einreden wollen. Auf einen jungen Körper kann man vertrauen.« Sie legte die Hände auf ihren eigenen aufgeblähten Bauch. »Da drin sind spezialisierte Muskeln, die haben nur diese eine Sache zu tun.« Über Sex sagte sie nichts Genaues und nichts Deutliches, nur, daß Daphne keine Angst davor haben sollte. »Sex ist hauptsächlich zum Spaß und zur Beruhigung da«, sagte sie. »Und so soll er auch sein.«

Daphne hörte jetzt mit großen Augen zu und hielt sich die Hände vor den Mund, sie nickte und versuchte, ihre Hände wegzunehmen. »Ich will drei Babys haben«, sagte sie. »Drei werde ich haben.«

»Drei ist eine sehr gute Zahl«, sagte Sylvia. »Sag mir, wie du sie nennen willst.«

»Mädchen sollen Maggie oder Jill oder Paula heißen«, sagte Daphne. »Jungen sollen David oder Daniel oder Michael heißen.«

»Das sind sehr schöne Namen«, sagte Sylvia. »Die Namen gefallen mir sehr gut.«

Am nächsten Abend rief sie Patrick und Paul und Murray herein, sie mußten sich setzen, und sie sagte zu ihnen, daß sie bald Frauen und Kinder haben würden, worauf die Jungen durch ihre Knie hindurch auf ihre Füße blickten und die Köpfe schüttelten. Sylvia hatte den ganzen Nachmittag über dieses Gespräch nachgedacht, und sie wußte, daß sie vorsichtig den Zorn des einen und die angsterfüllten Tränen des anderen Sohnes umgehen mußte, und wenn sie die Jungen jetzt betrachtete, konnte sie sehen, daß ihre Grenzen schon in Patricks geballten Fäusten und in Pauls nassen Wangen zu erkennen waren. Was sie ihnen sagen wollte war, geht es langsam an, so langsam, wie ihr könnt. Und, schaut euch genau die Mutter an, bevor ihr euch entscheidet, denn Töchter werden normalerweise genauso oder das genaue Gegenteil. Sie wollte sagen, laute, alberne Mädchen wachsen oft zu lauten, albernen Frauen heran, und mürrische Mädchen bleiben meistens mürrisch.

Stattdessen sagte sie: »Frauen erwarten von Männern Stärke und Liebenswürdigkeit und absolute Treue. Und ein gutes Ohr.« Sie sagte: »Ihr werdet ziemlich hart arbeiten müssen, wenn ihr eine Familie ernähren wollt.« Sie sah Patrick und Paul an und sagte im Scherz: »Vielleicht müßt ihr euch sogar überlegen, mit dem Eishockey aufzuhören.« Dann holte sie so tief Luft, wie sie konnte. »Natürlich macht Sex Spaß«, sagte sie. »Das habt ihr wahrscheinlich schon entdeckt. Aber ihr müßt versuchen, zu kapieren, daß er etwas völlig anderes sein kann, sogar viel mehr, wenn man sich ein paar zusätzliche Gedanken macht und sich ein bißchen Zeit dafür nimmt.« Sie mußten nicht sitzen bleiben und sich fragen, ob sie dazu irgend etwas zu sagen hatten. Sylvia scheuchte sie aus dem Zimmer wie kleine Jungen, die ermahnt worden waren, sich im Frühjahr vom Bach fernzuhalten, und sie hoffte nur, daß sie nicht gelogen hatte.

Bill hatte angeboten, in einer freien Ecke im Wohnzimmer ein kleines Bett für sich aufzustellen, falls er im Schlaf herumrollte und Sylvia damit störte oder ihr Beschwerden bereitete. Als Beweis für seine Überlegungen lieh er bei den McKellars aus ihrer Straße ein Klappbett aus und schob es ins Eßzimmer, wo es bezogen bereitstand, aber Sylvia sagte nein, das wollte sie nicht, noch nicht. In all diesen Monaten hatten sie weiterhin getan, was sie konnten, wenn sie konnten. Cooper hatte ihnen von Anfang an und unverblümt gesagt, daß sie sich jedes mögliche Vergnügen gönnen sollten.

Cooper sagte zu Bill, daß Sylvia jetzt eine sehr hohe Dosis bekomme, die er jederzeit erhöhen würde, wenn er feststellen sollte, daß sie das brauche. Er sagte, daß der Tod zu den Menschen auf verschiedene Weise komme, auf mehr Weisen, als der Durchschnittslaie sich vorstellen könne, und daß ein leichter Tod immer noch möglich sei. Er sagte, daß besonders große Schmerzen wahrscheinlich nicht zu erwarten seien, nicht bei der Dosis, die sie bekomme.

Bill stellte das Klappbett nicht auf. In der letzten Juliwoche wollte Sylvia nichts essen, und dann fiel sie immer wieder in außerordentlich tiefen Schlaf, der über die Nacht und den nächsten Tag und über Nacht und den halben folgenden Tag andauern konnte. Cooper sagte, daß das am segensreichen Morphium in ihrem Gehirn lag, das besser war als das künstliche.

Wenn sie aus diesem Schlaf erwachte, konnte sie nur wenige, unbedingt nötige Worte sprechen und kaum etwas trinken, nur atmen und zuhören und schauen. Bill blieb zu Hause, die Kinder bekamen bei ihren Ferienjobs frei, und immer war jemand bei ihr im Wohnzimmer, oft zwei zur gleichen Zeit. Am letzten dieser Tage und Nächte voller Schlaf war Bill bei ihr, und weil er erschöpft war bis an die Grenzen der Disziplin, sogar erschöpfter als während seiner Zeit in Übersee, kroch er zu ihr ins Bett und schlief ein. Er erwachte aus einem Traum von rollenden Fingern, und er wußte es, ohne hinzusehen.

Er nahm sich ein paar Minuten Zeit für sich selbst und blieb stumm auf seiner Seite des Bettes liegen, er widerstand dem vollen Bewußtsein, ließ es warten. Er streckte seine Hand aus, um ihre Augenbrauen zu glätten, um zu versuchen, die Linien auf ihrer Stirn zu glätten, wie es im Halbschlaf seine Gewohnheit war. Dann setzte er sich hin, stand in seinem Pyjama auf. Er ordnete ihr Haar, so gut er konnte, und zog das Kissen straff, und dann zwang er sich dazu, unter den Decken nach ihren Händen suchen, sie darunter hervorzuziehen, denn sie sah so merkwürdig aus, wie sie da ohne ihre Hände lag.

Er tastete sich durch die Diele und die Treppe hinauf, um die Kinder zu wecken, und setzte sich eine Weile auf die oberste Stufe, um der Erinnerung an Sylvias Stimme zu lauschen, die ihm sagte, was er ihnen sagen sollte, wenn dieser Tag gekommen war, aber als er das erste warme Bett erreichte, gab es nur noch Stille in ihm. Als sie die Augen aufschlugen, konnte er ihnen nicht helfen.

Als ihre erste verzweifelte Trauer, lauter und unbeholfener als alles zuvor, beinahe verbraucht und die Julisonne ganz aufgegangen war, die Julisonne, die für Bill jetzt nur noch das stumpfe Werkzeug, der geistlose Anstoß eines leeren Tages war, ging er in die Küche, um Cooper anzurufen, und alle blieben im Wohnzimmer, bis sie hörten, wie der Cadillac in die Einfahrt bog. Cooper brachte frische Morgenluft mit herein, er legte ihnen nacheinander seinen warmen Arm um die Schultern, und das beruhigte sie und gab jedem sein eigenes, unabhängiges Ich zurück, es zeigte ihnen die treibende, luftlose Abwesenheit, die jeder einzelne sich bereits auf seine Weise erklärte, wie Sylvias ganzes Leben, wenn das möglich gewesen wäre. Dann bat er sie, hinaus in die Küche zu gehen.

Bill schenkte sich ein Glas Orangensaft ein und setzte sich

an den Tisch. Er fing an, mit seinen Kindern Schritt für Schritt die Beerdigung ihrer Mutter zu besprechen, weil er die Stille jetzt nicht ertragen konnte, weil sie ihn schwindelig machte und krank im Bauch. Er hatte noch nichts unternommen, der Gedanke, es vorwegzunehmen, hatte ihn abgestoßen.

Paul und Daphne setzten sich zu ihrem Vater, aber Patrick öffnete die Kühlschranktür weit und schlug sie wieder zu, zweimal und sehr fest. Er fragte: »Was zum Teufel heißt das schon, was jetzt passiert?« Bill nickte, ja und nochmals ja, und er sagte zu ihm: »Das machen wir jetzt.«

Als Bill seine Pläne für die Beerdigung umrissen hatte, ging Paul nach draußen und stellte sich in die Kieseinfahrt, und Daphne ging ihm nach. Die Sonne stand jetzt über der Garage. Sie versprach einen sehr heißen Tag. Sie standen eine Weile nebeneinander, dann zog sie ihn am Arm in die Kühle der Küche zurück.

Cooper hatte den Bestatter gerufen, und offenbar hatte er auch Margaret gerufen, denn sie war bald da, stand an der Küchentheke, wandte ihnen ihren langen Rücken zu, öffnete eine Dose Lachs und butterte eine doppelte Reihe Brote. Bill ging hinauf, um sich anzuziehen, und als er zurückkam, rief er die Großeltern an.

Murray kam gleich nach dem Bestatter in die Küche. Er setzte sich an den Tisch, legte den Kopf auf die Arme und weinte wie ein Kind, und Daphne ging durch den Raum und stellte sich dicht hinter ihn.

Dann sagte Bill den Kindern, daß auch sie sich anziehen sollten, also gingen sie nach oben. Als sie angezogen waren, setzte Daphne sich zu Paul auf dessen Bett, und seine gequälten Tränen brachten geheimnisvollerweise ihre Tränen zum Versiegen. Murray war auf dem Boden zusammengesunken, er lehnte an dem anderen Bett und wandte dem schweigenden Patrick den Rücken zu. So blieben sie sitzen, bis sie hörten, daß Margaret die Treppe hinaufkam, um

Sylvias Schrank durchzusehen. Kurz nachdem sie wieder hinuntergegangen war, hörten sie auf dem Kies das unverkennbare Geräusch des Leichenwagens, der vorsichtig aus der Einfahrt bog.

Eine Woche nach Sylvias Beerdigung kam Margaret an einem Sonntagnachmittag mit einem fast durchgebratenen Huhn durch die Küchentür. Sie hatten in dieser Woche sehr viel zu Essen bekommen, überbackene Kartoffeln und gebratenen Schinken, Fleischkäse, Baked Beans, Biskuitkuchen, Buttertörtchen und Obstschnitten. Auf der Küchentheke standen der Größe nach gestapelt ein Dutzend leere Auflaufformen, gute, stabile, ofenfeste Schüsseln, mit Namen auf Klebeband, damit man wußte, wer die Besitzer waren. Dieses Geschirr ging von Haus zu Haus, je nach Notwendigkeit.

Margaret öffnete die Ofentür und sagte zu Daphne, daß das Huhn bei dreieinhalb nur noch eine knappe halbe Stunde brauchte. Sie sagte, daß sie dazu ein paar Kartoffeln aufsetzen werde und ob Daphne an Erbsen dachte oder an Mais, oder an was? Während sie zusammen in der Küche waren, achtete Margaret darauf, respektvoll Abstand zu halten, sie achtete darauf, Daphne nicht einmal aus Versehen zu berühren. Bei der Beerdigung und beim Lunch im Untergeschoß der Kirche nach der Beerdigung hatte sie bemerkt, daß Daphne sich leicht zurückzog, wenn jemand sie zu berühren drohte. Und die Leute versuchten das. Die Leute nahmen an, daß man das wollte. Sie hatte Verständnis dafür, sie kannte das Gefühl.

Als sie die Kartoffeln geschält und aufgesetzt hatten, nahm sie ihre Schürze ab, mixte einen Rye mit Wasser für sich und einen Rye mit Coke für Bill, ging ins Wohnzimmer und setzte sich zu ihm. Sie unterhielten sich eine Weile über nichts Besonderes, und dann fragte sie, ob Patrick, Paul und Murray das Bett vielleicht nach oben tragen sollten. Bill rief die Jungen ins Wohnzimmer und bat sie, das zu tun, und er und Margaret sahen zu, wie sie das Bett auseinandernahmen und es nach oben ins Schlafzimmer ihrer Eltern trugen, wo sie es wieder zusammenbauen würden.

Margaret erwähnte Sylvias Schrankseite nicht, denn Bills Mutter hatte gesagt, daß sie und ihre Freundin Phyllis sich darum kümmern würden. Sie hatte gesagt, Phyllis' Schwester in Toronto hätte ungefähr Sylvias Größe.

Margaret hatte eigentlich nur so lange bleiben wollen, bis sie jeden Zoll des leeren Wohnzimmers geputzt hatte, aber als sie fast fertig war, holte Daphne sie zum Tisch, an dem ein Platz für sie gedeckt war. Nach dem Abendessen brachten die Jungen das Klappbett zu den McKellars zurück, und als Margaret im Wohnzimmer fertig war, leerten sie die Diele und stellten die Möbel wieder dahin, wo sie immer gestanden hatten.

Ab September gingen Patrick und Murray zur Universität. Im vorigen Frühjahr hatte Patrick noch nicht geglaubt, daß seine Mutter sterben würde, und als Murray und alle anderen ihre Bewerbungen schickten, hatte er seine auch geschickt, heimlich, ohne jemanden um Rat zu fragen. Das dreizehnte Schuljahr war nicht sein bestes gewesen, das wußte er, aber er glaubte dennoch nicht, daß er irgendwo durchgefallen war. Sie hatten ihre Klausuren geschrieben, jeder in neun Fächern, im Juni in der brütendheißen Turnhalle, und dann mußten sie den ganzen Sommer über warten, denn die Korrekturen wurde nicht von ihren eigenen Lehrern gemacht, sondern von anonymen Korrektoren in Toronto. Als er im August seine Ergebnisse bekam und sie gerade ausreichten, erzählte er Murray, was er getan hatte. Sie waren zum See hinausgefahren. Sie saßen in Murrays neuem Hardtop-Chev auf dem Casinohügel, und ihre Abschriften lagen offen auf ihrem Schoß. Patrick sagte, es wäre irgendwie unmenschlich von ihm gewesen, Zukunftspläne zu machen, während seine Mutter im Sterben lag.

Murray hatte überall Bestnoten, und das bedeutete, daß er für den Anfang ein solides staatliches Stipendium bekam. Am nächsten Abend lenkte er im Eßzimmer seiner Eltern das Gespräch so, daß seine Mutter ihn fragen mußte, wie Patrick Chambers abgeschnitten hatte und wohin er gehen wolle.

Ein paar Tage später kam Alex McFarlane zu Bill in den Eisenwarenladen und sagte, daß er und Mrs. McFarlane Patrick gerne mit einem Teil des Geldes aushelfen würden, das sie vor Jahren für Murray beiseite gelegt hatten. Sein weniges verbliebenes Haar war schneeweiß, und er hatte einen Anzug angezogen, um seinen Vorschlag zu unterbreiten. Er sagte, daß ihr Universitätsfonds für sie immer Geld gewesen sei, das in die nächste Generation investiert werden sollte, und daß sie es jetzt, wo Murray weniger brauchen würde, eigentlich nicht für etwas anderes verschwenden wollten. Er sagte, daß sie einmal in den Winterferien im Süden gewesen seien und daß es ihnen dort nicht besonders gut gefallen habe, der Verkehr, die feuchte Luft, die exorbitanten Hotelzimmerpreise. Er sagte: »Sie haben eine schwere Zeit gehabt, und ich wünsche mir, daß Sie das als Geste unseres Respekts gegenüber Patrick und Ihnen akzeptieren, und besonders natürlich gegenüber Sylvia.«

Bill nahm das Geld in Patricks Namen an. Für ihn war es seit Sylvias Tod eine der schwersten Fragen gewesen, wie er dafür sorgen konnte, daß die Kinder ihren Weg so gingen, wie sie es sich gewünscht hätte. Als er sich abends mit Patrick zusammensetzte und ihm von Alex McFarlanes Besuch erzählte, erklärte er ihm, daß so viel Geld nicht umsonst zu haben war. Er sagte, daß er eines Tages, später im Leben, die Pflicht haben würde, einem anderen jungen Menschen die entsprechende Summe zu geben, jemandem, dessen Möglichkeiten nicht seinen Verhältnissen entsprachen. Er sagte, daß diese Dinge so funktionierten und daß es eine Privatangelegenheit war, die man nicht herumerzählen sollte. Er sagte, daß Patrick möglicherweise über ein kleines

Geschenk nachdenken sollte, ein Zeichen des Dankes, am besten etwas für Mrs. McFarlane. Er sagte, daß Margaret ihm vielleicht dabei helfen konnte.

Als Patrick seinen nächsten Lohn von der Futtermühle bekommen hatte, ging er zu Margarets Wohnung und erzählte ihr, was sein Vater ihm zu tun geraten hatte, und er gab ihr einen Zwanzig-Dollar-Schein. Am nächsten Tag ging sie in ihrer Mittagspause zu Taylor's Fine China und fand einen hübschen Rosenpokal aus Kristall. Sie sagte zu Patrick, daß sie ihn für passend hielt, denn Mrs. McFarlane hatte einen großen Garten, und die Leute sagten, daß sie besonders stolz auf ihre Rosen war. Sie verpackte den Pokal am Küchentisch in dezentes Papier, und als er sie fragte, ob er sich feinmachen solle, um ihn hinzubringen, sagte sie: »Nein, es ist gut, so wie du bist.«

Patrick hatte die Antwort bekommen, die er hören wollte, und er hatte sich Margarets Pontiac ausgeliehen, um zu den McFarlanes zu fahren, aber trotzdem wünschte er sich, er hätte sie nicht um Hilfe gebeten. Er hatte keine Ahnung, wieso Margaret ständig zu Rate gezogen wurde. Bevor seine Mutter starb, hatten sie sie kaum gekannt, und jetzt sollte sie auf einmal gefragt werden. Sie war eigentlich nicht besonders oft bei ihnen, sie tat nur das, was sie tun sollte, und sie wußten das zu schätzen, es war vielmehr so, daß sie immer bereit war zu kommen. Sie saß einfach irgendwo herum und war bereit.

Mrs. McFarlane kam zur vorderen Tür. Sie sagte Patrick, daß Mr. McFarlane an diesem Morgen beschlossen hatte, nach Toronto zu fahren, und also nicht zu Hause war. Aber weil sie wußte, worum es ging, bat sie ihn herein, ließ ihn auf dem Brokatsofa in ihrem Wohnzimmer Platz nehmen und brachte ihm eine Flasche Coke. Sie fragte, ob sie das Geschenk vielleicht allein auspacken solle. Und Patrick sagte, sicher, warum nicht.

Sie war sehr vorsichtig mit dem Papier und dem Band,

und als sie den Pokal ausgepackt hatte, hielt sie ihn mit beiden Händen in das Licht, das aus der geräumigen Diele hereinfiel. Sie freute sich sehr. Er hatte noch nie gesehen, daß eine Frau sich so freute. »Ich habe ihn dort schon gesehen«, sagte sie, »und weißt du, ich hätte ihn fast gekauft. Stell dir das vor.« Sie stellte ihn behutsam vor sich auf den Tisch. »Ich wette, das ist Margarets Werk«, sagte sie. »Was dein Vater in Margaret für eine Freundin hat.«

In der ersten Septemberwoche beluden Patrick und Murray den Hardtop-Chev für den Umzug nach London. Bill, Daphne und Paul folgten in Bills Wagen, der genauso beladen war. Der Campus der Universität galt als einer der schönsten im ganzen Land, er erstreckte sich mit lässiger Anmut über fünfzig wellige Acres am Stadtrand, und hohe Steintore grenzten ihn zur Stadt hin ab. Die großen Collegegebäude aus Sandstein mit den Glockentürmen, kostspielige Nachbildungen britischer Renommierarchitektur, waren wohlüberlegt verteilt, sie saßen auf den grünen Hügeln wie mittelalterliche Juwelen.

Die Jungen fanden ihre getrennten Wohnheime schnell, und Bill, Daphne und Paul halfen ihnen, ihre Sachen die Treppe hinauf in die Zimmer zu tragen. In beiden Gebäuden wimmelte es von Eltern und Jungen, die Koffer und Kartons schleppten, die Jungen konnten es kaum erwarten, allein gelassen zu werden, und die Eltern waren nicht sehr erpicht darauf zu gehen. Die widerwilligsten Eltern mußten mit Nachsicht aus den Zimmern geschoben und die Treppe hinunter zu ihren Autos gebracht werden.

Kurz bevor er fuhr, wandte Bill sich Patrick zu. »Das ist eine Möglichkeit, die ich nicht hatte«, sagte er. »Sieh zu, daß du das Beste daraus machst.«

Zu Hause lernten Paul und Daphne kochen. Beide konnten ein gutes Omelett machen und Würstchen und Koteletts, auch wenn sie noch nie einen Braten riskiert hatten, und es gab immer Kartoffeln, Kartoffelbrei oder aufgewärmten Kartoffelbrei oder Bratkartoffeln und blaßgrüne Erbsen aus der Dose oder grüne Bohnen oder Maispüree. Auf unerklärliche Weise brachte Paul sich das Backen bei, er ging zu Clarke's und kaufte Kirschkuchenfüllung in Dosen. Sie erwischten ihn mehr als einmal dabei, wie er mit feuchtem, mehlverschmiertem Gesicht auf Sylvias Marmorbrett Teig ausrollte.

In Sylvias Kochbuch, einem großformatigen Standardwerk, das mit allen möglichen losen Rezepten in den verschiedensten seltsamen Handschriften vollgestopft war, fanden sich hier und da Schwarzweißbilder von sauberen, energischen Hausfrauen. Alle Hausfrauen lächelten strahlend und hatten ordentliche Frisuren mit festen, ondulierten Wellen und schmale, gegürtete Taillen und Schuhe, die an den Zehen offen waren, und aus ihren Mündern flogen Sprechblasen mit praktischen Haushaltstips, ihre praxisbewährten Lösungen für ständige Probleme wie kleine, unerwünschte Besucher im Mehl und im Haferschrot, Schimmel im Keller und laute Schranktüren, die einen friedlichen Haushalt stören konnten.

Einige Buchseiten waren fleckig, und oft waren die Seitenränder voll mit Sylvias eigener Handschrift, mit kryptischen Notizen, die sie sich dort gemacht hatte. Oft hatte sie sich Variationen oder andere Zutaten ausgedacht. Auf einigen Seiten gab es Häkchen oder Fragezeichen, und manchmal eine Warnung: Vorsicht beim Verdoppeln, oder: Klingt besser, als es ist, oder: Das konnte außer Bill niemand ausstehen, und der wollte vielleicht nichts sagen. Auf einigen Seiten stand am Rand ein dick unterstrichener Name.

Als in diesem September die Schule begonnen hatte, stand Daphne am Herd, rührte geistesabwesend in einer Suppe, die ihre Großmutter gebracht hatte, blätterte die Seiten durch und suchte nach ihrem eigenen Namen. Schließlich fand sie ihn neben einem Rezept für Meerschaumglasur: Daphne, stand da. Geburtstag und sonst.

Margaret drängte sich nicht auf. Sie ließ sie mehr oder weniger allein, damit sie zur Ruhe kommen konnten, und sie kam nur gelegentlich vorbei, um zu fragen, ob etwas Besonderes zu erledigen sei, oder um zu sagen, daß sie über die Grenze fuhr, und ob jemand Socken brauchte oder Unterwäsche oder Khakisachen. Als sie zum ersten Mal zu einem Essen eingeladen war, das sie nicht zubereitet hatte, hielt sie sich zurück; sie benahm sich wie ein Gast und akzeptierte freundlich Daphnes Nein, als sie fragte, ob sie beim Abwasch helfen solle.

Sie arbeitete nicht mehr mit Bill im Eisenwarenladen. Sie hatte ein Angebot von der Apotheke auf der anderen Straßenseite angenommen, dort bekam sie einen erheblich höheren Lohn dafür, daß sie die Bücher führte, die nicht viel komplizierter waren als die im Eisenwarenladen. Bill sagte ihr, daß er sie sehr ungern gehen sah, aber er war nicht verantwortlich und konnte nichts für eine bessere Bezahlung tun.

Zum Abschied schenkte er ihr eine Perlenbrosche, die er zwischen Baumwollwatte in einer kleinen blauen Schachtel in Sylvias Frisierkommode gefunden hatte. Als Margaret fragte, mußte er sagen, daß er keine Ahnung hatte, wie Sylvia dazu gekommen war.

Sechs Wochen nach dem Abendessen, bei dem sie nicht abgewaschen hatte, begannen Margaret und Bill, sich in ihren Kaffeepausen im Blue Moon zu treffen, und sie saßen immer hinten in einer kleinen Nische. Manchmal trafen sie sich zum Lunch, ein Sandwich mit Salat und Tomate oder die Tagessuppe.

Als den Geistreichen klar wurde, daß Bill sie verlassen hatte, sprach einer von ihnen aus, was die Männer untereinander flüsterten. »Mach das nicht zu lange so. Wir halten dir deinen Platz nicht ewig frei.« Das war seit langer Zeit der erste Witz, den jemand über Bill machte. Sie alle erkannten eine Chance, wenn sie eine sahen, und sie sahen nicht ein, warum er versuchen sollte, mit den Kindern allein zurechtzukommen. Keiner von ihnen hätte das geschafft.

Im Januar bat Bill nach einem von Margarets Roastbeef-Essen darum, daß alle blieben, weil er ihnen etwas zu sagen hatte. Patrick und Murray waren zum Wochenende nach Hause gekommen. Patrick kam regelmäßig, und er arbeitete so oft wie möglich in der Futtermühle. Beim Abendessen hatten sie sich lebhaft unterhalten. Die Jungen waren sehr gesprächig. Die Vorlesungen waren wirklich riesig, die Professoren waren wirklich seltsam, die Sportskanonen dachten, daß der Campus ihnen gehörte, und hatten damit durchaus recht. Niemand kümmerte sich besonders um Jungen aus der Kleinstadt.

Bill hatte Margaret keinen Diamantring gekauft, denn sie hatte gesagt, daß sie lieber nur den einen Ring haben wolle, aber die Kinder wußten alle, was kommen würde, und Bill wußte, daß sie es wußten. Er sagte das, was er sagen wollte, und achtete darauf, keine übertriebene Zuneigung zu Margaret zu zeigen, die ihm gegenübersaß. Er sprach einige Male das Wort »Mutter« aus und gegen Ende seiner sehr kurzen Rede die Worte »ein Leben führen«.

Er wußte, daß manche Leute das, was er vorhatte, für eine zu große, zu schnelle Veränderung hielten oder daß sie ihn einfach egoistisch fanden, was schlimmer war, als würde er vor allem an sich denken. Er hatte versucht, Margaret auf etwas Widerstand vorzubereiten, denn er glaubte, daß die Kinder ein Recht darauf hatten, aber er hatte nicht einschätzen können, wie ihr Widerstand sich zeigen würde. Aber sie nickten nur und versuchten zu lächeln, und jedes Nicken um den Tisch herum zeigte ihm, daß sie bereit waren, das schwerste Opfer zu bringen, das man ihnen jemals abverlangt hatte, und bevor er es auch nur erahnte, hatte er jedem einzelnen ein persönliches, lebenslanges Versprechen gegeben.

Er hatte seine Entscheidung wegen Margaret an einem Abend im Spätherbst getroffen, als er mit ihr zum Pferderennen nach London gefahren war, um ihr für all die Zeit und Mühe zu danken. Es war in zwölf Jahren das erste Mal, daß sie ganz allein miteinander waren und mit keiner Störung rechnen mußten. Auf dem Nachhauseweg sagte sie ihm, daß das alles mehr als gern geschehen war, und er erinnerte sie an all die Jahre, die sie Seite an Seite gearbeitet hatten, und dann fragte er sie, ohne mit der Wimper zu zukken, was sie vom Heiraten halte.

Margaret strich ihren seidigen Rock über ihren langen Beinen glatt und griff dann nach seinem Arm. Sie sagte, ja, das wäre ganz bestimmt das beste.

Wenn es jemanden interessiert hätte, hätte Margaret gesagt, daß es ihr eine Ehre war, in Bills Leben gebeten zu werden. Er hatte jetzt so etwas Förmliches an sich, wie vielleicht jeder Mann in seiner Lage. Aber sie hätte auch gesagt, daß die Liebe eines Mannes zu einer Frau ihren Anfang nehmen sollte, solange die Frau jung ist. Sie hätte gesagt, daß die Liebe eines Mannes zu einer Frau über dreißig eigentlich Liebe zu der jüngeren Frau in seiner Erinnerung war; vielleicht war das Gefühl mit der Zeit und der Vertrautheit stärker geworden, aber wenn man Zeit und Vertrautheit abstreifen könnte, würde man immer sehen, daß es die jüngere, erinnerte Frau war, die geliebt wurde, die ursprüngliche Frau. Sie hätte gesagt, daß sie das für einen Hauptunterschied zwischen Männern und Frauen hielt, denn man konnte jederzeit anfangen, einen Mann zu lieben.

Als sie in der Stadt angekommen waren, hatte Bill seinen Wagen auf der Straße geparkt und war mit Margaret die Treppe hinauf in ihre Wohnung über dem Hydro Office gegangen. Während er ihr den Pullover über den Kopf zog und den Reißverschluß an ihrem langen, seidigen Rock öffnete, stand sie ganz still. Und während sie still stand, fragte sie sich, wie sie das alles überhaupt mit ihm anfangen konnte, diese tatsächlichen Berührungen, diese tatsächlichen, intimen Bewegungen. Sie war einundvierzig Jahre alt. Sie hatte einen großen Teil ihrer Erfahrungen mit Männern gemacht, als sie noch ziemlich jung gewesen war, und in letzter Zeit, bevor Bill Chambers in Frage kam, war die Liebe in ihrem schmalen Bett notwendigerweise diskret gewesen, vielleicht, weil sie nur diskret und begrenzt möglich und in ihrer Heimlichkeit unverbindlich gewesen war und wie ein Traum, verglichen mit dem, was jetzt geschah. *Wie ein Traum.* Dieses *Jetzt* sollte keine wahre, verbotene, langersehnte Liebe freudig beweisen, sondern Bills deutlichen Wunsch, daß sie bei ihm in seinem Leben war, ganz in seinem Leben. Sie wartete darauf, daß ihr Körper diesen Unterschied akzeptierte. Sie verließ sich auf ihren Instinkt. Bill bewegte sich langsam, er führte sie langsam. Ihr Instinkt gebot ihr, ihm das zu erlauben.

Als sie einmal angefangen hatten, war es nicht mehr schwer. Die fehlenden Finger fehlten nicht, und seine Haut unter den überraschend symmetrischen Inseln aus dunklem Körperhaar war unter ihren vorsichtigen Händen wie warmer Knittersamt, wie etwas, das man in der wirklichen, taghellen Welt berühren konnte, ein wunderbares Geschenk, das man nur einmal im Leben bekommt.

Nachdem sie sich zum ersten Mal gefunden hatten, rollte sie sich zusammen und hielt sich selbst und sagte ihm, daß sie es bis in die Fingerspitzen spüren konnte. Es hatte sie durchdrungen wie eine Unterströmung. Überall.

Bill streckte sich in ihrem engen Bett neben ihr aus, er war zufrieden und verwirrt und still. Er konnte ihr nicht sagen, er würde ihr nie sagen können, wie merkwürdig das war, wie Sylvia, eine kleinere Frau, förmlich auseinandergeflogen war, wenn es ihr geschah, wie er sie manchmal hatte festhalten müssen, damit sie heil blieb, und wie er sich manchmal einfach zurückgezogen und gelacht und zugesehen hatte, wie sie das Bett ausfüllte, zugesehen, wie sie flog, und jetzt sie, Margaret, eine viel größere Frau mit schönen langen Knochen, die sich so klein machte in seinen und in ihren eigenen Armen.

Er hatte nicht versucht, sich einzureden, daß er Margaret liebte, noch nicht; aber er glaubte, daß man eine gewisse Form der Ehe aus Notwendigkeit und Dankbarkeit und Sorge schließen konnte. Er glaubte, daß durch Margarets langknochige Gegenwart das Haus sicher bleiben würde und vertraut und daß er mit der Zeit feststellen würde, daß er sie liebte, nach ein paar Monaten oder Jahren. Es konnte auch sein, daß die Liebe auf einen wartete. Er glaubte daran. Und außerdem war er nicht jung. Und er wollte auch nicht mehr jung sein.

Er beruhigte sie, streichelte ihren gewölbten Hals und ließ seine Hand auf der Ader ruhen, die dort pulsierte, und währenddessen fing er an, sich einen kleinen, versiegelten Raum zu bauen, in dem er sein Leben mit Sylvia bewahren und schützen wollte, die ganze Vergangenheit behalten und schützen. Der Raum sollte unendlich viel fassen, und er würde nach Belieben eintreten, er würde sich für den Rest seines Lebens an alles erinnern, an alles, was immer er wollte. Aber er würde sich nie erlauben, zu den Dingen zu sprechen, die dieser Raum beherbergte, denn er würde keine Antwort bekommen, und er glaubte, daß dieses Schweigen das Schwerste war, was sein Leben ihm jemals bringen konnte.

1956

Bill und Margaret heirateten an einem Freitagabend Anfang Februar im anglikanischen Pfarrhaus. Sie hatten darüber gesprochen, in das Gerichtsgebäude in London zu gehen, aber dann hatte Bill den Priester vorgeschlagen, der das Badezimmerdach mit Schindeln gedeckt hatte, und Margaret hatte keine Einwände gehabt.

Die Zeremonie war kurz und schnell und fand im engsten Kreise statt. Bills Eltern waren nicht eingeladen, sie hatten zwar gesagt, daß er tun solle, was er für richtig halte, aber Margarets Mutter und Vater waren beide ziemlich jung gestorben, in den Kriegsjahren, und Bill wollte nicht, daß sie sich zahlenmäßig gänzlich unterlegen fühlte. Sie hatte nur einen viel älteren Bruder, der schon lange in Nova Scotia wohnte, und man konnte nicht erwarten, daß er nur wegen einer Hochzeit eine solche Reise machte. Die Kinder waren natürlich da, und Murray trottete mit, er kam, zehn Minuten bevor sie zum Pfarrhaus gingen, in seinem Anzug zu ihnen ins Haus. Bills Bruder Gerry und seine fleischige Frau Eileen kamen aus Windsor, um die Trauung zu bezeugen, die Schwägerin war eine entschlossene, temperamentvolle Frau, die die Leute ständig mit Apropos-Zitaten von Doktor Norman Vincent Peale unterbrach. Als sie Eileens gnadenlosem Jubel eine Stunde lang zugehört hatte, erinnerte Margaret sich erleichtert daran, daß man nach Windsor immerhin ziemlich lange fahren mußte. Nach der Kirche gab es keinen offiziellen Empfang. Man wollte keine richtige Feier haben.

Margarets Bridgepartnerin und älteste Freundin Angela

Johnston hatte einen Biskuitkuchen mit Ananasfüllung gemacht und ihn am Nachmittag vorbeigebracht, sie hatte selbst den Kühlschrank geöffnet und alles umgeräumt, um Platz dafür zu schaffen. In den nächsten Wochen kamen Glückwünsche und ein paar kleine Geschenke ins Haus, aber ganz ungezwungen. Die Geistreichen und ihre Frauen kauften für sie das blaue Bowleservice, das bei Taylor's im Schaufenster gestanden hatte, und als sie es vorbeibrachten, sagten sie, es sei ein großes Geschenk anstelle vieler kleiner, unnützer Dinge.

Margaret verkaufte die meisten Möbel aus ihrer Wohnung über dem Hydro Office an einen Auktionator. Was sie nicht verkaufte, verstaute sie in Bills Keller, sie ging davon aus, daß jemand, der sich gerade einrichtete, die Sachen eines Tages heraufholen und mitnehmen würde. Sonst brachte sie nur ihr Auto mit, einen Pontiac von 1954, den sie Patrick für Verabredungen zur Verfügung stellte, wie sie sagte, und den anderen, wenn sie anfingen zu fahren, außerdem einen niedrigen, runden Mahagonitisch mit bogenförmigen Verzierungen, eines der wenigen schönen Dinge, die ihre Mutter besessen hatte, ein fast vollständiges Service aus gutem, feinem Porzellan, ihr kaum benutztes Silberzeug und ihren kleinen Fernseher, den sie kürzlich gekauft hatte. Obwohl es auf dem Dach des Hauses noch keine Antenne gab, trug Paul den Fernseher herein, stellte ihn auf einen Tisch im Wohnzimmer und ordnete die Sessel ihm gegenüber an.

Margaret versuchte, vorsichtig zu sein und nichts durcheinanderzubringen. Sie räumte Sylvias Küchenschränke teilweise aus und stellte das Geschirr und die Konservendosen so hinein, wie es ihr entsprach, und jedem, der ihr dabei zusah, erklärte sie, daß eine große Frau sich ein wenig anders einrichten mußte.

Nach dieser ersten Nacht, als sie vom Pferderennen in die Stadt zurückgekommen waren, hatte Bill sich davon überzeugt, daß es mit ihnen gutgehen würde, aber manchmal erinnerte er sich ohne Vorwarnung über lange, schwere Tage hinweg an Sylvia, an kleine Dinge aus einer anderen Zeit, und dann wollte er sie zurückhaben, so sehr, dann wollte er ihre gemeinsame Zeit zurückhaben. Er erzählte Margaret, daß es unter seiner Haut saß wie ein fauliger Schmerz, zwischen seinen Knochen und seiner Haut. Er sagte, daß er nur so und nicht anders beschreiben konnte, was mit ihm los war.

Einen Monat vor ihrem Tod hatte Sylvia zu Bill gesagt, daß alles geschehen konnte. Er hatte in ihrem feuchten Bett gelegen und ihren Sorgen um die Kinder zugehört, und dann hatte er gehört, wie sie plötzlich sein mögliches Leben in den Armen einer anderen, unbekannten Frau beschrieb, hatte gehört, wie sie deutlich sagte, daß er keine Wahl haben würde, daß er einfach seinen Bedürfnissen würde vertrauen müssen und es nehmen, wie es kam. Sie sagte, das würde sie an seiner Stelle wahrscheinlich tun. Sie würde es einfach tun müssen.

Margaret achtete darauf, in Gesellschaft anderer Bill gegenüber gleichgültig zu sein, aber in ihrem Bett streichelte sie ihn und versuchte, seinen Schmerz zu lindern. Sie lobte Sylvia. Sie sprach mit aller Zuneigung, die sie aufbringen konnte, über Sylvia, über ihren Mut, ihre Courage, darüber, wie sie ihre Kinder geliebt hatte, über die Art, wie sie Leute nachmachen konnte, die Art, wie sie jeden zum Lachen bringen konnte. Sie ermutigte Bill, sich an Sylvias Scherze über ihre Schwägerin zu erinnern, und wenn er sich erinnerte, lachte sie mit ihm. Margaret glaubte, daß sie Sylvia erlauben konnte, in ihm weiterzuleben. Sie waren keine Kinder mehr.

Allmählich begann der Zauber ihrer Liebenswürdigkeit zu wirken, und schließlich fand sie den Mut zu sagen, daß das Leben für die Lebenden da war, ob ihm das paßte oder nicht. Sie sagte, daß es gut war weiterzuleben. Bill beichtete wie ein Sünder, daß er eigentlich Glück verspürte, Glück, Sylvia gehabt zu haben und jetzt sie zu haben, und Margaret nickte im Dunkeln und zog ihn an sich, und weil ihr Körper so anders war als der von Sylvia, hoffte sie, daß er in dem, was er jetzt tat, etwas ganz anderes würde erkennen können.

Nach einer ziemlich direkten, aber ermutigenden Beratung von Doc Cooper gestattete sie sich zu Beginn des Frühjahrs, schwanger zu werden, und sie nahm richtig an, daß Babys ein Leid manchmal lindern können. Sie ging an einem hellen, klaren Morgen zur Arbeit in die Stadt und sah zu, wie die Zweige der Bäume an der Straße unter dem neuen Gewicht der Knospen schwankten, und sie zwang die Spermien, die sie eine Stunde zuvor empfangen hatte, ihr Bestes zu geben. Es sind Preise ausgesetzt, sagte sie ihnen.

Die Kinder machten sich keine Gedanken über Margaret und ihren Vater im Bett. Auch sie waren nicht ohne Instinkt. Es war schwieriger, sich an den Anblick ihrer großen Hände auf den Sachen ihrer Mutter zu gewöhnen: auf ihren Schürzen, ihrem Mixer, ihren Wäscheklammern, ihrer Nähmaschine, auf dem Kram in ihrer Kramschublade. Was sie ärgerte und aufrüttelte, waren Belanglosigkeiten, die Art, wie sie sich die Nase in kurzen, schnellen Stößen putzte, und ihre Tüten, ihr wachsendes Tütenlager, die Art, wie sie jede Tüte innerhalb ihrer Reichweite glättete und faltete und in eine Schublade steckte, nur für den Fall.

Margaret hatte sich ab und zu etwas Zeit genommen und von einem Leben wie diesem geträumt, als sie noch allein in der langgezogenen, engen Wohnung über dem Hydro Office wohnte und hinten im Eisenwarenladen an ihrem übergroßen Schreibtisch arbeitete, während sie all die Jahre Zahlen in das Hauptbuch eintrug, um am Monatsende einen glatten Abschluß zu haben, und die einzige Abweichung eine Fahrkarte war, mit der sie gelegentlich in die Stadt fuhr. Sie hatte von vielen Dingen geträumt, die sie sich aussuchen konnte, von vielen sauberen Fenstern, gutem, sorgfältig zubereitetem und nett serviertem Essen, einem Spiegel im Badezimmer mit der üblichen, privaten Mischung männlicher und weiblicher Toilettenartikel dahinter, und sie hatte immer gedacht, daß sie eine Tochter Kathleen und einen Sohn Tom nennen würde.

Aber als ihr Zustand im Spätsommer so offensichtlich wurde, daß man über einen Namen nachdenken mußte, sprach Daphne das Thema beim Abendessen an, als hätte sie das Recht dazu. Sie wollte nur ihre Reife zeigen und bekunden, daß sie das Baby mit allen Konsequenzen akzeptierte, und während sie eine weitere Möglichkeit auf ihre Liste schrieb, fragte sie Bill: »Und wer hat mir meinen Namen gegeben?«

Margaret lehnte sich zurück und überließ es ihnen. Schließlich war es Stephen. Stephen Thomas. Oder Sarah Kathleen. Sally.

Patrick war Anfang Mai für den Sommer nach Hause gekommen, und in McFarlanes Mühle hatte man ihn befördert. Er fuhr jetzt mit einem Eintonner über Land und lieferte Futter aus, wuchtete Säcke auf den Laster und wieder herunter und wurde braun und stämmiger. Am späten Nachmittag legte Margaret frische Wäsche, Hosen und ein Hemd in das untere Badezimmer und wartete am Küchenfenster auf ihn, sie lauschte auf seine Schritte in der Kieseinfahrt. Er kam in einer Wolke aus Futterstaub nach Hause, blieb mitten im Garten stehen, klopfte fest auf Hemd und Hosen und beugte sich vor, um den Staub aus seinem Haar zu schütteln, dann zog er sich auf der hinteren Veranda schnell bis auf die Unterwäsche aus, verschwand im Badezimmer, steckte den Kopf unter den Wasserhahn und wusch sich eine halbe Stunde lang, bevor man etwas von ihm zu sehen bekam.

Entgegen seiner eigenen Erwartung hatte Patrick nicht

gerne im Wohnheim gewohnt. Das Zimmer war viel kleiner als das Schlafzimmer, das er zu Hause mit Paul teilte, und sein Zimmergenosse John, den man ihm wegen der alphabetischen Nähe zugewiesen hatte, war eine großmäulige, schulterklopfende Sportskanone aus Ottawa, der Mädchen Fraun nannte und sich benahm, als hätte er gerade das Trinken entdeckt und könnte nicht genug davon bekommen.

John stellte Patrick seinen vielen, vielen Freunden vor und wollte ihn überreden, mit ihnen ins Brass Rail zu kommen, um ein paar nette Kleinstadtfraun zu suchen, die vielleicht eine eigene Wohnung hatten, wobei die eigene Wohnung der erste und einzige Gesichtspunkt war. Patrick hielt es für denkbar, daß er den Kerl vollkommen falsch einschätzte, also kam er mit zu einer von Johns wilden Nächten, aber am Ende fand er sich in den Armen eines nicht besonders hübschen Mädchens wieder, sie hatte keine Ahnung, was vorging, und sagte fast nichts, aber sie lud ihn in ihr Bett ein, als ob es etwas Ernstes wäre. Ihre Zimmergenossin lag mit einem anderen Kerl keine vier Fuß entfernt stöhnend und flüsternd in dem anderen Bett, und als alle eingeschlafen waren, zog er sich eilig an und ging. Er wollte sich nicht einmal an den Namen des nicht besonders hübschen Mädchens erinnern.

Er sagte nichts und erzählte es schon gar nicht Murray, und er lehnte alle weiteren Einladungen ab. Er sah zu, wie es mit Johns Noten rapide bergab ging, und hoffte, daß er durchfallen würde, und er dachte, wenn es einen Gott gibt, verschwindet dieser Kerl. Irgendwie hatte er gezögert und John nicht erzählt, daß seine Mutter gerade gestorben war, und im Oktober war er froh, daß er gezögert hatte.

Alle Vorlesungen waren übervoll. Er haßte das, die Hörsäle, die Tatsache, daß nicht einmal die Professoren ihn beim Namen kannten. Er und Murray aßen zwischen den Vorlesungen zusammen zu Mittag, und sie arbeiteten in der

Bibliothek, gingen gelegentlich zu einem Spiel der Mustangs und trafen sich im Ceeps, wo sie in Ruhe etwas tranken, aber keine Freundschaft mit den verschiedenen hübschen, lebhaften jungen Frauen schlossen, die auch zum ersten Mal fort von zu Hause und für fast alles zu haben waren, was man ihnen vorschlug.

Aber jetzt war es Sommer, und er wollte jemanden, er brauchte jemanden. Nachdem er ein paar Wochen lang Futter ausgeliefert hatte, auch zweimal auf der Farm der Elliotts, hatte er Sandra Elliott angerufen und sie gebeten, mit ihm am Samstagabend zum Tanzen ins Casino zu gehen. Sandra ging mit Daphne in die zwölfte Klasse, und er erinnerte sich aus der Highschool vage an sie. Er hatte von Daphne gehört, daß sie gerade mit einem Kerl aus Parkhill Schluß gemacht hatte, und er vermutete sehr richtig, daß sie das alles schon ausgemacht hatten, daß sein Anruf schon erwartet wurde. Beide Male trat Sandra wie zufällig aus dem Haus, als er gerade mit dem Futter in den Hof gefahren kam, und als er mit dem Abladen fertig war, lehnte sie am Laster und wollte sich mit ihm unterhalten, und sie drehte und hob ihren Kopf sehr schnell, damit ihr dunkelrotes Haar wippte. Sie lachte ihn strahlend und fröhlich an und nahm eine Haltung ein, die ihre Brüste auch ganz bestimmt zur Geltung brachte, und als sie sich bückte, um einen der Hunde zu streicheln, ließ sie ganz kurz sehr weiße Backen sehen, die ihre kurzen Shorts nicht ganz verbargen.

Am Samstagabend holte er sie ab, stieg aus Margarets Pontiac und ging hinein, um ihre Mutter zu begrüßen. Sandra kam in einem leichten Sonnenkleid die Treppe hinunter, und ihre Mutter sagte, daß sie in Hauswirtschaft dafür eine Eins bekommen hatte. Es war dunkelrot mit einem weiten Rock und dünnen Trägern, die Sandra im Auto auf dem Weg zum See als Spaghettiträger identifizierte. Bei Spaghettiträgern brauche man einen trägerlosen BH, erklärte sie ihm.

Als sie nach weniger als einem Jahr endgültig fertig miteinander waren, vermutete Patrick, daß ihn nur die unwiderstehliche Last ihrer Brüste unter diesen Trägern durch den Sommer gebracht hatte, die und sonst nichts.

Das Casino lag hoch oben über Lake Huron in den Dünen. Es war groß und quadratisch, cremefarbener Kalkstuck mit dunkelrotem Dach. Im Untergeschoß gab es Spielautomaten auf einem groben Betonfußboden, nicht besonders saubere Waschräume und lange Bänke, die an den Betonblockwänden standen. Es gab einen Stand, wo Schwimmer und Sonnenhungrige Kartoffelchips oder Coppertone für ihre Bräune kaufen konnten, und außerdem eine große Kühltruhe mit Limonade. Man mußte den Deckel heben und in das Eiswasser hinein nach einer Flasche Coke oder Canada Dry oder Orange Crush greifen, und schon öfter war ein Kind nach stundenlangem Spielen in der Nachmittagssonne hereingekommen, hatte einen Arm in die Truhe gesteckt und war prompt bewußtlos auf den groben Betonfußboden gesunken.

Der Tanzboden aus Hartholz im Obergeschoß war rundherum von einem Balkon umgeben, er hatte Läden, die man schnell schließen konnte, wenn auf dem See ein Sturm aufzog. Zwischen den Tänzen konnte man draußen stehen, hören, wie die Wellen auf den Strand schlugen, und über das schimmernde Wasser bis hinüber nach Michigan sehen. Oder man konnte hinauf zu den Sternen und zum Mond am dunklen Himmel über dem Wasser schauen, zu den Wolken, die das Licht zu löschen drohten, wenn sie darüber hinwegtrieben. Patrick kam zum Tanzen ins Casino, seit er fünfzehn war, und bislang hatten alle Mädchen das gemocht, bislang waren alle Mädchen weich geworden, wenn sie hinaus auf das Wasser oder in den Himmel schauten.

Die Band war immer dieselbe. Sie spielte meistens Country and Western mit ein paar eingestreuten Polkas und Square Dances, manchmal einen Swing. Wenn sie einen guten Abend hatten, konnte man sie überreden, es mit »Sixteen Tons« zu versuchen oder mit »Moments to Remember« oder »Blue Suede Shoes« oder »Heartbreak Hotel«. Es gab keinen Alkohol, jedenfalls nicht drinnen, zumindest war keiner zu sehen.

Patrick und Sandra kannten fast alle, die dort waren, aber sie tanzten nur miteinander, sie beachteten die Leute nicht, mit denen sie gewöhnlich mindestens ein- oder zweimal getanzt hätten. Und niemand kümmerte sich darum, denn bei der ersten Verabredung hatte man das Recht, Leute nicht zu beachten, die man kannte, so zu tun, als könnte man ihre Gesichter nicht sehen, als könnte man sie nicht sprechen hören, auch wenn sie wie sonst auch herumstanden.

Auf dem Heimweg nach dem Tanz sprachen sie nicht soviel miteinander, wie Patrick erwartet hatte. Dann standen sie auf ihrer Veranda unter einer nackten Zweihundert-Watt-Birne, die den ganzen Hof und die halbe Scheune beleuchtete, der schwarze Labrador schlug mit seinem Schwanz eifrig gegen seine Beine, und er beugte sich vor, um sie zu küssen, und als sie zurückküßte, nutzte er die Chance und legte seine Hand auf ihre schwere Brust. Aber sie zog seine Hand weg und legte sie auf ihren Rücken. Er nahm an, daß sie gewisse Regeln im Kopf hatte. Es war zwar die größte Brust, die er je berührt hatte, aber es war nicht die erste. Und einem Kerl konnte vergeben werden. Die Regeln variierten von Mädchen zu Mädchen stärker, als man glaubte.

Am Mittwochabend nach dem Tanz im Casino fuhr er mit ihr nach Sarnia ins Kino, in einen Kriegsfilm, den sie tief in ihre Sessel gesunken betrachteten; als die Handlung in Gang gekommen war, hielten sie Händchen, und bald schloß sich Patricks Arm um ihre Schulter. Auf dem Nachhauseweg nach dem Kino unterhielten sie sich endlich ein wenig. Sandra fing damit an, indem sie sagte, wie leid ihr der Tod seiner Mutter tue, und als er nervös wurde, sagte sie schnell, sie könne sich vorstellen, wie schrecklich das für seine Familie sei. Sie sagte, er würde sich ganz bestimmt besser fühlen, wenn er darüber redete, daß sie wirklich glaube, daß Reden helfe. Er griff nach dem Radio, um es lauter zu drehen, weil er den Song nicht verpassen wollte, und sie war sichtlich verärgert, weil er nicht einmal versuchte, es für sie in Worte zu fassen, aber sie ging tapfer zu gewöhnlicheren Dingen über: was er studiere, was er von der Universität erwarte, wo sie vielleicht hingehen wolle, wenn sie ihr Examen habe. Die Gutenachtküsse fanden im Dunkel des Wagens statt, aber für Patrick waren es immer noch zu wenige, und seine Hand wurde immer noch sehr fest geführt. Er wußte, was er tun würde, wenn er zu Hause in seinem warmen Bett war, und er war nicht sehr glücklich darüber.

Das Kino war eine Jeans-und-T-Shirt-Verabredung gewesen, aber am Freitagabend, als sie nur vorhatten, etwas zu unternehmen, erschien Sandra in einem blaßrosa Angorapulli und einem Wickelrock an der Tür, und er fuhr direkt hinaus zum Lake Huron. Er drehte zwei langsame Runden am Strand, nickte und winkte den anderen Kerlen zu, meistens Jungen von der Highschool, die mit ihren Freundinnen am Strand herumfuhren, und bog dann in die Straße ein, die sich hinaus zu den Binnenseen wand. Er parkte den Wagen neben einem der kleineren Seen, und sie beugten sich zusammen vor und schauten durch die Windschutzscheibe zu den Sternen hinauf. Als er fand, daß sie lange genug geschaut hatten, sagte er, er wolle im Kofferraum nach einer Decke suchen, und sie half ihm, sie auf dem weichen, grasbewachsenen Sand auszubreiten.

Sandra war munter, und man kam gut mit ihr aus. Sie lachte viel und warf dabei manchmal den Kopf zurück, als hätte sie sich noch nie im Leben so amüsiert. Er fing an, sie während der Woche zu vermissen, und bald wußte er nicht mehr, was er mit seiner Zeit angefangen hatte, bevor er mit ihr ausgegangen war.

Er vermißte Murray, der allein in London geblieben war, um zu arbeiten. Sie hatten beide festgestellt, daß das Wohnheim nichts für sie war, also hatten sie vor Patricks Heimfahrt einen Vormittag herumgesucht und eine Wohnung in der Nähe des Campus gefunden, Murray wohnte dort bis September und arbeitete im Ancaster Inn am anderen Ende der Stadt. Als Patrick Bill von ihrer Entscheidung erzählte und erklärte, daß mehr als die Hälfte der Leute im Wohnheim Arschlöcher waren, hatte Bill den Eindruck, daß Patrick vielleicht unnötig mißmutig war.

Ihre Wohnung war einmal das Obergeschoß eines normalen Hauses gewesen. Sie hatte an der Frontseite ein schmales Wohnzimmer mit großen Fenstern und Blick auf die Richmond Street, zwei Schlafzimmer, eine kleine Küche und hinter der Küche eine Veranda, von der aus eine Treppe in einen heruntergekommenen Garten führte. Es gab einen alten Kühlschrank, einen Herd, der auf dem letzten Loch pfiff, und einen grauen Resopaltisch mit zwei roten Stühlen. Sie hatten sich einen Transporter ausgeliehen, um bei der Heilsarmee ein Sofa und ein paar Sessel zu holen, bei Eaton's zwei gleiche Betten gekauft und Margarets Warenlager zu Hause im Keller nach Lampen, Vorhängen, Töpfen und Pfannen, Geschirr und Besteck durchwühlt.

Eines Abends, als alle im Wohnzimmer waren und »I Love Lucy« sahen, versuchten Patrick und Murray, ihre Wohnung zu beschreiben. Bills Gesicht wirkte aufmerksam, aber jedesmal, wenn Lucy den Mund aufmachte, lachte er und schlug anerkennend auf seine Sessellehnen. Margaret wollte nicht, daß Bill seine andere Lieblingssendung sah, ›The Honeymooners‹, jedenfalls nicht, wenn sie in der Nähe war, denn in ihrer Kindheit hatte es ein für allemal genug nachlässige, wütende, schreiende Männer gegeben, und wie konnte man das eigentlich überhaupt lustig finden?

Sie hatte lange Zeit geglaubt, daß nur eine krankhafte Sehnsucht nach Ordnung, nach so etwas wie Frieden der

Grund für die Beschimpfungen am Küchentisch ihrer eigenen Kindheit gewesen war, der Grund für das blinde Vertrauen auf strikte Regeln und für die Empörung, wenn sie gebrochen wurden, und sie wußte, daß diese Sehnsucht nichts Ungewöhnliches war und wahrscheinlich nicht einmal verachtenswert. Aber wenn sie jetzt an der Spüle in der Küche stand, an ihrer Spüle, erkannte sie aus dem Blickwinkel, den ihr mittleres Alter bot, daß all das lediglich ganz gewöhnliche Selbstsucht und Dummheit und vielleicht sogar Faulheit gewesen war, daß ihr Vater es sich so lediglich leichter gemacht hatte.

Sie nahm an, daß Bill ›The Honeymooners‹ einschaltete, wenn sie nicht zu Hause war. Er hatte ihr erzählt, daß man auf Art Carney achten mußte, nicht auf Gleason, daß es so lustig war, weil Carney Gleason letztlich immer wieder übertrumpfte.

In einer Werbesendung für unzerstörbare Töpfe und Pfannen sahen die Jungen ihre Chance, die allgemeine Aufmerksamkeit wieder auf sich zu ziehen, und sie verkündeten, daß es weder Margaret noch Daphne gestattet war, zu kommen und ihre Wohnung zu putzen. Auf diese Unabhängigkeitserklärung hin tauschten Margaret und Daphne einen schnellen Blick, einen der vielen Blicke, die sie noch zur Perfektion bringen sollten; als genügend Zeit vergangen war, wurden diese Blicke schließlich »das Repertoire« genannt.

Manchmal fuhren Patrick und Sandra nach London, um Murray zu besuchen. Dann holten sie ihn zu einer frühen Kinovorstellung ab, oder sie saßen nur herum und unterhielten sich, bis er um Mitternacht zur Arbeit gehen mußte. Manchmal brachten sie Lebensmittel mit, und Sandra machte ihr Hauswirtschaftsrezept für Chili oder gefüllte grüne Paprika oder Apfelpfannkuchen. Einige Male im Monat blieben sie über Nacht und erzählten allen, daß Murray dagewesen war, auch wenn das nicht zutraf.

Patrick nahm an, daß für Murray in der Stadt nichts

Besonderes lief, weil er nie jemanden mit in die Wohnung brachte und jedesmal nach Hause fuhr, wenn er ein paar Tage freihatte, also kam es ihm vernünftig vor, Sandra zu bitten, ihn mit jemandem zusammenzubringen. Sie hatte bald verschiedene Möglichkeiten zur Auswahl, aber Murray biß nicht an. Er arbeitete, er schlief, er fuhr nach Hause, um seine Eltern zu besuchen, er kam wie gewöhnlich hinüber ins Haus, um sich eine Weile mit Daphne oder Paul oder mit Bill und Margaret zu unterhalten.

Patrick sprach es nicht so direkt aus, aber er fand Murrays Unlust eigenartig. Er konnte nicht verstehen, warum Murray die Sache so schleifen ließ, wo Sandra ihm doch bei dem schwierigen Teil helfen wollte und die Belohnung beträchtlich war. Aber er gab es auf, machte alleine weiter und hielt Murray aus allem heraus.

Inzwischen ging er einfach zu Sandra und saß mit ihrem Vater und den Hunden auf der Veranda herum, wenn sie ihr Haar wusch oder irgend etwas machte, und bald mußte er sich nicht mehr mit ihr verabreden, sie sagte ihm einfach, wenn sie etwas anderes zu tun hatte. Sie gingen ins Kino oder lagen in diesem oder jenem Haus herum und sahen fern, bis sie es nicht mehr länger aushielten, und dann fuhren sie hinaus zum See und suchten sich in den grasbewachsenen Dünen eine einsame Senke.

Sandra mußte wie Daphne noch zwei Jahre zur Highschool gehen, und als sie eines Abends draußen an den Binnenseen ihre Decke auf dem Sand ausgebreitet hatten, fingen sie auf ihr Betreiben hin an, über eine Zeit jenseits der Gegenwart zu sprechen. Für Sandra war die Zukunft nicht dasselbe wie für ihn, etwas völlig Unbekanntes, das weit offenstand, für sie war die Zukunft etwas, das man auf die Beine stellen konnte, etwas, das man zuschneiden und zusammensetzen konnte wie ein rotes Sonnenkleid. »Was wir brauchen«, sagte sie ihm, »sind konkrete Pläne.«

Patrick wußte, daß sie etwas erwartete, daß er als Gegenleistung für das Gewicht ihrer Brüste in seinen Händen, für die Kraft ihrer Beine, die seinen Rücken umschlossen, etwas darbringen mußte, also sagte er, daß er wahrscheinlich immer noch studieren würde, daß er so lange wie möglich weitermachen wollte und warum sie es nicht einfach auch am Western versuche? Er dachte das und sprach es zu schnell aus, und gleich danach ärgerte er sich zum ersten Mal über sie und dann beinahe sofort über sich selbst.

Auf dem Weg vom See zurück in die Stadt wuchs sein Ärger. Ja, sie hatten Spaß miteinander, und ja, am Western hatte nichts Befriedigendes stattgefunden, und ja, das war alles normal und üblich und wurde wahrscheinlich erwartet, aber es sollte auf gar keinen Fall so durch und durch festnagelt werden, nicht mit ihm.

Er spielte das Gespräch auf der Decke im Kopf noch einmal durch, und dann fielen ihm ein paar andere Gespräche ein, über die er nicht genügend nachgedacht hatte. Jetzt war er wirklich wütend, und Sandra, die dicht neben ihm auf dem Vordersitz von Margarets Pontiac saß, bemerkte seine Wut. Sie zog sich zurück, damit sie sein Gesicht besser sehen konnte.

Das Wort *Liebe* hatte sie fast von Anfang an benutzt, wo es doch keinen guten Grund gab, es zu benutzen. Er mußte es nicht hören, er hatte ihr nie einen Grund zu der Annahme gegeben, daß er es hören mußte. Und angesichts ihrer Zugeständnisse dachte er jetzt, er hätte ihr von Anfang an sagen müssen, daß er dieses romantische Gerede nicht besonders mochte, daß er dieses Liebeszeug eigentlich etwas einfältig fand.

Die Auflösung dessen, was er später in seinem Leben mit hart erkämpfter Schärfe in der Stimme seine erste Affäre nennen sollte, begann, und er wußte, daß er es nicht kaltblütig würde beenden können. Das Verlangen, sie aufzuhalten und sich selbst aufzuhalten, war ebenso heiß, wie das Verlangen, es anzufangen, gewesen war, mindestens so heiß.

Wie sollte er es machen, darüber dachte er nach, während der Sommer kühler wurde. Schnell oder langsam? Und gab es jemanden, den er fragen konnte? Murray würde es nicht wissen. Paul würde es nicht wissen. Auch Bill nicht, und ganz bestimmt nicht Margaret.

Murray hatte sein Jahr auf der Ehrenliste des Dekans beendet, und er war mehr als froh, daß er den Sommer über in der Wohnung in London bleiben konnte. Nach dem Examen suchte er sich schnell einen Job als Nachportier im Ancaster Inn draußen am Highway und unterlief so alle möglicherweise aufkommenden Vermutungen, daß er auf einen Freifahrtschein zählte. Er hatte sich nie zuvor selbst einen Job gesucht, aber er hatte seine Zeit im Büro der Mühle gehabt und gelernt, wie man die Bücher führt, und er half immer bei Bill und Margaret aus, mähte zu Hause den Rasen, wusch die Autos und spülte manchmal das Geschirr, wenn seine Mutter ihre Migräne hatte.

In diesem ersten Jahr riefen seine Eltern ungefähr alle zwei Monate an, um zu sagen, daß sie in die Stadt kamen, und ob er sich mit ihnen im Iroquois in der Innenstadt zum Dinner treffen wollte, und einmal luden sie Patrick und Daphne zum Mitkommen ein, aber sie kamen nie in die Nähe der Wohnung, und sie stellten nicht viele Fragen. Sie waren zufrieden, daß er die Einzelheiten in seinem Leben alleine regelte. Als er ihnen von dem Portierjob erzählte, sagten sie beide, daß das gut klang. Seine Mutter sagte, daß er Leute kennenlernen würde, die er sonst vielleicht nicht kennengelernt hätte, und sein Vater sagte, daß Arbeit mit vielen Menschen für jeden eine wertvolle Erfahrung war.

Mit seinem Zimmergenossen im Wohnheim hatte er Glück gehabt, es war ein fleißiger, jüdischer Junge aus Toronto namens Geoff, dessen Noten für die University of Toronto nicht gut genug gewesen waren, der aber nach dem ersten Jahr dorthin wechseln wollte, wenn es möglich war. Geoff lernte die ganze Zeit und widmete sich nur seinen Büchern, manchmal bat er bei einem Aufsatz um Murrays Hilfe und bekam sie auch. Sein Vater war ein berühmter Journalist, der über den Krieg in Frankreich und in Italien und dann auf den Philippinen berichtet hatte, und obwohl seine Erwartungen an Geoff immer im Raum standen, sah er ihn nie, denn er mußte noch immer oft im Ausland sein, sogar in Friedenszeiten. Er hatte einfach keine Zeit für einen Besuch, verständlicherweise. Geoff sagte, daß sein Vater eine Million Geschichten hatte, fantastische Geschichten, und er folgte ihm durch die Welt, nicht anhand der Beiträge, die er für Zeitungen schrieb, sondern anhand der Postkarten, die über seinem Bett klebten, es war eine kleine, aber wachsende Galerie exotischer Orte, und die persönlichen, gekritzelten Botschaften waren zur Wand gedreht. Er fuhr mit Murray und Patrick einige Male zum Wochenende nach Hause, und gelegentlich schleppten sie ihn auf einen vergeudeten Abend hinunter ins Ceeps, gaben ihm Bier aus und erzählten ihm, daß seine Haut von der vielen Zeit über den Büchern schon faulig grün wurde, daß er niemals flachgelegt werden würde, wenn er sich nicht wenigstens ein bißchen Mühe gab. Sie kommen nicht zu dir, sagten sie zu ihm, die hübschen Pferdchen.

Trotz der hübschen Pferdchen waren Geoffs Noten gut genug für den Wechsel zur University of Toronto, und als sie gepackt hatten, hielt er Murray die Hand hin und dankte ihm für seine Hilfe bei den Aufsätzen und sagte ihm, daß er vorbeischauen sollte, wenn er jemals nach Toronto kam, wenn er jemals irgend etwas brauchte, aber ganz bestimmt.

Im Juni hatte Murray sich in seinem Portierjob geradezu angenehm eingerichtet, und er willigte in letzter Minute ein, sich für einen Abend krank zu melden, nach Hause zu fahren und Daphne zu ihrem Highschool-Ball zu begleiten. Als sie anrief, um ihn zu fragen, hatte sie es ihm nicht wirklich erklärt, also nahm er an, daß sie wegen des ganzen albernen Hickhacks mit Roger Cooper jetzt mit einem neuen Kleid und ohne Verabredung gestrandet war. Beim Tanz fühlte er sich ein wenig fehl am Platz, und er verbrachte vielleicht etwas zu viel Zeit unter den Luftschlangen und im Gespräch mit den Lehrern, aber es war nett, Daphne sagte ihm, daß es wirklich nett für sie war. Und sie konnte mit ihrem Kleid angeben, was ganz offenkundig der Zweck der Übung war.

Jedesmal, wenn er ein paar Tage frei hatte, fuhr er nach Hause, um alle zu besuchen. Als man bei Margaret allmählich wirklich etwas sah, fand er es angebracht, etwas zu sagen, also sagte er ihr, daß sie toll aussah. Sie gab ihm nach wie vor das Gefühl, willkommen zu sein, und sie deckte ohne großes Getue am Tisch für ihn mit. Einmal nahm sie seine Hand und legte sie auf ihren Bauch, er spürte einen sanften Stoß, und sie sagte, daß das wahrscheinlich ein Ellbogen oder ein Fuß oder ein Baseballschläger gewesen war.

Im Ancaster Inn sah er nach Mitternacht kaum jemanden. Er lernte, wie man die Eintragungen und Quittungen für den Buchhalter ordnete und die Fehler bereinigte, die während der Tagesschichten gemacht worden waren, während der Schichten, in denen viel zu tun war. Er hatte immer einen Roman dabei. Den Sommer über las er den ganzen Faulkner und dann Steinbeck, aber Hemingway überging er, denn auch wenn Hemingway offenbar Journalist gewesen war und Murray sich für Journalismus interessierte, hatte er einiges gehört, und er war ziemlich sicher, daß seine Literatur ihm nicht gefallen würde. Er konnte mit diesem harten Zeug nichts anfangen, mit Stieren und Eiern.

Von der normalen Kundschaft des Motels, den Familien, sah er nicht viel. Wenn er kam, steckten sie alle schon im Bett, und wenn er in der Dämmerung ging, schliefen sie noch oder standen gerade auf und packten zusammen, um weiterzufahren. Aber er sah Beweise für ein paar verbotene Affären, Männer, die sich spät und alleine eintrugen, und gutaussehende Frauen, die mitten in der Nacht schnell durch das Foyer hinausgingen.

Und er lernte Crystal kennen, seine erste Edelnutte, eine langbeinige Rotgefärbte in sehr teuren Kleidern, die während des Sommers alle drei Wochen am Arm eines Mannes, der sich Mr. Crystal nannte, das Motel betrat, der ihr Manager war, ihr Zuhälter. Mr. Crystal war ein zierlicher, geräuschvoller Mann in einem weißen Hochglanz-Sommeranzug. Wenn sie sich eintrugen, ließ er seinen malvenfarbenen Lincoln Continental immer mit den Schlüsseln und mit laufendem Motor draußen unter der Markise stehen. Er nahm immer zwei Zimmer mit Verbindungstür.

Crystal war eine vielbeschäftigte Dame. Alle ihre Anrufe kamen über Murray herein, über das Vermittlungspult, das genauso aussah, wie er sich ein Vermittlungspult immer vorgestellt hatte, und das er am Ende des Sommers beinahe beherrschte. Manchmal rief sie mitten in der Nacht hellwach und forsch den Empfang an und bestellte Tee und ein Muffin oder irgend etwas anderes. Nach Mitternacht waren keine Bedienungshilfen mehr da, und bis auf Crystals Anrufe war das Vermittlungspult einigermaßen ruhig, also ging Murray in die Küche und kochte eine Kanne Tee und griff ein Muffin oder ein Danish und brachte alles über den Innenkorridor zu ihrem Zimmer. Manchmal saß Eddie, der zweite Hausmeister, mit einigen von seinen Leuten in der Küche, sie aßen die Danishs von gestern, tranken Kaffee und zogen ihn auf, sie sagten, daß er bei einer so reichen Frau ein wirklich gutes Trinkgeld verlangen sollte.

Zweimal rief Crystal an und bestellte zwei Tassen Tee, und als Murray kam, saß sie im Negligé da und unterhielt sich mit Mr. Crystal, der immer seinen exklusiven weißen Anzug trug, jedenfalls, wenn Murray ihn sah.

Eines Nachts öffnete sie die Tür und war in eine Art

pfirsichfarbenes, durchsichtiges Nachthemd mit dichten, flauschigen Federn an den Manschetten gehüllt, in so etwas, das Doris Day tragen würde, um Gordon MacRae zu verführen. Sie setzte sich auf das Bett und sah zu, wie Murray das Tablett abstellte, und als er sich umdrehte und sie ansah, kein Trinkgeld wollte, sondern sie einfach nur ansah, klopfte sie mit ihren Wurstfingern auf das Bett. Er konnte ihren Schmuck auf dem Nachttisch liegen sehen, eine Uhr mit einem schweren Kreis aus Diamanten und verschiedene große Ringe, die billig aussahen, aber wahrscheinlich nicht billig waren. Sie fragte: »Was loswerden?« und machte eindeutig eine Frage daraus, und er konnte spüren, wie eine Unmenge Blut durch seinen Hals hinaufströmte und sich über sein Gesicht verteilte. Dann sagte sie: »Anscheinend nicht« und lächelte ihn kokett und beinahe freundlich an. Als sie lächelte, dachte er, daß sie bestimmt älter war, als sie aussah.

Ein paar Tage nach diesem Angebot reisten sie ab und fuhren weiter nach Windsor oder nach Toronto oder in irgendeine andere Stadt auf ihrer Rundreise. Mr. Crystal bezahlte die Rechnung in bar und reichte Murray einen zerknitterten Zehner für all seine Mühe.

Als sie am Ende des Sommers noch einmal für eine Woche kamen und Crystal wieder auf das Bett klopfte, stellte Murray das Tablett auf den kleinen Tisch am Fenster, verschloß alle Türen und kroch voll angezogen zu ihr hinein. Er ließ die Rezeption schutzlos zurück und hatte sie bald ganz vergessen. Crystal knöpfte sein Hemd auf und sagte, daß das hier aufs Haus ging, weil er so ein Schatz gewesen war, so ein Herzchen. Als er nackt war und zitterte, lachte sie ein wenig und nannte ihn reizend, wirklich ein reizendes Exemplar. Wenn sie annahm, daß es sein erstes Mal war, ließ sie sich die Sache dadurch jedenfalls nicht verderben. Auf halbem Weg dachte er wieder, daß sie höchstwahrscheinlich älter war, als sie aussah, und daß das nicht schlecht war, sondern gut. Sie ließ ihm nicht immer Zeit, um zu überlegen, was er tun sollte, und als sie mit ihm fertig war, lachte er beinahe auch, denn jetzt wußte er Bescheid, o ja, jetzt hatte er interne Informationen.

Im Juli bekam Daphne einen Job in der Küche des Drive-In-Restaurants am Golfplatz, und bald konnte sie nicht mehr viel essen, sie konnte vor allem den Geruch von Fleisch nicht ertragen. Zu Hause bereitete Margaret kalte Gerichte für sie zu, scharf gewürzte Eier und Hüttenkäse und Fruchtsalat in Gelee und Marshmallows, die in gerösteter Kokosnuß gewälzt waren. Sie machte für sich dasselbe, weil sie sich durch ihre Schwangerschaft aufgebläht und schwerfällig fühlte, und am Ende des Sommers sagte sie, daß es ihr schon viel besserging.

Margarets Zustand war Daphne für kurze Zeit peinlich gewesen, vor allem, weil ihre Eier mit zweiundvierzig doch wahrscheinlich alt waren oder jedenfalls nicht mehr in bester Verfassung, weswegen ja auch nicht mehr viele Frauen in diesem Alter Babys bekamen. Und nicht viele Frauen in diesem Alter heirateten noch. Aber sie sagte nichts, weil es sie eigentlich nichts anging, und was sollte sie auch sagen? Viel Spaß beim Baby?

Nach einem Monat mit Margarets kalten Gerichten wog Daphne nur noch etwas über hundert Pfund, und das blieb so, also kaufte sie sich einen zweiteiligen schwarzen Badeanzug, als sie das nächste Mal mit ihrer Freundin Catharine zum Einkaufen über die Bluewater Bridge nach Port Huron fuhr, schwarz, um ihre Bräune zu betonen, zweiteilig, um ihre schmale Taille zu betonen.

Roger Cooper kletterte hinter ihr auf das Floß, das immer vor Doc Coopers Häuschen ankerte, und er sagte zu Daphne, daß ihm der Badeanzug wirklich gefiel, daß er aber ihre alten Brüste vermißte. Als sie sich zum Sonnenbaden ausstreckte und nicht lachte oder wenigstens lächelte, sagte er, daß das natürlich nichts machte, er verstand das schon, er verstand das völlig.

Daphne ging mit Roger, einem Enkelsohn von Doc Cooper, aus, seit sie im Oktober in die elfte Klasse gekommen war. Roger war begehrt, man konnte froh sein, ihn zu bekommen. Sie hatte keine Ahnung, warum er sich mit ihr verabreden wollte, aber wenn es unbedingt sein mußte, konnte sie sich vorstellen, daß Doc Cooper, der in diesem Frühling so oft bei ihnen im Haus gewesen war, ihren Namen irgendwie erwähnt hatte.

Roger war nicht groß, aber er war trotzdem im Eishockey-Team und im Basketball-Team, denn er war muskulös, schnell und auch unter Druck zielgenau. Er war hübsch wie Montgomery Clift, dunkel, glatt, sehr blaue Augen. Und er hatte schöne, eckige Schultern. Jeder, den man nach nur fünf Kerlen aus der dreizehnten Klasse fragte, würde Roger nennen.

Daphne gehörte nicht zu den Mädchen aus der elften Klasse, die man nennen würde. Aber sie wußte jetzt über einige Dinge Bescheid, und sie dachte, daß ihre Mutter diese Dinge in dieser Nacht im Wohnzimmer wahrscheinlich nicht hatte aussprechen können. Sie vermutete, daß Patrick, Paul und Murray genauso waren wie Roger, mit gierigen Händen und eifrigen Zungen und still, wenn sie etwas wollten. Warum sollten sie anders sein?

In der elften Klasse hatte sie Murrays Hilfe nicht gebraucht. Er hatte ihr ein paar nützliche Gewohnheiten mitgegeben, als sie in der neunten Klasse war, wie man logisch denkt und ordnet, wann man bluffen, wann man tiefer gehen und wann man aufhören mußte. Wenn er am Wochenende zu Hause war, setzte er sich am Sonntag nach dem Lunch manchmal immer noch zu ihr an den Eßzimmertisch und blätterte wie ein Lehrer ihre Hefte durch. Sie sagte ihm zweimal, daß sie das nicht mochte, und schließlich bat sie ihn, damit aufzuhören, weil sie auch alleine mit »sehr gut« bestehen würde, vielen Dank, und er ließ schnell ihre Arbeiten los und hob die Hände und schob seinen Stuhl zurück. Er sagte, er wisse, daß sie ihn nicht brauche, er sei nur neugierig.

Im März ging sie dann mit Murrays Eltern zum Essen nach London ins Iroquois. Die McFarlanes holten sie mit ihrem Buick zu Hause ab, Mr. McFarlane klopfte leise an die Küchentür, und Mrs. McFarlane wartete geduldig in der Einfahrt. Daphne kam mit, weil sie einerseits immer gedacht hatte, daß sie nur zu dritt wahrscheinlich einsam waren, und weil Margaret andererseits gefragt hatte, was eigentlich dagegen sprach. Sie trug das dunkelgrüne Wollkleid, das Margaret ihr zu Weihnachten geschenkt hatte, und darüber mußte sie ihren Dufflecoat tragen, weil sie keinen guten Mantel hatte, aber Margaret sagte, daß das nichts machte, weil es überall, wo die McFarlanes aßen, eine Garderobe gab, und sie würde ihre Jacke dort abgeben, bevor sie das Restaurant betrat.

Murrays Eltern schienen sich wirklich zu freuen, daß sie dabei war. Mrs. McFarlane redete ein bißchen förmlich, aber ziemlich ungezwungen, sie machte Pausen, um ihren Mann einzubeziehen, erklärte ihm, was nötig war und nannte ihn Liebling. Daphne hatte den Eindruck, daß sie immer so redeten, daß Mrs. McFarlane das Gespräch auf einige Themen hin- und von anderen weglenkte.

Sie trafen Murray im Foyer des Iroquois-Hotels, Patrick war auch da, und beide trugen Hemd und Krawatte und Jakkett. Sie gaben ihre Mäntel ab, und während Mrs. McFarlane mit Daphne in das Restaurant ging, schaute sie sie von oben bis unten an und sagte dann leise, daß das Kleid ihr hervorragend stand, wegen ihrer Alabasterhaut und weil sie so winzig war. Als Daphne sagte, daß es Margarets Weihnachtsgeschenk gewesen war, nickte Mrs. McFarlane gemessen, als wäre sie nicht im geringsten überrascht. Sie sagte, daß man sich auf Margarets Geschmack schon immer hatte verlassen können.

Und als sie fast am Tisch waren, drehte sie sich um, sah

unverwandt in Daphnes Gesicht und sagte, wie froh sie doch alle sein mußten, daß ihr Kiefer nach diesem schrecklichen Sturz als Kind so bemerkenswert gut verheilt war. Daphne mußte sich konzentrieren, um weiterzugehen. Sie wußte, wie ihr Kiefer aussah. Niemand sagte jemals etwas über ihren Kiefer. Das war eine Regel, man gab ihr so eine Chance, es zu vergessen. Aber Mrs. McFarlane machte offenbar ihre eigenen Regeln hinsichtlich dessen, was man erwähnen durfte. Erst als sie sich umdrehte und zu ihrem Mann sagte, wie unappetitlich doch die Hummer in ihrem Becken aussahen, merkte Daphne, daß sie nichts erwidern mußte, daß keine Antwort nötig war. Mrs. McFarlane hatte es einfach nur sagen wollen.

Drinks wurden ihnen nicht angeboten, aber Murrays Vater beriet sich mit allen und bestellte dann die teuersten Dinge auf der Karte: zuerst Räucherlachs von der Küste, T-Bone-Steak und Pommes frites für die Jungen, Chicken Kiev für Daphne und Chateaubriand für sich und Mrs. McFarlane. Das Gespräch begann ein wenig gestelzt, aber Mrs. McFarlane arbeitete sich hindurch und bezog jeden bei jedem Thema zumindest kurz mit ein.

Nach dem Dinner gingen Mr. und Mrs. McFarlane allein auf einen Drink an die Bar, und als Patrick zum Waschraum gegangen war, sagte Murray aus heiterem Himmel zu Daphne, daß er jetzt wußte, warum er die Universität so mochte, weil es dort nämlich Substanz gab, etwas, das man greifen konnte. Er nickte zur Bar hinüber und sagte, daß es mit seinen Eltern schon immer so gewesen war, nur Oberfläche, keine Substanz. Daphne stocherte in ihrem Pecannuß-Kuchen herum, den Mr. McFarlane empfohlen hatte und dann unbedingt für sie bestellen mußte; zum Kellner hatte er gesagt, daß sie davon vielleicht etwas Fleisch auf die Knochen bekommen würde. Sie sah von ihrem Kuchen auf und sagte zu Murray, daß Substanz vielleicht überschätzt wurde. Man konnte nie wissen.

Im Juni hatte sie einen großen Streit mit Roger, weil er sie bedrängte und manchmal sogar bettelte, was sie schaudern machte, also mußte sie Murray bitten, nach Hause zu kommen und sie zum Frühjahrsschulball zu begleiten. Margaret war schon mit ihr nach Port Huron gefahren, und sie hatten ein blaßgrünes Organzakleid mit winzigen, fast unsichtbaren Blütenzweigen entdeckt, von dem Margaret sagte, daß es das schönste Kleid war, das sie je gesehen hatte, und sie hatten eine steife, blaßgrüne Fünfzig-Yard-Krinoline dazu gekauft und ein paar passend eingefärbte, elegante Pfennigabsatzschuhe aus Satin. Es gab keinen einleuchtenden Grund, den Ball zu verpassen, und sie würde bestimmt nicht mit einem Bruder dort auftauchen.

Murray war ein galanter Begleiter. Er machte ein Spiel daraus, ein galanter Begleiter zu sein. Er brachte ihr eine Anstecknadel aus weißen Röschen für das Handgelenk mit und stand stramm, während ihm Margaret eine Nelke ans Revers steckte. Nach dem Ball küßte er Daphne an der Tür die Hand, als wollte er sich umdrehen und gehen, und dann kam er mit ihr herein, aß ein gegrilltes Käsesandwich und half ihr, Margaret vom Ball zu erzählen, auch wenn er natürlich nichts Interessantes über irgendein Kleid sagen konnte und nicht zur Kenntnis genommen hatte, welches Mädchen mit welchem Jungen da war.

Roger war eine Woche nach der Feier wieder zur Stelle. Er vermutete, daß er und Daphne noch nicht ganz der Geschichte angehörten, wenn der gute, alte Murray ihn vertreten mußte.

Roger war im Begriff, nach Guelph zu gehen und Veterinärmedizin zu studieren. Sein Großvater hatte ihm den Unterschied zwischen Tierarztpraxis und gewöhnlicher Praxis ganz genau erklärt, er hatte sogar den Unterschied zwischen den Lebenseinkommen herangezogen, um ihm klarzumachen, was seine Entscheidung wirklich kostete, aber Roger beachtete die Zahlen nicht. Er sagte zu Daphne, daß sie alle gesehen hätten, wie sein Großvater jahrelang Tod und Krankheiten um sich gehabt habe, wie er immer mitten in der Nacht aufgestanden und losgefahren sei, um nach jemandem zu sehen, den er ohnehin nicht retten konnte. Er sagte, er hätte wahrscheinlich nicht das, was man brauchte, um ein normales Leben zu führen und dabei das zu tun, was Ärzte tun mußten, und daß seine Mutter ihm in seiner Kindheit gesagt hatte, daß es noch viel schlimmer war, als die Leute es sich vorstellten, daß seine Großeltern Dinge wußten, jämmerliche, häßliche Dinge, und natürlich mußten sie so tun, als wüßten sie gar nichts, wenn sie die Leute auf der Straße trafen. Er sagte, daß es ihm wahrscheinlich nicht viel ausmachen würde, wenn eine Kuh starb, auch wenn er die ökonomische Notwendigkeit, Kühe am Leben und bei Gesundheit zu halten, sehr gut verstand.

Während Roger das alles sagte und die Worte *nicht retten konnte* und *normal* und *jämmerlich* und *häßlich* und *so tun* aussprach, mußte er ständig daran denken, daß er vielleicht Daphnes Erinnerung an seinen lahmen, leise sprechenden Großvater verdarb, der sich über das Bett ihrer Mutter beugte, und sie hörte ihm zu und fand, daß sein Instinkt richtig war. Es war klug, sich von den Leuten fernzuhalten.

Ende Juni hatte Daphne gemerkt, wie gerne Roger fortwollte, hinaus aus der Stadt, und im Lauf des Sommers verstand sie allmählich, wie weit fort er wirklich gehen würde, daß er nicht nur nach Guelph ging. Er hatte nie ein einziges Wort über ihren Kiefer gesagt, über ihr asymmetrisches Gesicht, also glaubte sie eigentlich nicht, daß es daran lag, aber ihr war sonnenklar, daß sie in seiner Zukunft nicht mehr vorkommen würde.

Er hatte ihr gesagt, daß er sie liebte, und sie glaubte ihm das, in dem Sinne, daß es für ihn im Moment schön mit ihr war, aber sie wußte, daß er es nur sagte, weil er dachte, daß es erforderlich war. Ein Kerl sagte eben ständig so etwas. Er hätte es auch ganz anders ausdrücken können, aber er hätte damit dasselbe gesagt. Wenn sie manchmal abends draußen am See auf einer Decke im weichen Sand unter den Sternen lagen und hörten, wie das Wasser an das Ufer schlug, sah sie zu, wie er alleine in das verfiel, was er normale menschliche Leidenschaft nannte. Er bestand darauf, daß sie ihn wirklich liebte, und dann bat er sie, es zu beweisen, er befahl es ihr. Manchmal drückte er ihre Arme so fest, daß sie am nächsten Morgen beim Aufwachen blaue Flecken hatte.

All das half ihm nicht weiter. Sie hatte ihren Standpunkt, und sie würde weiter dabei bleiben. Sie ließ nicht zu, daß er seine Khakihose öffnete, sie berührte ihn nur außen, wenn er ihre Hand küßte und sie dann mit seiner eigenen führte.

Den ganzen Sommer über fuhren sie jeden Samstagabend zum See hinaus und gingen im Casino tanzen, manchmal zusammen mit Paul und Andrea oder mit einem anderen Paar, manchmal allein. Alle gingen ins Casino. Aus Spaß taten Daphne und Andrea so, als wären sie verrückt nach dem Sänger der Band, einem jungen Kerl mit einer träumerischen Stimme und einer unscheinbaren Frau, sie verschwendeten eine Menge Zeit mit dem Versuch, seinen Blick zu erhaschen, und Roger ärgerte sich. Daphne tanzte mit Murray und ab und zu mit Patrick und manchmal mit ein paar älteren Kerlen aus der Stadt, die in der Mühle oder der Fabrik oder der Gießerei arbeiteten und die sie flüchtig von der Arbeit im Drive-In-Restaurant kannte, und sie neckten sie und sagten, sie wäre allmählich zu heiß zum Anfassen. Sie tanzte mit ihrem Vater, wenn er und Margaret da waren, denn Margaret verbrachte gewöhnlich fast den ganzen Abend auf dem Balkon, unterhielt sich mit irgendeiner Frau und kühlte sich ab, indem sie an ihrem Umstandshemd zupfte, bis der Wind es fing und um sie herum blähte.

Roger sagte Daphne, daß es ihm egal sei, mit wem sie tanze. Er spazierte herum und unterhielt sich mit den Leuten, oder er ging auf ein Bier mit ein paar Kerlen hinaus auf den Parkplatz oder hinunter ans Ufer, und an einem der vielen Abende kam er ein wenig betrunken zu ihr zurück, als der Tanz zu Ende war, und er nannte sie das Schlimmstmögliche, was ein Mädchen seiner Meinung nach werden konnte. Als Daphne auf dem weichen Sand am Strand lag, in die Sterne schaute und über die Worte *Schwanz* und *streicheln* nachdachte und über die Männer, mit denen sie gerade getanzt hatte, sagte sie zu ihm, daß ihrer Meinung nach seine brennende Leidenschaft nur ein anderes Wort für mangelnde Kontrolle war.

»Ja«, sagte er. »Genau.« Und dann versuchte er es wie immer mit einem anderen Weg, aber mit »Was ist, wenn das unsere einzige Chance ist?« verscherzte er es sich endgültig.

Es gefiel Daphne, daß Roger im voraus zahlen mußte. Sie wollte keine Herzschmerz-Trennung am Ende des Sommers, sie hatte kein Verlangen danach. Sie verabscheute schwächliches Filmstargeflenne so sehr wie den Gedanken, daß er sehen würde, wie ekelhaft ihre schändliche Einsamkeit war, so ekelhaft wie der Geruch dieses widerlichen Fleisches, das sie manchmal hinter dem Drive-In in den Müll werfen mußte.

Wenn er unbedingt wollte, würde sie ihn ohne Theater gehen lassen, wenn es soweit war, vielleicht nach ein paar Verabredungen im Herbst, wenn er übers Wochenende aus Guelph nach Hause kam. Er würde sie nicht verletzen. Sie verletzen und sie dann so in Erinnerung behalten, wenn er weg war, verletzt.

Paul war der erste, der ohne Umschweife erfuhr, daß Margaret schwanger war. An einem Donnerstagmorgen Anfang Juni hörte er, wie sie sich erbrach, er war nervös und hatte Angst, auch nur zu denken, daß sie krank sein könnte, und er fragte, ob sie nicht vielleicht zu Doc Cooper gehen solle. Sie saß auf einem Küchenstuhl, umklammerte eine Tasse Tee, hielt sich ein kaltes Tuch an die Stirn und stöhnte. Sie sah ihn an und versuchte zu lächeln, um ihn zu beruhigen, und dann lachte sie und sagte: »In den nächsten sieben Monaten nicht.«

Er begriff schnell, obwohl es das letzte war, was er erwartet hatte. »Heilige Scheiße«, sagte er.

Das gab sie gleich zurück. »Heilige Scheiße«, und lachte wieder.

Er sagte, daß er nichts verraten würde, und sie sagte zu ihm: »Nur zu. Verrat es. Dein Vater weiß nicht genau, wie er es machen soll, und es ist wahrscheinlich Zeit. Bald ist es Zeit.«

Paul hatte auch in McFarlanes Mühle angefangen, ein paar Stunden in der Woche, er fuhr nicht, aber er lud Futtersäcke auf die Transporter, lungerte im Büro herum und raubte der Buchhalterin mit Witzen die Zeit. Eines Tages hielt die Frau Margaret auf der Straße an und sagte ihr, daß sie Paul einfach wunderbar fand, er war so witzig, daß er Sylvia in dieser Hinsicht immer ähnlicher wurde. Aber Paul sagte Margaret, daß die Buchhalterin alles wunderbar fand, sie war eben so.

Er hatte in der zehnten Klasse zu kämpfen gehabt. Margaret hatte ihm bei Französisch oder Latein nicht helfen können, aber unter ihrem Blick hatten sich seine Geometrienoten beträchtlich verbessert, und als Andrea Sparling erschien, sah es so aus, als würde er durchkommen.

Im Januar, nur fünf Monate nach dem Tod seiner Mutter, hatte er Andrea nach dem Silvesterball in der Arena nach Hause gebracht. Er hatte immer gedacht, daß er ein hochgewachsenes Mädchen wollte, das alles andere dumm aussehen würde, aber Andrea Sparling war nicht einmal fünf Fuß groß. Beim Tanzen versuchten sie zuerst, sich zu unterhalten, aber sie war es bald leid, sich zurückzubeugen und zu ihm aufzusehen, und schließlich legte sie einfach ihr Gesicht an seine Brust. Er hielt sie und dachte, sie hat so einen kleinen Rücken, wie kann man nur so einen kleinen Rücken haben.

Der Silvesterball war eine große Sache. Man konnte sich auf der Tanzfläche kaum bewegen. Die Leute feierten zuerst zu Hause, und dann kamen sie lachend in ihren Autos zur Arena. Um halb zwölf hörte die Band auf, und alle zogen ihre Mäntel an, strömten hinaus in die kalte Nacht zur Hauptkreuzung in der Innenstadt, wo die Front Street auf die George Street traf, und tanzten dort im Kreis um den erleuchteten Weihnachtsbaum herum, eine fünfundzwanzig Fuß hohe Fichte, die in einem großen Kübel mit Sand steckte und mit Haltedrähten an den höchsten Ecken der beiden Bankgebäude befestigt war. Um Mitternacht ging die Sirene in der Town Hall los und heulte das neue Jahr 1956 ein. Jeder sollte jeden küssen, aber Paul hob Andrea hoch und hielt sie fest in seinen Armen, damit niemand anderes sie berühren konnte.

Andrea lebte auf dem Land, mitten in achthundert Acres Mais, und ihr Vater sorgte dafür, daß einer seiner alten Halbtonner immer fahrbereit war, damit sie kommen und gehen konnte, ohne ihn zu behelligen. Wie viele Farmer-Väter erwartete er, daß seine Kinder etwas schneller erwachsen wurden als die Stadtkinder, vor allem, weil er keine Zeit oder nicht die Geduld hatte, darauf zu warten. Paul kannte Don, den Freund von Andreas Schwester, der in die zwölfte Klasse ging. Sie spielten im selben Eishockeyteam, Paul war wegen seiner langen Beine und seiner großen Reichweite immer noch ein Star-Stürmer, und Don war ein gedrungener Schläger mit narbigem Gesicht, der in der Abwehr spielte, sich mit jedem anlegte und am liebsten seine Handschuhe auszog und ernst machte. Andrea kam zu all ihren Spielen, aber Paul mußte sich nicht für sie schämen, sie schrie den Schiedsrichter nicht an wie manche Mädchen, sie kreischte nicht, wenn ihm etwas gelang, und sie weinte nicht in ihre Angorahandschuhe, wenn er hart auf die Bretter geschlagen wurde oder irgendein Rowdy ihn mit seinem Schläger schnitt.

Und bald gehörte sie zum fröhlichen Inventar des Hauses, wenn sie nicht nach der Schule die Weston-Gören hütete. Bill nannte sie inzwischen Andy, sie freundete sich mit Margaret an und half, wann immer etwas zu tun war. Nach dem Abendessen sprang sie auf, um das Geschirr abzutrocknen, sie räumte für Margaret das Bügelbrett weg und griff sich am Samstagmorgen ein zusätzliches Staubtuch. Sie machte zusammen mit Paul ihre Hausaufgaben im Eßzimmer und aß das Toffee-Popcorn, das Margaret für sie machte.

Sie paßten offensichtlich gut zusammen. Andy ging mit Paul um wie eine junge Braut, sie genoß es, mit ihm zusammenzusein, sie machte ihm Freude und zeigte ihm, womit er ihr Freude machte. Sie liebten sich öfter als alle anderen und mit der glücklichsten Begeisterung. Sie parkten den Halbtonner im Schuppen an der Einfahrt draußen bei der Farm und kletterten mit Decken nach hinten, oder sie krochen in ihre eigenen Betten, wenn sie in einem Haus alleine waren. Sie fühlten sich sicher in ihrem Glück und vergaßen alles, und sie dachten nie daran, daß sie erwischt werden könnten. Andy fragte Paul nicht nach dem Tod seiner Mutter, aber sie hielt ihn fest, wenn er weinte, und als er einige wenige Male darüber sprach, hörte sie schweigend zu und erinnerte sich immer genau an das, was er gesagt hatte, sogar an die Worte, die er benutzt hatte.

Margaret wußte, was sie anstellten, und als sie eines Abends abgewaschen hatten, griff sie schweigend in ihre Schürzentasche und steckte Andy eine zusammengefaltete Liste mit Verhütungsmöglichkeiten zu, die sie und Christine Lucas, Coopers Sprechstundenhilfe, sich zusammen ausgedacht hatten. Sie hatte Christine zu Hause angerufen und ihr jede Möglichkeit gegeben, das Gespräch abzubrechen, denn besonders Kinder sollten keine offiziellen Ratschläge bekommen, aber Christine sagte, das sei kein Problem für sie. »Nur zu«, sagte sie zu Margaret. »Schieß los.«

»Ich wollte nur wissen, ob es vielleicht etwas gibt, das ich nicht kenne«, hatte Margaret zu ihr gesagt. »Etwas Neues vielleicht.«

»Nichts Neues unter der Sonne«, sagte Christine. »Nicht, daß ich wüßte. Und ich würde es wissen.«

Sie hatten vereinbart, Kondome zuerst zu nennen, zu denen Christine, wie sie nun einmal war, Galoschen sagte, als nächstes ein Pessar, das sie wahrscheinlich besorgen konnte, weil manchmal ein paar in der Praxis herumlagen, dann der Killerschaum, dann Knaus-Ogino, der alte Ersatz, den der Papst empfahl und der für ihn ganz sicher funktionierte, wie Christine sagte, und schließlich nahmen sie noch Herausziehen und Enthaltsamkeit dazu. Über Herausziehen und Enthaltsamkeit diskutierten sie eine Weile, wobei Margaret der Meinung war, daß es keinen Sinn hatte, etwas zu empfehlen, das wahrscheinlich nicht stattfinden würde, und Christine der Meinung war, daß man nie wissen konnte.

»Ich habe mal gehört, daß eine Frau aus halben Zitronen Pessare gemacht hat«, sagte Christine. »Was ein ganz neues Licht auf Limonade wirft.«

»Wirklich?« sagte Margaret. »Meine Mutter hat höchstwahrscheinlich einen Schwamm mit Essig benutzt.« Bis zu diesem Moment hatte sie sich kein einziges Mal gefragt, wie ihre Mutter ihr eigenes Problem gelöst hatte.

»Meine wahrscheinlich auch«, sagte Christine. »Aber Schluß jetzt.« Und dann konnte sie sich nicht mehr beherrschen. »Macht es dir etwas aus, wenn ich frage, für wen diese Auskunft ist?«

Es machte Margaret etwas aus, und sie war auf diese Frage vorbereitet. Aber trotzdem war sie zutiefst enttäuscht von Christine. »Für jedermann«, sagte sie. »Für jedermann.«

Andy lächelte nur, als sie die Liste der Möglichkeiten an der Küchenspüle las. »Ist gut«, flüsterte sie. »Ich weiß, was ich wissen muß. Ich habe Cooper gefragt, und er hat mich aufgeklärt. Aber danke.«

»Oh«, war alles, was Margaret einfiel. Cooper nutzte seine Gelegenheiten. Vielleicht aber auch nicht. Bevor Andy die Liste zurückgeben konnte, fiel Margaret die Frage ein, und sie war froh darüber. »Könntest du Daphne etwas davon erzählen?«

»Sicher«, sagte Andy und flüsterte noch immer, lächelte noch immer. »Das kann ich machen, wenn du willst.«

Wenn Paul nicht in der Mühle arbeitete, blieb er ganz ungebeten zu Hause. Andy hatte ihm beigebracht, was es hieß, aufmerksam zu sein, und er versuchte, Margarets Bedürfnisse vorherzusehen und sie vor schwerer Arbeit zu schützen. Er mähte den Rasen und installierte einen Ventilator in der Küche. Er und Andy halfen ihr, die Schränke auszuräumen und neu anzustreichen und den Kram wegzuwerfen, der unbenutzt hinten in den Regalen gestanden hatte: eine zerbrochene Teekanne, ein rostiges Sieb, zwei Dosen mit heimatlosen Knöpfen aus vielen Jahren. Sie machten Platz für Margarets gutes Porzellan, das so lange in Kartons im Keller gestanden hatte. Margaret wußte, daß sie bald alle Hände voll zu tun haben würde, denn das hörte sie jedesmal, wenn sie sich umdrehte, und sie sagte, es sei ihr das allerliebste, wenn das Wohnzimmer und das Eßzimmer und die Diele gestrichen werden würden. Paul und Andy fingen gleich an. Sie machten alles allein, ohne daß Patrick, Murray, Daphne oder Bill ihnen halfen.

Und die drei fuhren nach Sarnia, kauften ein weißes Kinderbett mit einer guten Matratze und stellten es im großen Schlafzimmer auf, dort sollte es für eine Weile am Fuß von Bills und Margarets Bett stehenbleiben. Wenn Daphne dann einmal fort oder fast fort war, sollte ein Teil ihres Zimmers dem Baby gehören.

Als Paul im Juni sein Zeugnis für die zehnte Klasse bekam, sagte Bill, daß er in der elften Klasse die Schlittschuhe an den Nagel hängen müßte, wenn seine Noten bis Oktober nicht merklich besser wären. Deshalb wollte Paul wirklich hart arbeiten, als sie wieder zur Schule gingen. Er mußte jetzt nicht mehr unbedingt zwei Sprachen außer Englisch haben, und er war der Meinung, daß er Latein abgeben konnte, ohne Latein würde alles leichter sein, und Andy sagte, daß sie das auch glaubte.

Anfang September fing für Patrick und Murray das zweite Jahr am Western an. Ihre Wohnung gefiel ihnen, und sie freuten sich über das Essen, das Margaret schickte, über den Hackfleischauflauf, den Fleischkäse, die Baked Beans. Ansonsten aßen sie eine Menge Salami mit Brot und machten sich oft nicht einmal die Mühe, beides zu einem Sandwich zusammenzuklatschen, und Spaghetti mit Fleischbällchen waren ein zeitraubendes Großunternehmen, geradezu ein Festmahl.

Sie lernten viel und verglichen ihre Noten. Sie brachten stapelweise Bücher mit nach Hause und kamen tagelang ohne jede Unterhaltung aus, bis irgend etwas unbedingt gesagt werden mußte. Ihre Klausuren waren doppelt so gut, wie sie sein mußten, und beide lagen in allen wichtigen Kursen nahe an der Spitze.

An manchen Wochenenden kam Sandra mit dem Bus zu Patrick, sie erzählte ihren Eltern, daß sie auf dem Sofa im Wohnzimmer schlief. Sie ging mit Daphne in die zwölfte Klasse und arbeitete jetzt nach der Schule in der Boutique ihrer Tante, also besaß sie eine Menge Kleider. Murray freute sich, Sandra zu sehen, jedenfalls am Anfang. Er sagte ihr, daß sie an einem Wochenende Daphne mitbringen sollte, und er schlug vor, daß sie doch zusammen ausgehen könnten, zu viert. Aber sie brachte Daphne nicht mit, sie sagte nicht warum, und sie sagte nicht einmal, ob sie sie gefragt habe.

Als Sandra ein paar Monate lang zu Besuch gekommen war, hatte Murray es satt, daß sie sich unverschämterweise benahm, als hätte sie durch ihren Platz in Patricks Bett das Recht, sich häuslich einzurichten. Er war es leid, daß die

Cornflakes-Schachtel leer war oder der Käse als Mitternachtsimbiß aufgegessen, und ganz besonders hatte er die Geräusche satt, die sie im Bett machte. Er übte es, die beiden zu fragen, woraus zum Teufel ihrer Meinung nach die Wände bestanden und ob sie dachten, daß es besonders witzig wäre, sich das Gestöhne und ihre dämlichen Katzenlaute anzuhören?

Eines Abends kam er betrunken nach Hause und sagte, daß er ein paar Grundregeln haben wollte. Er sagte, daß sie an manchen Wochenenden kommen konnte, aber nicht an jedem Wochenende. Und daß sie durchaus ein paar Lebensmittel mitbringen könnte, verdammt noch mal. Und daß sie sich stimmlich etwas beherrschen sollte, wenn sie auf dem Rücken lag.

Sandra fragte ihn mit leiser, gezierter Stimme, die viel schlimmer war als Geschrei, warum er nicht einfach so tue, als hörte er nichts. Sie sagte, daß Freunde das so machten. Und dann wollte sie wissen, wie es komme, daß jemand mit allem gottverdammten Geld der Welt und einem vollen Terminkalender die Zeit habe, sich den Kopf darüber zu zerbrechen, wer was gegessen habe. Murray antwortete nicht. Er war sehr wacklig auf den Beinen. Er ging zu Bett.

Sandra ging am Morgen und blieb einen Monat weg. Genau das hatte Patrick erklärtermaßen gewollt, also hätte er froh sein müssen, aber bald fühlte er sich völlig verloren ohne Sex, ohne Sex, den er regelmäßig bekam. Er schmollte und zerbrach Geschirr und hinterließ morgens im Badezimmer ein wüstes Durcheinander. Murray hielt sich zurück und sagte nicht, dumm gelaufen, Partner.

Inzwischen brachte Murray gelegentlich nach einer Sitzung in der Bibliothek oder nach einer Party, in die er hineingestolpert war, ein Mädchen mit, und normalerweise sahen die Mädchen so aus, als hätten sie ein bißchen Grips. Wenn er so ein Mädchen ins Bett bekam, ermutigte er sie immer, sich fallenzulassen, als wollte er sie von einer traurigen, alten Hemmung befreien. Eines Abends waren Patrick und Murray nach einer Reihe lauter, stürmischer Sitzungen beide in der winzigen Küche und gingen auf den Kühlschrank zu, und Patrick schubste Murray aus dem Weg, und dann schubste Murray fester, überraschend fest, und dann zogen sich beide an die entgegengesetzten Wände zurück.

»Sandra liebt mich wenigstens«, sagte Patrick. »Wenigstens weiß sie, was sie will. Sie ist nicht nur so ein kleines Ding, so eins für eine Nacht ...«

»So ein Quatsch«, sagte Murray, trat vor, öffnete den Kühlschrank, nahm ein Bier heraus, reichte es weiter und nahm noch eins heraus. »Du liebst sie nicht, und sie ist die einzige auf diesem Planeten, die das nicht weiß, weil du dich nicht traust, es ihr begreiflich zu machen. Was für ein unglaublicher Quatsch.«

Sandra blieb wütend. Jetzt war ihr Plan schiefgegangen. Patrick wußte, daß sie dachte, er sei aus demselben Grund sauer, aus dem sie wütend war, er wußte, daß er ihrer Meinung nach etwas unternehmen sollte, zu ihr halten, die Sache klären. Aber das tat er nicht. Murray hatte ihm seine Chance gegeben, und unglückseligerweise mußte er sie einfach nutzen. Sandra würde wütend bleiben müssen.

Im September hatte er versprochen, mit ihr zum Weihnachtsball zu gehen, zusammen mit einem anderen Paar, einem Cousin von ihr, der im vierten Jahr Jura studierte, und seiner Freundin vom McGill. Er glaubte, daß er dieses Versprechen halten sollte, also kam Sandra nach London und schleppte ihn in die Innenstadt, um einen Smoking zu leihen, der zu ihrem schweren, gerade fertiggenähten Satinkleid paßte. Das Kleid war seegrün, um ihr dunkelrotes Haar hervorzuheben, und es hatte einen runden Ausschnitt, der ihre Sommersprossen und ihr Dekolleté betonte, das sie mit braunem Lidschatten nachdunkelte, kurz bevor sie die Wohnung verließen, ein kleiner Trick, den sie kürzlich gelernt hatte.

Vor dem Ball gingen die vier zum Dinner in ein neues, exklusives Restaurant, wo die Jungen über Jura redeten und zu viele Rusty Nails tranken, und diese beiden Stunden zu Beginn ruinierten mehr oder weniger den restlichen Abend. Patrick hing in seinem geliehenen Smoking über der Toilette, als Sandra zum letzten Mal durch die Wohnungstür ging, ihr Haar war immer noch perfekt mit Spray frisiert, und ihr seegrünes Kleid war immer noch schön, viel zu schön für eine Abfuhr.

Eine Woche später erschien aus heiterem Himmel Murrays Vater, um sich mit Patrick zu unterhalten. Er kam die steilen, heruntergekommenen Stufen zur Hintertür hinauf und fragte Patrick, ob er ein paar Minuten Zeit habe, und dann bat er ihn, seinen Mantel zu holen, damit sie sich zum Reden in den Buick setzen konnten. Im Wagen erklärte er Patrick, daß er wußte, daß er sich sehr gut machte, und er fragte ihn, ob ein zusätzlicher akademischer Grad nützlich für ihn wäre. Patrick gestand, daß einer seiner Professoren ihn ermutigt hatte, weiterzumachen, und daß Jura ihn interessierte. Mr. McFarlane sagte zu Patrick, daß er für das, was bisher bereitgestellt worden war, keine Gegenleistung erwartete, daß sie aber vielleicht die weitere Unterstützung als Geschäft betrachten sollten. Er sagte, er würde sich freuen, wenn Patrick weitermachte, daß er sich aber einverstanden erklären mußte, angemessene Rückzahlungen zu leisten, wenn er in gesicherten Verhältnissen war, was er selbstverständlich bald sein würde, in kürzester Zeit. Er sagte: »Das Geschäft läuft in Zyklen, und wir sind mit der Mühle jetzt in einer leichten Baisse, vielleicht weißt du das.«

Patrick sagte, er habe verstanden und vielen Dank, und als er die Wagentür öffnete, sagte Mr. McFarlane, daß sie am nächsten Wochenende, wenn er zu Hause war, zusammen zur Bank gehen und ein Schriftstück unterzeichnen würden. Und er würde dem Bankier sagen, daß Patricks Wort eine ausreichende Sicherheit war, und er würde eine erste Rate für ihn auf sein Konto überweisen, zu seiner freien Verfügung. Patrick wußte, daß Mr. McFarlanes Worte nur Schmeicheleien waren, daß er sie dem Wunschdenken eines alten Mannes zu verdanken hatte, der entschlossen war, einen jungen Mann zu unterstützen, der sich noch nicht bewährt hatte, aber er akzeptierte die Schmeichelei, weil er inzwischen glaubte, was Mr. McFarlane sagte, weil er wirklich glaubte, daß er seinen Teil des Geschäfts bewältigen würde.

Daphne arbeitete schwer in der zwölften Klasse, sie belegte schon zwei Naturwissenschaften aus der dreizehnten, denn sie hatte beschlossen, Krankenschwester zu werden, und sie wollte sich das nächste, bekanntermaßen harte Jahr etwas leichter machen. Jetzt, wo Roger fort war, hatte sie mehr Zeit zur Verfügung, und ab November ging sie in die Arena und half, den jüngsten Eisläufern Figuren und kleine Übungen beizubringen und sie auf den Karneval im Winter vorzubereiten, wenn sie alle Eis-Mäuse oder Kaninchen sein würden.

Sie kochte an drei Abenden in der Woche im Drive-In und wartete darauf, daß jemand sie zum Ausgehen einlud. Niemand fragte sie. Niemand sonst wußte, daß Roger mit ihr Schluß gemacht hatte, und sie konnte kaum eine Anzeige aufgeben. Sie half Margaret nicht so viel, wie es angebracht gewesen wäre, und als ihr Vater das beim Abendessen so ungezwungen wie möglich zur Sprache brachte, sagte Margaret: »Ist schon gut, Bill. Sie arbeitet wirklich genug.«

Paul fühlte sich allmählich wohl in der elften Klasse und mit Andy.

Die Großeltern kamen immer noch vorbei, Bills Mutter und Vater, Sylvias Mutter und Vater. Niemand sprach offen über die Schwangerschaft, aber sie waren keineswegs schockiert, weil Margaret ein eigenes Kind haben und spüren wollte, daß sie ein Recht darauf hatte.

Anfang Dezember fuhr Sylvias Mutter mit offenem Kofferraum in die freigeschaufelte Einfahrt. Sie kam in die Küche, legte einen Mantel um Margarets Schultern und führte sie hinaus zum Wagen, um ihr eine Korbwiege zu zeigen, ihr Geschenk für das Baby. Sie hatte einen langen, weißen Volant mit Ösen dafür genäht, und es war eine Schachtel mit Satinschleifen dabei, die man befestigen konnte, wenn das Baby geboren war, wenn man wußte, ob sie rosa oder blau sein sollten. Margaret hätte keinerlei Schleifen haben wollen, wenn es nach ihr gegangen wäre, aber es ging nicht nach ihr. Es würde nie wieder nach ihr gehen.

Die beiden hoben die Wiege aus dem Kofferraum und trugen sie ins Wohnzimmer. In dieser und in der folgenden Woche kam immer mehr Babyausstattung, als hätten alle auf ein Zeichen gewartet, ein großer, stattlicher Sportwagen für den Frühling von Bills Eltern, ein Laufstall, ein hoher Stuhl, Rasseln und Flickenpuppen und ein kleiner Zoo mit ausgestopften Tieren. Immerzu waren Leute mit Geschenken an der Tür. Margaret staunte, daß so viele sich die Mühe machten.

Am 19. Dezember wachte sie durch heftige Wehen auf. Bill kannte die Laute, die sie von sich gab, aber er war nicht angemessen vorbereitet, denn er hatte nicht erwartet, daß es Hals über Kopf passieren würde. Je älter die Frau, desto langsamer und schwieriger die Wehen, hatte er gedacht. Er setzte sie ins Auto und fuhr durch die Dunkelheit, durch leichten Schneeregen aus der Stadt hinaus. Der große Highway war beinahe leer. Nur ein paar massige Sattelschlepper waren auf dem Weg zur Bluewater Bridge an der Grenze, oder sie kamen gerade von dort und waren unterwegs nach Toronto. Er wußte um das schwarze Eis, das die geschützten Bereiche der Straße bedeckte, schwarzes Eis war das schlimmste, weil man es im Dunkeln nicht sehen konnte, es war einfach nicht da, bis die Scheinwerfer es zum Glänzen brachten, und dann war man schon darauf und gefangen.

Beim Fahren sprach er langsam und überlegt, er sagte Margaret, daß seiner Erfahrung nach alles völlig normal aussah und daß sie unbedingt versuchen mußte, sich zwischen den Wehen zu entspannen, etwas von ihrer Kraft als Reserve zu behalten, denn sie würde sie brauchen.

Im Krankenhaus fuhr er an die Rampe der Notaufnahme heran, rannte hinein, um jemanden zu holen, und kam mit einer Krankenschwester zurück, die einen Rollstuhl schob. Die Schwester schob Margaret hinein zu einem Schalter, wo sie die Papiere ausfüllte, und dann in den Aufzug, Bill folgte ihnen. Als sie die Flügeltüren zur Station erreichten, deutete die Krankenschwester auf eine Nische mit braunen Plastikstühlen im Flur, und dann schob sie Margaret schnell durch die Tür und nahm ihm so die Chance, zu Margarets Rücken noch etwas Ermutigendes zu sagen.

Margaret wurde gleich nach der Entbindung ruhiggestellt. Eine Stunde später durfte Bill in ihr Zimmer gehen, aber sie war nicht bei Bewußtsein und merkte nicht, wie er ihre Stirn küßte. Bill erfuhr, daß seine zweite Tochter offenbar ein bißchen zu früh gekommen war, daß es ihr aber gutging und daß Margarets Gebärmutter unter Schock stand, eine ganz normale Reaktion nach einer so schnellen Entbindung. Vor Margarets Zimmer schob eine Schwester das Baby den Gang entlang, und er durfte es vielleicht zwei Minuten lang anschauen, dann ließ sie ihn allein dort stehen. Auf ihrem Weg zurück in den Säuglingssaal drehte sie sich um und sagte: »Sie können sich auf den Heimweg machen. Ihre Frau braucht Ruhe.«

Kurz vor der Dämmerung fuhr er die dreißig Meilen nach Hause. Es lag jetzt mehr nasser Schnee auf der Windschutzscheibe, und der Verkehr hatte zugenommen, also war er gezwungen, langsam zu fahren.

Als er in die Küche kam, warteten Daphne und Paul am Tisch, und auf dem Herd stand eine Kanne Kaffee für ihn bereit. »Ein Mädchen«, sagte er ihnen. »Und Margaret geht es gut. Sie hat es prima gemacht.« Er sagte, daß Margaret jetzt schlief, daß sie Schlafmittel bekommen hatte, weil es außergewöhnlich schnell gegangen war. »Es ging sehr, sehr schnell«, sagte er. Auf Daphnes Frage hin sagte er, er habe keine Ahnung, wieviel ihre Schwester wiege, er könne nur sagen, daß sie winzig sei, ein richtiger kleiner Wicht, und er könne auch nicht sagen, ob sie irgend jemandem ähnlich sehe oder wann sie nach Hause kommen würden. Er trank nur ein paar Schluck Kaffee und stand dann auf und ging nach oben, um sich für die Arbeit fertig zu machen. »Ich komme mittags nach Hause«, rief er von der Treppe hinunter, »und dann fahren wir zusammen hin.«

Daphne rief Patrick und Murray in London an und holte sie aus dem Bett. Sie sprach mit beiden und erzählte dasselbe zweimal. »Es ist ein Mädchen, und Margaret hat es mit fliegenden Fahnen geschafft. Es geht ihr wunderbar. Unsere Schwester heißt Sally.«

Margarets Gebärmutter überwand allmählich den Schock, und als sie allein erwachte, strich sie mit den Händen über ihren wehen, weich gewordenen Bauch und dann über ihre Brüste, die in den letzten Monaten lächerlich groß geworden waren und die jetzt schmerzten und hart wie Melonen waren.

Sally wurde im Säuglingssaal mit Zuckerwasser gefüttert und mehrmals täglich zu Margaret gebracht, die versuchte, ihr die Brust zu geben, und immer blieb eine Schwester dabei, auch, als Margaret gesagt hatte, daß sie vielleicht besser allein sein sollten. Am zweiten Tag hatte Sally es begriffen, und die Schwester ließ sie endlich in Frieden. An diesem ersten Tag hatte Bill Daphne und Paul mitgebracht, und sie hatten ihre Schwester durch das Fenster des Säuglingssaals gesehen, die Jungen kamen aus London und traten verlegen in ihren Mänteln und Stiefeln in Margarets stilles Zimmer. Nach vier Tagen sagte Margaret zu Bill, daß sie nach Hause wollte, so bald wie möglich, am liebsten gestern.

Als Margaret Sally nach Hause brachte, wollten alle sie

halten, sie wurde nie hingelegt. Bill nannte sie das Weihnachtsgeschenk. Die Jungen hatten den Baum aufgestellt und dekoriert, und Daphne wickelte Sallys zappelnden, nackten Körper für ein Foto in ein rotes Band und legte sie vorsichtig zwischen die anderen Geschenke. Margaret lehnte am Türbogen des Wohnzimmers und sah Daphne dabei zu, nicht, weil sie um Sally in Daphnes schönen Händen auch nur die geringste Sorge hatte, sondern weil sie vor Sally noch nie gesehen hatte, daß Daphne von sich aus jemanden berührte, Mensch oder Tier.

Murrays Eltern waren auf ihre erste Karibikkreuzfahrt gegangen, und das große Backsteinhaus neben der United Church war dunkel und leer. Murray packte seine Sachen aus, aber er stieg gleich wieder in sein Auto und blieb nicht einmal so lange, bis es warm wurde. Es sprach alles dafür, zu Bill und Margaret zu gehen. Jetzt um so mehr. Er ging davon aus, daß er beim Weihnachtsessen willkommen war, aber trotzdem bot er an, den Truthahn zu kaufen, und Margaret sagte sicher, das wäre schön, aber sie würde gerne selbst zu Sylvias Vater bei Clarke's gehen und ihn aussuchen. Letztes Jahr war Bill alleine gegangen und hatte mit den Leuten unterwegs den einen oder anderen Weihnachtsdrink genommen, und dann hatte er einen Achtundzwanzigpfünder mit nach Hause gebracht, sie hatte natürlich nichts gesagt, aber sie glaubte, daß das Fleisch von einem jüngeren, kleineren Vogel einfach viel zarter war. Wenn die Menge das Problem war, dann lieber zwei kleinere Vögel als ein Monster. Das war ihre Taktik.

Margaret wußte, daß sie es bei all der Hilfe viel leichter hatte als die meisten jungen Mütter. Sie ruhte sich aus und wußte um ihr Glück. Als Sylvias Mutter diskret fragte, ob ihre Milch gut floß, legte Margaret die Hände auf ihre erstaunlichen Brüste und lachte laut und sagte, daß genug da war für Sally und wahrscheinlich für einige mehr. Sally gedieh.

Anfang April im nächsten Jahr stand Margaret am Ende einer schönen, ersten langen Frühlingswoche mit den Händen im Seifenwasser an der Spüle und sah zu, wie der Abend sich über den Garten senkte. Sally lag zur ihren Füßen am Boden in ihrem Korb und schlief. Wie immer hatte sie ihre kleinen Fäuste geballt und die Arme in Kapitulationshaltung erhoben, und man konnte ihren sanften Geruch geradezu sehen. Margaret stand gerne am Küchenfenster und sah zu, wie die Schatten der Bäume allmählich über die Wiese glitten. Das ergab Muster, die sie nun schon kannte. Sie wußte nicht, ob es so war, weil es Sally gab oder weil sie mehr Zeit allein verbrachte, seit sie ihren Job aufgegeben hatte, aber sie sah dort ständig etwas, und immer etwas Schönes.

Der unruhige Aprilhimmel hatte vor Einbruch der Dunkelheit offenbar noch etwas vor, und drei Eichhörnchen stritten sich albern um die Hickorynüsse, die sie im Herbst versteckt hatten, sie jagten einander über das Garagendach und die Bäume halb hinauf und immer wieder um die Gartenstühle herum, die vom Winter noch gekippt waren. Bill hatte davon gesprochen, daß man die Hickorys im hinteren Teil des Gartens fällen und den Platz für einen Schuppen nutzen könnte, um den Krimskrams unterzubringen, der sich ganz von selbst, wie er sagte, in der Garage angesammelt hatte. Er sagte, daß er den Schuppen mit einem Spalier oder mit einer Laube verkleiden würde, und daß man vielleicht eine Gartenbank dazustellen konnte. Er sagte, daß Margaret dort ohne den Schatten ein bißchen Gemüse anpflanzen konnte, wenn sie wollte.

Patrick war zu Ostern nach Hause gekommen und arbeitete für eine Woche in der Futtermühle, weil einer der festangestellten Kerle Herzprobleme hatte, und als Margaret die Gläser unter möglichst heißem Wasser spülte, hörte sie ihn leise die Treppe hinunterkommen. Sylvia hatte recht gehabt, was ihren ältesten Sohn betraf. In letzter Zeit verbrachte er viel Freizeit in seinem Zimmer mit seiner Stereoanlage und hörte Platten, und er ging jetzt immer leise, man wußte nie genau, wo er war. Es gab keine Ausbrüche, er zeigte seine Wut nicht unumwunden, denn er war wohlerzogen und hatte gute Manieren, und sie wäre nicht auf die Idee gekommen, das Wort depressiv zu benutzen, denn das Wort war für Leute mit ernsten Problemen da, aber schließlich fiel ihr das Wort griesgrämig ein. Sie nahm an, daß ein großer Teil seiner Griesgrämigkeit etwas mit ihr zu tun hatte, aber sie glaubte nicht im Traum daran, daß Patrick ihr sagen würde, was ihn beschäftigte. Nach dem, was sie bisher beobachtet hatte, ging man in diesem Haus nicht besonders direkt miteinander um, jedenfalls bestimmt nicht so, wie sie es gewöhnt war, mit Schreiereien und gemeinen, häßlichen Worten, die einem am nächsten Tag leid taten, mit hirnlosen Anklagen, die Meilen und Jahre zurücklagen und immer noch nachklangen. Und sie hatte nicht vor, ihnen das beizubringen.

Patrick kam in die Küche, er trug einen neuen Fanghandschuh, sein Weihnachtsgeschenk von Murray. Er bearbeitete ihn mit der Faust, schlug auf ihn ein und formte ihn, und als er die Fliegentür aufstieß und hinausgehen wollte, hielt Margaret ihn mit einer Frage zurück. »Wenn man sich überlegt, daß Männer im allgemeinen längere Beine haben«, sagte sie, »glaubst du, daß Baseball dann ein schwereres Spiel ist als Softball, weil die Entfernung zwischen den Bases größer ist?«

Er machte ein leicht überraschtes Gesicht, aber er überlegte einen Moment und gab ihr dann eine ernsthafte Antwort. »Na ja, darum geht es wohl, glaube ich«, sagte er.

»Seltsam«, sagte sie. »Manchmal frage ich mich, ob ich nicht Baseball hätte spielen können, mit meinen Beinen.« Sie drehte sich um und sah ihn an. »Deine Mutter und ich haben zusammen Softball gespielt«, sagte sie. »Sie war ein erstklassiger First Baseman, und ich war ein halbwegs anständiger Shortstop. Wahrscheinlich erinnerst du dich nicht daran«, sagte sie, »aber manchmal haben eure Großeltern euch Jungs mitgebracht auf den Sportplatz, und ihr habt in euren Pyjamas zugesehen.« Und dann sagte sie: »Das war, als die Männer in Übersee waren«, damit er einen Zusammenhang sah, damit er es sich vorstellen konnte.

Er war schon fast draußen, lehnte am Fliegengitter und wartete ab.

Sie nahm einen Stapel Teller von der Küchentheke und ließ ihn vorsichtig ins Wasser sinken. »Es hat nie jemand besonders viele Worte darum gemacht«, sagte sie, »aber deine Mutter und ich waren so etwas wie das Rückgrat des Teams. Wir waren gut«, sagte sie und nickte kurz und entschieden, wie nach einem gerechten Urteil. Sie sagte: »In einem Jahr waren wir so dicht an der Provinzmeisterschaft«, zog ihre Hand aus der Seifenlauge und bildete den kleinstmöglichen Abstand zwischen Daumen und Zeigefinger.

Patrick betrachtete ihre eingeseifte Hand, und für den Bruchteil einer Sekunde, aber ohne jeden Zweifel wurde sein Gesichtsausdruck weicher. Da ist es, dachte Margaret. Vielleicht habe ich es geschafft. Dann nickte er auf seine schwerfällige Art und wandte sich ab, weil er Murrays Wagen auf dem Kies in der Einfahrt hörte.

Margaret hob den Kopf und lächelte Murray durch das Fenster zu. Sie wußte, daß er darauf achtete, sie hatten sie alle im Auge und wollten sehen, was sie wohl tat. Und sie wußte, daß er das Lächeln sehen konnte, denn sie hatte Sally abends in ihrem hohen, stattlichen Sportwagen auf der Straße spazierengefahren, und seitdem wußte sie ganz genau, daß das Viereck aus verschwommener Dunkelheit, das man von innen sah, eigentlich ein viereckiger, erleuchteter Rahmen war, wenn man in der Dämmerung draußen stand. Murray konnte das Lächeln sehen, und zwar nicht als verzerrte Reflexion, wie sie es sah, sondern klar und unmißverständlich. Wenn er es sah, setzte er vielleicht noch ein Häkchen auf ihre Pluspunktliste. Ihr wurde klar, daß auch Murray Zeit gebraucht hatte, um sich an alles zu gewöhnen. Sie hatte gesehen, wie er trauerte, vielleicht nicht so offensichtlich wie die anderen, aber nicht weniger.

»Vielleicht kommen Sally und ich diesen Sommer zu ein paar Spielen von euch«, bot sie an, und Patrick sagte nichts dazu, aber bevor er die Treppe hinuntersprang, nahm er sich die Zeit und schloß die Tür mit dem Ellbogen, damit sie nicht schlug und Sally durch den Knall erschreckte.

Das letzte, was Margaret Patrick erzählt hatte, war eine Lüge gewesen, ihr berüchtigt direkter, lästerlicher, lange verstorbener Vater hätte es eine rotzfreche Lüge genannt. Sie hatte Sylvia kaum gekannt. Sie hatte nie im selben Team gespielt, und keine von beiden war auch nur in die Nähe einer Meisterschaft gekommen.

Sie erinnerte sich aber daran, daß die Chambers-Kinder in diesen Sommern, als die Männer fort waren, auf der Zuschauertribüne gewesen waren. Sie waren schon gebadet und fertig fürs Bett, Paul und Daphne saßen in Decken gewickelt auf den Armen ihrer Großeltern, und Patrick rannte zusammen mit den anderen Jungen herum. Man hatte Schienen mit Scheinwerfern angeschlossen, um das Infield für die Spiele am Abend zu beleuchten, manchmal gab es zwei an einem Abend, und sie erinnerte sich an das Aufwärmen hinter der Tribüne, ab und zu schaute man hinüber, um zu sehen, wie das andere Spiel lief, und Sylvia stand an der ersten Base, rammte eine Faust in ihren Handschuh, verständigte sich schreiend mit den anderen Frauen und vollführte kleine, lustige Hüpfer auf der Base, damit sie auf Touren blieb.

Und was ist schon eine Lüge gegen alles andere, dachte sie. Gegen Sylvias ausgemergeltes Sterben? Dagegen, daß Bill lernen mußte, eine zweite Frau auf eine zweite Art zu lieben? Gegen ihr eigenes, schales Leben über dem Hydro

Office, gegen die kleinen Zimmer, die den ungefilterten Geruch ihres eigenen Körpers, ihrer eigenen Gewohnheiten, ihrer eigenen kleinen Probleme wie Sumpfgas hielten. Gegen den Blick aus ihrem Wohnzimmerfenster auf das Mahnmal, wo ein Name, den sie oft leise gesagt hatte, zwei Zoll hoch in die Granitsäule geschnitten war, während dreckige Fenster, die sie nicht öffnen konnte und die niemals jemand putzte, ihren Blick auf diese Säule trübten. Gegen die geheimen, gedämpften Nachkriegsschritte, wenn ein Mann, der nicht ihr Ehemann war, an diesen langen Abenden über dem Hydro Office die Treppe hinaufgestiegen kam, die Freude an seiner Gesellschaft, an seinem Lob, und dann das Verstummen gebrochener, wundersamer Versprechen. Was bitte ist eine Lüge?

Sie war zu neunzig Prozent sicher, daß Patrick niemandem etwas von der Meisterschaft erzählen würde, er war nicht der Typ, und wenn er eines Tages doch etwas davon erzählen würde, konnte sie sich immer noch aufrichten und sagen, aber sicher war das so, natürlich war das so. Über diese Jahre konnte sie so lange reden, bis alle glaubten, daß sie sich falsch erinnerten. Und sie würden sich ihr fügen, so sicher, wie sie sie ansahen. Im Grunde dachte sie, daß sie auch ein Paar Lügen beisteuern könnten, ihr zuliebe.

Jetzt, wo sie allein war, wandte sie sich vom Fenster ab und betrachtete den Korb zu ihren Füßen. Und dann ließ sie ihr Handgelenk mit der Seifenlauge über dem Korb schnalzen, und eine Traube regenbogenfarbiger Blasen sank ganz langsam auf ihre vollkommene Sally herab, die schlafend weder nach ihnen greifen und sie berühren noch mit der Verblüffung der Unschuldigen zusehen konnte, wie sie zerplatzten.

1963

Sie mieteten Dunworkin für den ganzen Juli. In anderen Jahren hatte Bill seinen Urlaub genommen, wenn sie am See waren, aber weil er es sich nicht vorstellen konnte, vier ganze Wochen lang auf seinem Hintern zu sitzen, und weil man von der Stadt aus nur eine Viertelstunde fuhr, beschloß er, das in diesem Sommer nicht zu tun. Er wollte jeden Tag zur Arbeit hin- und herfahren, und Margaret und Sally sollten dortbleiben. Die anderen konnten kommen und gehen, wie sie wollten.

Dunworkin war eines der ältesten und größten Häuschen am Strand. Es war matt hellgrün gestrichen und stand in den Dünen, und zum Schutz vor den Winden, die vom Wasser kamen, duckte es sich tief in die grasbewachsenen Dünen. Zum Handel gehörte ein vierzehn Fuß langer Außenborder aus Zedernholz mit einem 25-PS-Motor, der leicht zu bedienen war, das Boot lag vor dem Häuschen auf dem Strand, und wenn es nach einer abendlichen Runde auf Lake Huron Zeit war, umzukehren und auf einen Drink hereinzukommen, machte Bill sich manchmal den Spaß und probierte seine mittelalte Sehkraft an den Blockbuchstaben aus, die jemand auf ein Brett gemalt hatte, das über der Fliegengittertür zur Veranda hing. Wie die meisten anderen Häuschen, die den Strand säumten, hatte Dunworkin seinen Namen schon immer gehabt, man hatte es wahrscheinlich so genannt, als es in den zwanziger Jahren gebaut worden war, oder vielleicht schon zuvor, als jemand einfach nur eine gute Idee gehabt hatte.

Es war ein prachtvolles Häuschen. An der Vorderseite gab es eine tiefe, leicht geneigte Veranda mit Fliegengittern und Läden mit Scharnieren, die bei gutem Wetter mit Haken an der Decke befestigt waren, einen Picknicktisch für Kartenspiele und für Margarets Puzzlespiel, verschiedene Muskoka-Sessel, die entweder dunkel kirschrot oder schwarz gestrichen waren, an einem Ende eine alte Hängematte aus Segeltuch, und am anderen Ende ein Sofa, das als Schaukel an rostigen Ketten von der Decke hing.

Im Häuschen selbst gab es einen großen Wohnraum mit zwei alten, kastanienbraunen Sofas und verschiedenen niedrigen Polstersesseln, die weder zueinander noch zu irgend etwas anderem paßten, und neben ihnen standen wacklige kleine Tischchen, jeder mit einem Aschenbecher und einer mit einem Stapel *Reader's Digest* und *National Geographics* für Regentage. Die Decke war ein Gitter aus wettergegerbten Balken und Sperrholz. Die Wände waren mit gutem Kiefernholz getäfelt, und der Fußboden war mit breiten Kiefernholzdielen ausgelegt. In die Maserung der Dielen waren erkennbare Fußwege getreten, von der Eingangstür nach hinten in die Küche und von der Küche am großen Eßtisch aus Eichenholz vorbei zurück zur offenen Treppe.

Die Feldsteine im Kamin an der hinteren Wand waren dunkel vom Rauch, der sich über Jahre hinweg dort gekräuselt hatte, bevor das Feuer richtig brannte, und darüber war auf einem schweren, breiten Sims eine Sammlung von notwendigen Dingen und Schätzen verteilt: rosafarbene Muscheln aus irgendeinem Ozean, vier Pfeilspitzen, eine rote Fliegenklatsche, eine Taschenlampe, ein Transistorradio, ein kleiner, dekorativer japanischer Fächer, eine große Schachtel Streichhölzer. Neben dem Kamin hatte der Besitzer einen ordentlich gestapelten Vorrat an trockenem Holz und einen abgenutzten weidenen Wäschekorb voller Zeitungen und Anmachholz stehenlassen.

Es gab Kunst im Häuschen. Über dem Sims hing ein

großes Ölbild in einem schweren Rahmen, es zeigte einen Mann in einem kleinen Boot, das durch dichten, treibenden Nebel auf einen undeutlich sichtbaren Klipper zuhielt, der Mann duckte sich vor den Elementen, er hatte die langen Ruder gerade aus dem Wasser gehoben, und das einzige wirkliche Licht, das der Maler zuließ, war in den Tropfen gefangen, die von den Rudern ins Meer zurückfielen. An der Wand neben der Küchentür ermahnte ein kleines, gerahmtes Stickmustertuch alle, die eintraten, ihre Sorgen hinter sich zu lassen, und an der Wand neben dem Herd klebte ein Kalender von 1963, gestiftet von Trevor Hanley's Chev Olds, und das Juli-Blatt mit Saskatchewan war aufgeschlagen. Bei diesen Kalendern gehörte zu jedem Monat des Jahres ein malerisches Farbfoto von einer touristischen Szenerie aus einer der Provinzen, und für den Juli gab es eine Luftaufnahme von zwei einsamen, aber offensichtlich florierenden Präriefarmen, beide waren umgeben von einem rechteckigen Schutzgürtel aus Bäumen und von bestellten Feldern in mattem Hellbraun oder Grün. Ein kleiner Fluß wand sich durch das Foto, und der Himmel über den Felsen war westlich sommerblau und strahlend hell. Und an der Kiefernholzwand neben der Eingangstür gab es noch ein Ölbild, das ein bißchen kleiner war, es hing ständig schief und zeigte eine Frau um die Jahrhundertwende mit winziger Taille, einem üppigen rosenroten Kleid und einem rosafarbenen Hut mit breiter Krempe. Sie trug einen Sonnenschirm und lächelte herausfordernd in das Zimmer hinein. Bill nannte sie das Flittchen von Dunworkin und hängte sie jedesmal gerade, wenn er zur Tür hinausging.

Die Küche war primitiv, wenn man sie mit der in der Stadt verglich, aber sie reichte aus. Es gab kaum Abstellfläche, aber es gab zwei breite Reihen mit Kiefernschränken, eine tiefe Porzellanspüle mit fließend heißem und kaltem Wasser und einen einigermaßen neuen Kühlschrank, der im unteren Teil ein anständiges Tiefkühlfach hatte. Das Beste war der Herd. Es war ein alter Sechsflammer mit einem Back- und einem Wärmeofen. Als sie im Mai gekommen waren, um ein Häuschen zum Mieten zu suchen, hatte der Herd für Margaret den Ausschlag gegeben. Für diesen Herd hätte sie ihren eigenen hergegeben.

Oben gab es fünf Schlafzimmer und eine Schlafveranda mit Fliegengitter, die wie die Veranda darunter zum Strand hin abfiel. Es gab alle möglichen Betten, alte, sehr hohe Doppelbetten, die einmal gute Möbel gewesen waren, wahrscheinlich von einer Versteigerung, neuere Einzelbetten auf Rollen, eine fahrbare Liege und drei Feldbetten von der Armee.

Als der Besitzer ihnen das Häuschen gezeigt hatte, war er ihnen von Zimmer zu Zimmer gefolgt, und Margaret hatte nicht den Mut gehabt, die Matratzen zu inspizieren, während er daneben stand, aber sobald sie alles aus dem Auto hereingebracht hatten, ging sie als erstes hinauf, hob sie alle hoch und drehte sie um. Als Daphne den Korb mit den Laken und Decken brachte, sagte Margaret, daß sie sich die andere Seite frischer vorgestellt hatte, aber diese Schlachtrösser hatte man schon umgedreht, schon oft. Dann sagte sie, daß sie wohl einfach damit auskommen mußten, nicht wahr?

Am ersten Wochenende kamen alle, alle elf. Bill und Margaret und Sally, die sechs war, Patrick und Mary, die in zwei Wochen in der Kapelle des Springbank Parks in London heiraten wollten, Murray wieder einmal allein, weil seine Frau Charlotte in Hamilton bei ihren Eltern war, Paul und Andy, die die Arme voll hatten mit Neil und Krissy und dem dazugehörigen Zeug, Andy wieder schwanger mit ihrem, wie sie sagte, endgültig letzten Baby, und Daphne.

Niemand bedauerte, daß Murrays Frau nicht dabei war. Er hatte Charlotte im Sommer zuvor mitgebracht, kurz bevor sie in Toronto geheiratet hatten, und alle waren zuerst überrascht und dann enttäuscht gewesen. Charlotte war nicht auf den Mund gefallen, sie sahen ein, daß jemand, der für einen

Fernsehsender arbeitete, wohl sehr direkt sein mußte, aber sie konnte offenbar kein Gespräch führen, ohne sich dabei in den Vordergrund zu drängen. Sie widmete ihrer Erscheinung ungewöhnlich viel Aufmerksamkeit, zog sich dreimal am Tag um und erwartete, daß andere Leute das ebenso machten. Sie saß verwirrt am Abendbrottisch, als wüßte sie nicht recht, wie man mit nur einer Gabel umgeht, ließ Namen fallen wie Tolstoi und Chanel und Yves St. Laurent und Bloomingdale's, trank angeblich nur den besten Scotch, vermutete überall Ignoranz und unterstellte Neid. Charlotte sah über den Tisch Sally an, die mit sechs Jahren Sommersprossen hatte und knochig war und manchmal ungeschickt und die man oft in allgemeiner, aber fröhlicher Auflösung beließ, und sie sagte, daß sie selbst ein außergewöhnlich schönes Kind gewesen war. Sie war ohne Frage hübsch, mit ihren nerzbraunen Augen, ihrer Stupsnase und ihren weißen, schimmernden Zähnen, und sie hatte wirklich den Körper eines leicht unterernährten Revuegirls. Aber sie war nicht der erste gutaussehende Mensch, mit dem sie zu Abend essen durften. Sie hatten noch nie gehört, daß jemand so redete.

Nachdem Murray beschlossen hatte, sie zu heiraten, erzählte er ihnen, daß ihr Vater drei Autosalons in Hamilton besaß und daß sein Geschäft sich in den fünfziger Jahren ziemlich gut angelassen hatte. Er sagte, daß ihre Mutter eine großartige Frau war, sehr lustig und sehr hilfsbereit. Das alles erklärte gar nichts.

Besonders Patrick verabscheute Charlotte, und er nannte sie gerne die Queen, wenn Murray es nicht hören konnte. Bill und Paul verschwanden einfach, wenn sie ins Zimmer kam, ihr Anblick erinnerte sie immer an irgend etwas Wichtiges, das sie vergessen hatten und unbedingt tun mußten. Daphne gab sich besonders viel Mühe und versuchte zumindest, Charlotte ein paar kleine Hinweise zu geben. Nach der dritten Mahlzeit an Margarets Tisch in der Stadt reichte sie ihr ein frisches Geschirrtuch, was heißen sollte, Margaret sieht müde aus, sie hat gekocht, du hast gegessen, und jetzt könntest du vielleicht dabei helfen, das verdammte Geschirr abzutrocknen. Sie nannte mit Absicht und immer wieder Margarets Namen, was heißen sollte, es wäre wirklich ganz gut, wenn du aufhören würdest, Margaret »Marg« zu nennen. Sie achtete darauf, die »Kinder« zu sagen, wenn sie ihre Nichte und ihren Neffen meinte, was heißen sollte, wenn du aufpassen würdest, hättest du gemerkt, daß Leute wie wir nicht wollen, daß man die Kinder die »Kleinen« nennt. Charlotte hätte etwas retten können, wenn sie etwas gemerkt und sich ein wenig angepaßt hätte, aber offenbar hatte sie keine Lust. Und sie hatten nicht viel verlangt. Margaret sagte zu Bill, sie wäre schon zufrieden, wenn Charlotte auf den herablassenden Tonfall verzichtete.

Charlotte am See konnte sich ohnehin niemand vorstellen, weit weg von einem anständigen Friseur, heiße Sonne, viele Fliegen an schwülen Tagen und Matratzen, die sie zwar umgedreht hatten, die aber noch immer verdächtig waren unter Margarets steifen Laken.

Margaret war neunundvierzig, und Bill war im März einundfünfzig geworden. Bills Haar war fast grau, und er hatte Altmänner-O-Beine, wie er selbst sagte. Vor fünf Jahren hätte es ihn noch sehr erstaunt, was mit seinen Beinen geschah. Sie waren immer stark gewesen, die meiste Zeit seines Lebens hatte seine Kraft in den Beinen gesteckt. Es war ihm höchst peinlich, die Bermuda-Shorts zu tragen, mit denen Margaret und Daphne ihn im vergangenen Sommer ausgestattet hatten, zwei identische, karierte Paare, aber er hatte sie damals getragen und trug sie in diesem Jahr wieder. Was sollte man sonst am See tragen? Von Sandalen verabschiedete er sich. Er hatte entweder seine normalen Schuhe und Socken an, oder er ging barfuß.

Es war ein elender Winter gewesen, der früh begonnen und lange gedauert hatte, wochenlang starker Wind und Schneeregen, und Autofahren war tückisch gewesen. Nach

Weihnachten kam dann ein ganzer Monat mit nichts als Neuschnee, der naß und gefährlich schwer auf den Dächern lag. Viele Leute hatten in diesem Jahr beschlossen, auf die Dächer zu klettern und sie freizuschaufeln, Bill und die Jungen auch. Margaret hatte den Winter überstanden, indem sie sich diesen Monat am See vorstellte, und als sie sich für das Häuschen entschieden hatten, sagte sie zu Bill, daß das vielleicht der letzte Sommer war, den sie alle zusammen verbrachten, und daß sie deshalb tun sollten, was sie konnten, damit es der schönste Sommer wurde, den sie je gehabt hatten.

Sie freute sich sehr auf Patricks Hochzeit. Sie hatte schon ihr Kleid, es war nicht beige, wie man es von der Bräutigammutter erwartete, sondern grünlichblau mit Einsätzen und einem sehr tiefen Rückenausschnitt, und Bill hatte sich seinen ersten neuen Anzug seit Sylvias Tod gekauft, einen guten marineblauen Nadelstreifenanzug, mit dem er noch sieben oder acht Jahre auskommen würde. Sie hatten keine Verpflichtungen, abgesehen vom Groom's Dinner, das für den Abend vor der Hochzeit vorgesehen war, und sie hatten beschlossen, es im Häuschen auszurichten. Es sollte eine kleine Hochzeit werden, denn Mary war nicht sehr für Förmlichkeiten. Margaret telefonierte mit ihren Eltern und bot ihre Hilfe an, es waren nette Leute, die schon immer in London wohnten und ein Häuschen unten am See besaßen, und sie sagten, daß sie alles unter Kontrolle hatten.

Margaret fand, daß Patrick und Mary perfekt zusammenpaßten. Charlotte war nur eine durchschnittliche Angeberin, aber Mary war direkt, angenehm ehrlich und offen. Sie war nie grob, auch nicht ein wenig, aber wenn man sie nach ihrer Meinung fragte, mußte man vorbereitet sein, denn sie hatte eine. Man hörte ihr zu und wußte, daß sie erstaunt sein würde, wenn man ihr sagte, daß sie offen war. Und wenn man ihre Mutter kennenlernte, sah man, daß sie mit dem Alter wahrscheinlich nicht weicher werden würde. Wie ihre

Mutter hatte Mary große, weit auseinanderstehende Augen, einen sehr dichten dunklen Haarschopf und schöne, leicht eckige Schultern. Aber sie war einverstanden mit ihrer Erscheinung, sie lachte darüber und sagte, sie sei überglücklich, wenn jemand fand, daß sie aussah wie Jackie Kennedy, wer wäre das nicht? Margaret sagte nie etwas dergleichen und deutete es auch nicht an, aber es freute sie, daß Mary Patrick die Flucht in seine beleidigten kleinen Launen beinahe abgewöhnt hatte. Wenn er versuchte zu entkommen, folgte Mary ihm sofort und zerrte ihn heraus.

Und Murray hatte auch jemanden. Charlotte war allerdings ganz anders als alle Frauen, die Margaret je gekannt hatte, aber sie hatte sich ins Gewissen geredet, was Charlotte anging, und sie war der Meinung, daß sie schließlich und endlich alle lernen mußten, das zu mögen, was Murray offenbar wollte. Es mußte etwas geben, etwas, das Murray in ihr sah. Er war schließlich nicht dumm.

Was Paul und Andy anging, hatte Margaret keinerlei Zweifel. Drei Jahre verheiratet, zwei Kinder gleich hintereinander, und noch eines unterwegs. Sie hatten an einem heißen Samstag im Juni draußen bei Andys Kirche eine große Landhochzeit gefeiert. Zweihundert Leute saßen auf den Kirchenbänken, Freunde, Verwandte, Nachbarn, und dann gab es ein wunderbares Landessen und natürlich Tanz. Nur der Husten von Andys Dad trübte die Freude. Nicht, weil er die Gelübde und die Musik störte, sondern weil einige Leuten ihn liebten und dachten, daß sie seinetwegen vielleicht schneller als gewünscht wieder zur Kirche gehen mußten. Und so kam es. Ein Jahr später war er gestorben, und schnell gestorben, diagnostiziert, behandelt und innerhalb von zwei Monaten tot, seine Frau zog in die Stadt, und Paul und Andy mußten eine Farm betreiben. Aber sie machten es gut. Sie pflanzten nur an, was zum Verkauf bestimmt war, es gab kein Vieh, und deshalb war es keine Vierundzwanzig-Stunden-Farm.

Nur Daphne blieb übrig. Seit Roger Cooper hatte es niemanden mehr gegeben, soweit Margaret es wußte. Aber Daphne war erst dreiundzwanzig. Und sie arbeitete Schicht im Krankenhaus, wahrscheinlich war das gesellige Leben deshalb schwierig, die unregelmäßigen Arbeitsstunden, die Müdigkeit, der ewige Zwang, ein paar Stunden zu schlafen, wenn man die Möglichkeit hatte.

Margaret wollte, daß sie alle jemandem fanden, der gut für sie war, der angenehm und zuverlässig und, wenn es ging, ausgeglichen war, ansonsten kümmerte sie sich nicht besonders um das, was die Kinder mit ihrem Leben taten. Sie ging davon aus, daß sie ihren Lebensunterhalt verdienen konnten. Sie waren alle gewitzt, außergewöhnlich gewitzt, ihrer Meinung nach. Soweit sie wußte, ging es ihnen gut.

Den größten Teil des ersten Sonntags am See verbrachten die meisten damit, auf Decken im Sand zu liegen, geschmuggeltes Bier aus Picknickgläsern zu trinken und dann zur dritten Sandbank und zurückzuschwimmen, um sich abzukühlen. Bis Mittag hatte Bill Sally beigebracht, wie man sich treiben läßt. Seit dem Krieg konnte er sehr gut schwimmen. Vor seiner Abreise nach Übersee war er allein zum See gekommen, er hatte es sich beigebracht, er hatte sich ausprobiert und war weit über die letzte Sandbank hinausgeschwommen. Bei Sally hatte er mit dem »toten Mann« angefangen, Gesicht im Wasser, Arme ausgestreckt, während er sie mit einer verläßlichen Hand unter ihrem kleinen Brustkorb an der Oberfläche hielt. Als sie das beinahe konnte, drehte er sie um, so daß sie in die Wolken schaute. Er hielt seine Hand leicht unter ihr Rückgrat und ließ sie immer wieder los, und er erklärte ihr, daß das Treibenlassen der erste und wichtigste Teil beim Schwimmen war, daß der Rest nur Technik war, nur Atmung und Kontrolle der Muskeln, wenn man den Körper entspannen und dieses Gefühl erleben konnte.

Nach dem Lunch gingen Bill und Margaret am Strand

entlang zum Laden, um zu den Hummern überteuerte Butter zu kaufen. Murray hatte die Hummer mitgebracht, acht Stück, in einer Kühlbox mit Eis im Kofferraum seines Mustang, und er erzählte, daß er an einer Bestellung aus Nova Scotia beteiligt gewesen war, für die ein Freund von einem Freund von einem Freund bei der Arbeit gesorgt hatte. Als sie mit der Butter zurückkamen, gingen sie nach oben, um den drückendsten Teil des Nachmittags im Bett zu verbringen.

An diesem Abend kochte Murray. Er benutzte eine alte Bratpfanne, die er auf der hinteren Veranda gefunden hatte, und er kochte die Hummer jeweils zu zweit. Patrick kramte herum, bis er die Ausziehplatten für den Eichentisch fand, dann deckte Margaret den Tisch mit Zeitungen ab und brachte zwei große Laibe hausgemachtes Brot, eine Schüssel mit ihrem Kartoffelsalat, die unter kochendem Wasser sterilisierten Zangen aus dem Kofferraum von Bills Wagen und verschiedene hübsche kleine Soßenschüsseln mit geschmolzener Butter und Zitronenscheiben.

Wenn sie mit dem Hummeressen fertig waren, wollte sie frischen Pfirsichkuchen servieren.

Patricks Groom's Dinner fand am Freitagabend vor der Hochzeit statt. Sie hatten über zwei Wochen Sonne gehabt. Alle waren braun, sogar Bill, Patrick, Paul und Daphne, die an den meisten Tagen hatten zur Arbeit fahren müssen, Bill nur bis in die Stadt, Patrick und Daphne nach London und Paul hinaus zur Farm. Sogar Murray, der aus Toronto gekommen und sich lange Wochenenden genommen hatte. Paul wurde natürlich am schnellsten braun. Sein Gesicht und seine Arme waren den ganzen Sommer über braun, jeden Sommer.

Sie hatten mit dem Boot viel Spaß gehabt. Mary und Sally nahmen manchmal ihren Lunch mit und fuhren den See hinauf nach Port Franks, zweimal so weit wie nach Grand

Bend. Und jeden Abend nach ihrem Spaziergang zogen Bill und Margaret Pullover über ihre Badeanzüge, fuhren hinaus auf das Wasser, stellten den Motor ab, ließen sich treiben und sahen zu, wie die Sonne unterging, dann kamen sie schweigend im Dunkeln zurück, und wenn sie auf das Häuschen zugingen, hielten sie sich manchmal an den Händen wie europäische Filmstars im mittleren Alter.

Am Ende der ersten Woche waren Mary und Daphne und Sally zur letzten Anprobe nach London in den Brautsalon gefahren. Mary hatte ihr Kleid für Margaret schon vor längerer Zeit skizziert. Es war aus schlichtem, wollweißem Satin und hatte einen fülligen, knöchellangen Rock, ein enges Oberteil, einen hohen Kragen und eine Reihe satinbezogener Knöpfe, die hinten bis zur Taille liefen. Sie hatte das Kleid in der Vogue gesehen und das Magazin im März mitgebracht, um zu sehen, ob man es kopieren konnte. Daphne und Marys Freundin Joan waren die Brautjungfern, sie sollten blaßrosa Spitzenkleider mit fülligen Krinolinenröcken tragen. Marys Mutter hatte ihnen die Spitze mehr oder weniger verordnet, sie hatte sich klugerweise bei der Entscheidung ihrer Tochter zurückgehalten und fühlte sich nun mehr als befugt, die Begleiterinnen zu beraten, also erklärte sie mit offenem Selbstbewußtsein, daß dieser Anlaß ein bißchen Prunk vertragen konnte. Sallys Kleid war eine genaue, aber kleinere Kopie von Marys, rosa, damit es zu den anderen paßte, aber aus Satin. Und sie sollte Handschuhe mit winzigen, satinbezogenen Knöpfen tragen.

Niemand hatte sie darum gebeten, aber Sally hatte beschlossen, daß es ihre Aufgabe war, Neil und Krissy zu unterhalten, solange sie am See waren. Sie hatte diese Verantwortung von selbst übernommen, das war für alle offensichtlich. Meistens rollte sie mit ihnen auf dem Fußboden herum, manchmal flegelten sie in der Hängematte, oder sie saß mit ihnen unten am Rand des Wassers und grub mit alten Vorlegelöffeln im feinen, sauberen Sand, füllte leuchtendbunt bemalte Sandeimerchen und baute Burgen für sie, zog sie aus dem Wasser, wenn sie zu weit gekrabbelt oder gelaufen waren. Sie mußten ihr helfen, besondere Steine und Kiesel am Rand des Wassers zu sammeln, und sie versuchte, ihnen genau zu erklären, warum die Steine so schön waren. Ihre Arme waren kurz, und es war schwer für sie, die Kinder hochzuheben oder zu tragen, also sahen die anderen aus sicherer Entfernung zu und griffen hin und wieder ein, wenn es nötig war. Aber das taten sie so ruhig und so schnell, als wäre es eigentlich gar nicht nötig.

Weil Sally so hilfsbereit war, verbrachte Andy viel Zeit auf der Veranda. Sie lag auf dem Sofa und las zuerst *Verbrechen und Strafe* und dann *Der Weiblichkeitswahn.* Sie trank eine Menge Saft und sah zu, wie kleine Boote Wasserskiläufer hin und her zogen und wie die Wellen heranrollten. Eines Nachmittags rief sie Margaret heraus und zeigte ihr einen Haufen junger Leute von vielleicht achtzehn oder neunzehn, die im See herumalberten. Margaret sagte, daß sie ihre Mätzchen schon in der Küche hatte hören können. Zwei der Kerle tauchten unter, platzten dann zwischen den Beinen ihrer kreischenden, lachenden Freundinnen hervor, hoben sie hoch aus dem Wasser und warfen sie rückwärts wieder hinein. Der dritte Kerl tunkte seine Freundin mit dem Kopf hinein, er drückte sie mit beiden Händen unter Wasser, ließ sie Luft schnappen und drückte sie dann wieder hinunter. Sie kämpfte dagegen an, schlug um sich und strampelte, aber je mehr sie kämpfte, desto fester drückte er sie unter Wasser. Und er war natürlich stärker, er war ein sehr großer Kerl. Als das Mädchen endlich freigekommen war und Halt gefunden hatte, ließ ihr Freund plötzlich die Arme sinken und beugte sich jäh in das Wasser hinein. »Ich wette, sie hat ihm eins mit dem Knie verpaßt«, sagte Andy, und dieser Gedanke gefiel ihr sehr.

Das Mädchen rannte aus dem Wasser, und als sie an den Decken vorbeikam, auf denen sie ein Sonnenbad genommen hatten, griff sie nach einem Handtuch. Dann stieg sie in eines der Autos. Die anderen hatten aufgehört und sahen ihr nach, und kurz bevor ihr Freund am Auto angekommen war, und er war ihr überraschend schnell nachgelaufen, hatte sie alle Fenster hinaufgekurbelt und die Türen verschlossen. »Dieses Mädchen hat sich gerade entschieden«, sagte Margaret. »Hoffentlich kann sie bei dem Entschluß bleiben.«

An den meisten Nachmittagen trug Andy das Transistorradio vom Sessel zum Sofa und vom Sofa zum Sessel, sang überschwenglich »She Loves Me« oder elegisch »Return to Sender« und schlug mit den Händen den Takt auf ihrem aufgeblähten Bauch. Manchmal tanzte sie auch mit über den Kopf erhobenen Armen und verführerisch schwingenden Hüften in ihren ausgebeulten karierten Shorts auf der Veranda herum, und manchmal sang und tanzte sie, wenn sie zum Wasser ging, um sich abzukühlen, sie watete dann nur bis zu den Oberschenkeln hinein, bückte sich und bespritzte ihr Gesicht und ihre Arme und ihre Schultern. Margaret hatte ein Auge auf Andy, und wenn sie ihr zusah, dachte sie hin und wieder, daß sie sich benahm, als wäre sie ganz allein auf der Welt, als könnte man sie nicht sehen. Sie fragte sich, ob sie das auch getan hatte, als Sally unterwegs gewesen war.

Am Tag des Groom's Dinner fuhren Patrick, Paul und Murray morgens in Pauls Pickup in die Stadt, um in den Liquor Store zu gehen und die Sachen aus dem Haus zu holen, die sie brauchten. Margaret wollte, daß sie den großen Eßzimmertisch und die Stühle mitbrachten, denn sie fand, daß alle sitzen sollten, und um den Tisch im Häuschen würden sie niemals alle passen. Sie sagte Bill, daß sie kein Buffet wollte, daß sie zu Patricks Dinner kein Buffet anbieten würde. Sie gab den Jungen eine Liste der Dinge, die sie aus dem Haus haben wollte, das meiste hatte sie eingewickelt und in Kartons verpackt, bevor sie hinausgefahren waren. Die beiden Leinentischtücher, ihr eigenes Porzellan und das von Sylvia auch, ihr eigenes Silber und das von Sylvia, die Bleikristallgläser, das blaue Bowleservice, die Tabletts. Die Buttertörtchen von Mrs. Rinker. Die Getränke. Eine Menge Filme.

Als Patrick und Paul und Murray aus der Stadt zurückkamen, sagte Bill, daß sie auf der Veranda decken sollten, damit sie während des Essens sehen könnten, wie die Sonne über dem See untergehe. Also nahmen sie den Picknicktisch und die Muskoka-Sessel von der Veranda und stellten alles auf den Sand neben den Grill, und sie hoben den Eßzimmertisch vom Transporter herunter und trugen ihn nach vorn und durch die breite Fliegengittertür der Veranda hinein. Es war nicht einfach, den Tisch aus dem Häuschen auf die Veranda hinauszubringen, und als sie zehn Minuten lang versucht hatten, ihn durch die schmalere Eingangstür zu manövrieren, mußten sie es aufgeben und ihn auseinanderbauen, und das war nicht leicht, denn die Muttern und Bolzen und Schrauben hatte jahrzehntelang niemand angefaßt. Nach beinahe einer Stunde und drei verschiedenen Schraubenziehern aus Pauls Transporter standen die Tische schließlich Ende an Ende beieinander, und sie paßten nicht schlecht. Als die weißen Leinentischtücher darauf lagen, sahen sie genauso aus, wie Margaret gehofft hatte, wie eine lange Festtafel.

Bill war vor dem Lunch zu Clarke's gegangen, um das Fleisch zu holen, das er bestellt hatte, einen großen Rollbraten, und er hatte am Nachmittag angefangen, ihn über dem Feuer zu grillen. Er hatte alle halbe Stunde ein paar Kohlen dazugegeben und ihn dann abgedeckt, damit er von alleine gar wurde, während die Kohle zu heißer Asche zerfiel. Einige Leute, die am Strand ihre Hunde ausführten, mußten zum Grill hinaufrennen und die Hunde zurückhalten, ein Kerl hielt seinen deutschen Schäferhund am Halsband fest und fragte, wie die Chancen stünden, zum Dinner eingeladen zu werden. Es war eine freundliche Frage, die nur besagen sollte, daß es doch allen wirklich großartig ging, und Bill sollte Gelegenheit haben, über das Mahl zu reden, das sie sich am Abend schmecken lassen wollten, und über Patrick und Mary und darüber, daß schon sein zweiter Sohn im Begriff war, den Bund fürs Leben zu schließen.

Margaret, Mary und Daphne waren mit der Dämmerung aufgestanden, um der schlimmsten Hitze des Tages zu entgehen. Sie hatten einen großen Topf Hummercremesuppe gekocht, denn die übriggebliebenen Hummer von Murrays Dinner hatten sie in der Tiefkühltruhe gehortet. Sie hatten Biskuitkuchen gebacken und drei Dutzend Reihenbrötchen. Sie hatten neue Süßkartoffeln geschrubbt, frische Erbsen geschält, die sie mit Sahne zubereiten wollten, und Spargel und Karotten zum Karamelisieren geschnitten. Während sie arbeiteten, saß Andy auf einem Schemel in der Küchenecke, hatte Krissy auf dem Schoß, unterhielt sich mit ihnen und machte Fotos, wie sie das Gemüse wuschen und schnitten, in der Suppe rührten, Eier schlugen und ein letztes Mal durch die Nüsse fuhren, um nach Schalenstückchen zu suchen. Mittags trieften sie alle vor Schweiß, und Margaret sagte, daß sie den verdammten Herd eigentlich nicht brauchten, die Küche selbst konnte das Essen kochen.

Nach einer Ruhepause oben mit Bill und einem kurzen Bad mit einem Stück Seife machte Margaret am späten Nachmittag einen Waldorfsalat mit den Äpfeln, die sie kühl gelagert hatte. Anstelle von Walnüssen, die niemand mochte, nahm sie die Hickorynüsse, die sie im vorigen Herbst vom Boden unter dem letzten verbliebenen Hickory im Garten aufgesammelt und mit ihrem Hammer auf den Betonstufen, die in den Keller führten, zertrümmert hatte.

Die jungen Frauen gingen schwimmen, und dann zogen sie Sonnenkleider an, setzten das Gemüse auf und fingen an, den langen Tisch zu decken. Sie füllten die blaue Bowleschüssel mit Sylvias Limonade, und zum Dessert hatte man die Wahl zwischen Mrs. Rinkers Buttertörtchen und Biskuitkuchen auf Silbertabletts, und eine Milchglasschüssel mit frischen Erdbeeren und noch eine mit steifgeschlagener Sahne würden nach dem Kuchen am Tisch herumgereicht. Murray brachte ein kleines Glas teuren britischen Meerrettich für das Rindfleisch mit in die Küche, also hielt Margaret ihren zurück.

Sie waren neunzehn zum Dinner. Marys Eltern kamen aus ihrem Häuschen herüber und brachten ihren alten Großvater mit. Sylvias Mutter kam mit Bills Vater aus der Stadt, und Joan brachte ihren Freund Dennis mit, der eine Gitarre hatte und sehr langes, stumpfes Haar. Charlotte kam aus Toronto, sie erschien, als gerade alles aufgetragen wurde. Sie hatte an einem Obststand am Highway angehalten und eine Tüte Champignons gekauft, und als sie in die Küche kam und die Pilze anbot, hätte Margaret beinahe den Kühlschrank geöffnet, um sie für später wegzulegen, aber dann hielt sie inne. »Oh«, sagte sie. »Genau das, was wir brauchen.« Sie schrubbte schnell eine Pfanne, zerließ bei großer Hitze einen Löffel Butter und briet die Champignons mit einer Handvoll rasch geschnittener milder Zwiebelstückchen an.

Bill hatte den Braten geschnitten und auf die Platte gelegt, die Kartoffeln waren mit Butter und ein bißchen Pfefferminze angerichtet, sie hatten alle Schüsseln aus der Küche geholt, und der Tisch war bereit, und Bill bestand darauf, daß Patrick am einen Ende des Tischs saß und Mary am anderen. Alle übrigen nahmen Platz, wo sie wollten, und als sie saßen, stand Murray, der Patricks Trauzeuge sein sollte, auf, um anstelle des Tischgebets einen Toast auszubringen. Glück, sagte er. Und Gesundheit. Ein langes Leben. Zufriedenheit. Spaß. Großartigen, kopflosen, schweißtriefenden Sex. Nachkommenschaft. Freunde fürs Leben. Den blanken Ehrgeiz. Erfolg. Blauen Himmel. Tonnenweise Geld, oder auch nur genug, je nachdem. Ein modernes Häuschen in der Vorstadt, oder auch nicht, je nachdem. Einen roten Porsche.

Ferien im sonnigen Süden. All das wünschte er ihnen und behauptete, daß er für alle Anwesenden sprach.

Sie aßen und tranken und redeten und logen und lachten auf dieser leicht geneigten Veranda. Neil und Krissy wurden rundherum und über den Tisch gereicht wie Schätze, und Urgroßvater Chambers fütterte sie mit Erdbeeren und Schlagsahnehäufchen, die er ihnen auf seinem Finger reichte. Marys Mutter hatte einen Fotoapparat mitgebracht, und Paul benutzte Margarets und nahm zwei Filme, damit er auch ganz sicher von allen Bilder hatte. Sally war so glücklich, daß sie weinen mußte. Sie war immer wieder um den Tisch herumgelaufen und hatte alle ganz leicht berührt, wenn sie hinter ihnen vorbeikam, und als sie sich zwischen Margaret und Charlotte gequetscht hatte, hielt sie es nicht länger aus. Die Unterhaltung erstarb allmählich, und alle sahen sie an, während sie versuchte, ihre Tränen zu erklären, und als man sie schließlich verstanden hatte, war es Charlotte, die nach ihr griff, um sie zu trösten.

Eine Abendbrise wehte um ihre Schultern, und die Sonne ging genauso unter, wie sie es gehofft hatten, langsam und schön, ihr rotes und orangefarbenes und violettes Sinken färbte den Himmel über dem glänzenden Wasser, breitete sich dann aus und kroch über das Wasser auf das Ufer zu. Sie unterhielten sich am Tisch, solange sie konnten, aber als die Dunkelheit kalte Luft vom See mitbrachte, beschlossen sie hineinzugehen. Paul machte wie immer Feuer, und Dennis fing an, auf seiner Gitarre zu spielen, allerdings nicht besonders gut. Die anderen Männer holten den Rye und den Gin und das Crokinole-Brett und die Karten für Euchre hervor, und alle Frauen außer Mary, die schließlich die Braut war, und Andy, die inzwischen äußerst müde war, und Sally, die versuchte, Neil und Krissy in ihren Armeefeldbetten zur Ruhe zu bringen, fingen an, das Geschirr abzuräumen, damit die Männer die Tische hereintragen konnten.

Charlotte blieb noch ein wenig draußen auf der Veranda

und zog schließlich *Der Weiblichkeitswahn* aus der Hängematte und fragte unbestimmt in die Runde: »Wer von euch liest dieses entsetzliche Zeug?« Dann warf sie das Buch hin, nahm das Silbertablett mit den übriggebliebenen Törtchen in die eine und die leere Salatschüssel in die anderen Hand und ging in die Küche.

Margaret sah, daß Charlotte die Hände voll hatte, und schloß daraus, daß sie sich diesmal beteiligen wollte, und bevor sie es verhindern konnte, dachte sie, das ist die Gelegenheit. Sie nahm das Tablett und die Salatschüssel, reichte sie an Marys Mutter weiter, drehte dann Charlotte an den Schultern um und band eine frische Schürze um ihre Taille. Es war das erste Mal, daß Margaret sie berührte. Als sie unter Charlottes festem Fleisch die nervösen Knochen spürte, dachte sie, oh, wie furchtbar für sie, vielleicht, um sich für das zu bestrafen, was sie zuvor gedacht hatte.

»Du wäschst am besten ab«, sagte sie. »Wenn du abwäschst, können wir die Sachen wegstellen, und wir sind viel schneller wieder bei den Männern am Feuer.«

Zu ihrer ewigwährenden Ehre legte Charlotte ihre Uhr und ihre Ringe zu den anderen auf die Fensterbank, goß einen rosafarbenen Strahl Geschirrspülmittel in die tiefe Porzellanspüle und drehte beide Wasserhähne auf.

Fast jeden Abend machten Bill und Margaret nach einem leichten, frühen Abendessen einen langen Spaziergang am Ufer entlang. Sie liefen barfuß über den warmen Sand, aber sie hatten ihre Schuhe dabei, denn Margaret ging gerne weit über den Hauptstrand hinaus, besonders gern ging sie die zwei Meilen nach Süden zum Stonebrook Creek, und dort stieß man schließlich auf scharfe, grobe Steine und am Point auf Schiefer und eine breite Felsnase.

Als Mädchen war Margaret einmal von einer Freundin, die in Wirklichkeit nur die Tochter einer alten Freundin ihrer Mutter war, eingeladen worden, drei Sommertage in einem Häuschen zu verbringen, das nicht wie Dunworkin und all die anderen größeren Häuschen am Hauptstrand lag, sondern in der Nähe von Stonebrook Creek. Ihre Mutter hatte nicht viele wirkliche Freundinnen gehabt, denn sie war eine Gelegenheits-Kleptomanin, und sie brachte Sachen mit nach Hause, die ihr Vater schnell finden und sofort zurückgeben mußte, oder hin und wieder auch bezahlen, wenn es etwas war, das sie zum Teil verbraucht hatte, wie Parfüm, aber diese eine Frau war eine echte Freundin gewesen, und Margaret konnte sich an ihre ruhige Liebenswürdigkeit erinnern. Sie war so eine Frau gewesen, von der alle dachten, daß sie langsam im Kopf war, aber sie war nicht im geringsten langsam im Kopf, sie war einfach schüchtern und ungeschickt, wie es manche Frauen sind, so, wie es sehr junge Männer sind, bevor sie zeigen, was in ihnen steckt, aber trotzdem war sie sehr liebenswürdig.

Das Häuschen von Angelas Eltern war nicht so alt wie viele andere am Bach, aber es war klein, dunkel und baufällig. Es gab einen Wohnraum, der vorwiegend als Küche diente, und zwei angebaute Schlafzimmer und dann noch einen Raum, eine Veranda, die daran angebaut war. Am ersten Tag von Margarets Besuch hatten die Mädchen am weißsandigen Ufer des Lake Huron Himmel und Hölle gespielt und in der Luft und im Wasser ihre Schwimmzüge geübt, und dann hatten sie einen Picknick-Lunch bekommen, den sie auf einer Decke in den Dünen essen konnten. Sie hatten Angelas Mutter geholfen, Äpfel für kleine Kuchen zu schneiden, Spies nannte man die Äpfel, und dann nutzten sie den Nachmittag für Forschungsreisen, sie duckten sich tief, um andere Häuschenbewohner durch ihre Fenster zu beobachten, folgten den ausgetretenen Pfaden unter den Bäumen und strichen durch das Unterholz und die Essigbäume zwischen den Häuschen und der Straße zur Stadt.

Inzwischen merkte Margaret, daß die Limonade, die sie mit Angela beim Picknick getrunken hatte, in ihrer Blase angekommen war, und weil sie auf keinen Fall ihren Badeanzug herunterziehen und sich im Schutz der Bäume hinhokken wollte, wie Angela vorschlug, mußten sie den nächsten Seitenanbau suchen. Am Ende eines kurzen, auf beiden Seiten mit bemalten Steinen gesäumten Pfades streckte Margaret die Hand aus, um die Tür eines Seitenanbaus zu öffnen, aber die Geräusche, die sie von drinnen hörte, ließen sie innehalten, ein feuchtes Klatschen, als würde jemand ganz schnell einen Kuchenteig auf den Küchentisch schlagen, und dann ein sehr trauriges Stöhnen, und dann noch eines. Angela legte ihren Finger auf die Lippen, das Zeichen für eine Gelegenheit, für eine Entdeckung, und sie duckten sich wieder, als wäre diese Haltung für sie so natürlich wie der aufrechte Gang, die perfekte Stellung für Mädchen, die frei die Welt durchstreiften. An einem kleinen Astloch unten in den verwitterten Brettern des Seitenanbaus wechselten sie sich ab, und sie machten sich gegenseitig mit spitzen Ellbogen in den Rippen Mut: Guck du. Nein, guck du. Sie betrachteten ihn schweigend, obwohl sie wußten, daß man sie wahrscheinlich nicht hören würde. Von seinem Gesicht war nichts zu sehen, also konnten sie auch nicht raten, wie alt er war oder wohin er in der Welt gehörte. Margarets Auge war am Astloch, als er sich erleichterte, ein großer, berstender Durchbruch, und Angela schubste sie weg, und sie hatte keine Wahl mehr, sie mußte losrennen und sich zwischen den Bäumen nackt hinhocken, um sich zu entleeren. Und bald war Angela bei ihr, sie lachte leise und hielt sich den Bauch und streckte sich, um saubere Sommerblätter von einem kleinen Ahorn zu pflücken. Als sie hörten, daß sich die Tür des Seitenanbaus knarrend öffnete, gaben sie sich große Mühe, beschäftigt zu wirken und nicht hinzusehen.

Dann drehte Angela sich um, und als er ganz sicher fort war, oder jedenfalls fast fort, weil sie gesehen hatte, wie jemand um die Ecke des Häuschens verschwand, sagte sie: »Weißt du, was das war?« Sie platzte jetzt vor Lachen, denn sie freute sich so, daß sie schon etwas wußte, daß es Dinge gab, die sie nicht mehr zu lernen hatte. »Das war der niederträchtige einäugige Wurm. Und so was machen die damit. Die ganze Zeit. Tag und Nacht, sagt meine Tante.«

Margaret zog ihren Badeanzug hoch und lachte auch, aber sie lachte in sich hinein, und nur ihre dünnen Schultern zuckten. Sie hatte zum ersten Mal so etwas gesehen, zum ersten Mal gesehen, wie sich jemand entblößte, aber sie glaubte nicht, daß es viel Sinn machte, überrascht zu sein. Und später sollte sie sich nicht an diesen Durchbruch erinnern, sondern an das hilflose Pulsieren und an die Farbe, an diese tiefe Röte in der blassen, zur Faust geballten Hand, wie etwas, das sich versehentlich außerhalb des Körpers befand.

Als sie zum Häuschen zurückkamen, saß Angelas Mutter in der Mitte des Abhangs und sah zu, wie die Wellen hereinströmten, und sie kitzelte ihr wettergegerbtes Gesicht mit einem langen Dünengrashalm. Offenbar war sie in Gedanken versunken gewesen, denn als Angela herbeikroch und sie von hinten umarmte, fuhr sie zusammen und schrie auf, als hätte man sie angegriffen. Dann sagte sie, sie sei sehr froh, weil sie Spaß zusammen hätten, und bevor sie hineingingen, stellte sie die Mädchen an der Tür auf und machte ein Foto. Als sie ihren Spaß für die Nachwelt aufgezeichnet hatte, reichte sie Angela die geliehene Boxkamera und stellte sich selbst an die Tür. Sie strich sich mit den Fingern durch ihr kurzes, dünnes Haar und glättete den Rock ihres Sommerkleides, dann straffte sie die Schultern und lächelte in die Nachmittagssonne.

Am zweiten Vormittag ging der Vater mit den beiden Mädchen zu einer der Farmen, die an das Seeufer grenzten, damit sie reiten konnten. Das war die Überraschung, die er am Abend zuvor beim Essen versprochen hatte. Die Männer sattelten die Pferde, und dann kletterten Margaret und Angela auf den Zaun, um aufzusitzen, wie man es ihnen sagte. Der Farmer ritt einen blauschwarzen Hengst, der Vater bekam eine große, rostfarbene Stute, und die Mädchen ritten starke, dicke Ponys. Margarets Pony war freundlich und ruhig und gehorsam, es hatte ein beinahe hübsches braunweißes Gesicht, und seine knubbeligen Flanken waren gemustert wie die Karte einer Welt, die nur aus Wüste und Schnee bestand.

Sie waren meilenweit am Strand entlanggeritten, die Pferde waren es schon lange gewöhnt, im flachen See zu laufen, um die Steine am Ufer zu umgehen, und sie wußten in ihren Pferdeköpfen, daß es bald wieder Sand geben würde. Die Männer blieben hinter den Mädchen und kümmerten sich nicht um sie, sie verließen sich auf ihre Vernunft, und sie verließen sich auf die Ponys, aber ihre Stimmen wurden durch die Sommerluft getragen, und die Mädchen hörten, was sie sprachen, es ging kurz um ihre gemeinsame Zeit in Vimy, wo sie beide Stallmeister bei der Kavallerie gewesen waren. Margaret wußte sogar als zehnjähriges Mädchen, daß Vimy Ridge eine Schlacht gewesen war und daß man den Krieg, in dem diese Männer gekämpft hatten, den Ersten Weltkrieg nannte, und das Wort Tapferkeit, das der Farmer sagte, blieb Margaret in Erinnerung, denn sie hörte zum ersten Mal in ihrem Leben, daß jemand es benutzte wie jedes andere Wort, und ihr blieb das düstere Gelächter in Erinnerung, das auf dieses Wort folgte, wie einem ein Schreck in Erinnerung bleibt. Die Männer sprachen nicht lange über den Krieg. Bald unterhielten sie sich über einen Hengst, der mitten in der Nacht von einer Nachbarfarm gestohlen worden war, und dann über eine flachshaarige Frau, deren Namen sie nicht nannten, die sie aber offenbar beide gut gekannt hatten, und bei der gemeinsamen Erinnerung an diese Frau klang ihr Gelächter sehr viel sanfter.

Sie mußten die Pferde landeinwärts lenken und am Kettle Point, dem Indianerreservat, die gefurchte Straße benutzen, dort war der nasse, schwarze Schiefer am Ufer gefährlich glatt unter den Füßen, und die Felsen erstreckten sich tief in den See. Damals konnte man noch Kessel zählen am Kettle Point, große, graue Steine, die Millionen Wellen vollkommen kugelrund geschliffen hatten und die im Wasser ruhten wie übergroße Perlen. Seinerzeit fuhren die Leute noch nicht in das Reservat, um die Kessel herauszuziehen und nach Hause zu schleppen und zur Dekoration auf ihre Veranda zu legen.

Margarets Mutter hatte die Einladung für sie angenommen, ohne sie zu fragen, ob sie überhaupt drei Tage in einem Häuschen verbringen wollte, aber das hatte letztlich keine Rolle gespielt. Es waren die drei schönsten Tage ihrer Kindheit gewesen.

Wenn Margaret an Sommerabenden als erwachsene Frau an der Mündung von Stonebrook Creek stand, fiel es ihr schwer zu glauben, daß der Bach in den See floß, wo doch die Wellen von draußen so sicher und mit so beständiger Kraft hereindrängten. Aber der Bach floß in den See. An ruhigen Tagen, an den meisten Tagen, kroch er langsam und beinahe unsichtbar hinein, und der einzige Hinweis war eine trübe Wolke aus Schwemmsand, die in das klarere Blau des Sees hinaustrieb. Und nach einem Sturm, wenn der Bach durch einen donnernden, brüllenden Regen angeschwollen war, hatte die Strömung ohne weiteres die Kraft, die Wellen an der Wasserlinie zu überwinden. Der Bach floß, er brandete über das Ufer des Sees und ergoß sich schlammverwirbelt und überfließend mit aller Kraft in das größere Wasser hinein.

Dort, wo der Bach auf den See traf, war er am breitesten, vielleicht sechzig Fuß. Wo das Land weiter hinten rasch landeinwärts anstieg, verengte er sich, und bald waren seine Ufer so steil, daß man sie mit Feldsteinen und großen, zerbrochenen Platten aus Altbeton stützen mußte, mit Abfall von Ausbesserungsarbeiten am Highway.

Am Rand des Wassers wuchs Sumpfgras, wo immer es zwischen den Steinen Halt fand, und weiter oben am Ufer, dort, wo die eigentliche Erde begann, klammerte sich Sumach fest, und dann beugten sich Bäume über den Bach, Buchen und Ahorn und Eichen, und sie bildeten über dem Strom einen Blättertunnel. Dort mußte man sogar dann den Kopf einziehen, wenn man in einem Kanu saß.

Es gab immer noch Häuschen an beiden Ufern des Bachs, sie standen auf den höher gelegenen Flächen, von denen aus man Lake Huron sah; sie lagen dicht und in seltsamen Winkeln nebeneinander, vielleicht, damit man vom gewünschten Fenster aus die überwältigenden Sonnenuntergänge sehen konnte. Margaret glaubte, daß sie das Häuschen wiedererkannte, in dem sie als Kind zu Besuch gewesen war, aber sie war sich nicht sicher, denn die meisten waren jetzt alt und überwuchert.

Sehr bald nachdem die Bewohner der Häuschen sich niedergelassen hatten, war jemandem oder wahrscheinlich mehreren eingefallen, daß es gut wäre, wenn man schnell zwischen den Häuschen hin- und hergehen könnte, also hatten sie eine schmale, schaukelnde Fußgängerbrücke über den Bach gebaut. Vermutlich sollte die Brücke abendliche Besuche zwischen Sommerfreunden erleichtern oder interessantere Morgenspaziergänge möglich und die Kinder ein wenig freier machen. Sie hatten die Fußgängerbrücke an schwere Stahlseile gehängt, diese an beiden Ufern durch hohe, bald rostige Pfähle gefädelt und sie dann sicher im festen Boden verankert. Als die Brücke fertig war, hatte man nicht nur Zugang zu den Häuschen auf der Südseite, sondern auch zu einem grasbewachsenen Picknickplatz mit Schaukeln, Wippen und einer Feuerstelle und einem offenen Pavillon, der vor dem Regen schützte. Der Pavillon hielt den Winterstürmen vom See nur wenige Jahre stand, und er wurde nicht ersetzt, aber Margaret hatte in Angelas Häuschen eine gerahmte Schwarzweißfotografie von Sommergästen in Badeanzügen gesehen, die unter dem niedrigen Dach des Pavillons gerade zusammen essen wollten, und sie hatten die allerbesten vorstellbaren Speisen stolz auf den Picknicktischen ausgebreitet.

Vom Ufer des Lake Huron aus landeinwärts gesehen, verlief Stonebrook Creek an den Tennisplätzen und an den groben Steinsäulen vorbei, die die Straße zu den Häuschen markierten, und dann floß er unter der ersten befahrenen Brücke, unter dem Highway hindurch. Auf der anderen Seite des Highway knickte er vor dem alten Friedhof respektvoll ab und schnitt dann allmählich ein flaches Tal durch die Apfelgärten und durch die Felder voller Mais, Weizen, Hafer, Gerste und weißer Bohnen, durch Büsche und Weiden.

Wenn man einen Sonntagsausflug machte, konnte man Stonebrook Creek wegen der Bäume, die seine Biegungen und Windungen planlos begleiteten, von jeder Straße aus sehen. In den Bäumen nisteten Krähen und Stare, die sich von den Erntefrüchten ernährten, und Hornissenschwärme, und manchmal sah man Reiher. Im Herbst suchten die Farmer nach lästigen Biberdämmen, sie wurden zu Teilzeitjägern und gingen mit ihren Gewehren noch einmal zum Bach, wegen der Enten und Fasane.

Das Vieh hatte schon immer Pfade zum Bach hinunter ausgetreten, es hatte das Unterholz platt getrampelt, damit es das Ufer erreichen und trinken konnte, und wo das Wasser flach war, wie oft auf dem Weg in die Stadt, watete das Vieh an den heißesten Tagen direkt in das Wasser hinein und ging ungeschickt um die sichtbaren Steine herum. Manchmal stolperte eines und fiel schwerfällig um und strampelte dann im Schlamm, um sich aufzurichten, und manchmal blieb eines liegen, wenn es schon lag, und ließ sich vom Wasser die dungverfilzten, von Fliegen zerstochenen Flanken kühlen.

Und es hatte immer Müll gegeben. Wenn man ein Kind war, wie Margaret eines gewesen war, wenn man zur Abwechslung mit dem Fahrrad aus der Stadt hinausgefahren war und auf einer städtischen Brücke stand, um allein ein wenig zu träumen oder um kleine Steine in die Mitte des Bachs zu werfen und so die Tiefe des Wassers zu prüfen und dieses tiefe, befriedigende Plop zu hören, dann sah man, daß die Leute in beiden Richtungen Müll in den Bach geworfen hatten. Nicht viel, nur hin und wieder eine Felge, ein Sägeblatt, einen Werkzeugkasten, ein paar Zementblöcke, ein paar Haufen zerbrochener Backsteine. Und man sah Inseln aus treibenden Zweigen. Und Holzbruch, ganze Bäume oder verrottete, abgebrochene Teile, die der Wind während einer Sturms heruntergefegt hatte und die auf den großen Steinen ruhten.

Und bevor es DDT gab, konnte man die strahlenden Schmetterlinge bewundern, das Rostorange des Monarchs, den schönen, scheuen Bläuling, den sattgrauen Kohlweißling und das längst vergessene Rot des Admirals.

Zwischen dem Seeufer und der Stadt gab es fünf städtische Brücken für Straßen zwischen den Verwaltungsbezirken oder für Seitenstraßen, je nachdem, wohin Stonebrook Creek sich wandte. Die meisten Brücken waren aus Beton, und alle waren hoch über dem Wasser gebaut, damit die Flut im Frühjahr genügend Platz hatte. Aber der Bach trat selten über die Ufer, und niemals nennenswert oder sehr lange, denn nur ein paar Meilen entfernt gab es den See, und der nahm alles, was kam, in sich auf.

Margaret und Angela waren an diesen heißen Sommertagen über die Hängebrücke an der Mündung des Baches gerannt, nur der Hühnerdraht und das Stahlseil, an dem sie sich locker hielten, hatten sie geschützt, und beide hatten den Rhythmus genossen, den ihr Laufen machte, das schlangenartige Geschaukel, aber Bill mußte sie auf die Planken locken, und er ging nur einmal hinüber.

»Es hat noch nie so ausgesehen, als ob sie schlappmachen würde«, sagte sie und schob ihn mit den Händen auf seinen schmalen Hüften sanft von hinten an. »Kein einziges Mal.«

»Und genau dann soll man angeblich an Spielautomaten spielen«, sagte er. »Genau dann, wenn es so aussieht, als würden sie niemals schlappmachen.« Er lachte jetzt und hielt sich mit beiden Händen am Stahlseil fest, er übertrieb seine Angst, damit Margaret sich freute.

Auf halbem Weg schauten sie nach unten, um das Wasser zu betrachten und zu sehen, ob sich im aufgewühlten Schlamm etwas bewegte. Margaret entdeckte schnell die kleinen Wellen über einem verirrten, kreisenden Elritzenschwarm, der versuchte, in den See zurückzugelangen, wo er hingehörte, und als sie die Elritzen gefunden hatte, wandte sie sich ab vom See, hockte sich hin und schaute den Lauf des Bachs hinauf. Bill bückte sich und tat dasselbe. Im dunklen Tunnel der herabhängenden Zweige hörten sie Frösche quaken und Möwen kreischen, und sie sahen Holzbruch und umgedrehte, wirre Wurzelballen und treibende Zweige. Sie konnten erkennen, daß der Bach auf seinem Weg landeinwärts schnell tiefer wurde.

Bill lehnte dort und betrachtete mit Margaret all diese Dinge, die ihr offenbar etwas bedeuteten, und er legte seine Hand auf ihre kräftige Schulter. »Das war ein guter Sommer für uns alle«, sagte er. Und dann legte er seine Hand oben auf ihren Kopf und wandte ihr Gesicht einer ganz gewöhnlichen, aber ziemlich großen Schlange zu, die zusammengerollt auf der Uferböschung lag und dort im feuchten Schatten nach einem harten Tag voller Schlangenarbeit ruhte, und ihr langer, gewundener Körper war eine Grenze, ein Asyl für ein Dutzend Junge, die durcheinanderglitten.

Am späten Dienstagnachmittag ihrer letzten Woche in Dunworkin lag Andy auf dem Verandasofa und atmete bewußt, sie wandte all ihre Disziplin auf, um sich zu entspannen, und sie versuchte, Paul und Margaret ihre Krämpfe zu beschreiben. Sie sagte, sie seien eigentlich ganz ähnlich wie die, die sie vergangene Woche gehabt habe, und da habe der

Doktor ihr erklärt, daß es nur ganz gewöhnliche falsche Wehen seien, aber jetzt dauerten sie ganz sicher länger.

Margaret saß nahe bei Andy in einem der Muskoka-Sessel und las in Andys ausgelesenem Exemplar von *Der Weiblichkeitswahn*, bisher hatte es ihr gut gefallen, denn ihrer Meinung nach war sicher etwas daran, wie sie zu Bill gesagt hatte. Paul stand an der Fliegengittertür.

»Nur du allein weißt, wie es sich anfühlt«, sagte er. »Du mußt sagen, so oder so.« Er ging zum Sofa hinüber, bückte sich und legte seine Hand auf Andys Bauch. »Ich bringe dich jederzeit hin.«

»Wenn das Baby jetzt kommt, ist es fast einen Monat zu früh«, sagte Andy. »Ich glaube, ich sollte versuchen, durchzuhalten. Eigentlich müßte ich durchhalten können.« Dann gab sie auf, und aus ihren sanften Augen strömten Tränen, als wäre die Besorgnis dieses liebenden Mannes der eigentliche Grund für ihr Unwohlsein.

Margaret schlug das Buch zu. »Ich glaube, das war die Antwort«, sagte sie. »Das muß sie nicht länger ertragen. Und sie haben einen Wetterwechsel angekündigt, also ist es vielleicht sowieso keine schlechte Idee, wenn du sie jetzt hinbringst.« Sie hatte sich aus ihrem Sessel erhoben. »Ich packe ihr schnell eine Tasche.«

Paul half Andy in den Transporter und brachte sie gleich nach Sarnia, ohne in der Stadt bei der Praxis des Doktors anzuhalten. Er sagte, er habe Angst, wieder dasselbe alte Zeug erzählt zu bekommen, und er habe es wirklich satt, das zu hören.

Im Krankenhaus wurden die Papiere ausgefüllt, dann setzte man Andy in einen Rollstuhl und brachte sie gleich hinauf in den Untersuchungsraum. Paul stand daneben, während eine Krankenschwester mit einem weißen Turban und einer Kittelschürze ihr in ein Krankenhaushemd und auf eine Bahre half, und als Andy ihren Rücken in das Kissen sinken ließ, fragte sie: »Wie geht es uns denn?«

»Gar nicht gut«, sagte Andy zu ihr.

»Welches Baby ist das?« fragte die Schwester.

»Unser drittes und letztes«, sagte Andy.

»Haben Sie Wehen?« fragte die Schwester.

»Ich weiß nicht genau«, sagte Andy. »Diesmal ist es irgendwie anders. Ich bin erst im nächsten Monat fällig, aber ich habe seit Wochen Krämpfe. Und heute waren sie viel schlimmer als sonst. Heute waren sie ganz schlimm.«

Die Schwester strich mit der Hand über Andys Bauch, um festzustellen, wo der Rücken des Babys lag, dann suchte sie mit ihrem Stethoskop den Herzschlag und maß ihn mit einer Uhr, die an ihrer Kittelschürze steckte. Sie legte ihre Hand wieder auf Andys Bauch, ganz sanft, um die Wehenfrequenz zu ermitteln.

Dann bat sie Paul, hinauszugehen und draußen auf dem Flur zu warten. Er tat, was ihm gesagt wurde, aber er ging nicht weit weg, nicht außer Hörweite. Die Krankenschwester zog den Vorhang um das Bett herum zu und legte ihren Mundschutz an. »Wir wollen mal sehen, wie viele Zentimeter«, sagte sie, »wenn überhaupt.« Sie zog die Laken herunter, legte Andys kleine, zitternde Beine in Froschposition, zog schnappend einen Handschuh über und feuchtete ihren Zeigefinger an. Andy atmete tief und bebend ein, als die Schwester den Finger einführte.

»Ich bin gleich fertig«, sagte sie.

Die Krankenschwester zog den Handschuh aus und warf ihn in den Papierkorb auf dem Boden neben dem Bett. »Ihr Gebärmutterhals ist zwei Finger breit geöffnet«, sagte sie. »Und das Baby liegt ein bißchen schief, es kommt offenbar nicht ganz gerade heraus. Ich rufe den Doktor zu Hause an. Er kann Ihnen bestimmt mehr sagen.« Sie zog Andys Krankenhaushemd herunter und strich es ordentlich glatt, dann zog sie die Bettdecken hoch und legte sie über ihre Brust. Kurz bevor sie den Raum verließ, drehte sie sich um und sagte: »Sie sollten nichts trinken, nur für den Fall.«

Als Paul eintrat, kam er an der Krankenschwester vorbei, und sie hielt ihn nicht auf. Er hob den Vorhang an, duckte sich und ging unter ihm hindurch. Andy war still und nicht besonders ängstlich, jetzt, wo die Dinge auf dem Weg waren. Sie schob die Decke weg und fragte ihn: »Ist es heiß hier drin?«

Paul sagte, nein, eigentlich nicht, aber er hätte auch nichts zu tun.

Ein paar Minuten später kam die Krankenschwester zurück, um den Herzschlag des Babys noch einmal zu prüfen, und kurz nachdem sie hinausgegangen war, betrat der diensthabende Arzt das Zimmer. Er ließ Paul bleiben, und das machte Andy Sorgen, auch wenn sie es nicht aussprach. Der Arzt strich mit seinen Händen über ihren Bauch, seine grimmigen, blauschwarzen Augen fixierten ihr straffes, gewölbtes Fleisch, als könnten die kleinen Dellen und Beulen gelesen werden, verstanden werden. Er sagte, daß er nicht an einen Fall von anoxia in utero glaube, daß er nicht annehme, daß das Baby in Schwierigkeiten sei. Er sagte, daß Andy ganz normal niederkommen könne und daß er versuchen werde, das Baby ein wenig zu drehen, weil es relativ klein und nicht weit von der richtigen Lage entfernt sei. Er sagte, es sei ganz bestimmt nur eine Drehung nötig und daß man sie in ungefähr einer Stunde in den Kreißsaal bringen werde, je nachdem.

Sie warteten zusammen die Wehen ab, und Andy sagte, sie seien jetzt echt. Sie sagte, sie könne das im Tiefschlaf erkennen. Als es für Paul Zeit war zu gehen, richtete sie sich auf und gab ihm einen Abschiedskuß. »Wenn das Baby heute abend geboren wird«, sagte sie, »ist es ein Dienstagskind, wie Krissy, voller Anmut.«

Meagan kam erst kurz nach Mitternacht, das machte sie zu einem Mittwochskind, voller Jammer, auch wenn Andy sich in ihren Wehenschüben nicht an das ganze Sprichwort erinnern konnte. Paul saß im Flur auf einem orangefarbenen

Plastikstuhl, hatte den Kopf in die Hände gestützt und wartete, wie er zuvor gewartet hatte, er war bereit, die ganze Nacht hindurch zu warten, aber Meagan brauchte nicht lange, um geboren zu werden.

Der Doktor nähte Andy, diesmal gut und eng, wie er augenzwinkernd sagte, als gehörte die Rücksicht auf das lebenslange Vergnügen des Ehemannes zur Politik des Krankenhauses und auf jeden Fall zu seiner und als wäre es sicher das eine oder andere zusätzliche Ziehen an der Naht wert, und währenddessen nahm die Krankenschwester Meagan mit zur gegenüberliegenden Seite des Raumes, um sie zu baden. Nachdem sie sie gewaschen und fest in eine kleine Baumwolldecke gewickelt hatte, legte sie sie auf Andys Bauch und gönnte ihnen ein paar Minuten, bevor sie Meagan hinunter in den Säuglingssaal brachte. Andy sah nicht viel von ihrer neuen Tochter, sie konnte nur ihre flaumbedeckte Kopfhaut und ihr komisches kleines Gesicht und ihre fest zu Fäusten geballten Hände sehen, und allem Anschein nach war sie ein gesundes Baby.

Paul blieb eine Weile bei Andy im Wachzimmer, gerade lange genug, um sicher zu sein, daß es ihr gutging, und dann ging er zum Säuglingssaal, um durch die Scheibe einen Blick auf Meagan zu werfen. Als der Vorhang zum Säuglingssaal zugezogen worden war, fuhr er zum See hinaus, um Bill, Margaret, Daphne und Sally zu wecken und es ihnen zu erzählen. Sie standen alle auf, saßen in ihren Pyjamas und Nachthemden um den großen Tisch herum und hörten ihm beim Erzählen zu.

Kurz vor der Abenddämmerung hatte sich Andy offenbar erholt; sie wurde hinauf in ein anderes Stockwerk gebracht und in ein Zimmer mit drei anderen Patientinnen gesteckt, von denen zwei noch die gewölbten Bäuche gerade niedergekommener Frauen hatten, die dritte war eigentlich keine Frau, sondern ein Mädchen von höchstens sechzehn Jahren. Andy ruhte, träumte und sprach ein wenig mit der Frau neben ihr, die gerade im erstaunlichen und wahrscheinlich gefährlichen Alter von sechsundvierzig ihr erstes Kind bekommen hatte. Die Krankenschwestern erschienen regelmäßig mit Thermometern und Blutdruckmanschetten, und Andy trank allen Saft, den sie bekommen konnte, weswegen sie bald alleine unterwegs zum Badezimmer war.

Paul aß Margarets Festtagsfrühstück aus Schinken und Toast mit Ei, und nachdem er Neil und Krissy auf dem Schoß gehalten und ihnen von ihrer Schwester erzählt hatte, fuhr er zurück in die Stadt. Er saß im Wartezimmer herum, während Andy schlief, ging hinunter in den Geschenkeladen und kaufte ihr einen kleinen Schnittblumenstrauß, half ihr beim Waschen mit einem Schwamm. Als sie Meagan zum ersten Mal brachten, wartete er mit Mundschutz und Kittel, bis die Krankenschwester gegangen war, dann legte er Meagan auf Andys Bauch, wickelte ihre Decke auf und zog ihr das winzige Hemdchen und die Windel aus, um sie ganz zu sehen und zu untersuchen, um mit seinen Händen über jeden Zoll ihrer langen Knochen zu fahren, über ihre leuchtend rosafarbene Haut.

An diesem Abend fuhr er zum See zurück und erzählte alles immer wieder und sagte, daß Andy jetzt in einem normalen Zimmer war und daß er sich Meagan genau angesehen hatte und daß sie genauso war, wie sie sein sollte. Er schlief alleine oben auf der Schlafveranda, und seine Träume hatten den Fischgeruch eines Bootes nach einem Sturm. Am Morgen machten Margaret und Sally mit Neil und Krissy einen langen Strandspaziergang, im Häuschen war es ruhig, und Paul konnte schlafen, bis sein Körper genug hatte.

Während Paul schlief, fuhr Daphne ins Krankenhaus. Als sie ins Zimmer kam, hörte eine Krankenschwester gerade auf, Andys Nähte zu untersuchen, also blieb sie still vor dem Vorhang stehen und wartete, bis er aufgerissen wurde. Die Krankenschwester hatte Daphne nicht gehört. Im Hinausgehen stieß sie mit dem Rücken gegen sie und schrie vor Schreck und Überraschung auf. Sie sagte zu Daphne, daß sie beim nächsten Mal auf dem Flur warten sollte. Sie war nicht viel älter als Daphne selbst, fünfundzwanzig vielleicht, aber es fehlte ihr nicht an Selbstvertrauen, und sie war im Grunde genau die Art Krankenschwester, die die Leute mochten. Sie war mit Andy fertig und ging schnell hinüber zu dem Mädchen am Fenster, das zusammengerollt auf der Seite lag und dem Zimmer den Rücken kehrte. Sie zog den Vorhang um das Bett herum zu und bat das Mädchen, sich umzudrehen.

Andy sah Daphne vor sich stehen mit ihrer braunen Haut und ihrem frischen und adretten, festen und kantigen und vor Energie strotzenden Körper, und sie sagte: »Oh, Daphne, du sieht aus wie eine ganz andere Spezies Frau. Mit der Spezies in diesem Zimmer vielleicht entfernt verwandt, aber nicht dieselbe, ganz und gar nicht«, und sie wünschte sich sofort von ganzem Herzen, das nicht gesagt zu haben.

»Hallo«, sagte Daphne und lächelte, sie sah darüber hinweg.

»Ich meine nur, weil du so stark aussiehst«, sagte Andy. Was die Wahrheit war.

»Ich war unten im Säuglingssaal«, sagte Daphne. »Sie haben sie mir am Fenster gezeigt. Sie ist hübsch. Sie ist klein, aber anscheinend hat sie Pauls Knochen, also wird sie nicht lange klein bleiben.« Sie setzte sich auf den Stuhl neben dem Bett. »Wie geht's dir?« fragte sie. »Weher Hintern? Sitzbad helfen wehem Hintern?«

Und Andy dachte, ich liebe diese Frau. »Ja«, nickte sie. »Obwohl weh es nicht ganz trifft.«

Die Krankenschwester hatte das Mädchen am Fenster untersucht und riß den Vorhang wieder auf. »Heute sind es drei Tage«, sagte sie fest und laut. »Wir müssen Sie aus dem Bett zerren, wenn Sie das nicht von selbst machen. Und wir machen das, glauben Sie mir. Sie müssen aufstehen und spazierengehen, und nicht nur bis ins Badezimmer. Sie haben keine Wahl.«

Das Mädchen antwortete nicht. Die Krankenschwester ging aus dem Zimmer und schüttelte entnervt den Kopf.

»Mußtest du schon im Flur auf und ab gehen?« fragte Daphne. »Es ist gesteckt voll mit Frauen in wirklich gräßlichen Morgenröcken, die ganz langsam gehen.« Sie betrachtete die beiden leeren Betten. »Deine Zimmergenossinnen sind bestimmt schon draußen.«

»Nein, mußte ich nicht«, sagte Andy. »Aber soviel ich weiß, bin ich heute dran.« Sie fing an, sich aufzurichten, damit sie gerade im Bett saß. »Der Doktor wird Meagan heute nachmittag kurz untersuchen, und morgen früh soll er als erstes zu mir kommen. Dann dürfen wir vielleicht nach Hause gehen.«

Daphne wollte Andy gerade erzählen, wie sehr sich Bill, Margaret und Sally freuten, als die Krankenschwester, die gerade hinausgegangen war, mit einer zweiten, viel größeren Frau in einer anderen Uniform wieder hereinkam. Sie gingen schnell zu dem Mädchen am Fenster hinüber, zogen sie an den Armen hoch, drehten sie um, hoben sie aus dem Bett, stellten sie aufrecht hin und gingen mit ihr zur Tür hinaus, ohne ein Wort zu sagen.

»Oh«, sagte Andy und bedeckte ihren Mund mit der Hand, damit man sie nicht hören konnte. »Du lieber Gott.«

»Ich verstehe nicht, warum sie unbedingt auf diesem Stockwerk bleiben muß«, sagte Daphne. »Wenn sie zwei Minuten darüber nachdenken würden, könnten sie es sich ausrechnen.« Sie schüttelte sich und stand auf. »Wollen wir es mit dem Flur versuchen?«

Andy fuhr sich mit den Fingern durch das nasse Haar, um es zu ordnen. »Ich denke schon«, sagte sie. »Ich habe geduscht und mich nach wiederholter Empfehlung ausgeruht. Was bleibt mir anderes übrig?« Sie drehte sich um, ließ ihre Beine über die Bettkante sinken und zuckte zusammen.

Sie hielt eine Weile still und schaute auf ihre bloßen Füße hinab. »Es ist mächtig weit bis zu diesem Schemel«, sagte sie.

Daphne half ihr herunter. »Wir finden da draußen schon jemanden, den du herausfordern kannst«, sagte sie.

Andy versuchte, ihr Krankenhaushemd geschlossen zu halten, während Daphne ihr in den Morgenrock half. »Dein Tag wird kommen«, sagte sie. »Und dann bin ich da, so schnell ich kann, und erkundige mich nach deinem Hintern.«

Sie gingen hinaus auf den Flur und reihten sich ein, und auf halbem Weg zum Säuglingssaal trafen sie auf das Mädchen und die Frau mit der anderen Uniform, die sie stützte. Die Augen des Mädchens waren geschlossen, sie ging dicht an der Wand entlang und hielt sich daran fest. Die anderen Frauen, die dabei waren, ihre verschiedenen Beschwerden loszuwerden, schauten nur kurz hin und versuchten dann, nicht mit ihr zusammenzustoßen.

Daphne und Andy gingen langsam an der Schwesternstation vorbei und hinüber zum Säuglingssaal. Alle Babys wurden gerade auf eine Art Handwagen gelegt, eine lange Reihe kleiner rollender Betten, und Meagan war schon umgezogen, sie lag fest in ihre Baumwolldecke gewickelt da und wartete darauf, daß man sie zu ihrer Mutter brachte. »Sie hat dein Gesicht«, sagte Daphne. »Deine Stirn. Und dein Kinn.«

Meagan rührte sich ein bißchen, sie starrte und blinzelte zu den Deckenlampen hoch über ihr empor. »Ich habe gesehen, wie eine der älteren Schwestern sie in den Arm gezwickt hat, um zu sehen, wie sie reagiert«, sagte Andy. »Beinahe wie ein Test. Aber sie hat nicht reagiert. Neil und Krissy konnten schon einen Riesenaufstand machen, als sie einen Tag alt waren, aber sie macht keinerlei Wirbel.«

»Paul hat es uns erzählt«, sagte Daphne. »Gut für sie, würde ich sagen. Es gibt schon viel zuviel Wirbel auf dieser traurigen Welt.«

Sie gingen zusammen mit all den anderen Frauen, die zurück in ihre Zimmer wollten, über den Flur, und als Daphne Andy auf das Bett geholfen hatte, fragte sie, ob sie das neue Nachthemd aus dem Koffer haben wolle. Daphne hatte ihr das Nachthemd geschenkt. Es war aus schöner, weicher, bedruckter Baumwolle und hatte zwei diskrete Stillschlitze, zwei kleine Geheimgänge. Während Andy ihren Morgenrock aufknöpfte, suchte Daphne danach und reichte es ihr.

Eine Krankenschwester kam ins Zimmer und schob die beiden anderen Babys vor sich her, und als sie sicher in den Armen ihrer Mütter lagen, brachte die Schwester Meagan und parkte sie neben Andys Bett. Sie sah Daphne nicht an und sagte, daß sie jetzt gehen mußte. Daphne war nicht überrascht. Sie überlegte, ob sie um einen Mundschutz und einen Kittel bitten sollte, aber dann dachte sie nein, sie würde sie mit sich alleine lassen. »Ich komme in einer Weile zurück«, sagte sie. Die Krankenschwester war damit beschäftigt, Andys Nachthemd zu bewundern, und kurz bevor Daphne zurücktrat, um den Vorhang zu schließen, streckte sie die Hand aus und fuhr mit den Fingern über Meagans flaumbedeckten Kopf. »Das, mein kleiner Schatz«, flüsterte sie, »nennt man Frühstück.«

Sie wollte hinausgehen und sich in das Wartezimmer setzen, schaute aber unterwegs aus irgendeinem Grund kurz zum Fenster hinüber. Das Mädchen lag wieder da, zugedeckt und abgewandt und zusammengerollt.

Sie fragte sich nicht, was sie tat, sie ging einfach hin, zog den Stuhl nahe an das Bett heran und setzte sich hin. Das Mädchen sah zu ihr auf, als hätte sie zwei Köpfe, zwei häßliche, unangenehme Köpfe.

»Ich bin unterwegs zum Geschenkeladen«, sagte sie. »Soll ich Ihnen einen Schokoriegel mitbringen oder so? Eine Zeitschrift? Vielleicht *Seventeen?*«

Das Mädchen schwieg, ihr Gesicht verzerrte sich zu einer unerschütterlich finsteren Miene.

Daphne holte tief Luft. »Ich wollte Ihnen einfach gerne sagen«, sagte sie leise, »daß ich adoptiert worden bin. Meine Mutter war jung, wie Sie. Aber ich habe ein wirklich gutes Leben gehabt. Ich habe mir immer gewünscht, ich könnte meiner Mutter das sagen. Und ich habe mir immer gewünscht, daß sie auch ein gutes Leben hatte. So stelle ich sie mir vor, wenn ich an sie denke, mit einem guten Leben für sich selbst.«

Die Augen des Mädchens waren jetzt weit geöffnet. Sie betrachtete die leuchtendgrünen Zweige der Ulme gleich vor dem Fenster. Sie sprach so leise, daß Daphne es kaum verstand. »Es ist nett von Ihnen, daß Sie mir das erzählen«, sagte sie.

Daphne stand auf und steckte die Decke um die Schultern des Mädchens fest, eine sinnlose Geste, denn das Mädchen hatte sie schon so weit heraufgezogen, wie es ging. Aber sonst fiel ihr nichts ein, was sie tun konnte. »Weher Popo?« fragte sie.

»Ja«, sagte das Mädchen, sie weinte jetzt ein wenig. »Ich bekomme immer Wärmebestrahlung, und ich hasse das. Ich hasse das wirklich.«

»Ich bin Krankenschwester«, sagte Daphne. »Vielleicht kann ich dafür sorgen, daß das mit der Wärmebestrahlung aufhört.« Das Mädchen hatte sich nicht gerührt, aber das hatte Daphne auch nicht erwartet. Sie strich mit der Hand sanft über den zusammengerollten, zugedeckten Körper und ging.

Die Oberschwester erledigte gerade Schreibarbeiten in der Schwesternstation. Wie man an ihrer Haube erkennen konnte, war sie auch in London ausgebildet worden, und das hieß, daß sie wirklich eine sehr gute Krankenschwester war. Daphne achtete darauf, sich der Frau als Nachwuchskraft vorzustellen und kurz respektvoll zu lächeln. Auf dem Weg über den Flur hatte sie daran gedacht, vielleicht zu fragen, ob das Mädchen auf ein anderes Stockwerk verlegt werden könne, aber als die Oberschwester aufmerksam und geduldig, aber offensichtlich beschäftigt vor ihr stand, beschloß sie, sich auf den geringeren, aber wahrscheinlicheren Sieg zu beschränken. Zu Anfang verlief das Gespräch beinahe schroff, aber bald wurde es mit erfolgreicher Bestimmtheit geführt, wobei Daphne den Standpunkt vertrat, daß die Schwestern zwar eine Wärmebestrahlung verordnet hätten, daß es aber doch sicher kein Problem sei, damit aufzuhören, denn das Mädchen war vielleicht verzweifelt, aber wahrscheinlich gescheit genug, um zu wissen, ob ihr etwas half oder weh tat.

Die ältere, größere Frau, die mit der anderen Uniform, die das Mädchen im Flur hin und her geführt hatte, war an den Schreibtisch herangetreten und stand da und hörte zu. Für Daphne war sie die hausbackenste Frau, die sie je gesehen hatte. »Sollen wir sie Ihrer Meinung nach verhätscheln?« fragte sie Daphne.

Die Oberschwester überhörte das. »Ich schaue sie mir selbst an«, sagte sie. »Sobald ich hier fertig bin. Wenn sie versuchen will, aufzustehen und sich zu bewegen, können wir das mit der Wärmebestrahlung vielleicht lassen.«

Daphne dankte ihr und setzte sich für zehn Minuten ins Wartezimmer, dann ging sie über den Flur zu Andys Zimmer zurück. Der Vorhang des Mädchens stand immer noch offen, sie hatte sich auf den Rücken gedreht, und ihre Hände lagen außen auf der Bettdecke. Das sieht nach Mut aus, dachte Daphne und lächelte ein wenig, für den Fall, daß das Mädchen in ihre Richtung schaute, aber das tat sie nicht. Sie ging geduckt unter Andys Vorhang hindurch.

Meagan schlief offensichtlich gesättigt in den Armen ihrer Mutter, und Andy saß immer noch aufrecht im Bett. Sie hatte darauf gewartet, daß Daphne durch den Vorhang zurückkam. Sie sprach die Frage nicht aus, sondern formte sie langsam und deutlich mit den Lippen. »Bist du wirklich adoptiert?«

Daphne zuckte nur mit den Schultern und griff nach Meagan. »Gib sie her«, sagte sie. »Ich bin eine völlig gesunde Tante. Die können sich ihre Regeln und Vorschriften an den Hut stecken.«

Als sie Meagan verbotenerweise in die Arme nahm, dachte sie, sie fühlt sich so schwer an, wie kann sich ein zu früh geborenes Baby nur so erstaunlich schwer anfühlen?

Der angekündigte Sturm kam am frühen Abend, zwei Tage nachdem Meagan geboren war, am Ende des letzten vollen Ferientages in Dunworkin.

Paul und Murray und Margaret und Sally waren gleich nach dem Lunch ins Krankenhaus gefahren, und während sie fort waren, kamen Patrick und Mary aus Boston zurück, sie waren überrascht, daß hinter dem Häuschen keine Autos parkten, daß Daphne mit den Kindern alleine war. Sie hatten ihre Rückkehr so geplant, daß sie einen letzten Abend am See haben und dann am Morgen helfen konnten, das Häuschen gründlich zu reinigen, bevor die Besitzer für den August dort einzogen. Sie hatten nicht erwartet, daß es zu Hause eine neue Nichte gab.

Sie ruhten sich oben kurz aus, und als sie am Tisch saßen, Bier tranken und Daphne über Andy und Meagan ausfragten, hörten sie, wie Autotüren zugeschlagen wurden. Sally kam mit Murray in seinem Mustang und Paul allein in seinem Transporter. Margaret hatte in der Stadt haltgemacht, um zusammen mit Bill hinauszufahren, und unterwegs hatten sie im Drive-In neben dem Casino für alle Fisch und Chips und Milchshakes geholt.

Margaret deckte den Tisch, und während sie aßen, beantworteten Patrick und Mary Fragen über ihre Reise, über die Hotels, in denen sie gewesen waren, die Meeresfrüchte, die sie gegessen hatten, die Leute, die sie kennengelernt hatten, über den Verkehr. Als der Tisch abgeräumt war, sagte Bill, daß sie allmählich ans Packen denken sollten, denn es lag ein Sturm in der Luft, und wahrscheinlich würde vor Einbruch der Nacht das Licht ausfallen. Aber sie dachten nicht allmählich ans Packen. Sie nahmen ihren Kaffee mit nach draußen auf die Veranda und warteten darauf, daß der Sturm über dem Wasser aufzog.

Gegen sieben fiel die Temperatur schnell, schwere Wolken zogen auf und hingen tief über dem See, langsam verstärkte sich die Brise zu Wind und strich über den Sand am Strand und über die grasbewachsenen Dünen. Man konnte sehen, wie sich der Sand in den Dünen bewegte und neue Muster bildete. Und dann veränderte sich die Beschaffenheit der Wellen. Sie schlugen nicht mehr schaumig und überlappend in kurzen Abständen an das Ufer, sondern jede Welle rollte einzeln laut und dunkel heran und klatschte auf den Sand.

Margaret und Mary gingen nach oben, um die Fenster zu schließen, die Läden an der Schlafveranda herunterzulassen und das Bettzeug und die Matratzen hereinzuholen, und Bill rannte mit Patrick los, um das Boot auf die Uferböschung hinaufzuziehen. Paul und Murray holten die Plane und die Seile aus dem Schuppen, und als die Plane am Boot festgezurrt war, ging Bill darum herum, zog fest an den Seilen und prüfte ihre Knoten doppelt. Er schrie ihnen durch den Wind zu, daß sie ganz sichergehen mußten, weil es nicht ihr Boot war. Sie hatten nie ein eigenes Boot gehabt, nur in einem Frühling hatten die Jungen ein grobes Floß gebaut und hinter dem Haus im Bach zu Wasser gelassen. Sie waren nur ein paar Meilen weit damit gefahren, am Golfplatz und am Livingston-Kanal vorbei, aber nicht viel weiter, nicht den ganzen Weg bis zum See.

Von einem kurzem Augenkontakt abgesehen, reagierten die jungen Männer nicht auf Bills Bemerkung. Erst seit ein paar Jahren konnte Bill sich nicht mehr beherrschen, und es wurde immer vorhersehbarer, er konnte nicht widerstehen, wenn er eine Möglichkeit sah, ihnen eine kleine Lektion in

Moral zu erteilen, als würden sie plötzlich in kindisches oder kriminelles Benehmen abrutschen, in den moralischen Verfall, erwachsen und wohlerzogen und patent, wie sie waren, und so vernünftig, wie es überhaupt möglich war.

Daphne war zu ihnen an den Strand gekommen. Sie trug immer noch den Badeanzug von ihrem Nachmittag mit den Kindern, hatte sich in eine Sofadecke gewickelt und hüpfte auf dem harten, nassen Sand auf und ab. Sie wollte, daß jemand mit ihr im Sturm spazierenging. »Nicht sehr weit«, sagte sie zu ihnen. »Nur bis zum Casino und zurück. Bevor es richtig losgeht.«

Bill schüttelte den Kopf. »Keine gute Idee«, sagte er. Er schaute zum Häuschen zurück, zu Margaret und Mary. Die Schlafveranda war fest geschlossen, unten hatten sie alle Läden bis auf einen heruntergelassen, und jetzt standen sie zusammen an dem einen offenen Fliegenfenster und schauten und warteten, daß die Männer aus dem Sturm hereinkamen. Bald war Sally da mit Krissy, die sich in ihren Armen wand, und neben ihr stand Neil mit großen Augen auf einem Stuhl und wollte sehen, was passierte.

Bill ging als erster los, und der Wind schob ihn von hinten an. Patrick und Paul folgten, und Murray ging zu Daphne und streckte seinen Arm aus, um sie zum Häuschen zu führen. Aber sie duckte sich und entzog sich ihm. Als sie sich umdrehte und die Decke für ihn öffnete, trat er neben sie hinein. »Nicht den ganzen Weg zum Casino«, schrie er durch den Wind und zog sich die Decke über die Schulter.

Es wunderte Margaret nicht, daß sie gingen. Sie stand am Fliegengitter und sah zu, wie der Wind versuchte, ihnen den Stoff zu entreißen, dann schloß sie den letzten Laden.

Im Häuschen zerriß und zerknüllte Paul Zeitungen für ein Feuer, obwohl es noch nicht kalt war. Mary schlug vor, die schweren, alten, kastanienbraunen Sofas und die Stühle im Halbkreis vor den Kamin zu stellen, und Patrick half ihr dabei und sagte, daß ihnen das eher hätte einfallen sollen, daß sie das am ersten Tag hätten tun sollen. Als sie fertig waren, setzte Bill sich in die Ecke des kleineren Sofas, und Sally ließ sich neben ihn fallen und nahm Krissy auf ihren kleinen Schoß. Neil rannte durch das Zimmer und fing an, die Treppe hinaufzuklettern, er sagte, daß er noch ein Schläfchen machen wolle. Margaret packte und knuddelte ihn, sie wußte, daß er Angst vor den Sturmgeräuschen und außerdem Sehnsucht nach seiner Mutter hatte, auch wenn er nicht das Kind war, das so etwas gerne hörte.

Margaret betonte immer sehr, daß man den Enkeln große Aufmerksamkeit widmen sollte. Sie wollte, daß diese beiden und alle, die noch folgen sollten, einander kannten, einander mochten und im Gedächtnis behielten, daß sie sich gemocht hatten. Sie hatte zu Bill gesagt, daß sie so etwas nicht gehabt hatte, als sie klein war.

Sie ließen sich nieder und sahen Paul beim Feuermachen zu. Das Holz war gut abgelagert, und er stapelte es umsichtig und genau. Innerhalb von Minuten brannte das unterste Scheit lichterloh, die Flammen schlugen hervor und leckten an den Scheiten darüber.

Der Wind wehte jetzt mit voller Kraft. Inzwischen prasselte über ihren Köpfen der Regen schwer auf das Dach, und das Geräusch der Wellen war ein stampfendes Dröhnen. Margaret saß da und betrachtete das Feuer, und sie gestattete sich die Frage, ob Daphne und Murray Schutz gefunden hätten, und wo. Wenn die anderen einen gemeinsamen Gedanken hatten, dann den, daß die beiden wahrscheinlich jeden Moment durch die Küchentür platzen würden, daß sie wahrscheinlich lachend und durchnäßt von ihrem idiotischen Abenteuer zurückkommen würden.

Margaret sah sich im Zimmer um, von Gesicht zu Gesicht, und sie merkte, daß Sally etwas wollte. »Was ist los, meine Süße?« fragte sie.

Sally klammerte sich fest an Krissy. »Sollen wir nicht rausgehen und Daphne und Murray suchen?« fragte sie.

»Es geht ihnen bestimmt gut«, sagte Margaret. »Mach dir keine Sorgen. Die sind schon irgendwo.«

Sally war mit dieser Antwort zufrieden, sie wandte sich dem Feuer zu und betrachtete das flackernde Licht, das die Gesichter derer, die in der Nähe saßen, zum Leuchten brachte, und dann fragte sie: »Sollen wir nicht den Sturm anschauen?«

Margaret sah zu Bill hinüber. »In Ordnung«, sagte er und stand auf. »Aber wenn wir die Läden hochziehen, verwandelt sich die Veranda in einen Sandkasten, und das heißt, daß Sally und Dad morgen ganz früh aufstehen und sie fegen.« Er öffnete die Tür zur Veranda und schloß sie schnell hinter sich, und sie sahen ihm durch die großen Frontfenster zu. Er löste die Haken, und die Kraft des Windes drückte die Läden gegen seine Brust, drückte sie fast bis zur Decke hinauf. Als er drei von ihnen befestigt hatte, drehte er sich um und sah Sally an, die hinter dem Fenster stand, Krissy festhielt und mit dem Kopf nickte. Er ging zum Picknicktisch hinüber, sammelte das, was von Margarets Puzzle übrig war, ein und legte es in die Schachtel, dann bückte er sich und las ein paar Stücke vom Boden auf. Margaret sah ihm aus ihrem Sessel am Feuer zu, während Neil dicht an sie gekuschelt neben ihr saß, und sie streckte den Arm aus, um hinter sich an das Fenster zu klopfen, aber dann klopfte sie nicht, sondern sagte: »Das ist egal, Bill. Mein Puzzle ist egal.«

Der Himmel war schwarz wie die Nacht. Alle paar Minuten stachen Blitze wie lange, verzweigte Gabeln durch die Wolken hindurch in die wogende, schiefergraue Wasserfläche. Wetterleuchten erhellte kurz, weit und unvorhergesehen den ganzen grauen See. Die Wellen waren stärker geworden, sie bewegten sich jetzt wie ein flüssiger Muskel, brachen sich schwer und seifenschaumweiß auf dem dunklen Sand und warfen Treibholz hoch und Abfall und benommene Elritzen und grobes Sägemehl aus den Mühlen auf der anderen Seite des Sees, auf der Michigan-Seite.

Als Bill gerade mit der Puzzleschachtel in der Hand von der Veranda hereinkam, krachte der erste Donner. Die Lichter, zwei in der Küche, eins über dem großen Eichentisch und drei an einer Stehlampe neben Patricks Stuhl, flackerten zweimal, als wären sie eins, und erstarben dann. Mary hatte dagesessen und die Taschenlampe für die Dunkelheit bereitgehalten, und als sie kam, schaltete sie die Lampe ein und richtete den Lichtkegel auf Bill, der in die Küche zurückging und ein Handtuch holte, um seinen Kopf abzutrocknen. Paul fummelte im Licht des Feuers am Transistorradio herum, er drehte den Knopf für die Senderwahl durch das Rauschen hin und her und suchte nach der Stimme eines Mannes vom Wetteramt. »Die haben im Krankenhaus bestimmt einen Generator«, sagte er.

»Die haben ganz sicher einen Generator«, rief Bill aus der Küche. »Wahrscheinlich mehrere.« Als er sich abgetrocknet hatte, kam er zurück, setzte sich wieder neben Sally und Krissy auf das Sofa, legte die Füße auf das Kniekissen und faltete die Hände hinter dem Kopf. »Laßt uns über Florida reden«, sagte er.

Das taten sie immer, wenn sie nichts anderes zu tun hatten. Sie sprachen davon, einen Winterurlaub im Süden zu verbringen, in zwei oder drei Autos hinzufahren, aber auf der Straße zusammenzubleiben, sich ein nettes Fleckchen am Ozean zu suchen und für ein paar Wochen irgendein Häuschen zu mieten. Bill fing immer damit an. Sie hatten schon sehr oft und in allen Einzelheiten darüber gesprochen, wobei die Einzelheiten immer irgendein Problem aufwarfen, das dann auf die eine oder andere Weise zur Zufriedenheit aller gelöst wurde, und deshalb lag es beinahe im Bereich des Möglichen, daß sie eines Tages tatsächlich fahren würden. Sie würden sich aufdringliche amerikanische Badeanzüge kaufen und unter der heißen Februarsonne durch die Ozeanwellen springen, und wenn sie das Wellenspringen satt hätten, würden sie sich in schwarz-weiß gestreifte Liegestühle legen. Diese Streifen hatte Daphne zu ihrem Traum beigesteuert, und sie würden billigen amerikanischen Gin aus perfekt gekühlten Gläsern trinken.

Nachdem sie sich in dem kleinen, unverschlossenen Schuppen hinter dem Casino geliebt hatten, warteten Murray und Daphne bei Marys Eltern ab, bis der schlimmste Sturm vorüber war, und tranken Canadian Club.

Sie hatten gerade zurück nach Dunworkin gehen wollen, als er richtig losbrach. Sie hatten gedacht, daß er wahrscheinlich schon fast vorüber war, aber als sie dann den Casinohügel hinunterrannten, konnten sie kaum ihre Füße sehen, und wegen des Windes, der seitlich vom See kam, konnten sie bald nicht mehr rennen, sondern nur noch zügig gehen. Ihr Haar wurde wild durcheinandergewirbelt und klebte naß an ihren Gesichtern, und alles, was sie bedeckte, die Decke und unter der Decke ihre Kleider und ihre Haut, war ganz schnell durch und durch naß. Als das Wetterleuchten unter den schwarzen Wolken kurz ein seltsames Tageslicht schuf, konnten sie das Häuschen von Marys Eltern erkennen, und sie gingen weg vom Strand und wollten Zuflucht unter dem breiten Dachvorsprung auf der Rückseite suchen, der Schutz vor der vollen Kraft des Windes bot. Marys Vater hörte sie und öffnete mit einer Taschenlampe in der Hand die Küchentür. Er erkannte sie sofort und bat sie herein, und sein einziger Kommentar war ein überraschtes, aber vergnügtes »Du liebe Zeit, Heilige Mutter«.

Mrs. Wilson zeigte ihnen getrennte Schlafzimmer und brachte Handtücher und trockene Kleider, ein Sonnenkleid für Daphne und ein Paar von Mr. Wilsons besten Shorts für Murray, und sie sagte ihnen freundlich und direkt, was für Dummköpfe sie waren. »Hier«, sagte sie und warf ihnen die Handtücher zu, »trocknet euch ab, in Gottes Namen.« Sie ließ ihnen ein paar Minuten Zeit, dann klopfte sie an die Türen und hatte einen Plastikkorb für ihre nassen Kleider dabei. Daphne bat Mrs. Wilson, ob sie bitte einfach eine Mülltüte haben könne, das wäre großartig, dann ging sie ins Badezimmer, richtete im Kerzenlicht ihr Haar und suchte in ihrem Gesicht nach verräterischen Spuren der Freude. Murray ging hinaus und unterhielt sich mit Mr. Wilson, der mit seiner Taschenlampe unter dem Arm in der Küche stand und Rye ausschenkte.

Die vier nahmen ihre Drinks mit zum Feuer im Wohnzimmer, das sehr viel steifer eingerichtet war als das in Dunworkin, das Sofa und die Sessel gehörten offensichtlich erst zur zweiten Generation, wahrscheinlich hatte man sie aus dem Haus in London hergebracht, als dort eine bessere Garnitur angeschafft worden war. Auf dem Boden lagen Teppiche, und es gab eine neue Küche mit einer Frühstücksbar. Sie hatten einige Öllampen angesteckt und auf Tische gestellt, die stabil aussahen.

Mary und Patrick waren früher am Nachmittag gekommen, bevor sie weiter nach Dunworkin fuhren, und sie hatten Marys Eltern von ihrer Hochzeitsreise erzählt, von den vielen historischen Sehenswürdigkeiten in Boston und von der Fahrt zurück durch den Staat New York, und als die Wilsons Daphne und Murray mit ihren Drinks und der ernsthaften Versicherung, daß das Groom's Dinner für sie beide sehr schön gewesen war, in bequemen Sesseln untergebracht hatten, wollten sie über das Reisen reden. Ob Murray Gelegenheit gehabt habe, seine Reiseerfahrungen zu erweitern, wollten sie wissen. Und Daphne? Sie selbst waren viel gereist und hofften, noch mehr zu reisen, jetzt, wo Mr. Wilson sich neben der Arbeit mehr Zeit nehmen konnte. Sie waren natürlich oft in Florida gewesen und zweimal in Europa, einmal in Kalifornien, in Jamaica, in Banff, in Washington.

Murray war ausgesprochen erleichtert, weil er zwischen

den Donnerschlägen nichts anderes tun mußte, als Rye zu trinken und zuzuhören, oder scheinbar zuzuhören. Er hatte so viele, viele Male daran gedacht, und jetzt war es passiert. Und in all seiner Vorstellung hatte er es sich nicht ein einziges Mal unerwartet oder unbeholfen oder überstürzt vorgestellt, oder auf dem rauen Betonboden in irgendeinem namenlosen Betonblockschuppen während eines donnernden Sturms. Das Metalldach über ihnen war so brüllend laut gewesen, daß er das meiste, was sie zu ihm sagte, nicht hören oder nicht verstehen konnte, und weil er Angst hatte, seine Stimme zu erheben, falls jemand sie hörte und kam, um sie zu retten, hatte er versuchen müssen, mit den Händen zu sprechen, seine Hände sagen zu lassen, was er vielleicht gesagt hätte, wenn es woanders passiert wäre, an einem sicheren und ruhigen Ort. Kurz vor dem Ende, kurz vor dem fabelhaften Ende wurde ihm klar, daß seine Hände sich nicht liebevoll bewegten, daß sie ihr Fleisch und ihre Knochen und ihre Muskeln nicht beruhigten, wie er es sich immer vorgestellt hatte. Er machte ihr blaue Flecken mit seinen Fragen, und die Fragen waren, warum muß mir das jetzt passieren? Und, warum beschließt du jetzt, daß du mich willst?

Daphne trank ihren Rye und lächelte ihr schiefes Selbstdarstellerlächeln. Sie dachte nicht an die Reisen, die sie vielleicht machen würde. Sie dachte an das Wetterleuchten, das die hohen Fenstern des Schuppens ausgefüllt hatte. In seinem periodischen Aufblitzen hatte sie gesehen, daß er so schön war, wie sie erwartet hatte, und sie hatte erst an diesem Abend festgestellt, daß sie es erwartete. Sie hatte auf viele Männer hinabgesehen, die nackt oder beinahe nackt vor ihr lagen, verwundet und zerstört und leidend oder genesend oder tot. Aber einen Mann sollte man sehen wie diesen hier, und ein Männerkörper, der sich bewegte, der ganz aus Knochen und Winkeln und Schatten bestand, war etwas Schönes. Sie spürte seine Hände auf ihrem Gesicht und auf ihrem Körper, überall, und als sie fertig waren, noch einmal überall. Und ihr Körper kannte ihre Gedanken. Ihr Körper wußte genug, und er hatte sich gewappnet. Ihr Mund hatte instinktiv zu seiner Haut gefunden, zu dem Regen auf seinen Schultern, zu seinem feuchten Bauch. Sie hatte es nicht verhindern können, so wenig, wie sie sonst verhindern konnte, daß ihre schmerzenden Arme nach einem süßen, eingepackten Säugling griffen oder daß ihr übel zugerichteter Kiefer sich weit öffnete, wenn sie plötzlich lachen mußte.

Als sie verstanden hatte, daß sie ihn nicht bitten sollte, länger zu warten, hatte sie sich um ihn geschlungen, und er hielt sie genauso, wie sie gehalten werden wollte, und als er zu ihr durchbrach, war das, was sie spürte, kein Schmerz. Oder es war Schmerz mit einem schönen, neuen Namen.

All das tönte vollkommen wahr durch ihren getrösteten, dankbaren Körper, während sie dort saß und das Feuer der Wilsons betrachtete und den wärmenden Rye trank, und trotzdem, als sie sich endlich vor dem Sturm versteckt hatten und sicher unter dem Dachvorsprung standen und als Murray sie fragte: »Ist das wirklich passiert?«, konnte sie nur versuchen, ihn ehrlich anzusehen, und sie konnte nur sagen: »Da bin ich wahrscheinlich die letzte, die man fragen kann.«

1970

Patrick und Mary kauften ihr Haus 1964, im ersten Frühling nach ihrer Hochzeit. Mary war zwei Monate lang mit einem Immobilienmakler durch Londons Norden gezogen, bevor sie sich für die baumgesäumte Picadilly Street entschied, und dann war es nur noch eine Frage der Zeit, bis eines der großen, alten, eckigen Häuser auf den Markt kam.

Die meisten ihrer Freunde und sicherlich alle Männer aus Patricks Anwaltskanzlei kauften etwas in der Vorstadt, große Häuser aus flachem Backstein, die Doppelgaragen und Erkerfenster hatten, Schindeldächer und zwei Kamine und Untergeschosse, die man mit Florteppichen ausstatten konnte, aber Mary war auf einer seinerzeit modernen Fünfziger-Jahre-Ranch hinter der Universität aufgewachsen, und dort war jeder geschlagene Zoll, die Wände, die Fußleisten, die Türen und die Decken in cremigem, gebrochenem Weiß gestrichen gewesen, und für ihr eigenes Leben wollte sie jetzt etwas Charakter haben. Sie wollte Naturholz haben und hohe Fußleisten, dick verputzte Wände, in die man einen Nagel schlagen konnte, und tiefe Fensterbretter und den gedämpften, unauffälligen gelben Backstein, den man benutzt hatte, als der ältere Teil der Stadt gebaut wurde. Sie hätte es nie ausgesprochen, aber als sie Bills und Margarets weißes Holzhaus zum ersten Mal sah, das Haus, in dem Patrick aufgewachsen war, das so viel kleinere, so viel bescheidenere Haus, stellte sie fest, daß es ihr besser gefiel als das ihrer eigenen Familie. So, wie es aussah, hatte Margaret weder die Neigung noch die Zeit, wie manche Frauen überzogene Ansprüche an ein Haus zu stellen. Sie war zu Bill und seinen Kindern gezogen und hatte mehr oder weniger das weitergeführt, was Patricks Mutter angefangen hatte. So ein Haus wollte Mary für ihre Kinder haben.

Patrick mußte sich noch immer um die zweite Hälfte seines Abkommens mit Alex McFarlane kümmern, also hatte Marys Vater ihnen die fünftausend Dollar für die Anzahlung geliehen und gesagt, daß sie sich etwas Großes kaufen sollten, daß sie das kaufen sollten, was sie letzten Endes brauchen würden, denn warten war nicht entfernt so klug, wie man gewöhnlich dachte. Es war ein höchst kostspieliges Unternehmen, sich später zu verbessern. Außerdem empfahl er ihnen, für eine Weile auf Ferien und auf ein neues Auto zu verzichten und mit jedem Dollar, den sie übrig hatten, ihre Hypothek abzutragen. Irgendwie wußte er, was kam, er wußte, daß der Immobilienmarkt gerade vor einem Wachstum stand, wie man es in den Jahren nach dem Krieg noch nicht gesehen hatte. Offenbar war er enttäuscht, daß sie sein Geld in so ein altes Haus steckten, aber Mary sagte ihm, daß es nach ihrer Überzeugung die neuen Häuser überleben würde, die in den Randgebieten der Stadt so schnell hochgezogen wurden, und daß sie und Patrick außerdem schon allein die Bäume schätzten und die Tatsache, daß der Park nur ein paar Blocks entfernt war, und die gesetzte, umfriedete Atmosphäre der Straße. Und Patricks Büro war so nah, daß er zu Fuß gehen konnte, und dadurch würden sie die Ausgaben für ein zweites Auto sparen.

Mary war gerade schwanger mit Stephen, sie hatte noch nicht einmal richtig gemerkt, daß sie schwanger war, als sie fast genau das Haus bekam, das sie haben wollte, und sie bat einen von Patricks Kollegen, die Papiere aufzusetzen.

Bill und Margaret äußerten sich nicht zur Wahl des Hauses, aber als Bill sah, daß die Kinder sich ernsthaft für das in der Picadilly Street interessierten, brachte er Archie Stutt mit, der den Heißwasserofen, die elektrischen Leitungen und die Installationen begutachten sollte. Archies Diagnose war, daß die elektrischen Leitungen ein wenig suspekt waren und irgendwann in den nächsten fünf Jahren in Angriff genommen werden mußten, daß die Installationen ganz aus Kupfer waren und insofern viel besser als neue, und daß der alte Boiler vermutlich die *Queen Mary* über den Atlantik feuern würde, wenn es die *Queen Mary* noch gäbe.

Nachdem sie auf der gepunkteten Linie unterschrieben hatten und bevor Paul mit seinem Halbtonner kam, um das bißchen, was sie besaßen, fast nur billiges, übriggebliebenes Universitätszeug, aus der Wohnung in der Oxford Street zu holen, zogen Margaret und Mary mit einer gemieteten Schleifmaschine das gesamte Hartholz im Erdgeschoß ab. Dann saßen beide stundenlang mit steifen, schmerzenden Gelenken auf den Knien und wachsten und polierten, denn Mary wollte kein Polyurethan haben, weil sie fand, daß das unecht aussah. Sie fuhren zu Kingsmills, um Gardinenstoffe auszusuchen, und sie entschieden sich gemeinsam für gutes, dezentes Leinen, das weder in noch aus der Mode war. Margaret bot nicht an, die Gardinen selbst zu nähen, aber sie fand eine erfahrene Näherin, die sie schnell zusammennähte.

Als die Gardinen ein Jahr später aufgehängt waren und die Socken und Hausschuhe den Fußböden einen sanften Glanz verliehen hatten, fuhr Margaret öfter als gewöhnlich in die Stadt, um auf Stephen aufzupassen, während Mary Nachlaßauktionen besuchte, um dort nach den Möbeln zu suchen, die sie sich für ihre Zimmer vorstellte. Stephen war ein nettes, pummeliges Kind, er war am glücklichsten, wenn man ihn mit Töpfen und Pfannen und ein paar großen Löffeln auf den Küchenfußboden setzte. Manchmal brachte Margaret zu ihrer Gesellschaft Sally mit, um den hohlen Klang in den Zimmern zu vertreiben; er entstand, wie sie wußte, nicht nur dadurch, daß es so wenig Möbel gab, sondern auch durch die außergewöhnlich hohen Decken, die Mary so sehr gefielen. Mit neun Jahren hatte Sally ihre anfänglichen mütterlichen Neigungen vollständig verloren, aber sie hielt Stephen, während Margaret ihn fütterte. Normalerweise wollte Sally nur, daß Mary sich beeilte und nach Hause kam, und das sagte sie auch.

Es dauerte drei Jahre, bis Mary alle großen Stücke gefunden hatte, die sie haben wollte, und sie achtete darauf, nichts zu überstürzen, nicht von ihrem ursprünglichen Plan abzuweichen, von dem sie niemandem etwas erzählte.

Das Haus war jetzt beinahe voll. Die Jungen waren im zweitgrößten Schlafzimmer untergebracht, Stephen schlief in der oberen Koje und John, der am Tag nach Stephens drittem Geburtstag geboren worden war, hatten sie erst kürzlich in die untere Koje locken können. Die Wiege mußte freigemacht werden, denn Ende März hatte Mary festgestellt, daß sie ihr letztes Baby erwartete. Wenn es ein Mädchen war, und Mary und ihr Arzt behaupteten beide, daß es diesmal ganz bestimmt eines war, sollte es Rebecca heißen. Rebecca Sylvia.

Patrick arbeitete fast immer zehn Stunden am Tag, und sie hatten seit der großen Familienreise nach Florida vor zwei Jahren, kurz vor Johns Geburt, keine Ferien mehr gehabt. Wenn Patrick innegehalten und darüber nachgedacht hätte, hätte er zugeben müssen, daß er erschöpft war, aber er war schließlich erst dreiunddreißig, und er sehnte sich nach Beförderung, nach dem zusätzlichen Einkommen, nach Status und Verantwortung, nach der Substanz, der ein Mann erwartungsgemäß sein Leben widmen sollte. In einer Firma wie der seinen wurde man nicht befördert, wenn man sich erlaubte, müde zu wirken. Es half ihm, daß er zu Fuß zur Arbeit ging. Er glaubte das. Und bei schönem Wetter zog er oft ein Sweatshirt an und joggte die Strecke, die er sich zurechtgelegt hatte, manchmal änderte er sie, um sich dem Verkehr anzupassen, und er schloß mit den sieben Blocks bis zu seinem Büro, dort wusch er sich in dem kleinen Männerwaschraum und zog sich den Anzug und das Hemd und die guten Schuhe an, die er hinter der Bürotür verwahrte. Dieses Training war die Quelle der Sticheleien seiner Kollegen, denn viele von ihnen zahlten exorbitante Mitgliedsbeiträge an ein Fitneßstudio in der Innenstadt, wo es einen Raum mit Gewichten und eine Sauna und ein Schwimmbad gab. Weil er joggte, konnte er sich meistens nicht an den Gesprächen der Sportskanonen beteiligen, und auch nicht an den viel wichtigeren Prahlereien, daß sie so verdammt viel Geld für ihre Fitneß ausgaben, aber sein halbstündiger Lauf durch die ruhigen, morgendlichen Straßen, durch den großen, dicht mit Bäumen bestandenen Central Park, an dem Panzer aus dem Zweiten Weltkrieg vorbei und an der Kanone von der Belagerung Sewastopols und an dem überlebensgroßen Soldaten auf dem Betonsockel, der auf ewig die überlebensgroße Frau, die die Arme nach ihm ausstreckte, unbeachtet ließ, wurde zu einem wesentlichen Teil seines Tages, der ihm einen klaren Kopf verschaffte. Vielleicht, weil er nur dann Zeit für sich selbst hatte.

Und er genoß seine geräuschvollen Rituale mit den Jungen; wenn er früh genug nach Hause kam, hob er ihre festen, zappelnden, glitschigen kleinen Körper aus der Badewanne, und er steigerte ihre lautstarken Albereien durch seine eigenen, wenn sie am Sonntagmorgen ausgiebig frühstückten. Er war zufrieden mit Mary, die nicht entfernt so war wie Sandra oder wie eine von den anderen nach Sandra. Sie hatten nicht so oft Sex, wie er es sich bei einem Mann und seiner Frau vorgestellt hatte, automatisch, wenn sie am Ende eines langen Tages müde waren oder in der Intimität des frühen Morgens gerade erwachten. Mary tat alles, sie machte alles mit, aber nur, wenn sie ganz sicher eine gewisse Zeit für sich hatten, nur, wenn er sie lange ruhig in seinen Armen gehalten hatte. Und keiner von ihnen redete gern, während sie darauf warteten, daß sie zu ihnen kam, diese friedvolle Energie, die Mary mitten in einer langen Nacht ihre liebende Freiheit genannt hatte, und sie hatte zufrieden und ein wenig selbstgefällig gemurmelt, daß das für ihren Geschmack auf jeden Fall etwas viel, viel Besseres war als freie Liebe.

Abgesehen davon, daß eine anständige Garage fehlte, in die ein Auto paßte, gefiel ihm das Haus in der Picadilly Street inzwischen gut, und es gefiel ihm, was Mary daraus gemacht hatte. Die übergroßen Kleiderschränke und die verstreuten Eckvitrinen, die schweren kleinen Tische und die verschiedenen, neu gepolsterten Sessel, in denen man einschlafen konnte, gehörten allmählich auf angenehme Weise zum Haus und zu ihrem Leben.

Als sie das Haus im dritten Jahr bewohnten, in Patricks fünftem Jahr in der Anwaltskanzlei, gaben sie ihre erste Cocktailparty, und er hörte zufällig, wie die Frau eines seiner Seniorpartner beiläufig zur Frau eines anderen Seniorpartners sagte, daß es für sie undenkbar wäre, sich mit dem ausgedienten Müll anderer Leute zu umgeben. Aber Patrick suchte bei solchen Frauen keinen Rat. Er suchte bei solchen Frauen gar nichts. Wenn sie mit ihren Männern in sein Büro kamen, wollten sie normalerweise neue Testamente aufsetzen oder manchmal auch Papiere für ein größeres Haus mit einer prestigeträchtigeren Adresse unterschreiben, und dann rückte er ihnen die Stühle zurück und verachtete ihre kleinen Stadtkostüme, ihr makellos aufgeplustertes Haar, ihr teures Gehabe, ihr Selbstvertrauen aus zweiter Hand. Er kam in seiner engen Diele mit den Wandleuchtern und der dunklen Eichentreppe, die er am liebsten hinaufsteigen wollte, bis er steinalt war, an diesen besonders grauenhaften Frauen vorbei, und sie taten so, als wären sie nicht zu hören gewesen, und er mußte beinahe lachen, aber das tat er natürlich nicht. Ihre Männer standen gleich nebenan in der Küche und sprachen über die Expo und ihre mögliche Bedeutung für den internationalen Handel. Sie hoben ihre beinahe leeren Gläser in Patricks Richtung und taten ebenfalls so, als wären die Frauen nicht zu hören gewesen. Er schenkte seinen Vorgesetzten Scotch ein und fragte sich, ob diese kleine Peinlichkeit ihm in der Kanzlei helfen oder ihn behindern würde. Dem Anschein nach konnte beides geschehen.

Es war Patricks Idee gewesen, an der Rückseite des Eßzimmers eine Veranda mit Fliegengitter anzubauen. Sie hatten das breite Fenster durch eine Flügeltür ersetzt, die außer an den heißesten, schwülsten Tagen im Hochsommer von Mai bis September meistens weit offenstand. Bill hatte auf einer ländlichen Auktion eine alte, schmiedeeiserne Terrassengarnitur für sie entdeckt, vier Stühle und eine Chaiselongue, und er hatte alles sorgfältig und vollständig abgezogen und wieder weiß gestrichen, er war mit den Polstern zu Goderich gefahren, um sie neu mit der festen Meterware, die man für Schiffspolster benutzt, beziehen zu lassen, und als er dort angekommen war, hatte er gemerkt, daß er vergessen hatte, Mary zu fragen, welche Farbe sie haben wollte, und er hatte entschieden, daß sie tannengrün mögen würde, und sie mochte es wirklich sehr, fast so sehr, wie sie Bill mochte.

Durch den Anbau der Fliegengitterveranda mußten sie sich mit dem Garten beschäftigen, der klein, aber schön angelegt war und gute Nachmittagssonne bekam. Patrick und Mary beschlossen gemeinsam, daß sie nur den roten Ahorn und den Holzapfelbaum und ein paar Fliederbüsche hinten bei der Garage behalten wollten. Patrick und Paul fällten alles andere oder rissen es aus, sieben oder acht überzählige Fliederbüsche, den verschmutzten Walnußbaum und die alten Zedern, die dünn und blaß geworden waren, und dann legten sie zuerst eine neue Euonymus-Hecke an, die sie vor Blicken schützen sollte. Sie ließen eine gute, frisch eingesäte Grasfläche für die Kinder frei, bauten nah, aber nicht zu nah an der Hintertür einen Sandkasten und fuhren zum See hinaus, um einen Haufen feinen, weißen Sand zum Spielen zu holen. Sie besserten die Blumenbeete mit Ackerkrume und mit Pauls Superdünger von der Farm auf und setzten ein Dutzend Pfingstrosen an die Seite und drei Kletterrosen an die Garagenwand. Den Rest überließen sie Mary, und sie nahm sich mit den mehrjährigen Pflanzen soviel Zeit wie mit den Möbeln. Als erstes strich sie die kleine Garagentür in dunklem Kirschrot, um die Rosen hervorzuheben, die weiß werden sollten, und im siebten Jahr ihrer Ehe waren sie weiß und kräftig und leuchteten geradezu im Abendlicht, wenn sie mit ihren Drinks und mit Stephen und John zu ihren Füßen auf der Fliegengitterveranda saßen und die Jungen ihre Lastwagen für große Zusammenstöße auf Touren brachten, während aus ihren kleinen, schwer arbeitenden Mündern die Geräusche eines Blutbads platzten.

Murrays Eltern starben beide im Mai 1970. Seine Mutter erlitt einen schnellen, völlig unerwarteten, tödlichen Schlaganfall, während sie am Herd stand und Käse in eine Sauce für den Brokkoli raspelte, und zwei Tage nach ihrer Beerdigung war sein Vater tot. Er hatte einen leichten Herzinfarkt gehabt, während er allein auf dem Brokatsofa saß und zusah, wie Archie Bunker in »All in the Family« Meathead auszankte, und wenig später einen zweiten Herzinfarkt, der angeblich massiv war und der ihn tötete.

Patrick hatte, gleich nachdem er in seine Anwaltskanzlei eingetreten war, ihre Testamente aufgesetzt. Mr. McFarlane sagte seinem langjährigen Hausanwalt, daß er die Testamentsache Patrick übergeben wolle, nur, um ihm anfangs zu helfen, und das wurde als gewöhnliche Geste zwischen den Männergenerationen aufgefaßt, als Weitergabe. Die Testamente der McFarlanes waren nicht kompliziert. Alles füreinander und dann alles für Murray. Die einzigen Ausnahmen waren ein Vermächtnis, das die Anglikanische Kirche für neue Teppiche und Chorgewänder erhielt, und ein größeres

Vermächtnis, das an die Cancer Society ging, denn beide McFarlanes nahmen an, daß sie mit der einen oder anderen Krebsart Bekanntschaft machen würden, wenn sie lange genug lebten. Einige ihrer ältesten Freunde waren ziemlich elend daran gestorben.

Am Tag nach der Beerdigung seines Vaters, einem Samstag, fuhr Murray nach London, zu Patricks und Marys Haus in der Piccadilly Street, das er noch nie gesehen hatte, um dort das zu hören, was er erwartete. Seine Eltern hatten immer dafür gesorgt, daß er sich über die genauen Einzelheiten ihrer Testamente im klaren war. Das hatten sie sogar getan, als er noch ein Kind war, um ihm Zutrauen zu geben, wie sie sagten. Natürlich sprachen sie nur miteinander darüber, daß sie in ihrem Alter ein wenig enttäuscht von Murray waren. Das zeigte sich auf dreierlei Art: in der besorgten Feststellung seiner Mutter, daß er sich närrischer- und gefährlicherweise gegen seinen Gott sperrte, in der stolzen Enttäuschung seines Vaters, weil er sich freiwillig eine Karriere ausgesucht hatte, die ihn so weit von zu Hause wegführte, und in ihrem gemeinsamen Erstaunen über die Frau, die er gewählt hatte. Aber ihre Enttäuschung stand dem, was sie untereinander schon immer Murrays Geburtsrecht nannten, nicht im Wege. Geld, sagte seine Mutter, war Geld.

Mary führte Murray kurz durch das Haus, und er schien sich wirklich für die Treppe und besonders für einige Vitrinen zu interessieren, dann nahm Patrick die beiden Testamente vom Eßzimmertisch und reichte sie ihm, wobei er unnötigerweise erklärte, daß Mr. McFarlanes Testament gültig war, weil er seine Frau überlebt hatte.

Mary freute sich, Murray zu sehen, obwohl sie ihn nicht besonders gut kannte. Patrick und sie hatten nach einem kurzen Jahr geheiratet, und in diesem Jahr hatte Murray sich zurückgezogen, er hatte ihr Raum gelassen und seine Ansprüche abgegeben, und dann war er mehr oder weniger in seiner Arbeit, in seinen Reisen verschwunden. Manchmal hörten sie von Margaret, wo in der Welt er gerade war, und manchmal stand etwas von ihm in den Zeitungen aus Toronto, aber sie sahen ihn unregelmäßig und nur zu Hause, wenn sie gerade bei Margaret und Bill waren und er zufällig seine Eltern in der Stadt besuchte. Charlotte war nicht mehr mit ihm nach Hause zu den McFarlanes gefahren, als sie noch lebten, aber sie war auf beiden Beerdigungen ausdrücklich anwesend, durch und durch beherrscht und in einem ernsten, schwarzen, ärmellosen Kleid. Sie war im überfüllten Untergeschoß der Kirche umhergegangen, hatte auf die älteren Kirchenleute eingeredet und ihre altersfleckigen Arme angefaßt, während sie mit ihnen sprach, ihre offenkundig gezwungene Lebhaftigkeit war so falsch, daß die Leute staunten und ihretwegen schockiert und sprachlos waren.

Marys mittlere Jahre begannen, und sie stand im Eßzimmer und dachte, daß Murray ziemlich gut aussah, in einer Weise bezwingend, wie Patrick es nicht war. Sein Haar war ein wenig schütter geworden, aber das machte sein Gesicht unübersehbar, und sie mochte unübersehbare Gesichter. Seine Wangenknochen waren am stärksten ausgeprägt, seine Wangenknochen und seine lichterfüllten Augen. Sie führte diese lustvollen Gedanken, die keineswegs normal für sie waren, auf ihren gehobenen Hormonspiegel zurück. Sie war immer ein bißchen scharf, wenn sie schwanger war, ein bißchen direkt. Als sie John erwartete, hatte sie das ihrem jungen Arzt gebeichtet, hauptsächlich, weil sie neugierig war, ob er das sagen würde, was er immer sagte, nämlich: »Aber sicher, das höre ich die ganze Zeit, keine Sorge.« Sie lag auf dem Tisch und dachte zärtlich an das pulsierende Baby gleich unter ihrer dicken, gespannten Haut und an sich selbst, an ihr, wie sie hoffte, nur vorübergehend verändertes Ich, und sie überlegte nicht lange genug, um zu merken, daß sie mit einem Mann sprach, der sich wahrscheinlich für ziemlich gutaussehend hielt und der genau in diesem Moment dabei war, seinen behandschuhten Zeigefinger in ihre

Vagina einzuführen. Er machte ein finsteres Gesicht und erklärte, daß er so etwas noch nie gehört habe und daß er ihre Gefühle für eine leichte Abirrung halte, über die man sich vermutlich nicht aufregen müsse, und sie erkannte mit einem Schlag ihre eigene Dummheit und lachte so sehr, daß er mit seinem Zeigefinger warten und so tun mußte, als würde er mit ihr lachen. Als sie diese Szene später im Bett für Patrick nachspielte, sich dabei an ihn kuschelte und heiseres Gelächter erwartete, wich er zurück, zog die Augenbrauen hoch und erwartete, daß man ihm sagte, was daran komisch war, wie er es öfter tat. Mary war eine Woche lang enttäuscht, und schließlich dachte sie daran, es Margaret zu erzählen, die sowieso für fast alles die bessere Zuhörerin war, und als die es hörte, johlte sie äußerst zufriedenstellend.

Bei seiner Ankunft hatte Murray einen großen und sehr willkommenen Wirbel um den fünfjährigen Stephen gemacht, der Stephen Murray hieß, und dann um John, der immer noch so klein war, daß man ihn hochheben und durch die Luft schwingen konnte, und jetzt rief Mary die Jungen in das Eßzimmer zurück, damit sie auf Wiedersehen sagten. Murray bückte sich und schüttelte den Jungen die Hände, dann wandte er sich zu ihr. »Du warst noch nie im Haus meiner Mutter«, sagte er. »Patrick hat ihr einmal einen Rosenpokal geschenkt, und ich hätte gern, daß du ihn bekommst. Und sie hatte eine Kommode, die dir vielleicht gefällt. Ich glaube, sie ist aus Walnuß.« Er hielt die Hand an seine Brust, um die Höhe anzuzeigen. »Sie hat ungefähr hundert Schubladen.«

Mary lächelte und nickte zustimmend.

»Komm doch am Mittwochvormittag«, sagte er. »Die Auktionatoren wollen am Mittwochnachmittag die Sachen durchsehen. Ich halte alles zurück, was dir ins Auge fällt.«

Diese unerwartete Großzügigkeit rührte Mary, und sie sagte, sie werde ganz bestimmt am Mittwochmorgen kommen, und vielen Dank. Und sie beschloß, daß sie sich auf jeden Fall etwas aussuchen werde. Wenn nichts dabei war, was ihr gefiel, würde sie einfach etwas Kleines nehmen, etwas, das sie in einer Vitrine verstecken konnte.

Bevor Murray gekommen war, hatte sie Patrick gesagt, daß sie mit den Jungen verschwinden werde, und das schien noch immer das richtige zu sein. Sie erinnerte ihn an die Sachen, die zum Lunch bereitstanden und ging dann hinaus, um Stephen und John in den Wagen zu setzen und mit ihnen die eine Stunde zu Bill und Margaret und Sally zu fahren. Besonders Bill freute sich sehr, wenn er von der Kasse im Eisenwarenladen aufsah und sie mit seinen Enkelsöhnen vor ihm stand, wenn sie so weit gefahren waren, um ihren Grandpa bei der Arbeit zu besuchen. Hinten in seiner Registrierkasse hatte er immer einen Vorrat an bunten Lutschern für seine Enkelkinder und für die vielen anderen Kinder, die hereinkamen und stocksteif und leise warten mußten, während ihre Väter über Schraubenschlüssel und Schabengift nachdachten.

Als Mary über den Highway fuhr und im Autoradio nach Musik suchte, fand sie statt dessen einen Bericht über eine Schießerei an der Kent State University. Vier amerikanische Studenten waren von Truppen ihrer eigenen National Guard getötet worden. Die Truppen hatten in eine Menge protestierender Studenten geschossen. So drückte der Reporter es aus, in die Menge geschossen. Sie hörte zu, wie der Reporter weiter über Nixon sprach und über Kundgebungen und Demonstrationen und Kambodscha und Verluste, wobei das Wort *Verluste* wie immer sehr falsch klang, und sie dachte nicht zum ersten Mal, daß es gut war, Kanadierin zu sein, heute in diesem Land zu leben. Eine Kanadierin im Jahr 1970 mußte sich nicht vor ihrer eigenen bewaffneten Regierung fürchten. Und kein Gesetz verlangte von Patrick und Murray und Paul, daß sie ihr Leben für den Krieg anderer Leute gaben.

Sie hoffte, daß Patrick sich Mühe geben würde, um Murray wieder nahezukommen, daß Murray eine Weile bleiben würde, daß sie den ganzen Nachmittag auf der Sonnenveranda Bier trinken und Patricks Jazz hören würden, John Coltrane oder Thelonious Monk, daß sie auftauen würden. Sie hatten einander jahrelang nur selten gesehen, aber das konnte man auch als gewöhnliche Unterbrechung verstehen, die ihre Jobs und die Ehen mit sich gebracht hatten, die Entfernung, Murrays ständiges Herumreisen. Sie erinnerte sich daran, daß sie sie beobachtet hatte, besonders in diesem Sommer in Dunworkin, und sie hatte gedacht, daß hinter ihrem lässigen, manchmal gemeinen Geplänkel eine unausgesprochene, männliche Verpflichtung steckte, eine Art Vertrag. Offenbar waren sie feste, ruhige, verläßliche Freunde gewesen, und warum sollte das nicht wieder so sein? Sie wußte nicht, wie und warum erwachsene Männer ohne so etwas überlebten. Ihre Freundin Joan war jetzt auch verheiratet und wohnte am anderen Ende von Toronto, aber sie war unentbehrlich wie eine Schwester, mit der nicht alles im Schneckentempo ging, weil sie ständig Zusammenhänge oder Hintergründe oder Erklärungen brauchte.

Vielleicht wäre Mary besser bei Patrick und Murray auf der Veranda geblieben. Vielleicht hätte sie Murray mehr von dem geben können, weswegen er gekommen war.

Die Testamente waren erledigt, und Patrick wollte kurz nach Charlotte fragen und dann die Gelegenheit nutzen und mit Murray ein Gespräch über Journalismus führen. Er dachte, daß sie sich vielleicht wieder näherkommen würden, wenn er mehr über sein Arbeitsleben hörte. Und er hatte eine Menge Fragen, denn er wußte fast nichts über seinen Job, und er nahm an, daß alles, was Murray ihm erzählen konnte, zumindest ein bißchen interessant sein würde. Aber diese eine Frage nach Charlotte, das einfache Sie sieht gut aus, wie geht's ihr denn so? führte sie gleich mitten in Murrays Gedanken hinein, und das war offensichtlich von Anfang an geplant gewesen.

»Oh, Charlotte geht's gut«, sagte Murray und beantwortete die Frage mit einem Nicken, und dann fügte er schnell hinzu: »Ich verlasse sie«, als ob das zur Antwort gehörte. Er wies mit einer Kopfbewegung auf die Testamente, die auf dem Eßzimmertisch lagen. »Das ist jetzt ganz schön viel Geld. Von der Hälfte kann sie bestimmt gut leben.«

Patrick zog sich behutsam aus der eben wiederbelebten Freundschaft zurück. Er mochte Scheidungen nicht. Ganz und gar nicht. An Scheidungen gab es nichts zu mögen. »Warum jetzt?« sagte er. »Warum nicht früher, bevor du das Geld bekommen hattest?«

Murray lachte. »Einmal ein Anwalt ...«

»Nein«, sagte Patrick. »Es ist nur, na ja, warum solltest du wollen, daß sie etwas von dem Geld bekommt?«

»Weil es nicht ihr Fehler war, daß ich sie geheiratet habe. Ich habe sie geheiratet, weil sie die besten Beine und die schönsten Brüste hat, die ich je gesehen habe. Und ich habe allen Ernstes geglaubt, daß mir das reicht.«

»Sie ist eine sehr gutaussehende Frau«, sagte Patrick.

»Aber du hast sie nie gemocht«, sagte Murray und wartete gespannt auf eine Reaktion, die nicht kam. »Niemand hat sie je gemocht. Und jetzt mag ich sie nicht.«

»Charlotte ist bestimmt so wie wir alle«, sagte Patrick und stand auf, um ein paar Pils aus dem Kühlschrank zu holen, und er rief aus der Küche: »Sie besteht bestimmt aus dem üblichen Zeug. Stärken. Schwächen. Bedürfnisse.« Er kam mit dem Bier wieder auf die Veranda hinaus und sagte: »Ich gebe zu, daß ich sie am Anfang nicht besonders gemocht habe, aber vor einiger Zeit habe ich mir überlegt, daß das wahrscheinlich nur daran lag, daß ich andere Frauen gewöhnt war. Wir waren unfair zu Charlotte, ganz bestimmt.«

Murray wartete, bis Patrick sich bequem in seinem schmiedeeisernen Sessel ausgestreckt hatte. »Ich hoffe, du hast nicht soviel Zeit mit Schuldgefühlen verschwendet«, sagte er. »Sie hat nie einen von euch gemocht. Sie hat fast von Anfang an für alle fiese Spitznamen gehabt.«

»Die will ich gar nicht hören«, sagte Patrick. »Heute nicht und später nicht. Wie auch immer. Ich glaube, alle haben sich einigermaßen eingekriegt. Ich dachte eben, daß ich nicht sehen kann, was du siehst.«

»Das konntest du auch nicht«, sagte Murray und nahm einen großen Schluck. »Es hat mich immer ein bißchen angemacht, daß sie mit ziemlich vielen anderen Männern zusammengewesen ist, aber der Gedanke, daß jemand wie du, zum Beispiel, sie ansieht und sie sich nackt vorstellt, hat mir nie besonders gefallen.«

Patrick lachte ein tiefes, männliches Lachen, eines, das Frauen nur versehentlich zu hören bekommen. »Da täuschst du dich aber ein bißchen«, sagte er. »Ich habe mir die gute Charlotte nie nackt vorgestellt.« Natürlich hatte er das. Er sah Murrays skeptischen Blick. »Nenn es Freundschaft«, sagte er und zuckte mit den Schultern. »Nenn es Geschmack. Deiner. Meiner. Ist nicht unbedingt derselbe.«

»Wenn du es sagst«, sagte Murray. Er hatte seinen Fuß auf Stephens angeschlagenen Kipper gestellt und rollte ihn vor sich hin und her. »Und du hast recht, sie hat Bedürfnisse. Es ist ihr Bedürfnis, sich jedem Menschen auf diesem Planeten überlegen zu fühlen. Sie hätte eigentlich einen ordentlichen Tritt in den Arsch gebraucht, als sie ihre ungeheuerliche Eitelkeit angefangen hat, wann immer das auch war. Vor meiner Zeit.«

»Klingt irgendwie nach Haß«, sagte Patrick.

»Das Problem ist inzwischen eher, was es nicht ist«, sagte Murray, »als was es ist.«

Patrick fing an, mit seinem Daumennagel das schwitzende Etikett seiner Bierflasche abzukratzen und zu zerfetzen. Murray wühlte in seinen Taschen herum und fand sein Feuerzeug, aber keine Zigaretten, denn er hatte absichtlich keine gekauft. »Ich habe geraucht«, sagte er. »Und jetzt höre ich auf. Alle, die ich kenne, rauchen«, sagte er. »Mein Auto stinkt danach. Meine Kleider stinken danach. Kannst du es an mir riechen?«

»Ja«, sagte Patrick. Er dachte daran, Murray zu fragen, ob es jemand Neuen gab, einen Ersatz, jemanden, der dafür gesorgt hatte, daß Murray Charlotte nicht mehr so anbetete wie früher, als er ein einsamer, kräftiger Vierundzwanzigjähriger war. Er beschloß abzuwarten. Wenn es eine Frau gab und wenn Murray wollte, daß er wußte, daß es eine Frau gab, würde er das Gespräch darauf bringen.

»Ich wollte Kinder haben«, sagte Murray. »Ich wäre nie auf die Idee gekommen, daß man eine Frau im voraus danach fragen muß.«

»Will Charlotte keine Kinder?« Patrick sah Murray unverwandt an, als würde ihn das überraschen.

»Sie hat sich sterilisieren lassen, bevor ich sie überhaupt kennengelernt habe.«

»Und sie hat es dir nicht gesagt?« fragte Patrick ungläubig.

»Jetzt sagt sie, daß sie einfach angenommen hat, daß ich nicht will, daß ich mich nicht durch die Verantwortung für eine Familie binden oder binden lassen will, weil ich von Anfang an unbedingt eine Stelle in London haben und von da aus vielleicht nach Südostasien oder zumindest an irgendeinen bedeutenden Ort gehen wollte und weil wir die ganze Zeit über das geredet haben, was sie jetzt mit einem gehässigen kleinen Schlenker ›die Welt da draußen‹ nennt. Und weil es gerade mit ihrer eigenen Karriere, mit ihren eigenen Ambitionen so gut lief, hat sie gedacht, daß wir zusammenpassen. Sie hat gedacht, daß man das nicht besprechen muß.«

»Du hast wirklich die ganze Zeit über deinen Job geredet«, sagte Patrick. »Du hast endlos über deine möglichen Karriereschritte geredet. Und offenbar hast du mindestens die Hälfte von dem getan, was du tun wolltest. Sie hat vielleicht nicht ganz unrecht.«

»Sie hat nicht ganz unrecht? Vielleicht?« Murray schubste den Kipper in das Eßzimmer hinein. Er beugte sich in seinem Sessel vor, starrte auf den Boden und stützte sich auf den langen Knochen seiner Beine ab, wie er es getan hatte, als sie Jungen waren, als er ein manchmal verängstigter Junge war.

»Nein, natürlich nicht«, sagte Patrick. »Sie hätte ehrlich zu dir sein müssen. Sie hätte dir Gelegenheit geben müssen, zu wählen und vielleicht ohne Beine und Brüste auszukommen.«

»Also bin ich nur ein durchschnittliches Stück Abschaum?« fragte Murray. »Derjenige, der einsieht, daß er gehen muß, ist automatisch Abschaum.«

»Normalerweise schon«, sagte Patrick. »Meiner Erfahrung nach. Soll ich die Scheidung in die Wege leiten?« fragte er. »Vielleicht zuerst eine offizielle Trennung, und dann mal sehen, womit ihr Anwalt kommt?« Er gab Murray eine Chance, es zu durchdenken. »Wahrscheinlich können wir auf unüberwindliche Differenzen gehen, das ist gerade neu auf dem Markt und fast überall anwendbar.« Er wartete wieder, damit Murray aufnahm, was er gesagt hatte. »Ich nehme an, daß du nicht auf die Sterilisation setzen willst, obwohl wir da mit Vertrauensbruch argumentieren könnten.«

»Unüberwindliche Differenzen wäre mir sehr recht«, sagte Murray. »Von meiner Warte aus klingt das geradezu exakt. Und ich kämpfe nicht mit ihr, nicht, solange sie nur die Hälfte will. Ich bezweifle sehr, daß sie es auf mehr als die Hälfte abgesehen hat.«

Patrick lachte. »Ach, mein Junge«, sagte er. »Du kennst dich vielleicht um Heathrow herum gut aus, aber vom häuslichen Leben hast du keine Ahnung.« Er stand auf, ging in die Küche und kam mit zwei weiteren Flaschen Pils und einer Tüte Kartoffelchips zurück, die er Murray in den Schoß warf. »Lunch«, sagte er. »Oder wir steigen in deinen spiegelblanken Volvo und greifen uns Hamburger. Oder du gibst mir im Iroquois einen anständigen Braten aus.«

»Ich werde wahrscheinlich ziemlich schnell wieder heiraten«, sagte Murray.

»Das habe ich mir gedacht«, sagte Patrick. Das Warten hatte ihn neugieriger gemacht, als er sonst vielleicht gewesen wäre. Er ging davon aus, daß er die Frau nicht kannte. Wahrscheinlich war es irgendeine Journalistin, oder sie hatte mit dieser Welt zu tun. »Wer ist sie?« fragte er. Als er keine Antwort bekam, fragte er weiter. »Ist sie nett und fruchtbar?« Das sollte ein böser Witz sein. Wie Murrays Geschmack bei Frauen hatte sich auch sein Geschmack bei scharfen Antworten schon lange gefestigt, und Abweichungen waren nicht zu erwarten.

Murray sah auf, weil er sehen wollte, ob und wie Patricks Gesicht reagierte, wenn seine Gehirnzellen das Wort, das er gleich hören sollte, erfaßten. »Daphne«, sagte er.

Als Patrick es hörte, wurde ihm klar, daß er es gespürt hatte, er hatte gespürt, daß etwas kam. Er versuchte, seine Gesichtsmuskulatur ganz genau zu kontrollieren, damit sie so blieb, wie sie gewesen war, bevor er die Frage gestellt und Murray sie beantwortet hatte. Mary beklagte sich gern darüber, daß er das im Schlaf konnte. »Die Daphne, an die ich denke?« fragte er. Murray nickte, und bevor er sich beherrschen konnte, murmelte er ein schnelles »Mein Gott« und verriet sich damit. Er hätte niemandem, nicht einmal Mary genau erklären können, warum er wollte, daß das nicht wahr war.

Er dachte, daß er Murray gerne fragen würde, ob er in letzter Zeit Kontakt mit Daphne gehabt hatte. Das war nicht sehr wahrscheinlich. Sie war wie alle auf beiden Beerdigungen gewesen, und soweit er das beurteilen konnte, hatte sie sich nicht verändert. Sie war mit Murray so umgegangen, wie man es unter diesen Umständen von ihr erwartete. Sie hatte mit Charlotte gesprochen und sie im Zimmer herumgeführt, um sie den Kindern vorzustellen, den Nichten und Neffen.

Dann dachte er, daß er wirklich gerne wissen würde, ob die beiden direkt vor jedermanns Nase zusammengewesen waren, in ihrer Jugend, als Daphne noch ein leichtgläubiges, entstelltes, unschuldiges Kind gewesen und diese ganze Scheiße mit Roger Cooper geschehen war. Und unter welchen Umständen? Wo, zum Beispiel? Wann? Und wo war er gewesen? Und wußte sonst noch jemand davon? Und dann wurde ihm klar, daß er höchstwahrscheinlich stocksauer werden würde, wenn er noch sehr lange darüber nachdachte.

Murray spürte in der Luft Patricks Zorn, der in den Einzelheiten unverändert war. Er erkannte die sparsamen Bewegung wieder, den konzentrierte Griff um die Bierflasche, die Art, wie seine Augen schnell den Horizont suchten und sich fest auf ihn einstellten, in diesem Fall auf die dunkelrote Garagentür. Es würde keinen Ausbruch geben. Die Stille war der Ausbruch.

Er streckte seine Hand aus und griff über die Laster zu seinen Füßen hinweg durch den Raum zwischen ihnen nach Patricks Knie und hoffte, daß diese Geste die Verbindung mit der Garagentür unterbrechen würde, daß sie das sagen würde, was sie im allgemeinen in der Männerwelt bedeutete, nämlich, komm schon, Junge. Komm schon, mein Freund. Das ist doch keine große Sache. Und es funktionierte, jedenfalls sah Patrick ihn an.

»Du kannst dich entspannen«, sagte Murray. »Ich habe keinen Grund zu der Annahme, daß deine Schwester irgendwelche Gefühle für mich hegt.«

Das war eigentlich nicht wahr. Es war eigentlich eine Lüge. Seit dem Abend mit dem großen Sturm, seit dem Abend im Schuppen hinter dem Casino konnte er sich etwas Greifbares vorstellen, das von Daphne ausging und zu ihm kam, auch wenn seitdem nichts gewesen war, auch wenn sie seitdem nicht einmal beiläufig ihre Hand auf seinen Arm oder seinen

Rücken oder seine Schulter gelegt hatte. Seit sieben Jahren konnte er sich etwas Greifbares vorstellen, ob er sie nun bei einem von Margarets gelegentlichen Abendessen traf oder, viel häufiger, nicht bei ihr war, sondern in einem Flugzeug über dem Atlantik saß oder um zwei Uhr morgens in einer rauhen Hotelbadewanne, während aus den Randgebieten einer verwüsteten Stadt Raketenfeuer zu hören war.

Aber er beschloß auf der Stelle, daß Freunde lügen durften. Wenn es unbedingt sein mußte, durften die besten Freunde die besten Lügen erzählen, um eine Sache unbeschadet zu überstehen.

Am Dienstagmorgen fuhr Daphne zu Murrays Elternhaus, denn als er in der Woche zuvor am offenen Grab seines Vaters neben ihr stand, hatte er sie darum gebeten.

Für Ende Mai war es heiß und trocken. Der Flieder, der die Veranda umgab, hing in voller Blüte herab. Verstört von dem widerlichen Geruch, klopfte sie an die zweiflüglige Eichentür.

Bevor sie kam, hatte Murray im Blue Moon zwei Becher Kaffee geholt und dankbar die Beileidsbekundungen der jungen Kellnerin an der Kasse entgegengenommen, und dann die des Besitzers, der gleich nach vorn gekommen war, als er Murray erkannt hatte.

Er setzte sich mit Daphne an den kleinen Küchentisch und gab ihr einen schwarzen und inzwischen nur noch lauwarmen Kaffee. Auf dem Tisch lag immer noch eine der vielen bestickten Tischdecken seiner Mutter, sie war vielleicht erst vor zehn Tagen gebügelt worden und hatte ordentliche, rechteckige Falten. »Wie soll ich anfangen«, sagte er.

»Patrick hat gesagt, daß Mary sich alles zuerst ansehen darf«, sagte Daphne. »Das war gut von dir. Sie liebt altes Zeug. Sie freut sich sicher über alles, was du ihr schenkst.«

»Hat Patrick dich angerufen?« fragte Murray.

»Er ruft mich seit neuestem ein- oder zweimal in der

Woche an«, sagte sie. »Er hat nie besonders viel zu sagen, also ist es mir meistens ein Rätsel, warum.«

»Wir haben uns am Samstag mal unterhalten«, sagte Murray.

»Ich habe davon gehört«, sagte sie mit unerbittlichem Gesicht.

Er wollte auf keinen Fall, daß das gewöhnliche Spiel zwischen Mann und Frau daraus wurde. »Hat er dir erzählt, daß ich Charlotte verlasse?«

»Oh«, sagte sie. »Nein.« Sie bedeckte ihren Kiefer mit der Hand, wie sie es immer tat, wenn sie den Eindruck hatte, daß ein Gespräch jemandem etwas bedeutete. »Ich habe nicht gemerkt, daß es so viele Probleme gab.«

»Ach, so viele und noch mehr«, sagte er.

Sie ließ ihre Hand sinken und folgte mit dem Finger einer Bügelfalte im Tischtuch, dann nahm sie ihn von der Falte weg und umkreiste sanft ein malvenfarbenes Stiefmütterchen. »Stell dir vor, Frauen sitzen den ganzen Tag herum und machen diese Arbeit. Oder wahrscheinlich machen sie das, wenn die schwerere Arbeit getan ist. Wie es wohl wäre, wenn man alle schönen Sachen selbst machen würde. Aus einfachem Stoff, aus bunten Fäden. Aus nichts.«

»Du weißt doch, was kommt«, sagte er.

»Nein«, sagte sie und wandte ihr Gesicht der Wand über der riesigen alten Spüle zu, weg von dem, was sie kommen sah.

»Und wenn du raten müßtest ...?« sagte er.

»Dann würde ich raten, daß du an einen ganz besonders schlimmen Sturm denkst«, sagte sie.

Er nickte.

»Um einen Sturm herum sollte man sein Leben lieber nicht planen«, sagte sie.

»Damals warst du noch mit niemandem zusammengewesen«, sagte er.

Sie sah ihn wieder an. »Seither aber schon«, sagte sie.

»Du hast mich auf den Geschmack gebracht«, sagte sie, riß die Augen weit auf und versuchte zu lachen, ihn zum Lachen zu bringen.

»Erzähl mir niemals etwas von jemand anderem seither«, sagte er. »Das würde obszön für mich klingen.«

»Das hatte ich nicht vor«, sagte sie. »Glaub mir. Und ›obszön‹ ist ein ziemlich seltsames Wort. Du und Charlotte, ist das obszön?«

»Das Thema sollten wir lassen«, sagte er.

»Ich bin jetzt erwachsen, Murray«, sagte sie. »Ganz erwachsen.«

»Wenn ich sie verlasse, kommst du dann mit mir nach Toronto?« Er strich sich mit einer Hand durch sein schütter werdendes Haar, keine nervöse, sondern eine abwesende Geste. »Wir sollten heiraten. Ich möchte gerne, daß wir Kinder haben.«

»Wenn ich ja sage, beendest du deine Ehe, und wenn nicht, bleibst du?«

»Du bist der einzig wirklich gute Grund, Charlotte zu verlassen«, sagte er. »Es wird sie verletzen. Ihre Eltern werden sich sicher aufregen, und vielleicht sogar Bill und Margaret.«

»Du könntest es allein versuchen«, sagte sie. »Das tun viele Leute. Und mit Erfolg.«

»Das würde nicht viel ändern«, sage er, aber dieses Thema wollte er nicht weiter vertiefen. Am Grab seines Vaters hatte er beschlossen, daß er nicht versuchen würde, sie mit so etwas für sich zu gewinnen. »Schau«, sagte er. »Es war ein Fehler. Damals habe ich es für eine gute Idee gehalten, aber es war ein Fehler.«

»Du warst so wild auf sie«, sagte sie. »Das war so offensichtlich, daß es peinlich war.« Sie legte wieder die Hand auf ihren Kiefer. »Du hast sie die ganze Zeit angefaßt, öfter, als du jemals jemand anderen angefaßt hast. Aus den fadenscheinigsten Gründen.«

»Das ist mir klar«, sagte er. »Es war so.«

»Was du jetzt vor dir siehst, ist keine Frau wie Charlotte«, sagte sie. »Aber ich nehme an, daß dir das klar ist.«

»Standardmodell«, sagte er. »Das war an dem Abend hinter dem Casino eines der wenigen Dinge, die du gesagt hast und die ich hören konnte.«

Sie erstarrte. Diesmal lachte sie nicht. »Das darfst du nicht sagen. Ich darf das sagen, aber du nicht.« Sie schob ihren Stuhl ein wenig vom Tisch zurück, schlug ihre überdurchschnittlichen Beine übereinander und strich ihren Velourslederrock glatt. Der Rock war sehr kurz, wie alle Röcke jetzt. »Ich habe mich nie beschwert.«

»Nicht«, sagte er. »Komm schon.«

»Ich gebe zu, daß ich darüber nachgedacht habe«, sagte sie. »Ich habe es mir vorgestellt.«

Er griff nach ihr und berührte sie, er hielt ihren Unterarm fest, und sie ließ es zu, auch wenn keine Veränderung in der Luft lag und zeigte, daß er sie berührte. Die Bewegung ging nur in eine Richtung, als hätten die Nervenenden in ihrer Haut eine kleine Invasion entdeckt und abgewehrt. Sie kannte das Gefühl und wußte, daß wieder etwas fehlte. Ihre Haut hatte das schon öfter für sie getan. Ein gesunder Körper tut das ständig, dachte sie.

»Du hast es dir ausgesucht«, sagte sie. »Du hast gewählt. Und nicht mich.«

»Du hättest es verhindern können«, sagte er.

»Und wie genau hätte ich das machen sollen?« fragte sie. »Ich war zweiundzwanzig, als du sie geheiratet hast. Ich hatte keine Ahnung, was ich fühlte. Ich wußte nichts, sogar noch weniger, als ich jetzt weiß, wenn das zu glauben ist. Außer, daß du dermaßen heiß auf sie warst, dermaßen kopflos, dermaßen gaga, vollkommen hinüber und blöd wie ein Zaunpfahl. Das muß Liebe sein, habe ich gedacht. Ihre Vollkommenheit, deine Idiotie.«

»Die ganze Zeit hast du mich behandelt wie irgendeinen

langweiligen, alten, zuverlässigen Freund, und in dem Sommer, nachdem ich sie geheiratet hatte, hast du dann im Casinoschuppen für mich deinen Badeanzug ausgezogen.«

»Aber ich habe das nicht kommen sehen«, sagte sie. »Das im Casinoschuppen war eine echte Überraschung für mich.« Sie trank ihren kalten Kaffee aus. »Vielleicht habe ich damals gedacht, daß es egal ist«, sagte sie. »Weil alles entschieden war. Festgenagelt. Abgeschlossen. Ich wollte, was ich wollte, und vielleicht hatte ich Angst, zu jemand anderem zu gehen. Vielleicht habe ich gedacht, daß du das verstehst. Und überhaupt«, sagte sie, »ich habe versucht, in diesem Vorfall nur eine Art sehr ausführliche Umarmung zu sehen, auch wenn ich vermutlich aufgekratzt war und vor lauter Neugier ganz heiß, und wahrscheinlich auch, weil ich ein Bedürfnis hatte, ein ganz bestimmtes Bedürfnis.«

»An den ausführlichen Teil erinnere ich mich«, sagte er.

Sie nahm ihm den leeren Kaffeebecher aus der Hand und ließ ihn in ihren eigenen leeren Becher fallen. »Vielleicht ist damals noch etwas anderes passiert«, sagte sie. »Was ich erst vor kurzem verstanden habe.«

»Was, etwas anderes?« fragte er.

»Wenn ich dich geliebt hätte«, sagte sie, »dann hätte ich gewissermaßen mit gebrochenem Herzen dahinsiechen müssen, als du dich für sie entschieden hattest, sie geheiratet hattest. Als ich dich nicht haben konnte, hätte ich dich noch viel mehr wollen müssen. Habe ich aber nicht. Ich wollte dich fast gar nicht, und deswegen konnte ich auch meinen Badeanzug ausziehen.« Sie stand auf und warf die leeren Pappbecher in den Müllsack, der neben der Hintertür stand. »Ich glaube nicht, daß das so funktioniert. Oder? So kann man doch keine Geschichte erzählen. So kann man kein Lied singen.«

»Lieder und Geschichten«, sagte er, »sind keine zuverlässige Orientierung im Leben.«

»Ich kann nicht«, sagte sie.

»Erklär es mir«, sagte er.

»Gerade du hättest es wissen müssen. Und du hast es nicht gewußt. Du hast mich nicht in Betracht gezogen. Also warum sollte ich dir jetzt vertrauen?«

Murray lehnte sich zurück. Vielleicht spielt Zeit hier eine wichtige Rolle, dachte er. Und das ist alles, was ich habe. »Wie wär's, wenn alles zunächst so bleibt, wie es ist, und du über unsere Möglichkeiten nachdenkst«, sagte er. »Ich tue nichts. Ich warte so lange, bis du dich entschieden hast.« Er beschrieb ihr mögliches Leben nicht, er sagte ihr nicht, daß er bereit war, ihren dünnen kleinen Körper in jeder Nacht ihres Lebens festzuhalten. Es wäre ganz leicht gewesen, das zu tun, denn er hatte sich ganz genau vorgestellt, wie es sein könnte, aber er tat es nicht.

»Ich würde gerne Kinder haben«, sagte sie und lehnte sich an die Spüle. »Und eins von dir wäre das Allerbeste.«

»Du hast also nicht vor, jemand anderen zu heiraten?«

»Nein«, sagte sie. »Habe ich nicht.«

Er war bereit, klar gegliedert zu sprechen und sie mit guten Argumenten, mit Logik in eine Ecke zu drängen, aber er verbot es sich. Sie hatte gerade etwas von dem gesagt, was er hören wollte, und er glaubte, daß sie das, was sie gesagt hatte, vielleicht zurücknehmen würde, wenn er den Mund aufmachte, und das wäre viel schlimmer, als es nie gehört zu haben. Er haßte Frauen am meisten, wenn sie etwas sagten und dann einen Rückzieher machten und alles zerstörten.

»Wie wär's, wenn wir jetzt gleich Liebe machen?« fragte sie. »Wie wär's, wenn ich ein Baby für uns kriege? So weit könnten wir gehen.«

Das hatte er nicht hören wollen. Das hatte er sich nicht ein einziges Mal vorgestellt. »Ein uneheliches Baby?« fragte er.

»Das Baby würde es gut haben«, sagte sie. »Später kannst du vielleicht wiederkommen und sehen, ob es dir gefällt, wie ich eigentlich ausgesehen hätte.«

Er war darauf vorbereitet, sofort einzugreifen, falls sie anfangen sollte, über ihr Gesicht zu reden. Er hielt die Worte schon seit längerem bereit, seit sein Schuldgefühl sich endlich und beinahe unmerklich zur läßlicheren Sünde, zur tiefen Reue gewandelt hatte. Und es war für ihn kein Akt der Selbstsucht gewesen, dieses Schuldgefühl abzustreifen. Er hätte sie niemals vorsätzlich verletzt, in zehntausend Jahren nicht, und jetzt, wo er auf seinen Reisen eine Menge vorsätzlich verursachtes, mörderisches Leid gesehen hatte, glaubte er, daß es Schuld ohne Vorsatz nicht gab. Daß die Schuld Hungers starb, wenn kein Vorsatz sie nährte. Diese Überzeugung hatte den jungen Mann befreit, der er gewesen war, und sie befreite auch Patrick, obwohl Murray sie nie ausgesprochen hatte. Er war kein Pfarrer. Natürlich hatte Daphne keinem von beiden Vorwürfe gemacht, damals als Kind nicht und auch nicht seither. Als Bill zum Wasserturm gerannt war, um sie in die Arme zu nehmen und zu trösten, hatte sie das gesagt, was unschuldige Leute immer sagen: »Ich hab mir weh getan.« Das war natürlich falsch. Schlimmer als falsch.

»Nicht nur kleine Brüste, sondern kleine, leicht hängende Brüste«, sagte Daphne. »Klingt das reizvoll?«

»Ich verstehe nicht«, sagte er.

»Was ich will, ist ein Kind«, sagte sie. »Ich bin im Innersten einsam, und auch wenn viele Leute sagen, daß das der schlimmste Grund ist, um ein Kind zu bekommen, ein abscheulicher, egoistischer Grund. Es ist bestimmt der allerbeste Grund, jedenfalls kommt es mir so vor. Ich habe Frauen gesehen, die ihre Babys hielten, als wären sie ihr ganzes Leben lang einsam gewesen ohne sie. Und niemand spricht aus, daß das irgendwie verdächtig ist.«

Er betrachtete ihren kleinen Körper und sah zu, wie sie die Arme verschränkte, um ihn zu schützen. Das Licht vom Fenster hinter ihr umrahmte ihr sandfarbenes Haar, das sie aus der Stirn frisiert und hochgesteckt hatte, damit man den spitzen Haaransatz sah, Sylvias Haaransatz. »Ich würde es dir so einfach wie möglich machen«, sagte er. »Ich würde dir Geld geben.«

»Das klingt ziemlich gut«, sagte sie. »Ich mag Geld. Eins von meinen Lieblingsdingen.«

»Und du sagst, jetzt ist die richtige Zeit?« fragte er. »Wir gehen jetzt nach oben?«

»Als ich aus London weggefahren bin«, sagte sie, »habe ich über dieses Haus nachgedacht. Ich habe besonders an die Veranda gedacht, die rundherum geht, an die Fliederbüsche und an die niedrigen Fichtenzweige an der Seite.«

»Es ist hellichter Tag«, sagte er. »Bestimmt sind Leute auf der Straße.« Er wartete darauf, daß sie einlenkte, daß sie Vernunft annahm war, aber sie gab keinen Zoll nach. »Wir müssen aber still sein«, sagte er.

»Diesmal still in der Stille.« Sie ging auf ihn zu, griff in seinen Schoß und zwang ihn zum Aufstehen.

Sie gingen zur Küchentür hinaus und über die Veranda um die Hausecke herum. Dort, wo die niedrigsten Fichtenzweige beinahe so dicht waren wie eine künstliche Wand, blieb Murray stehen.

Daphne stand ganz still. Sie hatte sich ihm zugewandt und starrte auf den cremefarbenen Stoff seines Hemds, auf Brust und Schultern, die noch verborgen waren. Und sie prägte sich scharf und zuverlässig ein, wie es war, bevor sie ihn im Tageslicht sah, bevor sie jeden Teil seines Körpers im Tageslicht kannte.

Wenn sie mit einem Mann zusammen war und wie ein Kind ganz genau zu erraten versuchte, was er wollte und, entscheidender, was letztlich der Preis der ganzen Sache sein würde, verspürte sie in sich fast immer den beinahe unbeherrschbaren und bestimmt verletzenden Impuls, zurückzuschrecken, wenn sich Hände nach ihr ausstreckten, und versuchte dann gleich, ihn zu ersticken. Als sie im Schutz der Fichten auf der Veranda stand, genoß sie zutiefst, daß dieser Impuls fehlte. Und sie glaubte, daß sie den Grund für sein Fehlen kannte. Ihn zu kennen, war eine Befreiung, eine herrliche, kleine Befreiung. »Ich glaube, es wäre wichtig, es wäre das beste, wenn wir versuchen, zwischen uns etwas Raum zu lassen«, sagte sie. »Das Stillsein hilft bestimmt.«

Sie soll das nur sagen, dachte Murray. Das glaubt sie eben jetzt. Er prägte sich den Scheitel ihres kleinen, schönen Kopfes ein, der gerade im Begriff war, sich zu heben. Ihr Gesichtsausdruck ist wahrscheinlich ruhig, dachte er.

Es war nicht ganz still auf der Veranda. In den Fichtenzweigen hatte sich irgendein Vogel verborgen. Der Vogel war aufgeregt, wahrscheinlich war er um die Sicherheit seines Nests besorgt, das er vor kurzem erst in der Nähe gebaut hatte. Sie konnten ihn nicht sehen, aber sie hörten, wie er es geräuschvoll verteidigte.

Mary und Andy waren draußen bei der Garage und schnitten die Ende Juli verblühten Rosen ab, als Daphne in den Garten kam und ihnen sagte, daß sie ebenfalls schwanger war. Die Jungen beschäftigten sich im Sandkasten mit ihren Lastwagen, und die Stereoanlage auf der Veranda spielte »Midnight Cowboy«, einen Song, den Andy besonders mochte, einen Song, den sie mitsummte.

Mary und Andy kannten einander nicht gut. Als Mary und Patrick gerade geheiratet hatten, war Andy vollauf mit ihren Kindern beschäftigt gewesen, und in letzter Zeit hatte Mary mit ihren eigenen beiden genausoviel zu tun, und jetzt erwartete sie ein drittes, ein letztes Baby. Paul hatte Andy ermutigt, hin und wieder nach London zu fahren und zu versuchen, Mary ein wenig besser kennenzulernen. Eigentlich meinte er das, was fast alle meinten, nämlich, mach dich davon, nimm dir etwas Zeit für dich selbst. Denk an etwas anderes als an Meg, wenigstens für ein paar Stunden. Du hast ein Recht darauf.

Andys erste Reaktion auf Daphnes Neuigkeit war ein lauter Schrei. Dann streckte sie die Arme aus, umarmte die etwas ältere Schwester ihres Mannes und trat danach zur Seite, um Mary eine Chance zu geben. Als Mary diese Chance nicht nutzte, fing Andy eilig an, Unsinn zu reden, und sprach das erste, was ihr einfiel, aus. »Und ich habe die ganze Zeit gehofft, daß ich noch mal ein Brautjungfernkleid bekomme«, sagte sie. Sie schaute zu Mary hinüber, die gerade etwas sagen wollte, und redete schnell weiter. »Mary und ich werfen uns in passenden Satin, und dazu hübsche kleine Pumps, passend eingefärbt. Ich denke da an Babyblau. Wer sagt denn, daß es für uns keinen babyblauen Satin mehr geben wird?« Sie wollte Mary etwas Zeit geben und die Leere füllen, damit Mary einen Augenblick nachdenken konnte und die Worte nicht aussprach, die ganz offensichtlich in ihrem wütenden Kopf rumorten. Es nutzte nichts.

»Habe ich richtig gehört?« fragte Mary. Sie war einen Schritt zurückgetreten, einen richtigen Schritt zurück, weg von Daphne und von Andy, die neben ihr stand.

Daphne sagte es wieder, nur das eine Wort. »Schwanger.«

Mary sah Andy an, weil sie sehen wollte, ob das vielleicht eine abgekartete, vorher vereinbarte Sache war, weil sie sehen wollte, ob Andy schon Bescheid wußte und übergelaufen war. Aber Andys Gesicht war ausdruckslos. Mary schaute Daphne an. »Und ist damit auch ein Mann verbunden?« fragte sie, und ihre Stimme kratzte wie Stahlwolle über das Wort *damit*. »Du hast doch gar keinen ...«

Marys Tonfall war für Andy ganz neu, aber als Daphne ihn hörte, erkannte sie die gespreizte Kadenz und den raschen Übergang zu einer tieferen, todernsten Stimmlage wieder. Sie wußte genau, daß sie Anklänge an diesen Ton schon gehört hatte, und sie wunderte sich über ihre eigene Tollkühnheit, über ihre eigene Unbefangenheit. Sie hätte sich mit dem Handrücken gegen die Stirn geschlagen, wenn es auch nur entfernt angemessen gewesen wäre, wenn es dort hinten bei den Rosen möglich gewesen wäre, diese Absurdität einzugestehen. Wenn sie allein gewesen wären, hätte Andy gelacht. Wenn Margaret das gehört hätte, hätte sie bestimmt gelacht.

»Ja, es gibt einen Mann«, sagte Daphne. »Das Problem liegt wahrscheinlich weniger in dem Wort ›Mann‹ als in dem Wort ›verbunden‹.«

Andy fühlte sich genauso, wie sie sich fühlte, wenn sie versuchte, den beladenen Halbtonner durch glitschigen Frühjahrsschlamm einen Abhang hinaufzufahren. Sie legte einen niedrigeren Gang ein und hoffte auf Bodenhaftung. »Immer mit der Ruhe«, sagte sie.

Mary legte einen höheren Gang ein und sagte: »Kinder brauchen einen Vater. Und du auch. Du wirst Hilfe brauchen. Es ist verdammt viel schwerer, als es aussieht. Die Geburt ist gar nichts. Die Geburt ist ein blöder Leckerbissen.«

Andy wußte, daß diese Angelegenheit sehr schnell sehr schlimm werden konnte, und sie beschloß, sich nicht weiter hineinziehen zu lassen. Sie würde alles tun, was Daphne wollte, was sie auch brauchte, aber sie würde sich nicht gegen Mary wenden. Denn sie konnte sich nur eine Zukunft vorstellen, in der es sie alle gab. Soviel sie wußte, hatte niemand die Absicht wegzugehen. Mary würde ein bißchen beweglich sein und sich auf dieses kleine Stückchen Wirklichkeit einstellen müssen. Aber in ihrem eigenen Tempo. Wie sonst kamen die Leute mit so etwas zurecht? Sie glaubte nicht, daß sie toleranter war als Mary oder ein größeres und nachgiebigeres Herz hatte. Es war ihr einfach egal, sie scherte sich den Teufel darum, solange es Daphne gut damit ging. Was auch immer es war.

Daphne war im Begriff zu gehen, sie wurde nicht wütend, und sie weinte nicht, sie drehte sich einfach um und wollte zum Tor und die Einfahrt entlang zu ihrem Wagen gehen.

Mary packte ihre Schulter. »Es tut mir leid«, sagte sie.

»Aber du bist nicht irgendso ein Hippiefreak, du bist eine Krankenschwester, Herrgott noch mal. Du bist erwachsen.«

Das hätte Daphne vielleicht von Patrick erwartet. Patrick, wahrscheinlich. Sie hätte nie behauptet, daß sie Mary gut kannte, aber sie hatte gedacht, daß Mary ein bißchen wie Margaret war, vielleicht, weil sie immer so gut miteinander ausgekommen waren. Sie hatte von Mary eine Variation dessen erwartet, was Margaret am Vormittag gesagt hatte.

Margaret hatte sich Zeit genommen und tief Luft geholt, wie sie es immer tat, bevor sie sich mit etwas abfand, und sie hatte nur gesagt: »Verstehe.« Ein wunderbares Wort. Und als Daphne mit Tee und Muffin fertig war und in die Stadt zurückfahren wollte, zu Patrick und Mary, hatte Margaret sich ihre Strategie schon ausgedacht. »Ich bringe es deinem Vater bei, überlaß das mir«, hatte sie gesagt. »Es gibt wesentlich Schlimmeres, und er gehört zu den Leuten, die davon einiges kennen. Wenn er das vergessen hat, erinnere ich ihn daran.«

»Ich bin dreißig«, sagte Daphne zu Mary. »Ich habe mir das überlegt. Ich kann arbeiten, bis man es sieht, und ich habe etwas Geld, und ich werde Hilfe bekommen.«

»Von ...?« sagte Mary.

»Von der Person, die diesem Baby helfen will.« Daphne hörte, wie ihr Tonfall sich den Umständen anglich, automatisch, wie man eine Waffe zückt. »Wenn du meine Neuigkeit nicht so akzeptieren kannst, wie ich sie dir sage, dann laß es ganz bleiben.«

»Aber das ist nicht nur dein Problem«, sagte Mary.

Andy zuckte zusammen, nicht wegen des Tonfalls, sondern wegen des Worts. Das hier war kein Problem. Sie hatte zu bestimmen, was das Wort *Problem* bedeutete, herzlichen Dank, und eigentlich sollten diese beiden überglücklichen Frauen die letzten Menschen auf der Welt sein, denen man das erklären mußte. Meg war nicht gelaufen, als sie sollte, sie hatte nicht gesprochen, als sie sollte, und dann hatte sie merkwürdig gesprochen und mit den Fäusten geschlagen, und jetzt schlug sie ständig um sich, wenn sie frustriert war, und das war praktisch in jeder wachen Minute des Tages der Fall. Meg veränderte alles und machte sogar das Frühstück zu einer Belastung. Das konnte man ein Problem nennen.

In ihrem Kopf war Daphnes Baby schon sicher geboren. Sie konnte es nicht verhindern. Das Baby war vollkommen, wie ihre ersten beiden. Sie hatte ihm schon die Sachen angezogen, die sie aufgehoben hatte, für diesen Moment, wie sie jetzt bemerkte. In ihren Gedanken wuchs es schnell, wie Kinder es eben tun, und es besuchte sie auf der Farm mit Daphne, die eine gute Mutter war, eine ausgeglichene Mutter, und es saß für ein Foto auf Pauls Knie auf dem Traktor, und Neil und Krissy hockten auf dem Radkasten, und Meg stand hinter Paul auf der Anhängerkupplung, und Meg war überglücklich und hüpfte und schrie vor Aufregung.

Sie warf ihre Gartenhandschuhe auf die Wiese und sagte, sie müsse nach Hause gehen. Sie ging ohne einen Laut den Pfad entlang und zum Tor hinaus, und sie spannte die Muskeln in ihren Schultern an, damit sie nur leicht, fast unmerklich bebten.

Es war Mary, die zusammenbrach.

Daphne betrachtete sie unbewegt. Sie faßte sie nicht an, und sie fühlte sich in keinem noch so winzigen Moment veranlaßt, sie zu trösten, wie es in solchen Situationen üblich war: Ich weiß, daß du nicht verletzend sein wolltest. Und Andy weiß es auch. Ganz bestimmt.

Sie schaute sich dieses schwangere Jackie-Kennedy-Ebenbild an, diese kleine, dunkle Frau mit den knochigen Schultern und dem dichten, dunklen Haar, die mit ihr verbunden sein würde, solange Patrick lebte und wahrscheinlich noch lange danach, und sie dachte, Mary, du hast dich zurückgezogen. Niemand hat das für dich getan. Und wie gefällt es dir, weg zu sein? Ist es da draußen besser?

Und dann ging sie, am Sandkasten blieb sie kurz stehen und zauste Johns Haar und lächelte zu Stephen hinunter, der gerade alt genug war, um zuzuhören, um zu bemerken, daß seine Mutter hinten bei den Rosen in ihre Hände weinte.

Murray hatte angerufen, und Patrick hatte ihn gebeten, in die Kanzlei zu kommen. Er hatte eine Akte angelegt und sich ein paar Notizen gemacht. Er hatte noch nicht viele Informationen, nur das Datum und den Ort ihrer Heirat, Oktober 1962, Toronto, und einen Entwurf für ein Schlichtungsangebot, das er bewußt niedrig angesetzt hatte. Er hatte keine Ahnung, wieviel Geld Murray verdiente oder wieviel Charlotte verdiente. Er wußte nicht, ob sie Geld gespart hatten, denn die beiden hatten ein ziemlich extravagantes Leben geführt, soweit er es mitbekommen hatte. Er nahm an, daß das Vermögen hauptsächlich aus Murrays Erbe bestand. Er war sicher, daß Charlottes Eltern beide am Leben und wohlauf waren, also würde ihre Zukunftssicherung nicht zur Debatte stehen, jedenfalls vor keinem Richter, den er kannte. Er fragte sich, was der verstorbene Mr. McFarlane wohl dazu gesagt hätte, daß sein mühsam erspartes Geld an diese grauenhafte Frau verschwendet wurde.

Am Telefon hatte Murray gesagt, daß es ihm lieber wäre, wenn sie sich irgendwo in der Stadt zum Dinner treffen würden, also bestellte Patrick einen Tisch im Iroquois. Er kam absichtlich einen Drink zu früh, und als der Kellner den Drink brachte, zog er den Aktenordner aus der Tasche und legte ihn ordentlich vor sich auf den Tisch. Er war nicht glücklich damit, er hatte sogar daran gedacht, die Sache einem seiner Kollegen zu übergeben, aber er wollte, daß es so schnell wie möglich ging. Wenn man Daphne sah, konnte man nicht erkennen, daß sie schwanger war, aber als er durch die drückende Augusthitze zum Restaurant gegangen war, hatte er an Ende Februar gedacht, daran, daß es ganz schnell Ende Februar werden konnte. Normalerweise konnte er sich im Sommer nicht gut an den Winter und im Winter nicht gut an den Sommer erinnern. Normalerweise war es ihm unmöglich, sich die entgegengesetzte Jahreszeit vorzustellen, ihre Freuden und ihre Nachteile.

Murray kam mit leeren Händen in das Restaurant, er hatte keine Aktentasche dabei, nichts. Vielleicht hatte er einen Steuerberater. Vielleicht wollte er Patrick an seinen Steuerberater in Toronto verweisen.

Als Murray sich setzte, schaute er kurz in den Ordner, der offen auf dem Tisch lag. »Schöner Anzug«, sagte er. »Neu?«

»Hardy Amies«, sagte Patrick. »Nicht ganz neu.«

Der Kellner war sehr aufmerksam, er hatte beobachtet, wie Murray Platz nahm, und er kam sofort und fragte: »Was darf es für Sie sein, Sir?« Sie bestellten ihre Drinks, und als der Kellner fort war, sagte Murray: »Was zum Teufel ist mit uns passiert, daß Männer mittleren Alters Sir zu uns sagen müssen? Wenn das eine Errungenschaft sein soll, dann gefällt sie mir nicht. So schlau, daß die Leute unterwürfig sein müßten, sind wir noch lange nicht«, sagte er. »Oder?«

»Nein, sind wir nicht«, sagte Patrick. »Wie läuft's?«

»Gut«, sagte Murray. »Ausgesprochen gut. Ich habe gerade erfahren, daß ich im September nach Saigon gehe, und das gleicht beinahe den Umstand aus, daß ich letztes Jahr nicht dort gewesen bin, wenn auch nicht ganz.«

Der Kellner kam mit den Drinks und mit zwei übergroßen Speisekarten zurück. Er empfahl Kalbfleisch, und beide sagten, daß sie gerne Kalbfleisch hätten, aber ohne Salat. Er ging wieder, und Patrick fragte: »Sollen wir uns damit befassen, oder willst du warten, bis wir gegessen haben?«

Murray griff über den Tisch hinweg nach dem Ordner und klappte ihn zu.

Patrick stellte ihn neben sein Stuhlbein. »Mir soll's recht

sein«, sagte er. »Ich schalte den Zähler erst ein, wenn unser Gespräch wirklich begonnen hat.«

»Ich bezahle dir die Arbeit, die du bis jetzt hattest«, sagte Murray. »Schick mir einfach die Rechnung. Aber ich habe beschlossen, mich aus allem Juristischen herauszuhalten.«

Patrick fand seinen Horizont im Namenszug des Restaurants, der in dicken schwarzen Buchstaben quer über das Tafelglasfenster geschrieben stand. Er hielt seinen Drink ruhig in der Hand, einen Zoll über dem rosafarbenen Tischtuch. »Du kannst gerne weitererzählen«, sagte er.

»Sie wird mich nicht heiraten«, sagte Murray. »Und da kann ich absolut nichts machen, also komm mir jetzt nicht schräg. Du kannst mir nicht alles in die Schuhe schieben.«

»Ich denke nicht im Traum daran«, sagte Patrick und meinte damit, daß er für seine Geringschätzung noch keine Worte gefunden hatte.

»Also werde ich Charlotte nicht alles auf einmal zumuten«, sagte Murray. »Für sie ist es in letzter Zeit nicht gerade spektakulär gelaufen. In der Arbeit. Mit ihren Eltern.«

»Das ist also dieselbe Frau, mit der du vor gerade mal drei Monaten auf gar keinen Fall weiter zusammensein wolltest? Die mit den Beinen und den Brüsten und der außergewöhnlichen, wie war das noch, Eitelkeit?«

»Das mit Charlotte und mir hat sich fast verbraucht, aber noch nicht ganz«, sagte Murray. »Es ist fast gestorben, aber noch nicht ganz. Und ich glaube, es ist allemal besser, wenn ich bleibe, bis wir miteinander vollkommen fertig sind, bis es für uns beide offensichtlich ist. Und somit unvermeidlich. Warum sollte ich mich um das Schlimmste drücken?«

»Manche Leute würden das vielleicht löblich finden«, sagte Patrick. »Aber du solltest dich aus folgendem Grund um das Schlimmste drücken: weil du ziemlich bald Vater wirst. Ich habe gedacht, du willst nicht, daß es als Bastard geboren wird. So nennen die Leute nämlich im allgemeinen

Kinder, die mysteriöserweise ohne Vater zur Welt kommen. Du hast das Wort wahrscheinlich schon mal gehört.«

»Natürlich hat es einen Vater«, sagte Murray. »Ich bin der Vater.« Der Kellner war wieder da und stellte die Teller mit dem Kalbfleisch schweigend vor sie hin. Murray dankte ihm, und er tappte davon. »Hat sie dir erzählt, daß ich der Vater bin?« fragte er. »Hast du sie gefragt?«

»Nein, das hat sie mir nicht erzählt«, sagte Patrick. »Und nein, ich habe sie nicht gefragt. Niemand fragt sie. Außer Mary, die für ihre Besorgnis einen Haufen Beschimpfungen hinnehmen mußte, die sie in keiner Weise verdient hat. Nicht von Daphne und auch von niemandem sonst.« Er hatte nicht vor, das noch lange fortzusetzen. Er wollte das Gespräch von diesem Haufen Mist befreien. Als Anwalt mußte er dafür sorgen, daß seine Klienten klarsahen und diszipliniert waren, daß sie sich von jedem unklaren, unnützen, maßlosen Gerede fernhielten, mit dem man Stunden seiner Zeit und Wagenladungen ihres Geldes verschwenden konnte. Er mußte dafür sorgen, daß sie sich ganz fest auf das konzentrierten, was das Gesetz vorsah, und darin war er ausgesprochen gut.

»Sie will mich nicht haben«, sagte Murray. »Jetzt nicht und auch nicht demnächst.«

»Und wenn sie ein Kind hat, will niemand sie haben. Ich glaube nicht, daß euch beiden klar ist, was ihr hier spielt. So eine Hirnlosigkeit hat Auswirkungen, und nicht zu knapp.«

»Und seit wann bist du der große moralische Mittelpunkt in unserem Leben?« fragte Murray. »Du hast bestimmt schrecklich viel zu tun ...«

»Du kannst doch nicht erwarten, daß niemand darauf reagiert«, sagte Patrick. »Dad ist auch nicht gerade überschwenglich vor Freude.«

»Margaret kann Bill bestimmt dabei helfen«, sagte Murray.

»Mein Gott«, sagte Patrick. Er hob mit seiner Gabel den

verkochten Spargel an und legte ihn an den Tellerrand. »Alle sind auf die gute alte Margaret angewiesen. Es gibt kein Entrinnen. Fast so lange, wie ich mich erinnern kann. Fast so lange.« Er kratzte die Soße von seinem Kalbfleisch, drehte es um und begutachtete die andere Seite. »Und immer ist sie sofort zur Stelle, bereit und willens zu entscheiden, was jeder denkt. Du lieber Gott. Als ob es ausgemacht wäre, daß sie irgendwie weise ist. Ist sie aber nicht.« Er hatte ein Stück von seinem Kalbfleisch abgeschnitten, aber es blieb auf seiner Gabel stecken.

»Margaret kann immer nur abwiegeln«, sagte er. »Sie ruft überall an, wiegelt ab, putzt einen Schrank aus oder zwei und baut dann einen Stapel Lachssandwiches auf. Und dann verteilt sie ihre kleinen Aufgaben, damit wir etwas zu tun haben, für den Fall, daß wir vielleicht zum Ausdruck bringen wollen, was wir in unseren eigenen gottverdammten Köpfen haben.«

»Klingt irgendwie nach Haß«, sagte Murray.

Patrick lehnte sich zurück. »Ich sollte das eigentlich niemandem erklären müssen, und dir schon gar nicht«, sagte er. »Als meine Mutter gestorben war, hätten sie uns länger in Ruhe lassen müssen«, sagte er, und er hielt sein Plädoyer. »Es hatte viel länger dauern müssen.«

»Und ich habe immer gedacht, daß Margaret eine richtige Heilige ist«, sagte Murray.

Patrick beriet sich mit sich selbst und schluckte die Worte hinunter, die hinten in seinem Hals bereitstanden. Statt dessen sagte er etwas ruhiger: »Ich habe schon immer gedacht, daß es vielleicht nicht ganz uneigennützig war, als Margaret in unser Leben gekommen ist, daß es durchaus beträchtliche und offensichtliche Vorteile für sie hatte. Und wenn ich richtig informiert bin, wird man nicht heiliggesprochen, solange man nicht tot ist. Es ist aber meine Mutter, die tot ist«, sagte er. »Erinnerst du dich vielleicht noch ein kleines bißchen daran, wie tödlich ...?«

»Warum solltest nur du dich daran erinnern?« fragte Murray. Er hatte nicht aufgehört, sein Kalbfleisch zu zerschneiden. Er hatte nicht aufgehört zu essen, und er hatte auch nicht vor, das zu tun. »Ich war dabei. Du hast es nicht gepachtet.«

»Weißt du, was sie zu mir gesagt hat, als Daphne gestürzt war?« fragte Patrick. »Nach den ganzen Operationen und den Drähten und den Klemmen, als klar war, welchen Preis Daphne würde zahlen müssen, und als sie sich immer noch geweigert hat, auch nur ein bißchen zu weinen, auch nur zuzugeben, daß ihr etwas Schlimmes zugestoßen war?«

»Ich weiß, was sie zu mir gesagt hat«, sagte Murray.

»Sie hat gesagt, vor Daphnes Kiefer muß Schluß sein«, sagte Patrick. »Genau da. Sie hat gesagt, wenn ich durchs Leben laufe und mir Vorwürfe mache, wird alles nur noch viel schlimmer. Und daß ich auf sie aufpassen soll, daß Paul das nicht kann, weil er nicht das richtige Herz dafür hat, daß Paul ihr eigenes weiches Herz hat. Sie hat gesagt, daß ich genau so ein Herz habe, wie Daphne es braucht.«

Als Murray das hörte, erinnerte er sich an einige andere Dinge, die in dieser Küche, in diesem Wohnzimmer gesagt worden waren. Und er fühlte sich ein wenig betrogen. Er hätte gerne gleich an Ort und Stelle jemanden gehabt, den er fragen konnte, was für ein Herz er genau hatte. Vielleicht wußte der Kellner das. Aber es war natürlich niemand da, den er fragen konnte, nicht mehr. Ihm mußte die Güte genügen, die Sylvia sich am Küchentisch ausgedacht und ihm zugewiesen hatte, die Großzügigkeit, die in dieser Zuweisung lag.

Und sie hatte ihm genügt. Wahrscheinlich war der Junge, der er gewesen war, aus diesem Grund dorthin gegangen, als hätte er gewußt, daß Sylvia ihm seine Güte geben würde, wenn er nur lange genug dort herumhing.

»Wenn ich dir zuhöre«, sagte er zu Patrick, »kann ich

etwas hören, das ganz nah an ihrer eigentlichen Stimme ist. Weißt du, das hat sie erkannt, als sie im Sterben lag, daß wir uns unsere Worte aussuchen. Daß wir das herstellen, was wir sagen. Was wir sagen, gehört uns.«

Patrick war erschöpft. Vielleicht lag es nur an der Kombination von Augusthitze und Scotch, aber er hatte genug. Er spürte, wie sein Körper sich verspannte, und konzentrierte sich darauf, seine Rückenmuskulatur zu lockern, und er fragte sich, ob es das war, was die Frauen machten, ob sie so im Dreck nach einer Art Wahrheit wühlten und die Eingeweide, die unansehnlichen Eingeweide nach außen kehrten, ob es das war, was Mädchen und später Frauen machten, wenn sie zusammenhockten und sich gegenseitig zuhörten mit ihrer angespannten, einschüchternden Ausschließlichkeit. Er wollte damit nicht das geringste zu tun haben.

Aber er war in die Enge getrieben. Er glaubte, daß er kaum eine Wahl hatte. Wenn er Murrays Freund war, und nur dessen war er sich sicher, dann wäre es unmenschlich, wenn die Frage unbeantwortet blieb. »Was hat sie zu dir gesagt?« fragte er.

»Sie hat gesagt: ›Bei Daphne mußt du in Führung gehen‹«, sagte Murray. »Sie hat gesagt: ›Du und ich, wir sind die einzigen, die wissen, wieviel sie dir bedeutet.‹ Sie hat gesagt, sie glaube, daß am Ende alles gut werde.«

»Und das hier ist jetzt ›am Ende‹?« fragte Patrick. »Daphne und ihr uneheliches Kind sind hier bei uns, und du bist weg und lebst anderswo dein normales, geschäftiges, kultiviertes Leben?«

»Ich vertraue ihr, sie weiß, was sie tut«, sagte Murray. »Weißt du noch, wie sie sich selbst ›deee-formiert‹ genannt hat?«

»Aber sicher«, sagte Patrick. »Ich habe das gehaßt. Ihr Kiefer ist verkehrt, aber so verkehrt ist er auch wieder nicht.«

Murray legte Messer und Gabel auf seinen leeren Teller.

»Sie braucht mehr Zeit, weil solche Sachen bei ihr länger dauern. Sie weiß das. Wir wissen das. Aber anscheinend will sie sich die Zeit nehmen. Und währenddessen will sie mein Kind bei sich haben.« Er zog sein Scheckbuch aus der Tasche seiner Lederjacke. »Ich lasse dir einen guten Batzen Geld hier«, sagte er. »Ich kann ihr keine Schecks ausschreiben. Ich will nicht, daß du mir sagst, wieviel ihr zusteht, sie kann haben, soviel sie will, aber wenn du die Zahlungen vielleicht verwalten würdest ...?«

»Von mir aus«, sagte Patrick.

Murray saß jetzt auf der Stuhlkante, beugte sich vor und schrieb einen Scheck aus. Man konnte seine Freude in seinem immer noch sehr ernsten Gesicht sehen, in seinen voller Zuversicht über den Tisch gebeugten Schultern. »Vielleicht könntest du einfach mit uns glücklich sein?« fragte er.

Murray hatte seine Hände mit den langen Fingern offen und mit den Handflächen nach oben mitten auf den Tisch gelegt, und Patrick schaute sie an. Er versuchte zu denken, vielleicht gibt es hier nichts zu verlieren. Er versuchte, Murray gerecht zu betrachten, als einen Mann, der in einem großen, wogenden Durcheinander steckte, als einen schwierigen, lästigen, loyalen Mann. »Sei ganz vorsichtig mit Charlotte«, sagte er. »Es kann ziemlich hart sein für eine Frau. Auch wenn es das ist, was sie will.«

»Wäre es dir vielleicht möglich, irgend etwas Gutes darüber zu sagen?« fragte Murray.

»Wir sorgen dafür, daß es ihnen gutgeht«, sagte Patrick.

Murray ballte seine Hände zu Fäusten und öffnete sie wieder. »Sag mal ›glücklich‹«, sagte er. »Du mußt keinen ganzen Satz bilden. Versuch nur das eine Wort.«

Patrick trank sein Glas aus und stellte es behutsam auf dem Tischtuch ab. Wie Margaret holte er tief Luft. »Glücklich«, sagte er. Er sah sich um und hob den Arm, um den Kellner herbeizuwinken.

»Ekstatisch.«

1977

Charlotte hatte schon lange genug, als sie sich für Mike entschied. Es war ihr egal, daß Murray meistens unterwegs war, denn sie hatte immer gewußt, daß die Realität so aussehen würde. Sie hatte von Anfang an daran geglaubt, daß er es schaffen würde, und es schaffen hieß von Auftrag zu Auftrag reisen, und manchmal sehr kurzfristig.

Aber es war ihr nicht egal, daß er immer und offensichtlich beschäftigt war, wenn er für eine Weile da war, und beschäftigt war nur ein anderes Wort für abwesend, es war eine andere Art, fort zu sein. Es gab einen Song, sie wußte nicht mehr, was für ein Song oder wer ihn gesungen hatte, aber sie erinnerte sich an die Wendung »ununterbrochen fort«. Jemand war »ununterbrochen fort«.

Nicht einmal Sex schien er noch besonders zu brauchen, mit ihr sowieso nicht, auch wenn sie hin und wieder merkte, daß ihr Körper ihn immer noch fesseln konnte, so, wie er war. Sie glaubte, daß sie aus Stolz mit diesen regelmäßigen schlafwandlerischen Paarungsversuchen anfing, weil sie ihn dann daran erinnern konnte, daß er etwas zurückließ, was er eigentlich wunderschön fand. Es war nichts Trauriges dabei. Inzwischen glaubte sie nicht mehr daran, und Murray auch nicht.

Von Murray hatte sie gelernt, daß die körperliche Zuwendung eines Mannes, gelegentlich oder nicht, auf keinen Fall als Beweis für irgend etwas verstanden werden durfte, und als sie das gelernt hatte, wurde ihr klar, daß sie es spät gelernt hatte. Dieses wundersame, halsbrecherische Bedürfnis schien für etwas zu stehen, das man nicht in Worte fassen konnte, für etwas, das über die gewöhnliche Artikulation hinausging und das selbst beim schlichtesten aller Männer noch erstaunlich und berührend war, aber in Wirklichkeit sprach es nur für sich selbst. Es war ein Bedürfnis, das nichts anderes als ein Bedürfnis befriedigte. So hatte man es ihr leise und züchtig erklärt, als sie noch ein ungläubiges Mädchen war, und damals hatte sie mit ihrem ganzen pumpenden Herzen gewollt, daß es anders war, sie hatte gewollt, daß die Männer, die sie lieben würde, Ausnahmen von dieser beschissenen Regel waren und absolut ihr gehörten. Aber es war die Wahrheit.

Mit Mike hatte sie eine ganz neue Einstellung angenommen. Sie war jetzt der Meinung, daß es sicherer war, die Sache wissend anzugehen. Wissen stand dem Glück nicht notwendigerweise im Wege, denn es gab noch immer eine befriedigende und überraschende Auswahl an Zuneigung, Spaß und Respekt. Sie hatte mit Männern gearbeitet, ernsthaft und produktiv mit Männern gearbeitet, und sie wußte schon lange Bescheid über ihr trügerisch entspanntes Streben nach Macht, sie hatte durch Zusehen gelernt, wie sie bekamen, was sie wollten, und dabei ganz gut aussahen. Aber auf lange Sicht war das alles nichts, im Vergleich mit dem Wissen darum, wie Männer liebten.

Manchmal fragte sie sich, ob sie mit Murray Zeit geschunden hatte, ob sie sich aus Angst vor der absoluten Leere, die vielleicht kam, wenn sie allein lebte, mit allem abgefunden hatte. Lieber etwas Schreckliches als etwas Leeres. Aber das war jetzt gleichgültig. Jetzt war alles in Ordnung, denn Mike war da, und er war bereit und willig und hielt sich wunderbar. Murray war natürlich nie in Gefahr gewesen, sich leer zu fühlen.

Sie hatte sich schon lange nicht mehr von der Sippschaft einschüchtern lassen, die Murray mit in die Ehe gebracht hatte oder die gerne mitgekommen wäre. Sie hatte sich schon seit Jahren geweigert, dort hinzufahren. Seit wann? Seit diesem mißlungenen Postkarten-Weihnachtsfest 1962? Nein, es war ein bißchen später gewesen, im Häuschen draußen, in Dunworkin, es war der Sommer vor der Fahrzeugkolonne in Dallas, bevor Jackie Kennedy der Welt zeigte, daß eine Frau manchmal einfach nur aus einem verdammten Wagen kriechen will. Jedenfalls bald nachdem glasklar geworden war, daß sie sich enorme Mühe geben sollte, sie alle kennenzulernen, mit ihnen warmzuwerden, sich ihnen zu fügen. Daß sie am Spülbecken stehen und das verdammte Geschirr abwaschen sollte. Damals hatte sie fünfzig Stunden in der Woche gearbeitet, Herrgott noch mal.

Als sie sich zum letzten Mal Mühe gegeben hatte, und sie hätte diese Mühe tapfer genannt, jeder hätte das getan, war sie anschließend mit Murray im Wagen nach Toronto zurückgefahren, und sie hatte ihm endlich gesagt, was sie dachte. Sie hatte Murray gesagt, daß sie durchaus sah, daß es nette Leute waren, daß sie aber einfach nicht besonders interessant für sie waren. Keiner von ihnen. Sie hatte ihn gebeten, ihr zu erklären, warum er sie um alles in der Welt außergewöhnlich fand. Ob er irgend etwas dazu sagen konnte? Sicher, die Frauen arbeiteten, wenn sie sich nicht vermehrten, aber nur in den Jobs, die man erwartete. In Jobs, die einem sowieso gleich einfielen. Und die Männer. Richtig, die Männer. Sie riskierten nichts. Es war das größte Risiko in ihrem Leben, am Tisch auch einen Platz für das Minenfeld Meg zu decken und abzuwarten, was für Greueltaten sie an ihnen vollziehen würde, oder Paul und Andy, die ihren verdammten Mais anpflanzten und den Markt beobachteten, um zu sehen, ob sie im Herbst nur reich oder stinkreich sein würden. Und das Schlimmste, das unentrinnbar Schlimmste war ihre immerwährende, ungeheuerliche gegenseitige Anteilnahme, ihre ständigen Zusammenkünfte, ihre gnadenlose, öde Annahme, daß sie einander retten konnten. Daß Rettung möglich war.

Sie hatte ehrlich erwartet, daß Murray die Familie verteidigen würde. Sie nahm an, daß sie ihn verletzt hatte. Aber er hatte nur mit seinen abfallenden Schultern gezuckt, die sie damals geliebt hatte, ach, sie hatte doch jeden Zoll seines knochigen Körpers geliebt, und war weitergefahren.

Seine Eltern waren gar nicht so übel. Mr. McFarlane war ein langatmiger Gentleman alter Schule, und seine Mutter, die ohne Hoffnung auf Befreiung im alten Stonebrook festsaß, hatte den kühnen Versuch unternommen, sich ein ruhiges, zivilisiertes Leben einzurichten. Und Patrick war nicht übel. Patrick hatte sie gemocht. Aber man konnte ihm nicht näherkommen, ohne über alle anderen zu stolpern. Sie waren ein Mob, ein unbeweglicher kleiner Haufen jaulender, unscheinbarer, selbstzufriedener, was? Landeier? Das war wahrscheinlich ein bißchen unbarmherzig. Wie auch immer. Wie auch immer. Das war alles eine alte Geschichte, und jetzt, wo sie mit Mike zusammen war, würde es bald eine tote Geschichte sein.

Sie hatte Mike bei der Arbeit kennengelernt. Er schrieb für ihr Nachrichtenteam, sie hatten fast zwölf Jahre beinahe Seite an Seite gearbeitet, gemeinsam Stories verrissen, hatten einander vielleicht eine Million Male angesehen vor diesem ganz normalen Abend, an dem alle zusammen zum Abschalten in die Bar gegangen waren. Es wurde gerade über Peter Finchs Vorstellung in *Network* gesprochen, als sie einander plötzlich mit anderen Augen sahen. Mike war sehr, sehr gescheit und lustig, unglaublich lustig. Er hatte ein fabelhaftes Klatschmaul, wußte über eine Menge Leute wunderbares, übles Zeug, und er liebte schmutzige Details. Aber sein Hauptmerkmal war, daß er nicht automatisch annahm, daß schöne Frauen begriffsstutzig waren, und aus ihrer Perspektive war das ein entscheidendes Merkmal. Er sah nicht besser aus als Murray, aber er war blond und trug einen graublonden Bart und fabelhafte Kleider, er hatte einen fabelhaften Stil. Und er war absolut zufrieden mit sich selbst, weswegen es im Bett so viel besser war.

Die besten Leute, die sie kannte, sogar oder vielleicht gerade die, die nicht besonders gut aussahen, hatten alle Stil, und nichts davon war Zufall. Im Gegensatz zur allgemeinen Vermutung verlangte Stil nicht viel Zeit und auch nicht viel Geld. Man mußte nicht aussehen wie Warren Beatty oder Diane Keaton. Man mußte sich nur dafür entscheiden, wie ein verdammter Jemand auszusehen, dafür, sich wie jemand zu benehmen, der in einer wichtigen Welt wichtig war.

Sie hatte Murray einen Drink eingeschenkt und ihm gesagt, daß sie seit einem Jahr mit Mike schlief, ungefähr, und er hatte nichts zu sagen gehabt außer: »Den kenne ich. Das ist der mit den guten Zähnen.« Er hatte ihr keine Vorwürfe gemacht. Es gab kein Geschrei und kein schweres Atmen, das sich dann vielleicht in bedrückendes Schluchzen aufgelöst hätte, und Gott sei Dank erhob sich zwischen ihnen auf dem Sofa kein gewaltiger, melodramatischer Schmerz, und das war gut so, denn sie haßte Melodramen wirklich sehr. Sie verachtete sie. Sie hätte sich sehr aufgeregt, wenn Murray die Sache in diese Richtung getrieben und versucht hätte, eine Inszenierung daraus zu machen. Aber er stellte einfach seinen Drink auf den Tisch und stand auf und verließ das Stadthaus. Wie ein Mann, hatte sie gedacht. Er glaubt, er geht hinaus wie ein Mann. Zu seinem Rücken sagte sie: »Danke, Murray«, sonst fiel ihr nichts ein.

Sie ging davon aus, daß er sogleich zu Patrick gehen und mit der Verteidigung des großen McFarlane-Vermögens beginnen würde. Er würde bald feststellen, daß sie ihrerseits schon bei einem Anwalt gewesen war. Er würde bald lernen, wie man durch zwei teilt. Mike hatte fast nichts mehr übrig, denn er hatte eine wahrscheinlich sehr viel kleinere Menge Geld aufteilen müssen, als er seine Frau verließ, und seitdem wurde natürlich von ihm verlangt, daß er jedes Jahr, Monat für Monat Unterhalt für die Kinder zahlte. In den meisten

Ehejahren hatte seine Frau nicht »außerhalb des Heims« gearbeitet. Sie hatte das häusliche Leben vorgezogen, zu Hause mit den Kindern, zu Hause mit den Keksen. Sie hatte es vorgezogen, sein Geld auszugeben, als wäre es ihr eigenes, und sieben Jahre später tat sie das immer noch. Wenn Mike sauer war, nannte er sie »das Faß ohne Boden«, wenn er wieder einmal feststellte, daß er etwas wollte und es sich nicht leisten konnte.

Aber diese erste Frau hatte sich um Mikes Kinderwunsch gekümmert, also würde es dort keine Probleme geben, es würde keine unerwarteten Hoffnungen geben. Sie war ohnehin fast darüber hinaus. In zwei kurzen Monaten würde sie vierzig Jahre alt werden, und die Leute würden bald aufhören, ihr diese gefürchtete, furchtbare Frage zu stellen. Die Leute würden bald aufhören, in ihr eine offenkundig kräftige Zimmerpflanze in einem hübschen Topf zu sehen, die sich weigerte, zu blühen.

Mikes Kinder, deren hübsch gerahmte Fotos in seiner Wohnung auf jeder ungenutzten Fläche standen, lebten das ganze Jahr über in Victoria bei ihrer Mutter und deren neuem Ehemann, einem wirklich netten Kerl, wie Mike sagte. Natürlich kamen die Kinder weiterhin zu Besuch. Sie hatte sie schon einige Male gesehen. Gar nicht so übel, die Kleinen, ruhig und freundlich, vielleicht ein wenig verschreckt ihretwegen. Aber das war unter diesen Umständen ganz normal. Zuletzt hatten sie sich im März gesehen, als sie und Mike kurz und spontan zum Skilaufen nach Whistler gefahren waren, beide Mädchen hatten dringend einen anständigen Haarschnitt gebraucht, aber einer der Jungen schien ganz gescheit zu sein, und das war möglicherweise interessant.

Daphne war nicht überrascht, als der Anruf kam, auch wenn sie niemals Interesse an den Einzelheiten gezeigt hatte, und wenn Murray hin und wieder offenbar unbedingt über Charlotte, über seine lächerliche Ehe hatte reden wollen, war sie eingeschritten. Sie ging davon aus, daß er verheiratet bleiben würde.

Das tat sie nicht aus Anstand oder aus ähnlichen Gründen. Sie tat es, weil sie erwachsen war, weil sie auch ohne den Vorteil direkter Erfahrung annahm, daß es sehr schwierig war, eine Langzeitinvestition von Zeit und Energie aufzulösen, und von gutem Sex, wie sie grundsätzlich vermutete, auch wenn Murray das ständig abstritt. Schwer für beide Parteien. Sogar in einer lächerlichen Ehe.

Sie hatte oft gehört, daß verheiratete Leute die Wendung *es schaffen* benutzten, und andere fachmännische Wendungen wie: *es abwarten, es überstehen.* Und *Es* war dabei die Sache, die nie wirklich berührt wurde. Sie war auf einigen Hochzeiten gewesen, auch wenn sie jetzt, wo sie siebenunddreißig war, seltener wurden, und die hüpfenden Kinderreimrhythmen der Schwüre waren ihr nur zu vertraut: in Krankheit und Gesundheit, in Reichtum und Armut, in Freud und Leid.

Wenigstens hatten sie keine Kinder. Diese Wendung benutzten die Leute auch sehr oft.

Wenigstens hatte sie eins. Ein Kind.

Jetzt, wo Maggie in die erste Klasse ging, arbeitete sie wieder Vollzeit im Krankenhaus, und sie war froh, daß sie sich von Murrays Hilfe endlich ein bißchen entwöhnte. Auch wenn es ihr gefallen hatte, die Schecks einzulösen, wenn sie Geld brauchte. Eine Frau mit Kind hatte in verschiedener Hinsicht immer mit beiden Seiten zu tun, mehr Ausgaben und weniger Einkommen, mehr Forderungen und weniger Energie, mehr Kummer und mehr Freude. Mehr herzzerreißendes Leid und mehr unaussprechliche Freude. Leid immer dann, wenn Maggie verletzt war, nicht physisch, denn das war ziemlich einfach, ein zerschundenes Knie, ein Stich hier und da, sondern verletzt in ihren vertrauensvollen Augen, in ihrem kleinen, vertrauensvollen Herzen. Und unaussprechliche, absolut unaussprechliche Freude über ihre entschlossenen Leistungen: laufen, zum ersten Mal allein ins Badezimmer gehen, nach einem Sturz im Flur sagen, daß das ihre Sache war, den Frühstückstisch für zwei dekken, Plunder wie einen geheimen Schatz in ihrem Zimmer horten, genaue Bilder von dreistöckigen Häusern zeichnen und von freilaufenden Pferden auf buntscheckigen Farmen, Grandpa Bill Witze erzählen, sie für ihn aufheben, damit er lachte und sich auf die Knie schlug.

Als Maggie klein war und gerade anfing zu sprechen, sich verständlich zu machen, war sie einmal auf Margarets Schoß gekrochen, um sich auszuruhen und zu kuscheln, und dort angekommen, hatte sie sich umgedreht und mit ihren geschickten kleinen Händen Margarets Brust angehoben und geschüttelt wie ein Kissen. Sally, die damals ungefähr fünfzehn war, hatte hinter ihnen gestanden und war rot geworden, weil sie sich für ihre Mutter schämte. Aber Margaret hatte es gleichmütig zugelassen. Sie hatte nur gelacht und gesagt: »Dieses Kind wird mühelos allein zurechtkommen.«

Aber trotz alledem hatte es Tage gegeben, viele Tage, an denen Daphne Überdruß empfand, wie ihre Grandma Ferguson sich ausgedrückt hätte, dann saß sie in einsamer, gottverlassener Erschöpfung zusammengesunken in einem Sessel und trank benommen kalten Tee. Dann mußte sie sich fragen, was sie getan hatte. Und warum.

Als Maggie gerade sprechen konnte, als sie gerade anfing, den Leuten ohne irgendeine Veranlassung Namen zu geben, hatte sie auf Murray gezeigt und ihn Onkel genannt, vielleicht, weil man ihr gesagt hatte, daß »Onkel« das Wort für Männer war, die lange und gemütlich bei Grandma am Tisch saßen. Und als sie es gesagt hatte, fiel Daphne ihr ins Wort. »Nur Murray«, sagte sie.

»Weil ich nicht dein Onkel bin, Liebling«, sagte Murray. »Weil ich was viel Besseres bin als ein Onkel.«

Patrick griff sofort ein und behauptete, daß es auf der

ganzen Welt nichts Besseres gab als einen Onkel. Darüber mußten alle lachen, Maggie lachte auch, und genau das war seine Absicht gewesen. Er war immer noch der einzige, der es wußte. Er hatte es nicht einmal Mary erzählt, die annahm, daß der Vater irgendein verheirateter Kerl war, der sich in Daphnes Zuneigung hineingelogen hatte, oder irgendein anderer unscheinbarer, unverantwortlicher, träger Trottel, was auf das gleiche hinauslief. Patrick stritt nicht mit Mary, und es war für ihn letztlich eine disziplinarische Maßnahme wie jede andere, die Sache für sich zu behalten. Man beschloß es einmal und hielt sich daran.

Er hatte vor, sich auf jeden Fall danach zu richten, was Daphne sagte, wenn Maggie vielleicht eines Tages anfing, Murray ähnlich zu sehen. Wenn sie dann der Meinung war, daß man es den anderen sagen konnte, gut. Wenn nicht, auch gut. Es war Zeitverschwendung, Daphne mit rationalen Argumenten zu belästigen oder an ihren gesunden Menschenverstand zu appellieren, das brachte nichts ein.

Murray war gerade aus Jordanien zurückgekommen. Er war sehr braun und dünn, oder zumindest drahtiger, eckiger als gewöhnlich. Und müde. Aber vierzig war schließlich noch nicht alt. Er hatte sich immer wieder offensiv um Versetzungen nach Übersee bemüht, besonders in jene Länder, die man seit neuestem die Dritte Welt nannte und in denen es von Geschöpfen wie ihm wimmelte, von Männern, für die das Klima, die Topographie, die Architektur und der gewaltige Gestank erregend und manchmal sogar erstaunlich waren, die verblüffende Kraft der Armut und der Krankheit, die der Krieg freigesetzt hatte. Männer, die nahe an der Impotenz waren, denen die gnadenlose Verwirrung ihres barbarischen Zartgefühls die Sprache verschlug, die sich nur begrenzt verständigen konnten und die mit ihre nutzlosen, nachgiebigen Voreingenommenheit gestrandet waren. Einmal brachte er sich zusammen mit einem spanischen Kameramann in einer leeren, ausgebombten Straße in Sicherheit, er war selbst hungrig, völlig verdreckt und leicht verwundet von einem grapefruitgroßen Stück Beton, das von seiner Schulter abgeprallt war, und er erwischte sich dabei, wie er für einen Augenblick glaubte, daß der Krieg noch das wenigste war. Warum duldeten diese Leute den Krieg, fragte er sich, ausgerechnet diese Leute? Diese Frage war natürlich Ausdruck einer nicht zu überbietenden Naivität. Die Leute in diesen Ländern stimmten nicht ab über das, was sie hatten. Sie sahen ihre Kinder nicht in Sicherheit aufwachsen, und sie tranken kein gutes Wasser, und sie bekamen für ihre unverdienten Wunden keine angemessene medizinische Hilfe. Und was sie Land für Land erdulden mußten, waren einfach nur ein paar rücksichtslose Tiere, die an der Spitze standen, keine mattweißen Schreibtischgeneräle, wie man sie aus erklärten Kriegen kannte, sondern harte, ausdauernde Männer mittleren Alters, die so seidenweich waren, daß man dachte, sie hätten ihren Charme in der Schule gelernt. Diese Männer hatten im Ausland eine verläßliche Quelle für ihre Waffen gefunden, sie spielten ihren Charme, ihren Zauber aus und weckten damit den chaotischen, eifernden Zorn von Tausenden jüngeren Männern. Und keine Quelle war so erneuerbar und so bereit, erschlossen zu werden, wie der Zorn junger Männer.

Murray hatte das Gefühl, daß die Journalisten seit der Watergate-Affäre, in der man letztlich hilfreicherweise ein Zeichen gesehen hatte, in zwei Lager gespalten waren; es gab das Lager der Sensationshaie, die gegen die privilegierte Macht Position bezogen und dann wie Privatdetektive, wie Archäologen nach der schmutzigen Wahrheit gruben, und es gab die anderen aus seinem eigenen Lager, die wie manchmal pathetische, aber fast immer ängstliche, entsetzte Forscher eine fast geschlagene Welt durchstreiften. Dieses eine Wort hörte man allerdings nie. *Entsetzt.*

Er war mit dem Zug nach London gefahren, um mit

Daphne zu reden, denn er und Charlotte besaßen schon lange nur noch ein Auto, den alten Volvo, und der stand jetzt wahrscheinlich unbenutzt in der Tiefgarage unter dem Stadthaus in Toronto. Charlotte hatte ihn jahrelang loswerden wollen, weil sie immer Taxis nahm, und sie hatte gesagt, es wäre billiger, wenn er einen Wagen mieten würde, um nach Hause zu kommen, aber jetzt schlug sie vor abzuwarten, wie die Dinge sich entwickelten. Er nahm an, daß sie sich die Möglichkeit für einen Handel offenhalten wollte, du kannst den Volvo haben, und ich nehme die Drucke. Es gab Drucke, die er haben wollte, die er gefunden und gekauft hatte, aber er glaubte nicht daran, daß er die Kraft haben würde, sie zu bekommen. Er wollte seine Zeit und seine Energie nicht damit verschwenden, um irgendwelche Möbel zu streiten, die geliebten neutralen Möbel, die Charlotte und der Innenarchitekt ausgesucht hatten; der Innenarchitekt war ein enthusiastischer, höflicher junger Mann gewesen, und er hatte Kunden gesucht, die sich geschworen hatten, die Farben für ihre Räume selbst zu wählen.

Er hatte seit Jahren nicht mehr in einem kanadischen Zug gesessen, und es gefiel ihm nicht. Beim Fliegen hatte man keine Kontrolle, aber man kam zumindest schnell an, und Autofahren brauchte Zeit, aber man hatte zumindest den eigenen Fuß am Gas. Der Zug war gleichzeitig langsam und langweilig, unter anderen Umständen hätte er vielleicht die schüchterne, aber freundliche, dralle Frau im mittleren Alter angesprochen, die neben ihm saß und die genauso aussah, wie Andy in fünfzehn Jahren aussehen würde, wenn sie aufhörte, sich zu pflegen, er hätte sich vielleicht alles über ihre Stadt und über ihre zweifellos begabten Enkelkinder angehört, aber heute hatte er keine Lust. Er hätte die Zeit mit Arbeit totschlagen können, aber er hatte nichts dabei, denn im Hotel gab es nur neues Rasierzeug und einen neuen Satz Kleidung.

Alles war bei Charlotte im Stadthaus geblieben: die Drukke, seine Schreibmaschine, seine Akten, seine Bücher, fast alle seine Kleider, das überteuerte magnetische Schachspiel, das er in Madrid gekauft, aber nie benutzt hatte, denn er hatte sich nie die Zeit genommen, es zu lernen, seine Gebetsmühle, die Massen von Männern allen Ernstes benutzten, wie er gesehen hatte, das angelaufene Silbertablett von seiner Mutter, irgendwo weggepackt, die Kristallgläschen, die Bill und Margaret ihnen zur Hochzeit geschenkt hatten, zusammen mit einer Flasche Courvoisier, den sie damals häufig tranken, damals, in ihrer zuversichtlichen, anmaßenden Jugend.

Er hatte mit Charlotte vereinbart, daß er irgendwann sehr bald kommen und seine persönlichen Sachen, dies alles eben, zusammenpacken konnte. Sie hatte nur darum gebeten, daß er sich anmeldete. Sie sagte, sie wolle nicht, daß er unangemeldet hereinplatze. Murray nahm an, daß ihr das gefallen würde, alles zu arrangieren und ihm dann das Bild eines entspannten Mike zu bieten, der durch das Stadthaus spazierte, in ein Handtuch gewickelt, das noch vor kurzem seinen ureigensten Arsch getrocknet hatte, der am Spülbekken die Teller vom Dinner abwusch, der seine schönen Zähne mit Zahnseide bearbeitete, der im Begriff war, wieder in ihr fabelhaftes extragroßes Bett mit den vier Ahornpfosten zu steigen. In ihr Bett. Das Ding hatte Murray ein Vermögen gekostet, er hätte nie gedacht, daß er jemals so viel für ein Bett ausgeben würde, aber er hatte nicht vor, es auf die Liste zu setzen, wenn es Zeit war, das Vermögen zu teilen.

Er quälte sich nicht lange mit solchen Gedanken herum. Der Gedanke, daß Mike Charlotte anfaßte, tat ihm ungefähr so weh wie der Gedanke, daß er Brandy in eines von Bills und Margarets Kristallgläschen goß, die nach all den Jahren immer noch heil waren. Oder der Gedanke, daß er ungeniert seinen Aktenschrank öffnete und seine Ordner herausnahm, von denen einer Patricks wenige Briefe über

Maggies Geld enthielt. Es war idiotisch gewesen, diese Briefe in einem unverschlossenen Schrank zurückzulassen.

Er hatte bereits beschlossen, daß er Charlotte nichts über Maggie oder über Daphne sagen würde. Es wäre ein gewisses Vergnügen gewesen zu beobachten, wie sie die Bedeutung des Gesagten verdaute, zu beobachten, wie sie versuchte, sich zu erinnern, wie sie im nachhinein eine Bemerkung, einen Seitenblick richtig einzuschätzen versuchte, aber es war ein noch größeres Vergnügen, es ihr zu verschweigen. Er würde sie ohne weiteres verletzen, sicher. Aber nicht damit. Nicht mit ihnen.

Am Telefon hatte er Daphne gefragt, ob er dieses Mal kommen könne, wenn Maggie in der Schule war. Er war es gewohnt, sich bei dem, was er sagte, zu beschränken, wenn Maggie in der Nähe war, und seine Zuneigung zu Daphne in einer Weise zu zeigen, die niemanden verwirrte. In sechs Jahren konnte man manche Dinge ganz gut lernen. Und er ging sehr vorsichtig mit Maggies Zuneigung um. Jedesmal, wenn er durch die Tür kam, zog sie ihm die Jacke aus, dann mußte er sich auf eine Stuhlkante setzen, und sie kletterte hinter ihm hinauf und spielte Künstlerin, sie malte mit ihrem kleinen Zeigefinger Bilder auf seinen Rücken: ein Pferd, eine Lunchbox, eine Wassermelone, die Schildkröte, die sie am Ufer von Grandmas Bach hatte kriechen sehen. Er ließ sie dasselbe Bild immer wieder malen und strengte sich an, um zu raten, was es sein könnte, er nannte mit Bedacht das falsche Ding, und die zarte Berührung ihrer Hand dauerte an, während er den Umriß schon lange erkannt hatte.

Er und Daphne hatten sich auf die Unannehmlichkeiten eingestellt, die ihre gelegentlichen intimen Begegnungen mit sich brachten, darauf, daß sie immer in ein Motel gehen und dem Babysitter in Maggies Anwesenheit sagen mußten, daß sie zum Dinner und ins Kino gingen, daß sie noch nicht entschieden hatten, in welchen Film, daß sie auf dem Nachhauseweg vielleicht irgendwo noch etwas trinken würden. Aber er war dabei, sich scheiden zu lassen, und jetzt mußte man über alles ohne Umschweife reden. Er hatte beschlossen, ein offenes Gespräch zu führen.

Er nahm ein Taxi zu Daphnes Wohnung in einem bescheidenen, vierstöckigen Block aus orangefarbenem Backstein nahe am Fluß. Sie nahm ihm die Jacke ab, und er setzte sich in einen der beiden Sessel am Fenster, von dem aus man die Thames sah, oder vielmehr den großen Parkplatz und dann die Thames, auch wenn Daphne sagte, daß sie die größere Entfernung immer genoß, wenn sie dort saß, die bessere Aussicht. Sie bot ihm Kaffee an, den er gerne nahm. Den er brauchte, wie er sagte.

Daphne hielt ihre Tasse in beiden Händen, und sie nahm eine harte Haltung an, wie am Telefon, als er sie angerufen hatte. »Ach, ihr beiden«, sagte sie, als wären sie nur ein weiteres maßloses Paar im mittleren Alter. »Mein Gott«, sagte sie. »Warum muß man es sich so schwermachen. Wirklich.«

Sie trug einen dunkelblauen Kaschmirpullover, Murray wußte, daß es Kaschmir war, denn Charlotte hatte vier davon, und er hoffte, daß er ihn bezahlt hatte, daß sie einen ganz kleinen Teil des Geldes für sich genommen hatte. »Ich habe gesagt, ich warte, bis es von selbst abstirbt, und jetzt ist es tot«, sagte er. »Bald bin ich mein eigener Herr.«

Daphne versuchte es auf andere Weise. »Angeblich gibt es bei Scheidungen eine Trauerzeit«, sagte sie. »Wut, Kummer, Weigerung, es zu glauben. Nicht in dieser Reihenfolge, aber in irgendeiner Reihenfolge. Du mußt dir Zeit nehmen, um dich daran zu gewöhnen.«

»Ich bin gerade zwei Stunden Zug gefahren«, sagte er. »Wie wär's damit: Ich glaube es, ich habe es akzeptiert, und ich bin froh?«

»An deiner Stelle wäre ich nicht zu froh«, sagte sie. »Nicht zu öffentlich froh. Es trifft dich vielleicht später, man hört oft von verspäteten Reaktionen, und dann kommst du dir vor wie ein Idiot. Du hast viel in sie investiert.«

»Ziehst du jetzt nach Toronto?« fragte er.

»Ich glaube nicht, daß ich das kann«, sagte sie.

»Nicht jetzt gleich?« fragte er.

»Für längere Zeit nicht«, sagte sie. Sie stand auf und holte den Kaffee vom Herd, um ihre nicht einmal halb geleerten Tassen aufzuwärmen. »Du weißt besser als jeder andere, wie gut es für Maggie war, hier zu wohnen«, sagte sie beim Einschenken. »Nicht zu nahe an zu Hause, aber nahe genug. So ist das mit einer Familie. Wenn man sie braucht, kann sie wie eine Familie sein.«

Das war genau die Antwort, die er erwartet hatte.

»Ich habe gerade angefangen, im Krankenhaus wieder Vollzeit zu arbeiten«, sagte sie. »Das hat Patrick dir wahrscheinlich erzählt. Nachts kommt Mrs. Warren von gegenüber und schläft hier. Sie braucht das Geld, und Maggie mag sie, und ich vertraue ihr. Sie hat sechs Kinder alleine großgezogen, und ich glaube, ich kenne sie alle. Sie haben sich offenbar ganz gut gemacht.«

»Ich habe überlegt, ob ich hierherziehen soll«, sagte er. »Vielleicht kann ich es so einrichten, daß es funktioniert. Wenn ich vier Nächte in der Woche in Toronto bleibe, eine kleine Wohnung behalte.«

»Wenn du hier bist«, sagte sie. »Wenn du nicht unterwegs bist.«

»Natürlich«, sagte er. »Wenn ich nicht unterwegs bin.«

»Ich kann mir vorstellen, daß es im praktischen Sinne funktioniert«, sagte sie.

»Aber sonst nicht?« fragte er.

»Wann sind wir zum letzten Mal zusammengewesen?« fragte sie. »Vor drei Monaten?«

»Und das gehört dann auch der Vergangenheit an«, sagte er. »Wir müssen jetzt nicht mehr ohneeinander auskommen. Nicht mehr so lange.« Er schaute sie an, wie alle Liebenden schauen, wenn sie an etwas denken, was sie einander verdanken.

»Das könnte mir schon gefallen«, sagte sie. »Wenn ich auch ganz gut mit deinen Zufallstreffern ausgekommen bin, mit deiner periodischen Zuneigung. Ich mußte sie irgendwo einlagern. Ein bißchen wie ein Kamel.«

»Du sagst nicht, daß du mich hier haben willst«, sagte er. Er verschob seinen Sessel. Wenn man ihr Gesicht im kaffeetrinkenden Profil betrachtete, sah man nichts von einem zerschmetterten, wiederhergestellten Knochen. »Ich habe genau aufgepaßt, und ich habe es nicht gehört.«

»Nein«, sagte sie. Sie überlegte einen Augenblick. Murray hatte für seinen Besuch allen Mut zusammengenommen, und jetzt war es offenbar Zeit, daß sie den ihren zusammennahm. »Wenn du dein eigener Herr bist, kannst du doch Maggie adoptieren«, sagte sie. »Das würde mir sehr gefallen. Und niemand könnte etwas dagegen haben. Alle würden es wahrscheinlich ausgesprochen anständig von dir finden.«

Murray hatte über eine Adoption noch nicht nachgedacht, weil sie nie möglich gewesen war, aber als er das Wort hörte, dachte er, daß er Maggie gerne sofort adoptieren würde. Heute noch. Sie konnten Patrick in seinem Büro anrufen, um die juristischen Dinge in die Wege zu leiten. Sie konnten es Maggie sagen, wenn sie von der Schule nach Hause kam. Dann dachte er noch einmal nach. Wenn es das war, was Daphne wollte, dann mußte es ihr etwas wert sein. »Das wäre aber ungewöhnlich«, sagte er. »Wo doch ihre Mutter mich nicht haben will.«

»Oh, ich will dich haben«, sagte sie. »Aber ich kann mir nicht vorstellen, daß wir uns in eine ganz normal verheiratete Familie verwandeln. Es wäre ein Schock für Maggie und für mich. Und für dich. Und letzten Endes«, sagte sie, »stimmt es vielleicht, daß ich mit ein bißchen Abstand am besten liebe und am besten geliebt werde. Für dich stimmt das vielleicht auch. Hast du darüber schon einmal nachgedacht? Daß du doch selbst gerne Abstand hältst?«

»Wenn du mir diesmal wieder einen Korb gibst, dann weiß ich nicht ...« Er trank seinen Kaffee aus und stellte die Tasse umgekehrt auf die Untertasse. »Als Kind habe ich es gehaßt, allein zu sein. Das Gefühl wird man nie mehr los.«

»Ich habe immer gedacht, du bist allein, weil du es so haben willst«, sagte sie. »Weil du uns alle eingeschätzt hast und weil wir für dich unterbelichtet waren. Ich dachte, das ist so, weil du schlauer bist als wir. Deswegen war dein Zirkus für uns alle so großartig, weil wir deswegen glauben konnten, daß wir vielleicht auch so schlau sind wie du.«

»Ich war nur ein unbeholfener, verängstigter kleiner Junge«, sagte er. »Nicht schlauer als irgend jemand sonst. Du hast dir als einzige unter den vielen mittelmäßigen Kindern Mühe gegeben, du hast dich als einzige manchmal neben mich gesetzt, auf die Treppe der Town Hall oder in der Arena oben auf dem Rang. Wahrscheinlich erinnerst du dich nicht einmal mehr daran, daß du zu mir gekommen bist.«

»Nein«, sagte sie. »Bin ich das?« Sie versuchte, sich zu erinnern, aber sie konnte es nicht. Das war vor langer Zeit gewesen, wahrscheinlich lange bevor er sich eingerichtet hatte in ihrem, was? In ihrem Herzen? »Aber jetzt bist du nicht unbeholfen«, sagte sie. »Jetzt bist du nicht mehr dieser Junge.« Sie hatte noch nie erlebt, daß er zurückblickte, und auf diese Weichheit, diese Erinnerungen wollte sie sich nicht einlassen. Denn was bedeutete das schon, ihre Kindheit? »Du hast jetzt mehr, als man braucht, mein Freund. Ich schaue Maggie an, wie gescheit sie ist, und dann denke ich, das hat sie von ihrem Vater. Sie ist so intelligent wie ihr Vater. Wie dein Dad und deine Mutter. Deine Mutter war eine vielseitige Frau. Das wird jetzt so deutlich.«

»Vielleicht solltest du Maggie die Möglichkeit geben zu sehen, von wem sie das hat.« Er hatte sich darauf vorbereitet, so grob zu werden. Es war sein letztes Argument. »Es ist bestimmt ein bißchen komisch für sie. In der Schule, zum Beispiel.«

»Sie wird liebevoll umsorgt«, sagte sie. »Das hast du gesehen. Und außerdem hat doch jeder irgendeinen Kummer, wenn er unbedingt will. Falls sich das für sie als Kummer erweist, was ich wirklich sehr bezweifle, so, wie sie geliebt wird, auf Schritt und Tritt.« Sie wartete darauf, daß er etwas sagte, daß er seinen Standpunkt verteidigte. Aber er wollte ihn nicht verteidigen. »Ich war sicher und beschützt und ausgesprochen ehelich, und meine Mutter ist trotzdem gestorben«, sagte sie. »Meine Mutter ist trotzdem ins Wohnzimmer gezogen und gestorben.«

»Heirate mich«, sagte er.

»Adoptiere Maggie«, sagte sie.

»Ich adoptiere sie sofort«, sagte er, »sobald du gesagt hast, daß du mich heiratest.«

Sie legte die Hand auf ihren Kiefer. So viel Gerede. Zu viel, verdammt. Aber jetzt, wo sie einmal angefangen hatten, gab es offenbar keinen Grund, damit aufzuhören, nicht, bevor sie zumindest irgend etwas erreicht hatten. »Wenn du sie nicht adoptieren willst, dann gib ihr einen Bruder«, sagte sie. »Oder eine Schwester.«

»Mein Gott«, sagte Murray. »Es ist doch nicht unnormal, was ich will.« Er ließ den Kopf sinken und schaute durch seine Knie hindurch auf den Fußboden. »Ich bin wahnsinnig verliebt in sie.«

»Und sie weiß das«, sagte Daphne. »Davon ist sie felsenfest überzeugt. Das kannst du mir wirklich glauben.«

»Als ich endlich von zu Hause fort war«, sagte er, »habe ich mir geschworen, daß ich niemals versuchen würde, ein Kind zu beeinflussen. Daß ich niemals versuchen würde, aus einem Kind eine erneuerte Version meiner selbst zu machen.«

»Du meinst deine Eltern«, sagte sie. »Die Religion.«

»Sie haben eben gedacht, daß es mir genügt, wenn ich das glaube, was sie glauben«, sagte er. »Daß ich nicht das Bedürfnis habe, mich durch mein eigenes Leben zu kämpfen. Sie dachten, sie hätten mir das abgenommen, für sie war es ihr Recht, mir das abzunehmen. Ungefähr so: das ist dein Name, das ist deine Stadt, dein Land, das sind die Regeln, nach denen du leben wirst, und, ach übrigens, hier ist dein Glaube, hier ist dein Gott. Und bitte keine Fragen. Es wird nicht gefragt, woher dieser Unsinn kommt und warum man ihn heilig nennt.«

»Du hast es überstanden«, sagte sie.

»Gerade soeben«, sagte er. »Und jetzt merke ich, daß ich in Wirklichkeit Einfluß auf Maggie nehmen will. Ich will ihr helfen, ihr Leben zu gestalten. Das ist sehr, sehr wichtig für mich. Und natürlich sitze ich hier und denke, daß mein Einfluß keineswegs unverschämt oder einfältig oder absolut wäre, ich bin überzeugt davon. Genau wie sie es zweifellos waren.«

»Du kannst ihr helfen, ihr Leben zu gestalten«, sagte Daphne. »Du hast ihr schon geholfen. Und du kannst sie immer, immer sehen. Jederzeit. Wenn sie alt genug ist, kannst du sie manchmal mitnehmen, wohin du willst, nach Toronto, in die Staaten, nach Europa, später, wenn sie damit umgehen kann. Es wird schon bald soweit sein, und das wird ihr sehr gefallen. Und jetzt bitte ich dich nur darum, daß du ihr jemanden gibst, mit dem sie aufwachsen kann.«

»Warum hast du dich nie mit jemand anderem zusammengetan?« fragte er. »Und ihr auf diese Weise eine Familie gegeben? Es muß doch Männer gegeben haben ...«

»Was zum Teufel ist mit dir los?« fragte sie. »Wie kannst du nur denken, daß mir das möglich wäre?« Sie sah aus dem Fenster auf die ferne, schlammige Thames hinaus. »Du bist es.«

»Was bin ich?« sagte er.

»Na gut«, sagte sie. »Okay.«

Sie hatte es nie gesagt. Er glaubte, daß sie es nie sagen würde.

»Wir haben eine Stunde, dann kommt sie nach Hause«, sagte sie.

Er stand auf und zog sie aus ihrem Sessel empor. »Vielleicht sollte ich mir einfach etwas ausdenken, das dich sehr einsam macht«, sagte er. »Vielleicht sollte ich dafür sorgen, daß du dasitzen und auf das warten mußt, was du zu wollen glaubst. Das Warten kann einen Menschen durcheinanderbringen, weißt du. Es kann dafür sorgen, daß ein Mensch mit allem einverstanden ist. Aus Verzweiflung. Aus jämmerlicher Verzweiflung. Du solltest es mal versuchen.«

»Ich glaube nicht, daß einer von uns einsam sein wird«, sagte sie. »Ich glaube, wir werden Glück haben. Wie immer.«

»Glück?« sagte er. Dieses Wort hatte er nicht ein einziges Mal mit dieser Frau in Verbindung gebracht. Er streckte die Hand aus und legte sie auf die Haut an ihrem ungeschützten Hals, die immer wärmer war, als er erwartete. Bald war sie nackt, und sie fing an, ihn zu entkleiden, sie entblößte seine schmale, kraushaarige Brust, schnallte seinen Gürtel auf und legte seinen Sanddünenbauch frei, den sie blind erkennen konnte.

»Glück haben«, sagte sie. »Denk darüber nach.«

Er betrachtete ihre Hände. »Und du meinst, daß das jetzt gleich passieren soll?«

»Ich denke schon«, sagte sie. »Es ist gerade die Zeit, oder nahe daran. Ich fühle mich fruchtbar, und du bist es ganz bestimmt.«

»Was ist mit deinem Job?« fragte er. »Du hast gerade wieder angefangen.«

»Ich habe das nicht geplant«, sagte sie. »Ich hätte nicht gedacht, daß ich den Mut haben würde, es dir zu sagen. Ich hätte nicht gefragt, wenn du nicht beschlossen hättest, daß du mit Charlotte fertig bist, oder wenn Charlotte nicht beschlossen hätte, daß sie genug von dir hat, was es sicher besser trifft. Aber jetzt ist es, na ja, vielleicht nicht zuviel verlangt.«

»Nur, wenn du mir sagen kannst, warum ich es sein muß«, sagte er.

Sie sah auf die schlammige Thames hinaus. »Wahrscheinlich kannst du mich so weit beeinflussen, daß ich dir sage, was du hören willst«, sagte sie und hob den Kopf, hob ihre Hand, um seinen Mund zu berühren. »Ich glaube, ich habe es schon auf der Zunge.«

Sie drehte sich um und führte ihn zu ihrem Bett, in die Stille. Von Anfang an waren sie immer still gewesen, vielleicht, weil es zweimal nötig gewesen war, vielleicht aus anderen, besseren Gründen. Auf dem Weg zum Bett beschloß sie, ihm diesmal zu sagen, was er hören wollte. Es war ein einfaches Wort, das wußte sie, jetzt, wo sie Maggie hatte und noch ein Kind wollte, und anscheinend war es wahr.

»Du bist schon eine ziemlich grobe Frau«, sagte er, während er dicht hinter ihr ging und sie noch einmal berührte, mit einem einsamen Finger durch die tiefe Furche an ihrem Rücken strich, und wie jedesmal, wenn er das tat, wurde sie schwach und zitterte, als wäre sie nie zuvor in ihrem Leben dort berührt worden, nicht so.

Über Daphnes zweite Schwangerschaft wurde gesprochen, ausführlich gesprochen, und es war der Zweck, die Aufgabe dieser Gespräche, nach und nach eine annehmbare menschliche Erklärung für unerwartetes oder unannehmbares Verhalten zu finden. Bill und Margaret sprachen miteinander, Paul und Andy sprachen miteinander. Beim ersten Mal hatten fast alle gedacht, daß schließlich jeder einen Fehler machen konnte. Und sie waren gerne und fast sofort bereit gewesen, sich hinter Daphne zu stellen, ihr zu helfen und für Maggie alles so gut wie möglich einzurichten.

Maggie wurde geliebt, es gab kein anderes Wort dafür, und sie hatte sich zu einem selbstbewußten Kind entwickelt. Sie war nicht übermäßig altklug, und sie nörgelte nicht ständig an den Ausläufern des Erwachsenenlebens herum, wie geliebte Kinder es manchmal tun. Sie war einfach ein entspanntes kleines Mädchen und fühlte sich wohl in ihrer Haut.

Patrick wußte es natürlich auch diesmal. Er erneuerte einfach seinen Entschluß und zwang sich beim Sprechen zur Vorsicht. Mary war beinahe bereit zu akzeptieren, daß sie nie begreifen würde, was mit Daphne vorging, und sie versuchte angestrengt, ihre Meinung über sie zu ändern.

Paul und Andy wollten sich wieder ein geselliges Leben aufbauen, jetzt, wo sie keinen Babysitter mehr brauchten, jetzt, wo Meg im Heim war, und sie waren abends nach London gekommen, um auf der Veranda ein paar Drinks zu nehmen. Patrick und Paul fragten einander nach ihrer Arbeit und unterhielten sich ausführlich über Baseball, über die jüngsten Fänge und Schläge und Fehler, über fragwürdige Geschäfte und unverdiente Bezüge, und dann erzählte Mary Andy von den Erdbeeren, die sie ergattert hatte, wie klein sie waren, wie süß, und um halb zehn beschlossen die Frauen aus heiterem Himmel, Marmelade einzufrieren.

Patrick hatte sich bislang geweigert, über Daphnes Situation zu reden, also hatte Mary keine Möglichkeit gehabt, ihre Gedanken auszusprechen, und das mußte sie. Aber dann stand sie neben Andy an der Küchentheke und putzte Beeren, die Andy dann zerdrückte, und hörte zu, wie Andy leise sang, was sie immer tat, wenn sie fröhlich war, und nichts kam heraus. Ihre Gedanken wollten sich nicht ordnen, und es waren offenbar nicht einmal richtige Gedanken, sondern nur Wortklumpen, die in ihrem Kopf herumschossen und von den Seitenwänden abprallten und sich über sie lustig machten. Sie hörte, wie ihre eigene vernünftige Stimme verschiedene Sätze begann und sie dann unvollendet stehenließ, und sie sah, daß Andy ruhig abwartete und weitersang, daß sie sie nicht drängte. Oh, Andy war schlau. Schließlich war sie todmüde von dem Lärm, den ihre herumschießenden, abprallenden Gedanken machten, von ihren lauten, halbfertigen Sätzen, und sie ließ ihr Schälmesser auf die Kante der Spüle fallen und sagte: »Ach, zum Teufel. Und überhaupt, was soll's denn.«

Sie kannten sich schon lange, aber jetzt hatte Mary zum allerersten Mal etwas gesagt, das Andy beeindruckte. »Das denke ich in etwa auch«, sagte sie. Andy zerquetschte die Beeren und gab tassenweise Zucker dazu, und sie dachte, daß Mary und sie sich nach diesem gemeinsamen abendlichen Marmelademachen nun endlich aufeinander verlassen konnten, ein bißchen weiblichen Trost spenden, ab und zu weiblichen Spaß zusammen haben. Eine Freundin, dachte sie, vielleicht.

Mary hatte noch nie leise gesprochen. Die Männer saßen auf der Veranda und tranken Bier, und sie hatten gehört, wie Mary ihre Meinung änderte. Paul schaute durch das Eßzimmer in die Küche und sah zu, wie diese Frauen die Marmelade machten, die er den ganzen Winter über essen würde, und er sagte, sein Problem sei, daß er sich für Daphne eigentlich etwas anderes wünsche und daß das offenbar nicht möglich sei. Also bitte. Er sagte, er würde seinen Teil bezahlen, wenn es ans Bezahlen ginge. Er lächelte, als er das sagte.

Für Patrick bestand das Lächeln seines Bruders aus einem Teil Kraft und zwei Teilen Vergessen. Aber er sagte nichts. Manchmal erwischte er sich so wie jetzt bei dem Gedanken, daß Paul einfach nur militant unschuldig war, daß er nun einmal den Luxus vorzog, im Dunkeln gelassen zu werden, und daß er erbittert darum kämpfen würde, daß das so blieb. Hin und wieder zahlten Leute wie Paul einen äußerst hohen Preis, aber noch öfter, normalerweise, wurden sie verschont und mußten nicht in vollem Umfang erkennen, was auf der Welt eigentlich vorging.

Paul beobachtete Patrick, der ein Eichhörnchen beobachtete, das auf dem First des Garagendachs balancierte. Er kannte diese konzentrierte Aufmerksamkeit, diese vorübergehende Stille, diese Drohung, die kaum zu hören war. Er kannte den Zorn seines Bruders so gut wie seinen eigenen. »Mein Gott«, sagte er. »Du könntest etwas vergnügter sein.«

Patrick sagte: »Könnte ich das? Hast du dir das auch gut überlegt?«, und gleich darauf stand Mary mit einem Löffel Erdbeermarmelade neben ihm.

»Probier das mal«, sagte sie. »Und sag mir, ob noch Zukker fehlt.«

Und dann kam Andy und lehnte sich an die Flügeltür, die zur Veranda führte. Auch sie hatte die Schärfe in Patricks Stimme gehört. »Was auch immer hier los ist«, sagte sie, »wir müssen das in Ordnung bringen. Jetzt.« Sie ließ sich Paul gegenüber zu Füßen von Patricks Liegestuhl nieder. »Ich werde in meinem Leben keinen Wermutstropfen mehr dulden. Keinen einzigen gottverdammten Tropfen.« Sie drehte sich um und sah Patrick an. »Soll ich mich noch deutlicher ausdrücken?« fragte sie. »Das kann ich gerne versuchen.«

Patrick konnte auf die Strenge in Andys Blick nichts erwidern. Er nickte einmal, nahm dann den Löffel mit der Marmelade in den Mund und erklärte, daß sie süß genug für ihn war. Paul stand auf und folgte Mary zur Anrichte, um die Karten für eine Runde Bridge zu holen.

Sally tat sich mit diesem zweiten Mal sehr schwer. Sie war einundzwanzig und hatte gerade ihren ersten Abschluß in Biologie hinter sich, und sie bewertete auch kleinste Überschreitungen meistens äußerst streng, also überraschte ihre Haltung gegenüber Daphne niemanden. Aber diesmal warf sie mit dem Wort *Demütigung* um sich, und das schien ein wenig stark zu sein, sogar von ihr. Als sie eines Sonntagabends ohne Daphne und Maggie eines von Margarets Brathähnchen aßen, versuchte sie, den anderen ihre Theorie zu vermitteln. Sie sagte, daß Daphnes Schwangerschaft für sie eindeutig entweder ein aggressiver Akt oder ein Zeichen für beiderseitige mangelnde Zuwendung war, von ihrer Seite und von Daphnes auch. Sie sagte, sie könne nicht verstehen, warum man sich dem nicht offen stelle. »Das geht uns etwas an«, sagte sie. »Das geht uns ganz offensichtlich etwas an.« Patrick war der einzige, der sie beobachtete, während sie ihren Vortrag hielt. Die anderen betrachteten Margarets neue karierte Tapeten oder sahen zum Fenster über dem Spülbecken hinaus.

Als sie versuchte, mit der Frage: »Was sind wir eigentlich für eine Familie?« eine Diskussion herbeizuführen, sahen sich alle über den Tisch hinweg an. Aber niemand hatte eine befriedigende oder sinnvolle Antwort.

»Schwer zu sagen«, sagte Paul. »Nicht so aus dem Stand.« Er machte ein todernstes, konzentriertes Gesicht, als wäre es ein quantenphysikalisches Problem, das sie lösen könnten, wenn sie nicht alle vollkommene Idioten wären. Die anderen lachten, aber Sally nicht. Sie nahm es ihnen übel, daß sie nicht einstimmen, sich nicht engagieren wollten, daß sie die gemeinsame Schande nicht sahen, die sie verständlicherweise sprachlos machte und die sie zwang, sich wie gewöhnlich hinter dem falschen Trost fauler Witze zu verstecken.

In dieser Nacht schmiegte sich Margaret im Bett an Bill und sagte: »Ich fürchte, Daphne ist als Kind ziemlich oft verspottet worden, wenn Sylvia sie nicht im Blick hatte, wenn sie sie nicht beschützt hat. Kinder tun einander grauenhafte Sachen an«, sagte sie. »Und das ist kein Gerücht.« Sie zog sich ein wenig zurück und betrachtete sein zerklüftetes Gesicht, das auf diesem Kissen viel zu schnell gealtert war, Jahr für Jahr, wie ihr eigenes daneben auch. »Spott bleibt gerne an einem kleben«, sagte sie. Sie streckte die Hand aus, um seine Schulter zu kneten. »Vielleicht kann Daphne gar nicht mehr an ihren eigenen Wert glauben.«

Bill bewegte seine Schulter ein wenig, wie ein zahmes Tier, das unter einer liebevollen, vertrauenswürdigen Hand seinen Körper regt. »Sylvia und ich, wir haben auf solche Sachen geachtet«, sagte er. »Uns kam es so vor, als hätte sie ihr Selbstvertrauen ziemlich bald nach dem Sturz wiedererlangt. Anscheinend war sie mehr oder weniger die alte. Jedenfalls soweit wir das einschätzen konnten.«

»Ich meine«, sagte Margaret und knetete fester, »vielleicht kann sie nicht mehr wirklich an etwas glauben. Das ist bestimmt ein entscheidender Unterschied.«

»Sie will es so haben«, sagte Bill.

»Wahrscheinlich ist es sowieso nicht gut, wenn man Vermutungen anstellt«, sagte sie und nahm ihre Hand von seiner Schulter. »Ich muß mit Sally reden, und wenn Patrick sich nicht bald beruhigt, muß ich mit ihm auch ziemlich deutlich reden.« Sie drehte ihr Kissen um, damit die kühle Seite nach oben wies. »Vielleicht ist er überrascht, wenn er merkt, daß ich bei einem Streit gewinnen kann, aber wir beide wissen, daß ich das kann, oder?«

»Sie will es so haben«, sagte Bill und wandte sich ab, um zu schlafen.

Wenn es möglich gewesen wäre, Daphne zu fragen, hätte sie vielleicht zu erklären versucht, daß es nicht an ihrem deformierten Kiefer lag. Es lag eigentlich gar nicht an ihrem Kiefer. Sicher hatte es Grausamkeiten gegeben, manchmal mehr, als sie glaubte, ertragen zu können, aber ihrer Erfahrung nach wurde ein Kind mit einem körperlichen Makel weniger oft gehänselt, wenn es so wie sie einen Unfall gehabt hatte. Und sie hatte immerhin einen berühmten Unfall gehabt. Nach dem, was sie erlebt hatte, und soviel sie wußte, bekam man das meiste ab, wenn man mit einem Fehler geboren war.

Sie hätte vielleicht versucht, ihnen zu erklären, daß sie sich an das, was nach ihrer Landung auf der Matratze geschehen war, kaum noch erinnern konnte: an das Blut, den

Schmerz, die Schmerzmittel, die Fahrten nach Toronto, wo ihr Kiefer wiederaufgebaut wurde, an die Drähte, die Klemmen, die Monate, in denen sie nicht kauen durfte und nicht deutlich sprechen, sich nicht verständlich machen konnte. Und eigentlich erinnerte sie sich auch nicht an den Sturz.

Nur an die Zeit dazwischen, zwischen dem weit schwingenden, ausgestellten Glück unter den Weihnachtslichtern und dem senkrechten Sturz durch die kalte Luft. An diesen ewigwährende Sekundenbruchteil, in dem sie nichts tun konnte, um sich zu retten.

1986

Paul und Andy waren seit sechsundzwanzig Jahren verheiratet. Manchmal konnte Paul es kaum glauben. Als sie mit neunzehn gemeinsam aufgebrochen waren, hatten sie eine Unmenge Energie besessen, eine Unmenge Schwung, und während sie die Farm betrieben und ihr Leben führten, hatten sie allmählich nachgelassen. Sie hatten sich angewöhnt, alles durchzusprechen, alles in den Einzelheiten zu planen, und sie gingen mit dem Geld besonnen und bedächtig um. Niemand hatte ihnen gesagt, daß sie so leben sollten, so synchron und so vorsichtig. Es war eine Art innerer Instinkt, der ganz natürlich aus ihrem vorsichtigen Wesen erwuchs, aus ihrer natürlichen Zuneigung zueinander.

Neben der Farm hatten sie beinahe fünfzehn Jahren lang die Futtermühle in der Stadt betrieben und Aushilfen eingestellt, wenn sie gebraucht wurden, damit alles in Bewegung blieb. Jetzt war Neil beinahe alt genug, um sie zu übernehmen. Er wirkte reif für fünfundzwanzig, und es sah so aus, als würde er damit zurechtkommen.

Als seine Eltern gestorben waren, war Murray gleich gekommen und hatte ihnen die Mühle für viel weniger angeboten, als er eigentlich hätte bekommen müssen, und mit diesen ständigen Einkünften hatten sie das Darlehen und fast die gesamte Hypothek auf die Farm von Andys Eltern bezahlt, die jetzt ihre Farm war, denn Andys Mutter hatte sie ihnen verkauft und war in einen Bungalow in der Stadt gezogen, am Golfplatz. In den letzten zehn Jahren hatten sie genügend Geld übrig gehabt, um das alte Farmhaus zu modernisieren, um ein neues Dach darauf zu setzen und die zugigen Wände zu isolieren, die Heizung zu ersetzen und schließlich einen vierzehn mal dreißig Fuß großen Anbau zu errichten, mit einer praktischen, sonnigen Küche, die Andy selbst entworfen hatte, und einer Frühstücksecke und einem Badezimmer im Erdgeschoß mit Dusche. Und kürzlich war genügend Geld für den siebzehn Fuß langen Bowrider dagewesen, den Paul in Grand Bend festgemacht hatte.

Mit einer Hingabe, die sogar ihn selbst überraschte, hatte Paul nach der Ernte und zwischen den Oldtimer-Eishockeyspielen begonnen, seiner Ahnenreihe nachzugehen. Es war kein todernstes Hobby, aber es interessierte ihn doch so sehr, daß er einige Male in die Landesbibliothek fuhr, um dort mit den Leuten zu reden und sich von ihnen bei seiner Suche helfen zu lassen. Bei Grandma Ferguson hatte es angefangen, sie war jetzt nicht nur alt, sondern geradezu zerbrechlich, auch wenn sie noch immer in ihrer eigenen Wohnung zurechtkam. Als Paul sie einmal besuchte, was, wie sie sagte, viel zu selten vorkam, hatte sie, kurz bevor er ging, eine Schranktür geöffnet und ihm drei Pappkartons mit sehr alten Bildern gezeigt, die meisten waren ausgesprochen steif und alle schwarzweiß. Und das Schlitzohr Grandpa Chambers hatte zwar keinerlei Land geerbt, aber er hatte als Entschädigung ein sehr altes, vertrocknetes Tagebuch mit dem Titel *Unser neues Leben in Lambton County* bekommen, das er Paul beiläufig gab, als hätte er selbst keine Verwendung dafür. Das ehrwürdig ausgeblichene Manuskript beschrieb lückenlos die erschöpfenden Anforderungen eines täglichen Lebens ohne die Hilfe der Technik, das schwierige Werben, das langsam voranging, Krankheiten und manchen frühen Tod, die Hochzeiten, die vielen Geburten, die Totgeburten, die Besucher, die Familien, die weiterfuhren, oft nach Westen, wo man ihnen sehr gutes Land versprochen hatte. Es beschrieb Jahre beharrlicher Arbeit, die Notwendigkeit, das Farmland ordentlich zu roden, die Leute beim Dreschen, die Unfälle, die Lebensmittelvergiftungen, die Frauen, die in Gruppen Quilts nähten, die preisgekrönten Pferde und die Scheunen, die in der Nacht niederbrannten, das Donnern des Feuers und die Raserei der preisgekrönten, sterbenden Pferde, die man meilenweit hören konnte. Das Tagebuch hatte eine Frau geschrieben, wahrscheinlich Pauls entfernte, sehr entfernte Tante, und die Dinge, denen sie ihre Aufmerksamkeit schenkte, die Vermutungen, die sie anstellte, gehörten eindeutig zu einer Frau, auch wenn sie sich alle Mühe gegeben und wirklich versucht hatte, das Leben vollständig zu beschreiben, als Ganzes.

Paul sprach nicht viel über sein kleines Unternehmen, und niemand drängte ihn, nicht einmal Grandma Ferguson. Er nahm an, daß alle auf irgendein fertiges Produkt warteten, das sie in den Händen halten und über das sie sich streiten konnten.

Auch nach sechsundzwanzig Jahren Ehe war Andy immer noch sehr schmal, und das freute Paul, denn es machte ihren Körper so anziehend für ihn. Und sie war immer noch kontaktfreudig und mühelos freundlich zu den Leuten. Natürlich war sie müde. Sie war müde seit dem Sommer, in dem Meg geboren wurde. Neil und Krissy waren immer gut zu Meg gewesen und waren es noch, aber sie hatten jedes Recht, ihren eigenen Weg zu gehen.

Mit etwas Hilfe von Paul und Andy hatten Neil und seine Frau Carol ein Haus in der Stadt bei der Arena gekauft, Carol nannte es das große, alte, baufällige Monster, aber sie wohnte gern darin; sie redete pausenlos auf ihre kleinen Kinder ein, während sie alle Zimmer anstrich, und kommandierte die Handwerker herum, die die Veranda abstützten und den Hof in Ordnung brachten. Krissy war in Sarnia, sie arbeitete als Zahnarzthelferin und verdiente ganz gut, soweit Paul das einschätzen konnte. Auch wenn es hin und wieder einen Kerl gab, hatte sie noch nichts Festes gefunden.

Paul glaubte im stillen, daß Krissy vielleicht etwas zu eigensinnig, zu unabhängig war, vielleicht zu ihrem eigenen Nachteil. Ihre Freundinnen waren fast alle genauso. Einmal hatte er der ganzen Bande zugehört, alles auffallende, langbeinige, gutaussehende Mädchen, die auf der Vordertreppe saßen und sich darüber unterhielten, daß sie nicht heiraten wollten, bis sie mindestens dreißig waren, daß sie ihre Freiheit nicht für den Bruchteil einer Sekunde aufgeben würden, bevor es unbedingt sein mußte. Er hoffte ein wenig, daß Krissy sich bald festlegen würde, daß sie jemanden finden würde, der gut genug war, und daß sie dann von diesen Freundinnen loskommen und jung anfangen würde, mit einem Vorsprung, wie er und Andy es getan hatten. Unabhängig oder nicht, er sah es nicht gern, daß sie allein war. Das kam ihm unsinnig vor.

Gewöhnlich überließ er solche Dinge Andy. Sie dachte sich immer etwas aus, um Krissys Situation so zu beschreiben, daß es richtig klang, als gäbe es nichts, worum man sich Sorgen machen müßte. Hin und wieder fragte er sich, ob er, Neil und Krissy vielleicht nur nach Andys Pfeife tanzten, aber dann ließ er diesen Gedanken wieder fallen. Es gab Schlimmeres, als auf eine kluge Frau zu hören.

Meg, ihre Jüngste, war dreiundzwanzig. Sie lebte jetzt in einem betreuten Wohnheim in London. Sie war wie Neil und wie Paul selbst ungewöhnlich groß, aber während Paul und Neil schlaksig waren, war Meg massig. In der Pubertät war sie wirklich dick gewesen, sie hatte abgenommen, weil Andy ihr mehr Gemüse und weniger Fleisch gegeben und gar nicht mehr gebacken hatte, und trotzdem war sie wieder fülliger geworden, seit sie ausgezogen war. Sie war viel schwerer und stärker als ihr Bruder und ihr Vater.

Meg kam den Umständen entsprechend ganz gut zurecht. Sie konnte mit den Leuten reden, wenn ihr danach war, wenn sie beschlossen hatte, sie zu mögen, und wenn sie zu Besuch zu Hause war, konnte sie mit Paul in der Scheune arbeiten. Natürlich durfte sie nicht aufs Feld, denn dort gab es inzwischen schwere Maschinen, die Felder wurden weitgehend industriell bestellt.

Sie hatten Meg so lange wie möglich zu Hause behalten, die Lehrer in der Schule hatten ihr Bestes getan und sie hinten im Klassenzimmer mit Kleinigkeiten beschäftigt, während die anderen Kinder Fortschritte machten. Die Eltern ihrer Klassenkameraden, die Paul und Andy zum großen Teil kannten oder auf die eine oder andere Art gekannt hatten, konnten Megs Grenzen, ihre Frustration durchaus verstehen, theoretisch konnten sie fast alles verstehen, aber als die Schlägereien anfingen, als ihre Söhne und manchmal ihre Töchter immer wieder mit zerbrochenen Brillen, zerrissenen Kleidern und blutigen Nasen nach Hause kamen, hatten sie sich beschweren müssen. Und wer wollte ihnen einen Vorwurf machen? Paul und Andy bestimmt nicht.

Als Meg dreizehn war, hatte sich die Gelegenheit geboten, sie in ein betreutes Wohnheim nach London zu geben. Ihr Hausarzt hatte ihre Namen eingereicht, der vierte junge Mann von auswärts, der die Praxis übernommen hatte, die überall noch immer Coopers Praxis hieß, und deshalb nahm man Kontakt mit ihnen auf und schickte Informationen. Sie hatten beschlossen, das Heim auszuprobieren, zumindest für eine Weile, und es hatte funktioniert. Eine Gruppe von Leuten mit ähnlichen Problemen hatte das Heim gegründet, sie hatten ein gutes Stück Geld von der Regierung ergattert, um es einzurichten und zu unterhalten. Es lag in einer älteren, ganz gewöhnlichen Wohngegend, und von außen wirkte es nur wie ein besonders großes Backsteinhaus. Es wirkte wie eines der lächerlich groß geratenen Häuser, die neureiche Leute immerzu in der Vorstadt bauten.

Meg hatte es dort zu Anfang gefallen, das sagte sie jedenfalls. Es gab junges Personal, das sich um alles kümmerte und den Kindern einiges beibrachte, Normalisierung nannte man das, wie man Lebensmittel einkauft, wie man zum

Zahnarzt geht, wie man seine Eltern am Samstag zum Lunch einlädt. Ihre Medikamente wurden streng überwacht, und oft machten sie Ausflüge mit einem Kleinbus, den die Kinsmen gestiftet hatten, was eine feine Sache war, abgesehen von dem großen Schild auf dem Bus, das anzeigte, wer darin saß.

In der Woche wurden alle zehn Bewohner, sechs junge Männer und vier junge Frauen, Paul sollte sie nicht Kinder nennen, jeden Morgen in den Kleinbus gepackt und zu einer beschützten Werkstatt gefahren, wo sie mit hundert anderen Seelen an langen Tischen saßen und Akkordarbeit im Auftrag von 3M oder irgendeiner kleinen örtlichen Firma machten. Sie wurden dafür bezahlt, denn es ging darum, daß ihre Arbeit etwas wert war, aber die Bezahlung war nicht hoch, im Grunde symbolisch. Das meiste Geld aus den Aufträgen floß in die Werkstatt selbst zurück, denn es gab dort viel Personal. Jeder Arbeiter brauchte eine Menge Aufmerksamkeit.

Paul und Andy durften Meg bei der Arbeit besuchen, und sie hatten diese Besuche von Anfang an machen wollen. Die Leute waren immerzu dumm und grausam, Leute, die es eigentlich wissen sollten, Erwachsene genauso wie Kinder. Wenn man eine Tochter wie Meg hatte, merkte man das, man achtete darauf.

In den ersten Jahren hatte ein ehemaliger Army-Mann die Werkstatt geleitet, aber jetzt war eine Mrs. Bradley verantwortlich. Sie kam aus England, trug sehr hohe Absätze und hatte orangerotes Haar, das sie jeden Morgen toupierte und mit viel zuviel Spray besprühte, aber dennoch war sie höflich und sprach offen mit Paul und Andy. Sie sagte, Meg wäre aggressiv, ja, aber das sahen sie oft bei ihrer Klientel, und man konnte sie ablenken, man konnte sie beruhigen, und wenn sie ruhig war, arbeitete sie sehr gut. Und die anderen lernten gerade, Abstand zu halten und Meg niemals zu necken. Und außerdem gab es einen Jungen, einen Jungen mit Down-Syndrom, der in sie vernarrt war, der ihr folgte wie ein Hündchen, der gerne in den Pausen und beim Lunch neben ihr saß. Mrs. Bradley erzählte Paul und Andy, daß Meg außerordentlich geduldig mit diesem Jungen war, sehr verständnisvoll. Sie sagte, Meg hätte ein ungeheuer großes Herz.

Paul und Andy besuchten auch das Heim. Bei ihrem ersten Besuch wurden sie nach oben geführt, um Megs Zimmer zu sehen, das sie mit den drei anderen Mädchen teilte. Es war ziemlich groß und ziemlich hell, aber als sie unten in dem riesigen, schön möblierten Wohnzimmer eine Tasse Tee getrunken hatten und in ihrem Transporter auf dem Nachhauseweg waren, bekam Andy einen kleinen Wutanfall, und sie wandte sich zu Paul und fragte, Gott, ob er nichts gemerkt hätte? Sie sagte, daß das Zimmer einfach grauenhaft war, daß man ordentlich saubermachen mußte, ordentlich lüften, daß es nach altem Essen roch und nach Schweiß und muffiger Unterwäsche. Sie sagte, sie würde alles geben, um sich einen Nachmittag in diesem Schlafzimmer austoben zu können.

Bei ihrem nächsten Samstagsbesuch saß Andy auf Megs Bett, versuchte, nicht nervös zu wirken, und fragte Richard, der an diesem Tag Aufsicht hatte, warum er ihnen nicht entweder auf die Finger sah, damit sie es taten, oder jemanden holte, der es für sie tat? Sie sagte, daß sie nicht einsah, warum sie so lebten. Aber Richard schaute sich nur im Zimmer um und zuckte mit den Schultern. Die Mädchen sollten ihre Wäsche selbst machen und ihr Zimmer sauberhalten. Das war die Regel. Sie waren sicher ziemlich schlampig, aber Richard zufolge ging es darum, daß sie das Durcheinander und den Geruch irgendwann von selbst satt hatten, er glaubte, daß sie es sicher irgendwann satt haben würden, und dann würden sie saubermachen. Und außerdem fand er es nicht besonders schlimm. »Vielleicht sollten sie mein Zimmer mal sehen«, sagte er.

Nach diesem Besuch kamen sie nicht mehr sehr oft, vielleicht einmal im Monat oder alle sechs Wochen. Paul hoffte, daß er Andy dabei helfen konnte, sich daran zu gewöhnen, wie es jetzt war, und zu Hause sagte er ihr, daß Meg absolut sicher war und daß für sie gesorgt wurde und daß sie manchmal zumindest ein bißchen glücklich war und daß es gar nicht besser sein konnte. »Du mußt nicht so oft über sie nachdenken«, sagte er ihr. »Sie kann dort ihr eigenes Leben führen. Und das kann sie dort besser als hier bei uns. Hier schafft sie es nicht.« Er wußte nicht, ob er etwas davon glaubte, aber es war wichtig für ihn, daß Andy es glaubte.

Meg kam zu Weihnachten und für ein paar Wochen im Sommer nach Hause, und jedesmal, wenn Krissy oder Neil und Carol und die Kinder für ein paar Tage kamen, fuhr jemand hin und holte sie ab. Und später würde sie auf sie losgehen. Alle wußten das.

Als Meg an einem Dienstagnachmittag im Spätherbst 1985 zum ersten Mal per Anhalter nach Hause kam, waren Paul und Andy gerade von Bill und Margaret zurückgekehrt, sie saßen in der Frühstücksecke, tranken zusammen Kaffee und sprachen über ihren gemeinsamen Verdacht, daß mit Patrick und Mary etwas nicht stimmte, daß sie Probleme hatten und daß Margaret wie gewöhnlich mehr wußte, als sie sagen wollte. Aber Margaret *hatte* sagen wollen, daß Sarah, die nicht länger auf Sally hörte, am Abend zuvor aus Vancouver angerufen und ihnen mitgeteilt hatte, daß sie und Rob beschlossen hatten, schwanger zu werden.

Sarah und Rob waren seit fast vier Jahren in Vancouver. Rob war ein Softwareingenieur aus England, kurz bevor sie sich kennengelernt hatten, war er aus London gekommen, um einen ganz großen Job bei einer Firma anzutreten, und sechs Monate nach ihrer Hochzeit war er unzufrieden gewesen und hatte die Firma gewechselt, und man hatte sie nach Westen versetzt. Nachdem Margaret Paul und Andy erzählt hatte, daß sie nun offenbar endlich selbst eine richtige Großmutter werden würde, gestand sie, daß sie eigentlich schon beinahe akzeptiert hatte, daß es keine Babys geben würde, weil Rob anscheinend nicht viel auf Familie gab, auf seine nicht und auch auf keine andere. Und dann sagte sie, daß das Warten sie wahrscheinlich nur verwirrt hatte, der Gedanke, daß eine Frau den richtigen Moment abpassen und sich dafür entscheiden konnte, wenn sie soweit war. »Eine moderne Annehmlichkeit«, hatte sie es genannt.

Paul sah Meg zuerst, denn er konnte aus dem Fenster schauen, und dann sahen sie gemeinsam zu, wie sie über den langen Feldweg auf das Haus zurannte, eine große Frau, die mit unbeholfenem Gang und wild rudernden Armen rannte wie ein Kind und aus deren Mund beim Rennen der kalte, keuchende Atem in Wolken brach. Ihre neue Jacke stand offen und wehte im Wind, und sie hatte sich ihre Blue-Jays-Mütze fest auf den Kopf gedrückt.

Ein grauer Chrysler hatte sie am Ende des Feldwegs abgesetzt, sie konnten sehen, daß der Wagen dort wartete, bis man sie sicher in Empfang genommen hatte. Sie drehte sich mehrmals um und winkte dem Fahrer zu, einem einzelnen Mann, der zurückwinkte und mehrmals hupte.

Andy ging zur Tür, öffnete sie und ließ die kalte Luft herein, und als Meg sie sah, hörte sie auf zu rennen und ging mit langen Schritten über das gefrorene Gras auf sie zu. Einmal blieb sie stehen und bückte sich, um zu Atem zu kommen, dann hob sie den Kopf, sah sie an und grinste ihr breitestes Grinsen. Paul winkte dem Fahrer des grauen Chrysler zu, um ihm zu zeigen, daß alles in Ordnung war, daß er weiterfahren konnte.

Meg ließ sich auf die Stufe fallen und sagte zu Andy: »Ich bin heimgekommen. Jemand hat mich mit heimgenommen.« Sie war so stolz auf sich.

»Wer war der Mann?« fragte Andy. »Hat er dir gesagt, wie er heißt?«

»Mr. Brown«, sagte Meg. »Das war Mr. Brown aus Sarnia.«

Andy zögerte, aber nicht lange. »Er hat dich doch nicht angefaßt oder irgendwas Unheimliches zu dir gesagt, oder?«

Meg hatte gelernt, daß Fremde sie verletzen konnten, durch Unfreundlichkeit oder Schlimmeres, und daß sie das verstehen und sich anstrengen mußte, um sich davor zu schützen. »Niemand faßt mich an, bis ich das sage«, sagte sie. Sie ballte vor ihrem Gesicht eine feste Faust und schüttelte sie heftig. Sie wußte, was sie mit ihrer Faust tun konnte, denn als sie neun war, hatte sie sich eines Morgens sehr über Neil geärgert, als sie sich für die Schule fertig machten, und sie hatte ihn im hinteren Flur bewußtlos geschlagen.

Sie nahmen sie mit hinein, und Andy beruhigte sie allmählich, während Paul telefonierte. Meg nahm ihr Fadenspiel aus der Tasche und fing an, damit zu spielen.

Richard war jetzt leitender Betreuer im Heim, und er sagte, er habe schon einmal angerufen und daß er es gerade noch einmal habe versuchen wollen. Er sagte, Meg sei nach der Arbeit nicht in den Kleinbus gestiegen, daß es einen neuen Fahrer gebe, der noch nicht alle kannte. Er sagte, Meg habe sich offenbar versteckt, weil niemandem aufgefallen sei, daß sie fehlte, und sie hätten gewußt, daß sie sie verloren hatten, als er schließlich Mrs. Bradley zu Hause erwischte und sie keine Ahnung davon hatte, daß Meg nicht mit den anderen in den Bus gestiegen war. Er sagte, daß etwas Derartiges noch nie passiert sei und daß es ihm unendlich leid tue. Und ob Meg in Ordnung sei?

Paul sah keinen Grund, sich zu ärgern. »Ich glaube, sie hat sich beim Nachhausekommen bestens amüsiert«, sagte er. »Ich bringe sie morgen früh zurück.«

Richard sagte, das sei sehr nett von ihm. Und dann fragte er, ob Andy auch mitkommen könne, weil er ohnehin vorgehabt habe, sie anzurufen und zu einem Gespräch zu bitten, und vielleicht sei dieser Zeitpunkt so gut wie jeder andere auch.

Paul sagte in Ordnung und legte auf. Er nahm an, daß es wieder um Megs Aggressionen ging, vielleicht darum, daß sie ein paar andere Leute herumgeschubst hatte, geschrien, vielleicht wieder einen Schraubenzieher durchs Fenster geworfen. Wahrscheinlich war es Zeit, zum Arzt zu gehen und einmal mehr um stärkere Beruhigungsmittel für Meg zu bitten.

Andy machte Bratensandwiches und Apfelpfannkuchen, und nach dem Essen schob Meg ihren Stuhl zurück und verkündete, daß sie in die Stadt fahren wollte, um Grandma und Grandpa zu besuchen. Alles an ihr, die Art, wie sie auf ihrer Stuhlkante saß, die Art, wie sie ihr Kinn hob und nach vorn streckte, sagte ihnen, wenn ihr mich nicht hinbringt, schaffe ich das auch allein, ich weiß jetzt, wie man das macht. Sie nahmen den Transporter. Meg saß zwischen ihnen in der Mitte und spielte am Radio herum, und wenn sie einen Sender fand, der ihr gefiel, spielte sie Luftgitarre.

Margaret saß am Küchentisch und löste ein Kreuzworträtsel, und als sie den Transporter hörte, ging sie zum Spülbecken, um den Kessel zu füllen, denn sie kannte das Geräusch. Kurz bevor sie aus dem Fenster schaute, dachte sie, merkwürdig, sie sind vor gerade drei Stunden weggefahren, und dann schaute sie hinaus. Bill war im Wohnzimmer und sah fern, und sie rief laut: »Bill, komm mal her. Da stimmt was nicht. Meg ist zu Hause.«

Als Meg geboren wurde, in diesem Sommer, den sie draußen in Dunworkin verbrachten, hatte keiner von ihnen wirklich wissen können, was ihre Zukunft bringen sollte, aber Bill hatte ein Gefühl dafür gehabt, aus dem Krieg, sagte er sich, weil er unvorstellbare Dinge gesehen hatte. Weil er gezwungenermaßen Dinge akzeptiert hatte, die eigentlich niemand gezwungenermaßen akzeptieren sollte, ohne etwas zu sagen.

Als Meg vier oder fünf war und gerade anfing, sich unter dem Mähdrescher zu verstecken, tief in die Maisfelder hineinzurennen, mit Absicht den Scheunenkatzen weh zu tun, die ihr folgten, fast alles kaputtzumachen, was sie anfaßte, so schnell zu essen, daß sie beinahe erstickte, versuchten Paul und Andy, sie mit einem scharfen Ton in der Stimme oder mit einem kurzen Klaps auf die Hand oder auf ihr kleines, zappelndes Hinterteil zu erziehen. Aber Bill war eingeschritten. Es war das erste und einzige Mal, daß er das bei einem seiner Kinder tat. Er sagte zu Paul, daß er wahrscheinlich einen anderen Weg suchen mußte. »Wir helfen euch«, sagte er. »Margaret und ich sind für euch da und helfen euch. Und deine Brüder und Schwestern helfen euch.« Dann hatte das mit den Medikamenten angefangen. Der Arzt experimentierte herum, bis er etwas fand, das stark genug war, um Meg ruhig, aber nicht benommen zu machen, und die Medikamente hatten eine ganze Weile geholfen.

Jetzt sah Bill zu, wie Paul und Andy und Meg auf die Hintertür zukamen, und er fragte sich einmal mehr, was Gott sich bei dieser ganzen Scheiße wohl gedacht haben könnte. Er wußte, daß es keinen Gott gab, über den man sich wundern konnte, das wußte er seit dem Nordatlantik, seit Sylvia, aber das änderte nichts daran. Er erwischte sich immer noch dabei, wie er Fragen stellte. Und mit dem Älterwerden nicht seltener, sondern öfter. Er dachte, es sei vielleicht ein Zeichen der Schwäche, wie das, was mit seinen Beinen geschah, oder wie das Haar, das überall an seinem Körper weiß wurde.

Mit der Tür öffnete er die Arme für seine Enkelin, er wußte, daß ihre Umarmung stärker sein würde, und er war bereit für die Kraft ihrer Arme. »Meine Lieblings-Meg«, sagte er. »Was zum Teufel machst du zu Hause?« Er grinste und trat zurück, um zu ihr aufzusehen. »Hast du deinen Job hingeschmissen, oder haben sie dich endlich gefeuert?«

Meg lachte auf ihren Großvater herunter und trat sich

auf der Fußmatte ihrer Großmutter die Füße ab. »Jemand hat mich mit heimgenommen. Drei. Den ganzen Weg.«

Während sie ihre Mäntel auszogen, kochte Margaret eine Kanne Tee, dann holte sie für Meg eine Pepsi aus dem Kühlschrank und goß sie in einen der unzerstörbaren Glasbecher, die sie seit 1972 hatte, seit der Hundertjahrfeier der Stadt. Sie stellte Megs Glas auf den Tisch und lud sie damit ein, sich zu setzen.

Paul beugte sich über seinen Tee und sagte zu Bill: »Sie ist per Anhalter gefahren. Erst als sie schon fast zu Hause war, haben sie gemerkt, daß sie fort ist.«

Margaret nahm Meg die Baseballmütze vom Kopf und legte sie in ihren eigenen Schoß. »Morgen früh fährst du zurück, Liebling«, sagte sie, und sie meinte damit, hör zu, was deine Grandma sagt, das geht nur, wenn es eine einmalige Laune ist, ein Jux. »Die brauchen dich im Heim«, sagte sie. »Das habe ich gesehen. Als dein Großvater und ich dich im Sommer besucht haben, hast du Richard geholfen, den hinteren Flur anzustreichen. Du hattest kaum Zeit, uns zu besuchen. Weißt du das noch?«

Meg sah sie alle an, einen nach dem anderen, und dabei bewegte sie nicht nur die Augen, sondern den ganzen Kopf. »Ich und Matthew müssen für Richard immer das schwere Zeug machen, die Scheißarbeit. Matthew sagt, daß wir deswegen sauer sind.« Matthew war Megs Freund im Heim.

»Und Richard ist froh, daß er dich hat«, sagte Bill. »Das hat er mir erzählt. Er hat mir erzählt, daß du alles gut machst, was du auch anpackst.«

Das war eine Lüge, aber Bill dachte, dann sperrt mich doch ein. Der heutige Abend war einer von denen, die man einfach überstehen mußte. Vielleicht würde er morgen mit Paul dorthin fahren, dann könnten sie gemeinsam mit diesem Richard reden und herausfinden, was für Jobs getan werden mußten, was das für Jobs waren, herausfinden, wer in diesem Heim ein Gehalt bekam und wer nicht, und wer vielleicht ein bißchen Extrageld verdiente, indem er zum Beispiel sagte, daß er den hinteren Flur gestrichen hatte. Auch wenn er wirklich glaubte, daß Arbeit gut war für Meg. So ziemlich das einzige, was gut für sie war.

»Also wollen alle, daß ich da bleibe«, sagte Meg.

»Ach, für mich ist das gar keine Frage«, sagte Margaret fröhlich. »Du kannst in der Stadt alles mögliche machen, was du auf der Farm nicht machen kannst. Und mit Leuten in deinem Alter.«

Meg sagte nicht ja, sie sagte kaum jemals ja, aber sie sagte auch nicht nein, also beließen sie es dabei. Margaret goß noch einmal Tee für sich und für Andy ein.

Paul holte den Rye, die Coke und zwei weitere Hundertjahrfeier-Becher hervor, denn Meg wollte, daß alle sie benutzten. Meg setzte ihre Mütze auf, zog ihre Jacke an und ging hinaus in den Garten und hinunter zum Bach, der langsam unter den kahlen Zweigen der Weiden dahinfloß und vollkommen sicher war. Als sie klein war, war Bill oft mit ihr zum Bach gegangen, um ihr die Wunder und die Überraschungen zu zeigen und um ihr beizubringen, wie man sich nah am Wasser sicher bewegt.

Bill schenkte Paul einen Drink ein und fragte: »Was hat sie denn vorgehabt?«

»Ich habe keine Ahnung«, sagte Paul. »Wahrscheinlich mal wieder dasselbe. Wir sollen morgen beide zu einem Gespräch kommen.«

»Wir beide?« fragte Andy. »Das hast du mir nicht gesagt.« Sie ließ ihren Kopf auf den Tisch sinken. »Wahrscheinlich wollen sie, daß sie stärkere Medikamente bekommt«, sagte sie. »Dann ist sie so bedröhnt, daß sie nicht mal mehr weiß, wie sie heißt.«

Margaret streichelte Andys Haar, kämmte die graublonden Strähnen mit den Fingern. »Was für eine Zeit«, sagte sie. »Was für eine Zeit.«

Paul saß da und wartete darauf, daß Andy den Kopf hob, und er sagte sich, daß er lächeln und sich Mühe geben sollte. Nur ein kurzes Lächeln, das bedeuten sollte, wir stehen das zusammen durch. Beim Warten wurde ihm klar, daß sie inzwischen wahrscheinlich füreinander viel seltener lächelten als für andere Leute, für Leute, die sie nicht einmal besonders mochten, und warum mußte das so sein?

Auf dem Nachhauseweg saß Meg hinten auf der Ladefläche. Als sie klein war, war sie dort mit ihrem alten Hund Stanley mitgefahren, so oft man sie ließ, und beide hatten glücklich und nur mit sich selbst beschäftigt aus reiner Freude gebellt.

Bevor Margaret nach oben zu Bett ging, rief sie Patrick, Murray, Daphne und Sarah an, um es ihnen zu sagen. Sie erwartete nicht, daß sie schnellstens nach Hause kamen, sie erwartete nicht, daß sie irgend etwas taten. Paul und Andy kamen allein damit zurecht. Aber sie glaubte, daß die anderen es wissen sollten.

Sie hatte es schon lange auf sich genommen, dafür zu sorgen, daß die Kinder voneinander wußten. Sie verbreitete die guten Nachrichten so schnell wie die schlechten, sie übertrieb nie und mißbrauchte nie ihr Vertrauen, nicht einmal ihrem Vater gegenüber.

Am Morgen fuhren Paul und Andy mit Meg nach London zurück, zuerst in das Heim, damit sie sich umziehen konnte, und dann durch die Stadt zur Werkstatt. Sie übergaben sie den sicheren Händen von Mrs. Bradley, die Meg ausschimpfte und ihr sagte, daß die Arbeit wartete und daß sie sich schleunigst in Bewegung setzen sollte, um aufzuholen, weil an diesem Nachmittag ein neuer Auftrag hereinkam, dann fuhren sie zum Heim zurück, um mit Richard zu reden.

Diesmal ging es nicht um Aggressionen, sondern um Sex. Als Richard das Wort aussprach, wußten beide, daß sie darauf gewartet hatten, es zu hören, daß sie schon lange darauf vorbereitet waren, es zu hören. Als sie in die Pubertät gekommen war, hatten sie versucht, ihr Verhalten vorauszuberechnen, und sie hatten miteinander und mit dem Arzt über die Probleme gesprochen, die die selbstverständlichsten Nöte ihr bereiten würden. Seither hatten sie gehofft, daß ihr offensichtliches Desinteresse entweder eine Folge der Medikamentenmischung war, die sie schon fast ihr Leben lang nahm, oder hormonell bedingt, denn wahrscheinlich waren ihre unglücklichen Hormone auch durcheinandergeraten. Offenbar hatten sie einfach Glück gehabt. Und offenbar war es damit jetzt vorbei.

Der fragliche Junge wohnte ebenfalls im Heim. Es war ihr Freund Matthew. Richard sagte, daß er sie im Keller erwischt hatte, als sie gerade anfingen. Meg hatte gleich ihre Meinung vertreten und ihm gesagt, daß Matthew sie liebte und daß sie ihn liebte. Sie hatte Matthew angesehen und Unterstützung gesucht, aber er hatte sein Hemd gepackt und weinend sein Gesicht darin versteckt, weil es ihm peinlich war, vor Richard nackt zu sein. Und schließlich sagte Meg: »Es ist meine Schuld, Richard. Es ist meine Schuld, weil es mir so gefällt«, als würde das alles erklären.

Richard erzählte Paul und Andy, daß er keinerlei Hinweis auf Verhütungsmittel gesehen hatte. Megs Arzt in der Stadt hatte ihr keine Pille verschrieben, denn dann hätte er sie ihr jeden Morgen gegeben, und natürlich war sie nicht sterilisiert oder irgend etwas, und das empfahl er auch keineswegs. Er sagte, es gebe keinen Grund zu der Annahme, daß Matthew mit Kondomen zuverlässig sei. Und was sie dazu meinten?

Natürlich mußte man es Matthews Eltern sagen. Das war schnell beschlossene Sache.

Schließlich durften sowohl Meg als auch Matthew bleiben. Man sagte ihnen, daß sie Freunde sein konnten, daß jeder verstand, wie sehr sie die Freundschaft des anderen brauchten, und daß es eine gute Sache war, eine ganz normale Sache, aber sie sollten nicht mehr in den Keller gehen, nicht allein. Es war abgemacht, daß beide etwas bekommen würden, um ihre Bedürfnisse ruhigzustellen, und daß Meg die Pille nehmen würde, zur Sicherheit.

Zu Hause entschuldigte sich der Arzt bei Paul und Andy, weil er Megs Begeisterung nicht vorhergesehen und nicht bemerkt hatte. Er sagte, das neue Medikament werde zusammen mit Megs anderen Medikamenten ihre Aggressionen zusätzlich eindämmen und daß das nur gut für sie sein könne, daß es nicht notwendigerweise ihre Fähigkeit, normale Zuneigung zu empfinden, abtöten werde.

Meg und Matthew behaupteten beide, daß sie verstanden hatten. Sie sollten Freunde sein. Nur Freunde. Sie fingen an, freiwillig nach dem Abendessen den Abwasch zu erledigen, und wenig später machten sie wieder zusammen im Keller ihre Wäsche, sie legten Weißes zu Weißem und Dunkles zu Dunklem, und sie achteten darauf, viel und ziemlich laut zu reden, denn Richard oder jemand anderes stand bestimmt oben und lauschte. Im Frühjahr rechten sie freiwillig Zweige und abgestorbenes Gras vom Rasen, und zur Belohnung durften sie allein in die Stadt gehen, um dort einen Film mit Jack Nicholson anzuschauen, der Megs Lieblingsschauspieler war, denn er sah gut aus und war außerdem verrückt. In der Werkstatt waren sie unzertrennlich, und meistens durfte der Junge mit dem Down-Syndrom, der in Meg vernarrt war, um sie herumlungern, sie nahmen ihn mit, wenn sie in den Speiseraum gingen oder in der Pause ins Freie, wo sie an der Seite des Gebäudes in der Sonne saßen, wo sie an der warmen Backsteinmauer lehnten und schmusten.

In der Öffentlichkeit berührten sie sich sanft und zurückhaltend. Nach Mrs. Bradleys Meinung war es eigentlich bezaubernd. Wenn etwas Kraftvolleres entstand, wenn sie einen Weg durch den Dunst der Pharmazeutika fanden, die man ihnen jeden Morgen in kleinen Papiertäßchen reichte, dann sprachen sie nicht.

Nach dieser Sache hörten Paul und Andy selbst für eine

Weile auf, Liebe zu machen. Andy hatte es immer so genannt, Liebe machen, sie hatte nie andere Worte benutzt, auch nicht mitten in ihrer schlüpfrigen, lustvollen Akrobatik. Als sie gerade damit angefangen hatten, noch bevor sie verheiratet waren, hatte sie gesagt, daß sie schließlich genau das taten, sie krochen in einen leeren Raum, wo es keine Liebe gab, und dann machten sie sie, sie erschufen sie jedesmal neu, ganz aus sich selbst.

»Was für eine Macht«, sagte sie lachend, wenn sie aus einem bequemen Kissen zu ihm hinaufgrinste oder ihn bestieg und seine Schultern festhielt, um im Gleichgewicht zu bleiben.

Als Meg zum zweiten Mal per Anhalter nach Hause kam, im Frühsommer, hatte sie Matthew im Schlepptau, und sie fuhren zuerst zu Bill und Margaret in die Stadt.

Dieses Mal wurden sie erwartet, wenn auch nicht von Bill und Margaret.

Eine junge Frau in Cowboystiefeln hatte an einer Ecke in der Innenstadt von London angehalten und sie aufgelesen. Sie hatten an diesem Vormittag freibekommen und sollten allein ein paar Kleider einkaufen, wenn die Geschäfte nicht überfüllt waren. Das war eine große Sache, eine große Verantwortung, die sie sich durch vernünftiges Benehmen und durch eifrige und bereitwillige Hilfe bei Richards kleinen Jobs verdient hatten. Sie sollten um elf den Stadtbus zur Werkstatt nehmen, aber Meg erzählte Matthew, was sie tun könnten und daß das ein großer Spaß sei, und sie beschlossen, daß sie nicht in diesen Bus steigen wollten.

Die Frau mit den Cowboystiefeln ließ sie am Ende der Wellington Street aussteigen, dort, wo sie auf den Highway 401 stieß, und als Meg mit offenstehender Wagentür fragte, in welche Richtung sie jetzt gehen müßten, wies die Frau zur Auffahrt hinunter. Sie gingen die langgestreckte Kurve entlang zum Highway, dicht an der ungefährlichen

Seite, weg von der Straße, und wenig später nahm ein Lastwagenfahrer sie mit, der gerade selbst von der Auffahrt kam.

Sobald sie oben und im Führerhaus waren, sah der Fahrer, wen er in seiner Obhut hatte. Er fragte sie, ob vielleicht jemand gerade nach ihnen suchte, und als Meg höflich verneinte und ihm ehrlich sagte, wo sie wohnten und wo sie arbeiteten, und weniger ehrlich, daß sie einen Tag freihatten und zu Besuch bei ihren Großeltern eingeladen waren, kaufte er ihnen das zwar nicht ab, aber er beließ es dabei. Sie kamen ihm ganz gewitzt vor. Trotz ihrer Größe war das Mädchen hübsch, sie hatte ein keckes kleines Gesicht und einen fabelhaften Vorbau. Und er dachte, daß das Kind so aussah, als könnte es auf sich selbst aufpassen.

Vom Highway 401 bog er scharf ab auf den 402 und erzählte ihnen von Michigan und von Chicago, von seiner Frau und seinen Kindern in Windsor. Er ließ sie am Radio herumspielen. Nach fünfundvierzig Minuten näherten sie sich der Ausfahrt zu der Stadt, in die sie wollten, und er sagte ihnen, daß er keine Zeit für einen Umweg hatte, so leid es ihm tue. Er ließ sie aussteigen und sah ihnen nach, wie sie die Ausfahrt entlang zur alten Landstraße gingen, und er wartete die fünf Minuten ab, die es dauerte, bis jemand anhielt. Dieser Jemand war Margarets langjährige Freundin Angela Johnston, die gerade aus Sarnia zurückkam, wo sie einen Termin beim Chiropraktiker gehabt hatte. Sie erkannte Meg, bevor sie anhielt, denn abgesehen von ihrer Größe sah sie Andrea so ähnlich, ihr Teint, besonders ihr Mund. Sie hatte sie einmal aus der Nähe gesehen, denn während eines Bridgeabends bei Margaret war sie mit ihrem Dad gekommen, um Bill zu einem Eishockeyspiel in der Arena abzuholen. Im Auto fragte Meg, ob Angela sie zum Haus der Chambers fahren könne, und sie sagte, daß sie das gerne tun werde. Sie sagte, daß sie Bill und Margaret kannte, daß sie ihre Großeltern waren, nicht wahr? Sie vermutete richtig, daß Meg sie nicht wiedererkannte.

Bills Wagen stand nicht in der Einfahrt, also stieg Angela aus und ging mit ihnen zur Hintertür, was Meg sichtlich wütend machte. Aber Margaret war zu Hause. Sie erzählte Margaret, was sie wußte, vom Highway 402, dem Lastwagenfahrer, der gewartet hatte, bis sie sie mitnahm. Margaret bedankte sich sehr, und Angela ging und wußte, man verließ sich darauf, daß sie den Mund hielt.

Margaret rief Andy an, die ihr sagte, daß sie die Kinder schon erwartet hatten, daß Richard diesmal angerufen hatte und daß sie gleich kommen und Meg holen würden. Sie sagte, daß sie besser auflegen und Richard Bescheid sagen und dann Matthews Eltern in London anrufen sollte, noch eine Nummer, die sie inzwischen nicht mehr nachschlagen mußte. Andy und Paul fanden Matthews Eltern sehr nett. Als die Kinder im vergangenen Jahr zum ersten Mal erwischt worden waren, hatten sie sich nicht übermäßig aufgeregt. Das hätten sie durchaus tun können, man hätte ihnen ein wenig Geschrei, ein wenig fürsorglichen Zorn verziehen. Vielleicht waren sie auch müde. Vielleicht hatten sie es auch vor langer Zeit mit Zorn versucht und festgestellt, daß das Ergebnis dürftig war.

Paul fuhr den Transporter rückwärts aus dem Schuppen bei der Einfahrt heraus und holte Andy an der Eingangstür des Farmhauses ab. Als sie eingestiegen war und sich angeschnallt hatte, lächelte er ihr zu. »Wir schaffen das«, sagte er. »Wir haben schon Schwereres geschafft.«

Andy sagte gar nichts. Sie erinnerte sich an Meg, als sie jünger war, als sie noch Meagan war, und daran, wie leicht alles geworden war, als sie ihnen endlich gehorchte, wenn sie nur um etwas baten, wie sie dann stolz gegrinst und gesagt hatte: »Ich mache, was man mir sagt«, denn es war für sie eine neue Fertigkeit gewesen, die sie gelernt hatte, eine Leistung.

Und sie dachte an das letzte Mal, als Meg diese Nummer vollbracht hatte, an deren Wirkung auf sie, es hatte die tröstliche Nähe zwischen ihnen zerstört, und daß sie plötzlich fehlte, war unvorhergesehen und erstaunlich gewesen, als hätten sie in all den langen Jahren nicht selbst für diesen Trost gesorgt, sondern ihn als Besucher in ihrem Bett empfangen.

Als sie sehr jung waren, war es ihr ganz leichtgefallen, Paul zu sagen, daß sie ihn liebte, zu sehen, wie er leuchtete, wenn sie diese Worte benutzte. Wenn sie damals gewußt hätte, was sie heute wußte, hätte sie statt dessen gesagt, ich vertraue dir, Paul. Es ist Vertrauen. Und sie hätte damit gemeint, dies ist die nackte, verschwitzte, einzige Zeit, in der die Welt sicher für mich ist. Sie hätte gemeint, nicht die Liebe macht es so schön, so gewagt, es ist das Vertrauen, das unsere Haut in einem dunklen Bett zum Leuchten bringt.

Aber alle glaubten, daß sie Liebe wollten. Die Liebe sollte die Welt bewegen. Und alle machten eine Riesensache daraus. Wie konnte sie jemals hoffen, daß das Vertrauen an die Liebe heranreichte?

Als sie nur Minuten vor der Abfahrt zum Highway in die Stadt an der Farm der Fulbrights vorbeikamen, geschahen zwei Dinge. Zuerst sah Paul im Rückspiegel, daß ein roter Pickup drängelte, obwohl er fuhr, wie er immer fuhr, nämlich ein wenig zu schnell. Er sah in den Spiegel und fragte: »Wessen Transporter kann das sein?«

Andy drehte sich um und sah nach, aber sie erkannte weder den Transporter noch den Fahrer, der allein im Führerhaus saß. Als der Transporter neben ihnen war und gemächlich überholte, konnten sie das unbekannte, aber ungewöhnlich ernsthafte Gesicht des Fahrers deutlich sehen, und sie sahen etwas wirklich Unglaubliches. Eine ältere, gut angezogene Frau mit dünnem weißen Haar wurde auf der Ladefläche durchgeschüttelt. Offenbar versuchte sie zum wiederholten Male und unter großen Schwierigkeiten, sich aufrecht hinzusetzen, aber sie fand keinen Halt, ihre

Arme waren zu schwach. Paul sah, wie sie kämpfte, und er hupte. Der Fahrer beschleunigte, und Paul schrie »Arschloch« und hupte wieder, er schlug mit der Faust auf die Hupe, um sich verständlich zu machen.

Das laute Hupen regte den neuen Hund der Fulbrights auf, einen schwarzen Labrador, der im Schatten der Scheune gelegen, zugesehen und gewartet hatte, daß etwas passierte, und er rannte auf die Straße und bellte aus Leibeskräften. Der Hund war eigentlich kein Welpe mehr, aber er war noch nicht alt und erfahren genug, um zu wissen, wie man einem Transporter nachrennt und trotzdem einen Bogen um ihn macht, und weil Paul die Unerfahrenheit des Hundes berücksichtigte, schwenkte er aus. Im Schwenken bremste er zu hart und verlor die Kontrolle über den Transporter.

Normalerweise hätte er auf den Hund keinerlei Rücksicht genommen. Er wäre mit gleichbleibender Geschwindigkeit weitergefahren, denn genau das erwartete ein Farmhund, der einen Transporter verfolgte. Das hatte er mit fünfzehn am Steuer von Bills 1952er Ford Fairlane gelernt, und in den dreißig Jahren seither hatte er nie einen Hund überfahren.

Der Transporter wurde über den Straßengraben geschleudert und blieb auf der Seite liegen, ein alter, solider Ahorn hatte ihn zum Stillstand gebracht.

Andy war noch angeschnallt, als sie wieder zu Bewußtsein kam. Sie hörte eine Frau schreien, sie hörte sie schreien, als wäre sie weit weg, und sie dachte, ach, die arme Frau, und dann wurde das Schreien lauter, es kam näher, und sie erkannte es, wie man einen Freund erkennt, der sich in einer dunklen Nacht auf einem ländlichen Feldweg nähert. Es war ihre eigene Stimme, und sie rief nach Paul.

Als sie die Augen öffnete, sah sie die feste, stumpfe Masse eines Baums, narbige graue Rinde, sie hätte ihn beinahe berühren können, wenn sie daran gedacht hätte, ihre Hände zu bewegen. Sie spürte ihr eigenes Gewicht im Sicherheitsgurt. Und die scharfen Stiche von hundert kleinen Schnitten. Glassplitter hatten ihr Gesicht, ihre Kopfhaut und ihre Arme durchstochen, und sie konnte sehen, wie das Blut in Tropfen über die Haut an ihren bloßen Armen rann, konnte spüren, wie es ihr in die Augen lief. Und sie konnte es schmecken. Ein Mann kletterte über die Motorhaube zu ihr hin, seine Füße suchten Halt im verbogenen Rahmen der Windschutzscheibe, die zersplittert und eingefallen war.

Es gelang Ed Fulbright, ihre Tür zu öffnen und ihren Sicherheitsgurt zu zerschneiden, aber er konnte sie nicht halten, obwohl sie so klein war. Sie fiel auf Pauls Körper herab. Sie hatte keine Möglichkeit, sich festzuhalten. Er mußte sie bitten, sich ihm zuzuwenden, ihm die Hände zu reichen, und als sie das konnte, sich umdrehen und nach ihm greifen, lächelte er sie ermutigend an.

Sobald Ed sie am Straßenrand abgelegt hatte, kam seine Frau mit einer Decke und Laken im Arm und mit einer Schrotflinte in der anderen Hand. Amy Fulbright wies mit einem Nicken auf die Scheune, wo der Hund zusammengerollt lag, hechelte und sie nicht ansehen wollte, und sie reichte Ed die Flinte. Dann kniete sie neben Andy auf dem Kies nieder und breitete die Decke über sie. Sie fing an, ein Laken in Streifen zu reißen, wobei sie jeden Riß mit den Zähnen begann, und während sie die Glassplitter aus Andys Gesicht zog, drückte sie den Stoff auf die Schnitte, um das strömende Blut aufzusaugen. Sie drückte sehr sanft, streichelte beruhigend Andys Haar und sagte: »Wir haben den Krankenwagen gerufen. Er wird gleich hiersein. Aber ich glaube, es fehlt Ihnen nichts.«

Andy wollte nicht, daß diese Frau sich um sie kümmerte und sie beruhigend streichelte, sie wollte nicht, daß ihre Hände sich an ihren Armen und ihrem Gesicht und ihrem Hals zu schaffen machten. Sie wollte eine Antwort haben auf die Frage, auf die einzige Frage.

Amy Fulbright sammelte sich und sagte, daß Ed lieber nicht versuchen wollte und sollte, an Paul heranzukommen. Sie sagte, daß Ed Angst hatte, Paul zu bewegen, und daß sie es deshalb nicht sicher wußte, daß Paul aber wahrscheinlich einfach noch bewußtlos war, daß er wahrscheinlich einfach schwerer verletzt war. Sie sagte: »Wir wollen beten«, senkte den Kopf, bedeckte ihr ganzes Gesicht mit ihrer großen Hand und fing an zu murmeln.

Als die Flinte losging, fuhr Amy Fulbright erschrocken zusammen, obwohl sie schließlich wußte, daß es kam, obwohl sie darauf bestanden hatte. Andy zuckte mit keiner Wimper. Sie stand unter Schock, und es blieb dabei.

Die Polizisten kamen an die Küchentür, zu zweit. Meg war sofort da, Matthew folgte ihr, aber Bill ließ sie herein. Als die Polizisten gesagt hatten, was zu sagen war, stürzte Meg heulend zu Boden, und Matthew wich mit schützend vor das Gesicht erhobenen Händen bis zum Herd zurück. Bill wandte sich von allen ab und setzte sich an den Tisch, sein vierundsiebzig Jahre alter Körper fiel in sich zusammen und wurde sofort und ständig kleiner. Er saß ganz still und umklammerte mit einer zitternden Hand die andere. Sein Gesicht war ruhig, sein Mund geschlossen. Seine Augen waren weit offen und fixierten grimmig etwas, das in der wirklichen Welt nicht existierte.

Margaret kam in die Küche und wußte von nichts, sie nahm an, daß es bei dieser Aufregung um Meg ging. Sie sah auf Bill an seinem Platz am Tisch herab und dachte, er hat seine Sehkraft verloren, was zum Teufel geht hier vor, er ist blind geworden. Und dann erst nahm sie die Uniformen in ihrer Küche wahr, und sie begriff, um was für eine Sache es gehen mußte. Sie wußte, daß nur bestimmte Nachrichten auf diese Weise überbracht wurden. »Sie müssen es mir schon auch sagen«, sagte sie zu ihnen.

Die Polizisten gingen allein hinaus, aber auch als sie fort

waren, ließ Bill sich nicht von ihr berühren. Er sagte, er wäre fertig mit Gott. Er sagte, ihm wäre jetzt klar, daß er nach Sylvias Tod geglaubt hatte, er wäre fertig mit ihm, aber die ganze Zeit seither hätte er sich immer eine Möglichkeit offengehalten, hätte er in seinem Zweifel Raum für den Zweifel selbst gelassen. Er sagte ihr, daß er diesmal keinen Unglauben empfand. Unglaube hieß, daß man sich erlaubte, auf etwas zu hoffen, und dann feststellen mußte, daß man nicht daran glauben konnte. Er ging die Treppe hinauf und rief zurück, daß Gott nur ein schwarzes, hoffnungsloses Loch war, daß Gott nichts war.

Margaret erledigte alle ihre Anrufe. Als sie fertig war, rief sie Angela Johnston an und bat sie, zu kommen und bei Meg und Matthew zu bleiben, bis Matthews Mutter ihn holte, und dann bei der heulenden Meg zu sitzen, bis Daphne oder Patrick aus London kamen. Sie wußte nicht, ob Angela das schaffen würde, aber es gab sonst niemanden, den sie fragen wollte. Und dann fuhr sie allein in das Krankenhaus in Sarnia.

Sie saß auf dem vierspurigen Highway hinter dem Steuer und fühlte sich zum ersten Mal in ihrem Fahrerleben unwohl wegen der Sattelschlepper, die einer nach dem anderen aufholten und dann langsam und dumm vorbeidonnerten, und sie dachte, ich weiß nicht, wie ich die nächsten Tage meines Lebens überstehen soll. Ich weiß nicht, wie. Sie schluchzte heftig bei jedem einzelnen Wort, endlich tat es weh, jetzt, wo niemand da war, der bezeugen konnte, daß es weh tat. Es hörte nach fünf Meilen nicht auf und auch nicht nach zehn. Es hörte nicht auf, bis sie auf dem Krankenhausparkplatz stand, wo es aufhören mußte. Sie stellte den Motor ab und atmete so tief wie möglich ein. Sie wischte ihr Gesicht mit einem Kleenex trocken und ordnete ihr Haar mit den Fingern, dann richtete sie den Rückspiegel ein und versuchte ein kurzes Lächeln. Das Lächeln war grauenhaft, falscher als alles, was sie je gesehen hatte. Aber in diesem

Grauen konnte sie sich Andys noch größeren Kummer vorstellen, sich darauf vorbereiten. Ihre eigene Trauer war nichts dagegen. Das war die Wahrheit.

Sie fand Andy auf einer Krankenstation. Ihre Mutter war bei ihr, sie saß auf einem Stuhl neben dem Bett und streichelte das Laken über Andys Schultern. Margaret suchte sich auch einen Stuhl und sah schweigend zu, wie Andys Mutter sich um sie kümmerte, sah zu, wie sie das Wasserglas an Andys Mund führte. Die wenigen Krankenschwestern, die über den Flur eilten, hatten augenscheinlich kaum Zeit für etwas anderes als Wunden, Verbände und Bandagen. Sie waren durchaus freundlich und auf respektvolle Weise behutsam, und sie bewegten sich leise, aber mehr konnten sie nicht tun.

Als Margaret glaubte, daß Andy bereit war, sagte sie ihr, was sie wußte, daß man ihnen gesagt hatte, daß Paul am Leben gewesen war, als sie ihn aus dem Lastwagen holten, daß er im Krankenwagen noch eine Weile gelebt hatte. Aber er hatte das Bewußtsein nicht wiedererlangt, er hatte nicht gesprochen. »Wenigstens das«, sagte sie. »Wenigstens mußte er nicht leiden.«

»Die alte Frau auf dem Transporter«, sagte Andy, wegen der Beruhigungsmittel sprach sie undeutlich. »Er war so wütend. Er ist im Zorn gestorben.« Sie wußten nicht, was sie meinte, und sie fragten nicht nach.

Später am Nachmittag kamen Neil, Carol und Krissy in das Zimmer, und Margaret stand auf und sagte, sie solle nun besser nach Hause gehen.

Patrick und Mary kamen zuerst in der Stadt an. Mary hatte mit Stephen im McGill telefoniert, gleich nachdem Patrick sie von der Arbeit aus angerufen hatte, dann war sie zur Highschool gefahren, um die beiden anderen abzuholen, und als sie zum Haus in der Picadilly Street zurückkamen, war Patrick schon da, er hatte sich in das obere Badezimmer eingeschlossen, und die Dusche lief, aber als er herauskam, trug er immer noch seinen Anzug und war knochentrocken. Als sie mit dem Schlüssel in der Hand auf die Eingangstür zugegangen war, hatte sie ihn gehört, seine trockenen Schreie. In einer halben Stunde hatten sie gepackt und waren unterwegs. Patrick hatte nicht gewollt, daß sie fuhr. Sie hatte ihm die Schlüssel aus der geballten Faust nehmen und ihn zur Beifahrertür führen müssen. Sie hatte seinen Sicherheitsgurt befestigen müssen.

Als sie am Haus ankamen, bedankten sie sich bei Angela und schickten sie nach Hause, und bald kam Daphne mit Maggie und Jill. Murray und seine Frau Kate waren von Toronto aus unterwegs, er hatte Margaret gesagt, daß sie gegen neun oder zehn am Abend dasein würden. Patrick ging zum Golfplatz-Motel, um Zimmer zu beschaffen.

Margaret hatte Sarah in Vancouver angerufen, und sie wollte versuchen, noch einen Flug zu bekommen. Sarah hatte eigentlich in ein paar Monaten kommen und ihnen ihr Baby zeigen wollen, und Margaret hatte ihr am Telefon gesagt, daß sie jetzt vielleicht lieber nicht kommen sollte, nicht allein, es war so ein langer Flug, daß sie das mit ihrem Arzt besprechen und tun sollte, was das beste war, daß sie verstehen würden, wenn es besser für sie war, später zu kommen, nachdem das Baby sicher geboren war. Aber Sarah sagte nein, sie würde dasein. Sie würde den ersten Flug nehmen, den sie bekam.

Sie aßen benommen zu Abend, Rührei und Toast, dann steckte Margaret Meg in Daphnes Bett, wo sie gerne sein wollte, und sie mußte versprechen zu schlafen. Jemand schaltete den Fernseher ein, und nach und nach fuhren Patrick und Neil alle Autos in die Stadt, um sie vollzutanken und durch die Waschanlage zu schicken. Kurz vor elf gingen Daphne und die Mädchen, um bei Paul und Andy zu schlafen und sich außerdem um alles zu kümmern, denn Krissy hatte beschlossen, über Nacht bei Andy im Krankenhaus zu bleiben und auf einem der Plastiksofas im Warteraum zu schlafen, wenn es sein mußte. Die anderen gingen zum

Golfplatz-Motel, denn es war nicht mehr genügend Platz für alle, und Rebecca, die jüngste und einzige Tochter von Patrick und Mary, hatte schon unter normalen Umständen Angst vor Meg.

Am nächsten Morgen fuhren Patrick und Neil mit Andys Mutter nach Sarnia, um Andy aus dem Krankenhaus abzuholen. Margaret hatte im Krankenhaus angerufen, und man hatte ihr gesagt, heute oder morgen, je nachdem, wohin sie nach Hause kam, ob man ihr zu Hause helfen würde. Von Kleidern hatten sie nichts gesagt, und Margaret hatte nicht an Kleider gedacht, bis Patrick aus der Einfahrt und schon die halbe Straße entlanggefahren war, zu spät. Sie hatte Patrick und Neil gesagt, daß sie Andy zu ihr nach Hause bringen sollten und daß auch ihre Mutter bleiben sollte, vielleicht auf dem Gästebett der McKellars. Nur zwei Dinge wußte sie genau: daß Andys Kinder auf eine Weise Hilfe brauchen würden, die niemand auch nur entfernt erahnen konnte, und daß Andy nur stark genug sein würde, sie ihnen zu geben, wenn man sich auch um sie kümmerte.

Krissy hatte die ganze Nacht neben ihrer ruhiggestellten Mutter gewacht. Als sie am Morgen spürte, daß die anderen hinter ihr ins Zimmer traten, stand sie auf und lief direkt in Patricks Arme. Sie sagte ihnen, daß eine Krankenschwester Andy um Mitternacht noch eine Spritze mit irgend etwas gegeben hatte, und daß sie gegen zwei endlich eingeschlafen war. Man hatte sie gerade aufgeweckt. Ein Frühstückstablett stand unberührt auf dem Tisch am Fußende des Betts, und sie sollte noch einmal gewaschen werden. Andy lag zusammengerollt auf der Seite und zitterte, sie trug ihre blutigen Kleider, um darin nach Hause zu fahren.

Neil trug seine Mutter fast vom Rollstuhl in den Wagen, und während Patrick durch den dichten Stadtverkehr fuhr, sagte er, daß Margaret Andy bei sich haben wollte, daß Andys Mutter auch kommen sollte, daß das hoffentlich in Ordnung war.

Murray und Daphne hatten freiwillig die Fahrt zum Flughafen übernommen. Am Küchentisch hatte Murray ihr sagen können, wie wunderbar Maggie und Jill seien, denn das konnte er ihr vor allen anderen sagen, und sobald sie im Wagen saßen und angeschnallt waren, sagte er es noch einmal. »Du machst das wirklich großartig.«

»Sie sind ganz von selbst wunderbar«, sagte Daphne zu ihm. »Es könnte doch sein, daß du und ich gar nicht so wichtig sind.«

Sie waren beide wie betäubt. Murray nahm den alten Highway, er sagte, sie hätten eine Menge Zeit und das sei eine Möglichkeit, allem für eine Weile zu entkommen. Für Meilen sprachen sie nicht, und dann sagte Daphne, daß ihre Hände jedesmal ineinander verklammert waren, wenn sie sie ansah. »In meinen Handflächen sind überall Abdrücke von meinen Fingernägeln«, sagte sie und betrachtete ihre offenen Hände. »Diese kleinen gekrümmten Mondlinien, die die normalen Linien schneiden, wie nennt man die noch?« Sie kannte die Namen. »Die Herzlinie«, sagte sie. »Die Kopflinie. Die Gesundheitslinie. Die Lebenslinie. Die Schicksalslinie.«

Murray legte seine freie Hand in ihren Schoß, und sie nahm sie, sie berührte mit den Fingern die warme, weiche Haut auf seinem Handrücken, nahm sie wieder weg, wartete ein paar schwere Sekunden und berührte die Haut dann wieder, streichelte sie und freute sich an seinem Dasein. Jeder, der das sieht, erkennt sogar aus der Entfernung, daß das Liebe ist, dachte sie. Unbefangene Liebe.

Doch manchmal, meistens dann, wenn Schuldgefühle sie plagten und ihr Wohlbefinden störten, fragte sie sich, ob es eigentlich nur der Samen gewesen sei, nach dem sie immer verlangt habe und den sie immer noch wollte, sogar jetzt, wo er nicht den geringsten Nutzen für sie hatte. Nur seinen, aber immerhin nur Samen. Vom ersten Mal an hatte sie für lange Zeit spüren können, wie ihr Gebärmutterhals sich freudig bewegte, und jedesmal war dieses Wissen aus einem

Bereich hinter dem süßen Delirium zu ihr gedrungen, aus einem Bereich jenseits davon, und weil sie von diesem Geheimnis ein Bild haben wollte, eine Miniatur, die man in einem goldenen Medaillon tragen konnte, hatte sie sich einen kleinen, versteckten, fröhlichen Muskel vorgestellt, der gähnend offenstand wie das Maul eines Fischs. Aber kürzlich hatte sie einen Dokumentarfilm gesehen, einen Film von einer Frau, die einen Orgasmus hatte, die Frau hatte in irgendeinem Labor auf dem Rücken gelegen, man hatte die winzige Kamera und das Lämpchen um der Wissenschaft, um des Wissens willen vorsichtig eingeführt, und sie hatte gesehen, daß es überhaupt nicht so war, wie sie es sich vorgestellt hatte. Der Gebärmutterhals war nicht wie ein Fisch. Er tauchte immer wieder in den Samenteich ein wie eine kleine, durstige Taube.

Sie waren seit drei Jahren nicht zusammengewesen. Zwei Monate vor seiner Hochzeit mit Kate hatte Murray ihr mit einer eingeübten, kontrollierten Telefonstimme gesagt, daß es vorbei sein mußte. Er hatte ihr erklärt, daß er wahrscheinlich allein weiterleben könnte, daß er das aber nicht wollte, nicht mehr. Er brauchte jemanden, der bereit war, sich Vollzeit zu verpflichten.

Eine gutgläubige Seele, hatte sie beim Zuhören gedacht. Ist es das, was du willst? Was du irgendwo gefunden hast?

Er sagte ihr, daß er sich möglicherweise verliebt hatte. Daß es sich so anfühlte.

Er hatte einige Male zuvor etwas Ähnliches versucht, es war nicht wahr gewesen, und er hatte gehofft, sie mit seinen eingeübten Lügen abzuschütteln. Aber diesmal war es wahr.

Daphne hatte zugehört, wie er die Wahrheit sagte, und sie hatte die Veränderung sofort bemerkt. Er hatte sich verraten, denn sonst war immer eine Spur von gespielter Tapferkeit dabeigewesen, einen Hauch von Gefahr in seiner Stimme, und diesmal gab es nur ein trübes Bedauern, es war nur der stille Rückzug eines Mannes, der sich entschieden hatte.

»Dann machen wir am besten leicht verändert weiter«, hatte sie gesagt, um sich zu retten. Sie saß an ihrem Fenster, von dem aus man über die schlammige Thames sah, Maggie war in der Schule, und Jill saß auf ihren Knien und hielt ihr eines ihrer Geschichtenbücher hin. »Das ist keineswegs ein großer Schock für mich. Du bist mehr als großzügig gewesen. Die ganze lange Zeit bist du großzügig gewesen.« Sie wartete darauf, daß er etwas sagte, aber offenbar wollte er, daß sie weitersprach. »Wie wäre es mit folgendem Plan«, sagte sie. »Wir erinnern uns ab sofort nur an das Beste. Auf der Stelle. Ohne Umwege.« Er sagte immer noch nichts. »Und natürlich die Mädchen«, sagte sie. »Sie sind deine. Da gibt es keine Spielchen.«

Es hatte Murray nicht überrascht, daß sie absolut beherrscht war, daß sie nicht einmal fragte, wen er zu lieben glaubte. Er wußte, daß sie nicht um ihn kämpfen würde. Sie mußte nicht um ihn kämpfen. Er forderte keine Garantien wegen Maggie und Jill, denn Daphne schwankte nicht, sie sagte nichts, was sie nicht meinte. Ihre Versprechen waren selten, aber sie wurden gehalten. Und er fragte nicht, was sie tun werde, ob sie sich selbst jemanden suchen werde, denn wenn er gefragt hätte, hätte sie nur gesagt, daß er sich keine Sorgen machen solle, daß sie schon zurechtkäme. Und damit war es erledigt, so leicht. Zwanzig Jahre erledigt.

Als sie in die Straße zum Flughafen einbogen, hielt sie seine ganze große Hand in ihren beiden kleinen Händen. »Ich mag Kate sehr«, sagte sie. »Das geht anscheinend allen so.« Wieder schwieg sie eine Weile, sie dachte darüber nach, wie sie ihn davon überzeugen konnte. »Ich habe versucht, herauszufinden, warum die Kinder jedesmal aufleben, wenn sie sich an den Tisch setzt, und zwar alle. Meiner Meinung nach ist das so, weil sie sie nicht nervös macht. Sie macht sie das Gegenteil von nervös.«

»Ich habe die Mädchen in meinem Testament berücksichtigt«, sagte Murray.

»In deinem Testament?« fragte sie. »Stimmt was nicht?« Sie starrte auf seine Hand in ihrem Schoß, als hätte ihre Kraft sie betrogen. »Du bist doch nicht krank?«

»Nein«, sagte er. »Es geht mir gut. Eine ganz normale Aktualisierung.«

Sie hob seine Hand an ihren Mund und ließ ihre Lippen kurz auf seiner warmen Haut ruhen. »Weiß Kate das mit dem Testament?«

»Ja«, sagte er. »Ich habe ihr gesagt, daß es so ist, weil sie keinen Vater haben und weil ich keine Kinder habe. Für sie ist es in Ordnung. Sie hat selbst ganz ordentlich Geld. Und einen sehr guten Rentenplan mit der Universität. Sie ist schon fast zwanzig Jahre dort.«

»Wirst du es ihnen sagen?« fragte sie.

»Damit sollten wir vielleicht noch warten«, sagte er. Er bremste und bog ab zum Flughafenparkplatz. »Und ich will dir das Haus verkaufen«, sagte er.

»Das Haus in der Stadt?« fragte sie. »Ich wohne nicht in der Stadt.«

»Es ist vermietet. Du könntest es weiter vermieten.«

»Und wenn«, sagte sie. »Ich habe wirklich kein Geld. Ich habe nicht viel sparen können. Nicht die Bohne, das wäre der passende Ausdruck für das, was ich sparen konnte.«

»Der Preis spielt keine Rolle«, sagte er. »Einen Dollar, nur, damit der Handel legal ist. Patrick schickt dir die Papiere zur Unterschrift, die Übertragungsurkunde für das Land.«

»Und wir sagen es keinem?« fragte sie.

»Jetzt sagen wir es keinem«, sagte er.

»In Ordnung«, sagte sie. Sie griff in ihre Tasche nach dem Geldbeutel, nahm einen weichen Dollarschein heraus und steckte ihn in seine Hosentasche. »Ich liebe dieses Haus«, sagte sie. »Vielleicht setze ich mich dort zur Ruhe. Wenn ich senil bin, kann ich Rosen züchten und sie den Leuten schenken. Eimerweise frisch geschnittene Rosen von der komischen alten Frau, die allein in diesem großen Haus mit der umlaufenden Veranda wohnt. Die Ohrenschützer trägt und hohe Absätze und Overalls. Die zu lange Fingernägel hat.«

»Ach, du kannst dort auch ein ganz normales Leben führen«, sagte er. »Auch eine Möglichkeit.«

Als sie zum Terminal kamen, sahen sie, daß Sarah und Stephen mit ihren Taschen an der Abholschranke warteten. Stephen hatte schon seinen Anzug an, er hatte ihn offenbar im Flugzeug aus Montreal getragen. Als Sarah in den Wagen stieg, erzählte sie ihnen, daß sie in Pearson eine frühere Verbindung bekommen hatten, weil der Flug von Vancouver ein bißchen früh im Plan gewesen war, und daß sie und Stephen zusammen im Coffee Shop gewartet hatten. Sie sagte, sie hätte aus Toronto im Haus angerufen, aber es wäre besetzt gewesen. Abgesehen von ihren Augen, die ohne Make-up überschattet und verquollen waren, sah sie fit und gesund und stark aus. Sie trug einen dunkelgrünen Schwangerschafts-Jogginganzug, dessen Stoff sich über ihrem hohen, breiten Bauch spannte. Der Jogginganzug überraschte Daphne ein wenig, denn Sarah hatte sich immer sehr sorgfältig und ein wenig auffallend gekleidet. Normalerweise hätte man sie nicht in diesem Aufzug erwischt, nicht in der Öffentlichkeit.

Für die Fahrt nach Hause gaben sie ihr den Vordersitz neben Murray. Stephen saß mit Daphne hinten, er hatte sein Gesicht den vorbeiziehenden Randgebieten der Stadt zugewandt, den kleinen Fabriken, den Kartonagenwerken, den Autohändlern. Sarah brach erst zusammen, als sie auf dem Highway waren, nachdem sie einige ihrer Fragen beantwortet hatten.

Als Sarah geboren wurde, war Paul fünfzehn gewesen, und vier Jahre später war er verheiratet und wohnte auf der Farm, aber was das Alter anging, wàr er ihr von allen am nächsten gewesen. Bevor Andy Paul geheiratet hatte, bevor ihre eigenen Kinder geboren wurden, hatte sie mit Sarah ziemlich viel unternommen, sie hatte ihr kleine Sonnenanzüge angezogen und war an ihren freien Tagen mit ihr zum See gegangen, um im Sand mit bunten Plastikeimern und Servierlöffeln aus der Küchenschublade zu spielen, sie hatte am Küchentisch mit ihr gemalt und aus einem von Daphnes alten Büchern Papierpuppen ausgeschnitten. Daphne nahm an, daß Sarah sich daran erinnerte. Sie hörte auf zu reden, damit sie sich in Ruhe erinnern konnte.

Mary und Kate waren wieder zum Haus gegangen, um bei Meg zu bleiben, während die anderen zum Flughafen fuhren, denn Margaret brauchte etwas Schlaf und Bill war noch immer in sehr schlechtem Zustand, er konnte nur vom Bett aufstehen und ins Badezimmer gehen. Die beiden ruhten sich aus und wechselten sich ab, eine von beiden legte sich oben mit Meg in Daphnes Bett, während die andere an die Küchentür ging. Mary erkannte nicht viele von den Männern und Frauen, die kamen und ihnen Essen brachten, aber sie redete sich heraus und behauptete, sich zu erinnern, sie irgendwann kennengelernt zu haben, wenn man ihr das unterstellte. Die Leute, die an der Tür standen, waren natürlich im Vorteil.

Von Kate erwartete man nicht, daß sie jemanden erkannte, denn sie und Murray waren noch nicht lange verheiratet. Man sah in ihr die zweite Frau, eine Frau, die nicht viel wußte. Aber die Gesten, das Wesen der Gesten kannte sie durchaus. Männer schüttelten langsam die Köpfe und sagten fast gar nichts, die Töpfe in ihren Händen waren dick in Zeitungspapier gewickelt und immer noch warm von einem Ofen, die Kuchen und die vielen Süßspeisen waren erkennbar ganz frisch gemacht, denn die Frauen, die sie schickten, achteten sorgsam darauf, nur beste Zutaten zu schicken, nur das Allerbeste.

Kates Eltern waren nach Oakville gezogen, als Kate und ihre Schwestern die Universität besuchten, wo sie, wie sich herausstellte, für immer bleiben sollte, aber Kate war ganz ähnlich aufgewachsen, in Dresden, einer Stadt, die nicht weit weg und fast genauso klein war. Ihre Ur-Ur-Urgroßeltern waren nur ein paar Monate vor dem Bürgerkrieg nach Norden gebracht worden, als sehr viele Sklaven über die Grenze kamen. In Dresden hatten sie diese Reise beendet und sich ein Leben aufgebaut. Sie sah, daß die Freunde und Nachbarn kurz und diskret auf ihre aufwärts gerichteten rosa Handflächen starrten, wenn sie die warmen Gefäße in die Hände nahm.

Sie konnten Meg nicht trösten. Margaret sagte, daß sie zu Hause bleiben mußte, daß man sie vor der Beerdigung nicht nach London zurückbringen konnte, daß sie sie irgendwie beruhigen mußten. Aber Meg konnte oder wollte nicht schlafen. Sie war hellwach und weinte Tag und Nacht. Sie konnte sich nicht ausweinen.

Andy, die still war und sichtlich Ruhe brauchte, wurde im Zimmer der Jungen untergebracht, und dann versuchten Neil und Carol, Meg mit nach Hause zu nehmen, aber dort wollte sie nicht bleiben, und Neil mußte sich mitten in der Nacht anziehen und sie zurück zu Andy bringen. Margaret wachte bei Meg, bis es dämmerte, dann rief sie den Arzt in der Klinik an und bat ihn, den stärksten Hammer zu verschreiben, den er in seinem Arsenal hatte, denn das konnte einfach nicht so weitergehen. Einer der beiden neuen Apotheker, ein Malaie mit einem roten Mustang und großen, ruhigen Augen, brachte das Medikament selbst vorbei, er war schon eine Weile in der Stadt und wußte, daß man um diese Zeit an die Hintertür klopfte, und als Meg am Spülbecken stehend die ersten Kapseln einnahm, die er ihr mit einem Glas Wasser reichte, fragte sie, warum sie die einzige war, warum sie immer die einzige war?

Der Apotheker ging, und Kate, die Chemikerin war, nahm sich die Kapseln und las das Rezept, und dann sagte Krissy, daß sie es tun würde. Wenn die Beerdigung vorbei war, würde sie ihren Urlaub nehmen und mit Meg ins Heim zurückgehen und dort so lange bei ihr bleiben, wie es dauerte.

Die meisten Blumen waren in die Leichenhalle geschickt worden, aber einige wurden auch ins Haus geliefert, meistens Chrysanthemen, und es waren schon über hundert Beileidskarten gekommen. Am Vormittag war Meg ruhig und träge, sie beschloß, daß sie die Karten öffnen sollte, und sie öffnete sie mit ihren feingliedrigen, schönen Händen und ordnete sie in immer größeren Kreisen auf dem Eßzimmertisch an. Das tat sie mit großer Sorgfalt, und sie fluchte und schlug sich nicht, wenn eine Karte eine andere umwarf.

Es waren zwei Nachmittage und zwei Abende für Besuche nötig, denn Paul hatte auf die eine oder andere Weise sehr viele Leute gekannt. Der Leichenbestatter war im Begriff, das Geschäft von seinem Vater zu übernehmen, und er war sehr rücksichtsvoll, sehr aufmerksam. Auf Patricks Bitte hin hatte er nicht versucht, Pauls hohe Stirn dunkler zu machen, damit sie zu seinem vom Feld gebräunten Gesicht paßte.

Andys Mutter stand gleich an der Tür, mit ihrer Schwester und ihrem Schwager Don, sie waren aus Barrie gekommen, wo Don seit Jahren Polizist war. Sie hatten die Aufgabe, die Leute zu begrüßen, wenn sie das Wohnzimmer betraten, und sie zu bitten, sich in das Buch einzutragen. Neil, Carol, Krissy und Meg nahmen die Plätze neben ihrer Mutter ein, und Meg war sicher zwischen Carol und Krissy eingekeilt. Andy stand gleich neben dem Sarg, und sie war für das Schlimmste gewappnet. Ihr Gesicht und ihr Hals waren mit kleinen, genähten Schnitten übersät, aber ansonsten war sie dank Carols ruhiger Hand ordentlich zurechtgemacht, ihr Mund und ihre Augen. Sie war benommen und krank vor Kummer, aber bald war sie auch dankbar für die freundlichen Worte, für das verschwenderische Lob, das sie an Pauls Stelle entgegennahm. Sie hatte solche Dinge selbst schon gesagt, schon oft. Sie wußte, daß die Leute zu kämpfen hatten.

Alle übrigen flankierten den Sarg auf der anderen Seite, Bill an erster Stelle. Nicht viele Leute wußten Floskeln für Margaret und Bill. Margaret nahm an, daß das so war, weil sie nicht entfernt soviel Erfahrung damit hatten, den Eltern eines Verstorbenen ihr Beileid auszusprechen, und sie dachte, das ist auch gut so. Sie erkannte deutlich wieder, was sie vor sich vorüberziehen sah. Die vielen Leute gingen alle nacheinander den großen Kreis ab, die meisten wußten eine gewisse Distanz zu wahren und traten nicht zu nahe heran. Bill, der auf einer Stelle stehenbleiben mußte, schien manchmal ein wenig zu schwanken, und dann griff er nach dem glänzenden Holz, um sich ins Gleichgewicht zu bringen. Er hatte noch nicht geweint. Seine Augen fixierten immer noch das, was nicht existierte.

Alle außer Daphne konnten sich auf ihre Umgangsformen verlassen, sie konnten lächeln und Leuten danken, die sie jahrelang nicht gesehen hatten, konnten ihnen sogar kurze Fragen über ihr eigenes Leben stellen. Daphne sagte nichts zu niemandem. Sie stand mit dem Leichnam ihres Bruders in diesem Zimmer, mit den Blumenmassen und der schmalzigen Musik, sie hörte immer wieder die vielen nutzlosen Worte des Trostes, und sie hatte Gott gefunden, sie hatte Gott endlich fest im Blick. Ihr Kopf war vollgestopft, und der Haß sickerte in ihr wildes Gesicht, und die Leute, die ihre Hand nahmen und dann schnell an ihr vorbei- und der Reihe nach zu den anderen gingen, erkannten ihn als das, was er war.

An diesen beiden Nachmittagen und Abenden verließ Patrick einige Male seinen Platz in der Reihe und ging zu Andy oder zu Neil oder den Mädchen. Wenn er zu ihnen ging, um ihnen Mut zu machen und ihre Kraft, ihre Geduld zu stärken, stand er aufrecht mit erhobenem Kopf und legte eine feste Hand sanft auf eine Schulter. »Du machst das sehr gut«, sagte er, oder »Halt durch. Nur noch eine halbe Stunde, dann können wir nach Hause gehen.« Krissy hatte ein paar sehr schlimme Momente, besonders, nachdem ihre Freundinnen vorbeigegangen waren. Er legte ihr den Arm um den schmalen, zuckenden Rücken und sagte: »Liebling, es ist nur noch schlimmer für die Leute, wenn du weinst.« Es mußte getan werden. Jemand mußte es tun.

Patrick hatte darauf bestanden, daß Pauls Haut in Ruhe gelassen wurde, soweit das irgend möglich war, daß die blasse, hohe Stirn über einem gesunden, gebräunten Gesicht stehen sollte, wie sie es immer getan hatte, und er hatte einige ältere Tanten und Onkel zum Sarg begleitet und neben ihnen gewartet, während sie sich die Augen abtupften. Er hatte einige Male die unmäßig vielen Körbe gezählt, die um den Sarg herum und auf dem geschlossenen unteren Deckel standen, und er hätte die Stiele und Blätter und Blütenblätter der widerstandsfähigen Blumenarrangements in diesen Körben durchaus in Einzelheiten beschreiben können, aber den Leichnam sah er nicht ein einziges Mal an. Zwei Nachmittage und zwei Abende, und er sah nicht ein einziges Mal hin. Weil Paul fort war. Nicht tot, sondern fort.

Spät am zweiten Nachmittag kam Charlotte allein, um zu kondolieren. Sie ging die Reihe entlang und nahm die Hände in ihre eigenen, sie umarmte nur Andy und dann Bill, der sich nicht daran erinnern sollte, wie ihre dünnen Arme ihn umfaßten. Sie sprach mit niemandem ausführlich, schon gar nicht mit Murray oder mit Kate, der sie nie wirklich vorgestellt worden war. Margaret sah zu, wie alle Charlotte höflich und zurückhaltend begrüßten, und sie dachte, mit dieser Frau kann man Berge versetzen.

Am dritten Tag hielt der junge Priester der United Church den Begräbnisgottesdienst ab. Er war ein sehr aufrichtiger Mensch. Er hatte Paul nicht gekannt, aber das war nichts Ungewöhnliches mehr, die Priester beerdigten fortwährend Leute, die sie nicht gekannt hatten. Aber er hatte sich erkundigt. Er versuchte, etwas von Pauls Wesensart einzufangen.

Er sagte den Trauernden, daß sehr viele Leute Pauls Sinn für Humor erwähnt hatten, und wie sehr sie ihn genießen durften. Und was für ein guter Vater er gewesen war. Und wie mutig er seine Last getragen hatte, womit Meg gemeint war.

Sein Vortragston war freundlich und familiär, seine Ausdrucksweise ungezwungen. Die Worte, die er benutzte, waren Alltagsworte und manchmal ein wenig salopp. Er sprach auf all seinen Beerdigungen so, weil er ein Stadtmensch war, der irrtümlicherweise glaubte, daß die Leute auf dem Land es mochten, wenn es weniger offiziell zuging, daß sie wollten, daß man so mit ihnen sprach, daß sie es schätzten. Als Predigttext hatte er Johannes ausgesucht, Kapitel elf, die Geschichte von Jesus, der Lazarus von den Toten erweckt, und wenn er von den verzweifelten Schwestern sprach, von Maria und Martha, nannte er sie »die Mädels«. Er beendete seine Lesung mit Vers 23: »Dein Bruder wird auferstehen«, und für den Rest ihres langen Lebens dachte Margaret, wann immer sie an Paul dachte und bevor sie es verhindern konnte, dein Bruder.

Nach der Geschichte vom auferstandenen Lazarus ging Patrick zum Pult und las ein Gedicht von Updike vor, »A Pear Like a Potato«. Mary hatte das Gedicht nie zuvor erwähnt, aber sie hatte es im Kopf gehabt, und sie hatte in der Bibliothek in London angerufen, damit man es heraussuchte und ihr vorlas, so daß sie es aufschreiben konnte. Patrick hatte keine eigenen Worte. Er hielt die Gedichtzeilen in seinen zitternden Händen und las schnell vor, und während des Lesens war ihm bewußt, daß es Krissy war, die so laut schluchzte. Krissy und Mary neben ihr.

Vier der Sargträger waren Freunde von Paul, Männer, mit denen er Curling gespielt hatte und Eishockey, als sie Kinder waren, und die noch immer bei den Stonebrook Oldtimers spielten, wie Paul es getan hatte. Die beiden anderen waren Neffen, Patricks Stephen, der einundzwanzig war, und sein John, der achtzehn war. Als es Zeit war, den Sarg auf die

Schultern zu heben, nahmen die älteren Männer die jüngeren in die Mitte, einen auf jede Seite, sie gaben ihnen keine genauen Anweisungen, aber sie beobachteten sie, und als alles in Ordnung zu sein schien, klopften sie ihnen auf den Rücken.

Der Friedhof lag gleich am Stadtrand, jenseits des Bachs, zwanzig Acres leicht welliges, gutgepflegtes Land mit sehr vielen Bäumen hinter massiven Steintoren. Auf dem Weg dorthin folgten die Autos der Trauernden dem stahlgrauen Leichenwagen so langsam, daß Trommelschläge in der Luft zu schweben schienen. Wenn andere Fahrer die Scheinwerfer sahen, hielten sie, wie es Sitte war, an einer Kreuzung an, oder sie fuhren zur Seite und warteten ruhig ab, während der Trauerzug vorüberfuhr, manche senkten die Köpfe, und manche hielten Kinder auf dem Schoß fest.

Die Bestattung war schnell vorüber. Nur zehn Minuten bevor sie aus dem Gottesdienst gekommen und in ihre Wagen gestiegen waren, um den Trauerzug zu bilden, hatte es einen kurzen frühsommerlichen Regenschauer gegeben, und alle Grabsteine glänzten naß. Pauls Stein war schon ausgesucht, aber noch nicht gesetzt. Sie drängten sich eng unter dem grünen Baldachin an einem Grab zusammen, das noch kein Grab war, noch kein kleiner Teil der Welt, mit Gras überwachsen und mit einem gemeißelten Namen versehen, mit gemeißelten Daten, die eine Erdenzeit umspannten.

Auf der Heimfahrt saß Bill am Steuer, weil er darauf bestanden hatte, Stephen und John saßen auf dem Rücksitz, und Margaret erzählte den Jungen, daß sie sich erinnerte, wie die Männer den Sarg von welcher Kirche auch immer die zerfurchte Straße entlang den ganzen Weg bis zum Friedhof getragen hatten, als sie ein junges Mädchen war, und daß die Trauernden ihnen auf dem Fuß gefolgt waren. »Und es gab keinen Bagger«, sagte sie. »Damals bekam man ein handgeschaufeltes Grab.«

Stephen ließ nicht erkennen, ob er überhaupt etwas gehört hatte. Er war still und wachsam und ziemlich stolz auf seine Haltung, aber er hatte auch Angst, daß man noch mehr von ihm verlangen würde. John beugte sich bei Margarets Worten ein wenig vor, weil er sich für Geschichte interessierte, besonders für die kleinen Einzelheiten der Geschichte, für die Art, wie Dinge funktionierten, für Dinge, die die Leute gewöhnlich taten.

Margaret dachte an die Gräber ihrer Eltern am anderen Ende des Friedhofs, die sie nicht besonders oft besuchte. Als ihre Mutter 1941 gestorben war, hatte ihr Vater nur die beiden Grabstätten gekauft, und er hatte zu Margaret gesagt, daß es für sie eines Tages einen anderen Platz geben würde, was heißen sollte, daß es einen Ehemann geben würde, also warum zum Teufel sollte er sein eigenes, sauer verdientes Geld verschwenden. Als Sylvia gestorben war, hatte Bill acht auf einmal gekauft, offenbar hatte er sich geheimnisvollerweise vorgestellt, daß seine Kinder zwar heiraten, aber selbst keine Kinder haben würden, er hatte nicht in Betracht gezogen, daß sie sich fortpflanzen könnten. Jetzt würden auf zwei der acht Grabstellen Grabsteine stehen. Andy war einverstanden, daß Paul neben seiner Mutter lag. Es war fast das einzige gewesen, was Bill in vier Tagen gesagt hatte, der einzige Satz, den er hatte formen können, aber sie hatte darauf bestanden, daß er seinen eigenen, gesonderten Grabstein bekam, und sie hatte nur einmal sagen müssen, daß er ebensogut ein Ehemann und Vater wie ein Sohn gewesen war.

Vor zwei Jahren hatten Margaret und Bill in Patricks Büro ihre Testamente auf den neuesten Stand gebracht, und Bill hatte verkündet, daß sie auf jeden Fall unter ihm oder über ihm liegen sollte, wenn es soweit war, was auch passierte. Er sagte, er hätte sich erkundigt und so etwas wäre manchmal erlaubt, unter bestimmten Umständen. Er sagte, er wollte sie so nahe bei sich haben wie Sylvia, und warum denn auch nicht?

Margaret war keineswegs überzeugt, daß so etwas möglich war. Seit neuestem behauptete Bill offenbar ohne Gewissensbisse, daß etwas wahr war, wenn das eindeutig nicht zutraf, wenn er einfach nur wollte, daß es wahr war. Aber sie hatte es durchgehen lassen. Um ehrlich zu sein, es war ihr inzwischen ziemlich egal, wohin man sie einmal legen würde.

Sie drehte sich jetzt um auf ihrem Sitz, betrachtete Stephen und John und dachte, das sind Sylvias hübsche Enkelsöhne. »Auf beiden Seiten dieser Straße haben immer Baumreihen gestanden«, sagte sie. »Die Bäume waren damals so riesig wie diese da jetzt.« Sie zeigte auf die fünf alten Ahornbäume, die es noch gab. »Alle Männer, die konnten, wechselten sich beim Sargtragen ab«, sagte sie, »sie halfen sich, wenn sie müde wurden.« Sie zuckte mit den Schultern. »Die Leute haben damals eben gedacht, daß man das so machen soll.« Sie schaute wieder nach vorn und sagte zu ihnen: »Ihr habt das heute gut gemacht. Euer Großvater und ich sind stolz auf euch beide.«

Schließlich dachte sie an Paul, als er ein sehr junger Mann war. An seine Aufmerksamkeit gegenüber Andy, an ihre unbefangene Zuneigung, an ihren vollkommenen und erstaunlichen Mangel an Schamgefühl. Daran, wie er auf einen Küchenstuhl geklettert war und die Lampenfassung abgeschraubt hatte, als Sylvia im Sterben lag, einfach nur, weil sie ihn darum gebeten hatte, weil ihr außer saubermachen und kochen und waschen und aufräumen nichts eingefallen war, womit sie sich hätte nützlich machen können. Daran, wie seine Großmutter Ferguson ihn im Eßzimmer beiseite genommen und wegen seiner Tränen leise ausgeschimpft hatte. Und an ihre eigene Feigheit. Sie war eine erwachsene Frau. Sie hätte zu ihm gehen können, als seine Großmutter nach Hause gegangen war. Sie hätte ihm sagen können, daß Tränen genau das richtige waren.

1995

Margaret nahm an, daß Bill sie nur Sylvia nannte, weil er genau wußte, wie sehr sie sich darüber ärgerte. Daß er sich manchmal im stillen an Sylvia erinnerte, hatte sie in all den Jahren nicht ein einziges Mal gestört, natürlich nicht, aber wenn er sagte: »Danke, Sylvia, das war sehr nett« oder »Warum fährst du nicht los und holst uns ein bißchen Mais zum Abendessen, Sylvia?«, zuckte sie unwillkürlich zusammen, denn damit rechnete sie nicht, und daran gewöhnte sie sich nie. Auf das übrige hatte sie sich allerdings eingestellt, wie man sich auf alles einstellt, was mit solcher Regelmäßigkeit geschieht.

Sie hatte einiges gelesen, Broschüren von der jungen Krankenschwester aus der Klinik, Zeitschriftenartikel, die ihre alte Freundin Norma Fawcett ihr zugesteckt hatte, denn Norma hatte mehr Zeit für solche Dinge, jetzt, wo ihr eigener Mann der Parkinsonschen Krankheit erlegen war. Es waren seriöse Artikel, die offensichtlich qualifizierte Leute geschrieben hatten. Und so hatte sie den seltsamen Trost zu wissen, daß sie nur eine unter vielen war.

Und sie hatte den Talk-Show-Zirkus im Fernsehen gesehen, und beim Zuschauen hatte sie sich gefragt, was sie sagen würde, wenn sie plötzlich da oben mit Bill neben sich auf dem Podium sitzen würde, sie hatte sich gefragt, wie sie wohl die idiotische Aufmerksamkeit des Publikums erwekken könnten, wie sie ihr eigenes besonderes Leben in der kurzen Zeit, die ihnen zwischen den Werbespots für Rogaine und Erwachsenenwindeln und Walk-Fit-Maschinen verblieb, hinreichend traurig oder schrecklich oder lächerlich darstellen könnten.

Beim Lesen und Zuschauen hatte sie erfahren, daß es für ihre Situation besondere Worte gab, passive Aggression, Co-Abhängigkeit, negative Verhaltensmuster, Demenz, Opfer, aber über ihre Bedeutung war sie sich keineswegs im klaren. Sie hatte den Eindruck, daß viele Worte eine neue Bedeutung angenommen hatten oder jetzt anders verwendet wurden, etwas anderes bedeuteten. Sie mochte ein altes Wort lieber, eines, an das sie sich aus ihren ersten Jahren mit Bill erinnerte, als die Kinder am Eßzimmertisch Shakespeare studierten und einander laut die schwierigsten Fragen stellten, als sie aufschauten und Worte wie Melancholie und Edelfrau und Äquivokation erklärten und die Erklärungen vorwärts und rückwärts wiederholten, um sie sich einzuprägen. Das Wort war *Tragödie.* Es war ein deutliches Wort, und es sagte deutlich, daß keine Lösung in Sicht war.

Wenn sie ihren Tag ein wenig aufheitern oder ihrem Tag entkommen wollte, versuchte sie nach Möglichkeit, in seinen Attacken gegen sie nur ein plötzlich zwingendes neues Hobby wie Schwarzweißfotografie oder Automechanik zu sehen, das er spät im Leben aufgenommen hatte.

Sie waren jetzt seit neununddreißig Jahren verheiratet, und während dieser ganzen Zeit hatte Bill Wege finden können, um ihr nahe zu sein, wie auch sie Wege gefunden hatte. Aber in den letzten Jahren hatte er das wohlweislich vermieden. Er hatte mit zunehmendem Genuß seine Zeit im Wohnzimmer in seinem Sessel verbracht, wo er die Vergangenheit willkürlich durchforstete und verstreute Munition sammelte.

Er beschwor Vorfälle herauf, an die sich sonst niemand recht erinnerte und auf die niemand einging, und was er erzählte, erzählte er verdreht. Seine kleinen Geschichten waren so konfus, so chaotisch, daß niemand sie auch nur annähernd entwirren konnte. Er stellte Begebenheiten und

Bemerkungen und Verhaltensweisen so dar, daß niemand außer ihm besonders gut aussah. Und er ließ sich nicht korrigieren. Wenn er spürte, daß man ihn korrigieren wollte, sagte er einfach: »Nein, da bin ich ganz sicher« oder: »Ich erinnere mich da ein bißchen anders.« Seine Sätze waren kurz und durchgeformt, er formte sie sorgfältig, bevor er sie aussprach, die Betonung lag immer auf dem entscheidenden Wort. Sie waren eine anmaßende Herausforderung für jeden, der es wagte, einem Mann zu widersprechen, der so lange gelebt und so viel gesehen hatte.

Die meisten anderen überlebenden Veteranen legten am Morgen eines jeden grauen 11. Novembers noch immer ihre Navyblazer und ihre stolze Trauer an. Bill war körperlich ebenfalls durchaus in der Lage dazu, aber inzwischen weigerte er sich, am Gang zum Mahnmal teilzunehmen, und als eine kleine, zwanglose Delegation ins Haus kam, Männer, die immer noch gelegentlich sagten, daß sie zusammen alt geworden waren, Männer, die ihn in ihren dünner werdenden Reihen vermißten, die versuchten, ihn aufzumuntern, lehnte er ihre verblaßte Kameradschaft ab. Aber er sprach wie nie zuvor über genaue Einzelheiten aus dem Krieg, über den Nordatlantik, über die durchdringende Kälte und die schwarze Ferne, die, wie er sagte, für alle übrigen völlig unvorstellbar war, für euch übrige, wie er sie nannte. Er grub seine steife Wolluniform aus, die auf ihrem ein halbes Jahrhundert alten Holzbügel hinten im Windschrank auf dem oberen Flur begraben gewesen war, und hängte sie an die Schwingtür zum Eßzimmer, damit man sie bewundern konnte, dort blieb sie eine Woche lang hängen und verpestete alle Räume mit dem bitteren Geruch der Mottenkugeln, die man fünfzig Jahre lang jeden Frühling in ihre Taschen gesteckt hatte. Er zog Sylvias alten Atlas aus dem Regal hervor und verfolgte seinen Krieg mit einem roten Textmarker durch den weiten blauen Ozean, kreiste vierteldollargroße Gebiete auf dem Wasser vor Island und am

Zugang zum Ärmelkanal ein. Er erzählte von seinem Schiff, von seiner Größe und seinem Geruch, und er erklärte ihnen, daß Stahl die Kälte ewig halten konnte. An den Namen des Schiffes konnte er sich nicht erinnern. Das machte nichts, sagte er. Er konnte einige Männer nennen, die mit ihm dort gewesen waren, und das tat er auch, einen Alex, einen George, einen Frank, und er nannte grundsätzlich die Männer, die gar nicht nach Übersee gegangen waren und von denen viele noch lebten. Diese Männer nannte er die Unberührten.

Er hatte konkrete Beweise dafür, daß die Leute, die ihm am nächsten standen, Idioten waren. Er schlug mit den Fäusten auf die gepolsterten Lehnen seines Sessels, und sie wurden flach von seinen Schlägen. Er sagte, die Klugheit würde sich nie durchsetzen, nicht, solange er am Leben war, man würde offenbar keinen Wert auf die Wahrheit legen, und es wäre dumm von ihm gewesen, das zu glauben. Er sagte, er würde sofort Reform wählen, wenn er die Möglichkeit hätte, und als Margaret sagte, daß sie seine Wahl dann sofort rückgängig machen würde, verfluchte er sie.

Manchmal war er gerissen, raffiniert, mehrdeutig. Wenn er sich bei Besuchern über Margarets Dummheit beschwerte, darüber, daß sie offenbar nicht aufhören konnte, die Sicherungen durchbrennen zu lassen, daß sie nichts anderes benutzte als weiches, teures Toilettenpapier, daß sie ständig in der Stadt herumfuhr und sein Benzin verschwendete, stellte er das als Sorge um das Müllproblem des späten zwanzigsten Jahrhunderts dar. Er schaute Margaret unverwandt an und sprach von ihr als sie.

Wenn sie am Spülbecken stand oder die hintere Veranda fegte oder auf Doktor Mang wartete, der zwei weitere Zähne retten sollte, war Margaret sehr dankbar, daß ihr eigenes Gehirn gesund war und funktionierte. Sie konnte sich immer noch darauf verlassen, daß es mehr oder weniger ansprang, wie es sollte. Sie wäre lieber tausendmal tot gewesen, als so zu leben, wie er es tat. Aber das hätte er natürlich auch gesagt, vorher. Wenn sie diese Worte dachte, hörte sie, wie seine Jungmännerstimme sie aussprach und wieder erfüllt war von der gewöhnlichen Kraft eines jungen Mannes: »Ich wäre lieber tausendmal tot.«

Aber offenbar hatte er gar nicht vor zu sterben. Er sprach ganz nüchtern davon, wie man den Tod umging, als wäre das Ende eines Lebens ein Virus, vor dem gewitzte Leute sich schützen konnten, wenn sie genügend gesunden Menschenverstand hatten. Er sammelte sogenannte relevante Informationen. Er ging fast wöchentlich zum Arzt und ließ sich von Kopf bis Fuß untersuchen, auch wenn er nur wegen Sodbrennens einen Termin bekommen hatte. Er schrieb unverfroren die Nummer 911 auf ein Stück Pappe und heftete es an den Schrank über dem Telefon in der Küche, angeblich für den Fall, daß ihn der Schlag traf, wenn sie ihn allein gelassen hatte. Er sagte, daß es ihre Hauptaufgabe war, ihn vor Streß zu schützen, vor dem Unsinn, den andere Leute machten. Er sagte, das könne ihn umbringen.

Als Paul gestorben war, hatte ihre nächtliche Zuwendung nachgelassen, und sie hatten sich statt dessen damit zufriedengegeben, behaglich Hintern an Hintern zu schlafen. Aber er hatte wieder angefangen, er hatte angefangen, wie ein geiles Kind nach ihr zu grapschen und zu grunzen, wenn sie versuchte, ihn zu beruhigen, weil ihr Widerstand ihn offenbar antrieb. Sie verließ ihr Bett und schlief in Daphnes Zimmer. Und dann hatte sie sich überlegt, daß es vielleicht half. Sie kam zu ihm zurück und versuchte, ihm seinen eigenen vergessenen Stil wieder zu zeigen, seine Mittel und Wege. Aber er nahm es nicht an. Sonst hatte er sie geradezu gedrängt, sich an ihn zu kuscheln, aber wenn sie es jetzt versuchte, nahm er sie bei den Schultern und drückte sie in ihr Kissen, seine Kraft war plötzlich wieder da, als hätte er sie gestern noch gehabt. Er schubste sie und schob ihre Glieder herum, wie es ihm gefiel, er drehte sie immer wieder um und schlug ihr auf das Hinterteil, nicht spielerisch, sondern fest.

Margaret hatte schon sehr lange keine harte Hand mehr gespürt. Jetzt gab es sie plötzlich wieder. Sie zog für immer in Daphnes Zimmer, kaufte sich eine neue, feste Matratze und eine dicke Steppdecke, füllte den leeren Schrank und die Frisierkommode mit ihren Kleidern und ihren Andenken, mit den wenigen hübschen Schmuckstücken, die sie inzwischen kaum noch trug, meistens Geschenke von den Kindern. Als sie mit Andy zum Einkaufen in Sarnia war, schlich sie sich weg und kaufte ein festes Riegelschloß, das sie in der Verpackung unter dem Bett aufbewahrte, bis sie eines Tages den Mut hatte, sich den Bohrer und den Schraubenzieher zu holen. Bill ging ihr nach, er setzte sich auf ihr Bett und sah zu, wie sie mit der Gebrauchsanweisung kämpfte, bis das Ding fest an der Tür saß. Sie trug den Schlüssel an einer langen Schnur um den Hals, auch wenn sie naß in der Badewanne saß.

Ansonsten hatte er sie nur einmal geschlagen. Sie hatte ihm gesagt, daß sie den Wagen zum Ölwechsel in die Werkstatt fahren wollte, daß sie den Wagen dort lassen und gleich nach Hause gefahren werden würde. Er rief ihr aus seinem Sessel zu, daß das sein Wagen war, daß er zu entscheiden hatte, wann das Öl gewechselt werden mußte. Sie nahm die Schlüssel aus dem Korb auf der Küchentheke und sagte, er müßte sich keine Sorgen machen, sie hätte ausgemacht, daß der Wagen nur für ungefähr eine Stunde dort blieb, und dann hörte sie, daß er aufstand. Er kam in die Küche und ging auf sie los. Als er nach den Schlüsseln griff, sagte sie bestimmt und freundlich, wie sie dachte: »Ich nehme die Schlüssel, danke.« Und dann kam der Schlag.

Es war das Geräusch, das ihr in Erinnerung blieb, laut für einen einfachen Klaps, das und die Wärme, die seine offene Hand auf ihrer Wange hinterließ. Es tat nicht sehr weh. Sie hatte sich ihren Beckenknochen an der Theke schon fester gestoßen, wenn sie zu schnell zur Tür hinausgegangen war, schon oft. Aber sie spürte, wie ihre Haut brannte, weil das Blut hineinschoß, und sie dachte, daß er ihren Schock spüren würde, wenn er das sah, daß er vielleicht weinen würde. Als er das nicht tat, brach sie die Schlüssel aus seiner geballten Faust und grub ihre Nägel in sein Fleisch, damit er etwas hatte, worüber er nachdenken konnte. An der Tür drehte sie sich um und sagte: »Du gehst jetzt und setzt dich hin.« Und das tat er.

In der Stadt hielt sie beim Lebensmittelladen an und kaufte eine halbe Gallone Butter-Brickle-Eiscreme für ihn. Als der Junge der Vanderlindes sie zu Hause abgesetzt hatte, überreichte sie Bill die Eiscreme sofort, sie war so weich, wie er sie am liebsten mochte, und er griff gierig danach. »Wie nett, Sylvia«, sagte er. »Genau das richtige für einen Tag wie heute.«

In der ersten Zeit kamen die alten Freunde immer noch einigermaßen regelmäßig zu Besuch. Ein paar Männer, ein paar Frauen. Solange sie da waren, war er unerklärlicherweise liebevoll, großzügig und falsch. Er fing an, die Frauen auf die Wange zu küssen, wenn er ihnen die Hand gab, Frauen, die er in der Woche zuvor noch gesehen hatte, Frauen, die ihm nie besonders wichtig gewesen waren, die aber jetzt Zeit hatten, in der Stadt Besuche zu machen. Niemand wußte, wo er diese Geste gesehen hatte und warum er sie sich zu eigen machte.

Nach dem Kuß bot er liebenswürdig einen Sessel an, dann setzte er sich selbst und fing an zu reden, und beim Reden schaute er zur Decke hinauf, als wäre dort zu seiner Unterstützung alles aufgezeichnet. Er fuhr unerschütterlich fort, wenn ein Gast ihn unterbrach und das Gespräch vielleicht in eine andere Richtung lenken wollte, wenn er vielleicht die eigenen Enkelkinder erwähnte oder eine ungewöhnliche Reise, die er vor kurzem gemacht hatte, oder wenn er etwas, das Bill gesagt hatte, leicht variierte. »Na ja«, sagte er dann. Wenn er einmal zu oft unterbrochen wurde, sagte er nichts mehr, hörte konzentriert zu und verabscheute jedes einzelne Wort, und am Ende rief er Margaret in der Küche zu: »Schließ ab, wenn du siehst, daß dieser Drachen wieder auf dem Weg zu mir ist«, bevor die Tür ganz geschlossen war.

Einmal brachten die McKellars, die in derselben Straße wohnten, ihre einzige Urenkelin mit, eine Schwesternschülerin aus Kitchener. Sie war zwei Stunden gefahren, um die McKellars zu besuchen, denn sie halfen ihr zu Weihnachten immer mit einem kleinen Scheck. Die hübsche junge Schwesternschülerin setzte sich neben Bill auf das Sofa, um die Bilder aus Florida anzuschauen, und sie nahm seine Hand, vielleicht, weil sie das für Mitgefühl hielt, vielleicht, weil sie hier eine Möglichkeit sah, das anzuwenden, was sie gelernt hatte. Als sie »Schätzchen« zu ihm sagte, hätte Margaret sich am liebsten vorgebeugt und sie geohrfeigt. Denn ansonsten konnte sie absolut nichts tun, um dem ein Ende zu setzen.

Als die junge Frau das Wort die ersten beiden Male aussprach, hörte Bill auf zu reden, und er hörte auf, die Seiten umzublättern, was ein Hinweis sein sollte, und nach dem dritten Mal schüttelte er ihre Hand ab, sah Stan McKellar unverwandt an und sagte: »Schätzchen, du meine Fresse.«

Oh, dachte Margaret, allerdings, Bill. Der Punkt geht an dich. Dann bot sie noch einmal Tee an. Die McKellars ergriffen dankbar diese Chance und gingen nach Hause.

Patrick, Murray, Daphne und Sarah glaubten, daß es an Pauls Tod lag. Das hatten sie zu Margaret einzeln und paarweise und alle zusammen gesagt. Sie sagten, ein psychologischer Schock sei ein Phänomen, über das man noch kaum etwas wußte, und offenbar waren sie froh, daß sie sich damit trösten konnten. Aber sie wußte, daß es nicht an Pauls Tod lag. Es lag an Bills Gehirnzellen, die so winzig waren, daß man sie sich nicht einmal vorstellen konnte, an seinen Gehirnzellen, die in seinem Schädel zusammenfielen, abstarben, so leise explodierten wie die Sterne, die sie im Fernsehen hatte sterben sehen. Es lag an seinem Tod, dem es Spaß machte, langsam zu kommen.

Mit einundachtzig begriff Margaret die Mittel und Wege des Todes mit einer Klarheit, die sie nie erahnt hätte, und diesem Begreifen gab sie sich geradezu hin, als könnte diese Hingabe zu irgendeiner Erleichterung führen. Der Tod konnte hart und schnell kommen, wie er zu Paul gekommen war, und dafür sorgen, daß man vorher nichts tun und nichts sagen konnte, das irgend jemandem etwas nutzte, und nicht viel danach. Oder er konnte anständigerweise über ein paar Monate kommen, wie er vor all den Jahren zu Sylvia gekommen war, er konnte allen Zeit geben, aber nicht zu viel, nicht so viel, daß man es nicht durchstand. Er konnte kommen wie das donnernde, blutige Gemetzel auf der anderen Seite des Ozeans und seinen Höhepunkt auf den schlammigen Feldern Frankreichs erreichen. Oder er konnte in Zeitlupe kommen, mit den großspurigen, schamlosen Schlägen eines Trauermarschs. Er konnte einen zusehen lassen, und er wußte mit anmaßender Sicherheit, daß man nicht wegschauen würde.

Margaret vermißte Sarah. Daß Sarah fehlte, war beinahe das Schlimmste für sie. Nach ihren ersten Jahren im Westen hatte sie sich nicht beherrschen können und gefragt, ob eine Rückversetzung für Rob denkbar wäre, denn seine Firma arbeitete überregional und hatte ihn vorläufig dorthin geschickt, aber Sarah sagte, nein, es sehe nicht so aus, daß sie zurückkommen könnten. Sie würden in Vancouver bleiben.

Allerdings kamen sie alle zwei oder drei Jahre zu Besuch, und wegen Paul war Sarah natürlich sofort gekommen. Und Margarets Einladung war noch immer offen. Aber sie war nie gefahren, sie war nie hingeflogen, noch nie in ihrem ganzen Leben war sie irgendwo hingeflogen. Nach Florida waren sie vor all den Jahren selbst gefahren, mit dem Wagen, und zur Expo hatten sie auch den Wagen genommen, Bill und sie, nur sie beide hatten sich durch den Verkehr in Montreal gekämpft und in einem Privatzimmer bei einem älteren französischen Paar gewohnt, das zahlenden Gästen sehr schöne Räume zur Verfügung stellte. Was sie sahen, hatte ihnen gefallen, und es hatte ihnen besonders gefallen, die vielen Gerichte zu probieren, von denen sie teilweise noch nie etwas gehört hatten, aber als sie sehr müde und verwirrt nach Hause kamen, beschlossen sie, daß sie im Grunde keine Reisenden waren. Besonders die vielen Menschen hatten Margaret aufgeregt. Also war es bei diesen beiden Ausflügen geblieben, abgesehen von einem halben Dutzend Fahrten zu Baseballspielen nach Detroit, und natürlich einmal im Schaltjahr nach Toronto.

Sarah war enttäuscht, weil Margaret nicht in ein Flugzeug steigen und nach Toronto fliegen wollte, aber sie kannte sie gut genug, um sie nicht länger zu beschwatzen. Sie sagte, sie sollten das, was sie nicht für Flüge ausgaben, für Fotos und Anrufe ausgeben, also gab es Alben, die sich füllten, und regelmäßige telefonische Besuche am Sonntag. Vor den Anrufen machte Margaret sich Notizen, damit sie Sarah auch ganz bestimmt die wichtigsten Neuigkeiten erzählte. Manchmal rief sie nach elf an, wenn es billiger war, und dann entspannte sie sich ein bißchen zu sehr und sprach über Leute, an die sich Sarah nicht mehr erinnerte, und Sarah redete sich heraus und sagte, ja, sie erinnere sich an Norma Fawcett, und ja, sie erinnere sich an die Schäden nach diesem Novembersturm, und dann unterbrach sie sie mit ihren eigenen Neuigkeiten und Klagen und mit bescheidenen Prahlereien: Sie hatten einen Dachgarten angebaut, die siebenjährige Natalie war in der Schule für ihr Selbstbewußtsein ausgezeichnet worden, ihr Bruder Jake war für neun schon so erwachsen und spielte Gitarre, machte irgendeine Musik aus Seattle nach, diese bescheuerten Nachbarn mit ihrem kläffenden Hund.

Margaret hatte Sarah gleich gebeten, Pläne von den Stockwerken in ihrem ungestrichenen Holzhaus in Vancouver für sie zu zeichnen, damit sie wußte, was sie sah, wenn sie die Bilder betrachtete, damit sie wußte, wo Sarah mit dem Telefon stand. Und vor zwei Jahren hatten sie ihr zu Weihnachten einen Videorecorder geschickt, deswegen bekam Margaret jetzt Bänder, die sie sich nachmittags ansehen konnte: Sarahs Küche, in der alles an seinem Platz war, ohne einen einzigen Krümel, ihr Wohnzimmer, alles aus Glas und Leder und Chrom wie in einer teuren Zeitschrift, Rob, wie er diagonal den Rasen mähte und ein hübsches Muster machte; Sarah auf ihrer Tretmühle, mit blondgefärbtem Haar und einer Taille, die so dick war wie Margarets, aber mit Beinen, die immer noch so wohlgeformt waren wie die von Betty Grable; Natalie, wie sie im Badeanzug in einem Liegestuhl ein Taschenbuch las und wenig begeistert in die Kamera schaute, Sarah und Rob, feingemacht zum abendlichen Ausgehen mit den Nachbarn mit dem kläffenden Hund; Rob mit nacktem Oberkörper in tartangemusterten Shorts, wie er Moos vom Dachgarten kratzte und dabei war, es mit allen möglichen Sachen zu behandeln.

Wenn Bill auch zuschaute, sagte er jedesmal: »Gegen dieses Moos hat er keine Chance. Jeder Schwachkopf sieht doch, daß es keinen Zweck hat, da zu wohnen. Das ist nicht der richtige Platz zum Bauen. Da ist immer ein Wald gewesen, und so soll es auch sein.«

Sarah konnte so gut wie jeder andere zwischen den Zeilen lesen, und Patrick hatte sie öfter angerufen und lange mit ihr gesprochen. Damit sie wisse, was vorging, sagte er, als er anrief. Sie begriff, daß ihr Vater etwas sehr Schwieriges durchmachte, aber das alles war völlig abstrakt für sie, denn es gab nichts, was sie tun konnte, außer sich anhören, was man ihr erzählte, und weiter über das Leben plaudern, wie sie es kannte. Über das Leben, wie sie es kannte, einen Kontinent entfernt in einer großartige Stadt zwischen den Bergen und dem Ozean, mit Freunden und Nachbarn und Kollegen, die eher Wong als Chambers hießen.

Daphne hatte sich inzwischen im Haus der McFarlanes eingerichtet, aber sie kam nicht mehr vorbei, niemals. Sie arbeitete noch immer Schicht und war ziemlich erschöpft, weil sie ständig zum Krankenhaus in Sarnia und zurückfahren mußte. Aber sie freute sich, wenn Margaret in ihre Küche kam, und sie schickte die Mädchen zu Bill zu Besuch, Maggie gelegentlich, wenn sie am Wochenende von der Universität nach Hause kam, und Jill öfter, mit Rhabarberkompott oder Marmelade in Gläsern oder mit einem Laib Zitronenbrot.

Daphne hatte im März ihren fünfundfünfzigsten Geburtstag gefeiert, und die Mädchen hatten für sie eine Party gegeben. Sie hatten in alle Himmelsrichtungen Einladungen verschickt, und die Türen zum Haus der McFarlanes standen für über hundert Leute offen. Allen Berichten nach war es ein prachtvolles Fest. Murray und Kate kamen aus Toronto und holten in London Patrick und Stephanie ab und Meg aus dem Heim, und Andy kam und fast alle Kinder. Es kamen Freunde aus Daphnes Zeit in der alten Wohnung in der Stadt, Leute, die die Mädchen kannten, seit sie klein waren, aus allen drei Krankenhäusern, in denen Daphne gearbeitet hatte, und aus ihrer Ausbildungszeit.

Freundinnen von Maggie und Jill kamen ein paar Tage früher und halfen, das Haus herzurichten, und einige von Daphnes ältesten Freundinnen aus der Stadt, aus ihrer eigenen Mädchenzeit, Leute, die sie wieder näher kennengelernt hatte, seit sie zurückgekommen war, halfen den Mädchen, das Essen zu planen und vorzubereiten. Als das Menü und die dazugehörigen Schwierigkeiten besprochen wurden, standen die jüngeren Frauen um den Eßzimmertisch herum, hörten zu und warteten auf Anweisungen, und als sie dann tütenweise Zwiebeln schnitten oder sich mit Lappen und Möbelpolitur an einem weiteren tiefen, staubigen Fensterbrett zu schaffen machten, fingen sie an, die älteren, entspannten Frauen zu imitieren, ihr Selbstvertrauen angesichts einer großen Party, ihre gelassenen Gespräche über Rezepte für fünfzig Personen, mal zwei genommen. Vor allem übernahmen die jungen Frauen die oft wiederholte Wendung »Überlaß das einfach mir«, sie lachten, wenn sie das sagten, denn wahrscheinlich würden sie alles vermasseln, und hoffentlich merkte es niemand.

Als der Abend in vollem Gange war und das Haus der McFarlanes zum ersten Mal seit fünfzig Jahren von der Musik und vom Wein und vom heiseren Lärm der Gespräche pulsierte, von Geschichten und Anekdoten und Lob und Fragen und Lügen, als dampfend der verführerische Duft von köstlichem, gut zubereitetem Essen in der Luft hing, von Hühnerpastete und Bohnen und Rippchen und Garnelen mit Curry und gebratenem Gemüse und Paella und Porree und Kartoffeln und Kürbispastete, das neue Rezept, denn es gab immer ein neues Rezept, das unbedingt an vielen Gästen ausprobiert werden mußte, hob jemand die frisch gewaschenen Tüllgardinen an, schaute aus dem Fenster und sah, daß unter den Straßenlaternen ein Märzschneesturm an Kraft gewann, also blieben viele Gäste von außerhalb der Stadt noch stundenlang, als die Party eigentlich schon zu Ende war, sie blieben über Nacht, füllten alle Betten und Sofas und schliefen wie heranwachsende Kinder in Schlafsäcken auf dem Fußboden, und am Morgen zogen sie sich gegenseitig hoch und streckten sich und klagten über ihren verlängerten Rücken, während Jill ein großes Tablett mit Orangensaft durch die Räume trug und es großartig fand.

Margaret und Bill waren zu der Party eingeladen, aber Margaret hatte wie erwartet für sie beide abgesagt. Statt dessen schickte sie einen Auflauf mit Wildreis und ein großes Silbertablett mit winzigen Zitronenkuchen, und in letzter Minute zwei Dutzend Gladiolen aus dem neuen Blumenladen in der Vorstadt, und auf der Karte stand, was immer auf ihren Karten stand: »Mit all unserer Liebe, dein Dad und Margaret.«

Maggie und Jill erzählten schließlich Bill von Teilen des Abends, die peinlichsten Details, wie er es nannte, und er sagte zu den Mädchen: »Wahrscheinlich waren die alle so blau wie die Veilchen. Sonst fällt denen doch nichts dazu ein.«

Am nächsten Abend schaltete er eine Diskussion über eine Gay Pride Parade ab und rief Daphne an, um ihr die Hölle heiß zu machen. »Wenn die zu betrunken waren, um nach Hause zu fahren, warum hast du sie zum Schlafen nicht hierhergeschickt?« Er hörte zu, während sie um eine Antwort rang, und als er genug hatte, fiel er ihr ins Wort. »Mit fünfundfünfzig bist du eigentlich alt genug, um zu wissen, daß nicht einmal Betrunkene gern auf dem Boden schlafen.«

Maggie und Jill brachten manchmal den einen oder anderen Freund zum Kennenlernen mit zu Margaret und Bill, junge, gutaussehende Männer, die unterwegs gewarnt worden waren, die darauf vorbereitet waren, zuzuhören und zu nicken und zu lügen, so gut sie konnten, und im großen und ganzen funktionierte das überraschend gut.

Margaret hatte sich mit Daphne nur einmal zusammengesetzt, um sie zu bitten, ihrem Vater zu verzeihen, und nur, weil sie wußte, daß sie die einzige war, die das konnte, und daß sie sich später hassen würde, wenn sie sich nicht wenigstens etwas Mühe gab. Sie glaubte nicht einen Moment, daß Daphne die Vergebung aufbringen konnte, die sie sich wünschte. Wie alle Töchter hatte Daphne ihren Vater nie ganz aus der Nähe und wehrlos gesehen, nicht so wie eine Ehefrau, also konnte sie darauf nicht zurückgreifen. Und seine Worte waren ekelerregend grausam gewesen, und er hatte sie vor den Mädchen gesagt, gleich nachdem Daphne mit ihnen zurück in die Stadt gezogen war.

Er hatte sie aus heiterem Himmel gefragt: »Und wo ist der Vater?« Als ob diese Auskunft jetzt noch eine Rolle spielte. »In dieser ganzen Zeit«, sagte er, »hast du uns nie daran teilhaben lassen.«

Als Daphne gehen wollte, erhob er sich aus seinem Sessel und folgte ihr durch die Küche zur Tür. »Der hat sich nur genommen, was er wollte«, sagte er. »Und du bist zu dumm und zu häßlich, um ihn abzuweisen.«

Alle hatten einen guten Teil ihres Lebens damit verbracht, Daphne zu helfen, damit sie sich nicht für häßlich hielt, nicht für »dee-formiert«, wie sie es immer ausdrückte, Bill genauso wie die anderen, mehr als die anderen, viel mehr. Was sie zu tragen hatte, war offensichtlich gewesen, als sie noch ein Teenager war, man mußte kein Gehirnchirurg sein. Margaret dachte inzwischen, daß Daphne wie ein kleiner Felsblock war, den ein Dutzend willige Hände fast bis zum Gipfel eines Hügels rollten, und dann kam ein raffinierter, gutplazierter Tritt. Vorausberechnet und garantiert. Der Mistkerl, dachte sie. Und das hatte sie damals auch zu ihm gesagt, sie war grob geworden und hatte zum ersten Mal das feste Versprechen gebrochen, das sie sich selbst gegeben hatte. »Du Mistkerl. Du gottverdammter Mistkerl.« Und dabei hatte sie gewußt, daß es nichts nützen würde, daß Daphne und die Mädchen diese bescheidenen Worte, die sie ihnen schuldete, aber zumindest hatten.

Sie erklärte Daphne, daß diese Worte sein erster Angriff auf Außenstehende gewesen waren. Bis dahin hatte niemand geglaubt, daß er so etwas sagen würde. Aber Daphne hatte es sich zu Herzen genommen. Sie hielt es offenbar für echt.

Andy kam regelmäßig vorbei, wie sie es immer getan hatte. Hin und wieder hatte sie Neil oder Carol im Schlepptau oder deren Kinder oder Krissy, die jetzt verheiratet und Mutter von drei Jungen war, die Höllenbrut, wie Bill sie nannte, wenn er mit ihnen in den Garten ging, um den Bach zu erforschen, und dabei ihre lauten, verwirrenden Spiele entschieden, aber nicht unfreundlich unter Kontrolle hielt. Er machte ihnen keine angst. Seit fast einem Jahr teilten sich

Carol und Krissy einen dunkelgrünen Jaguar XJS. Sie hatten zusammen ein Dream-of-a-Lifetime-Los gekauft, auch, weil Carols Mutter in der vorherigen Ziehung tausend Dollar gewonnen hatte, aber hauptsächlich, um das Krankenhaus zu unterstützen, und dann hatten sie den Wagen gewonnen. Alle dachten, daß sie ihn verkaufen und das Geld teilen würden, aber das taten sie nicht. Sie waren mit dem Zug nach Toronto gefahren, um ihn abzuholen, und sie tauschten ihn Monat für Monat, luden die Kinder auf den Rücksitz, der nicht für Kinder gedacht war, und machten mit Bill kurze Spritztouren durch die Stadt, wann immer er wollte, und er wollte oft.

Wenn jemand Meg aus London zu Besuch nach Hause geholt hatte, kamen sie und Andy vorbei und blieben für einen Teil des Nachmittags. Meg hatte eine Hysterektomie gehabt, kurz nachdem Paul ums Leben gekommen war, und die Operation hatte sie sehr erschreckt, sie hatte sie gefügiger gemacht als jedes Medikament. Seither war sie nicht mehr sie selbst.

Bill versuchte noch immer, einen gewaltigen Wirbel um Meg zu machen, aber als sie eines Nachmittags in der Küche saßen und ihre Cribbage-Version spielten, legte er sein Blatt ab und zog sich von ihr zurück und schimpfte und grollte und bellte wegen irgendeiner Kleinigkeit, die sie gesagt hatte. Meg konnte nicht verstehen, was sie falsch gemacht hatte. Sie stand auf und fing an, laut zu brüllen, und dann schlug sie mit den Fäusten auf den Tisch, daß die Karten und die Colagläser hüpften.

Andy kam schnell aus dem Wohnzimmer herein und sagte: »Wie in alten Zeiten.«

Margaret lotste Bill sofort aus der Küche hinaus, damit Andy Meg erklären konnte, daß ihr Großvater sicher sehr müde war, daß alte Leute manchmal einfach sehr müde wurden, und dann war es vorbei und vergessen. Zehn Minuten später saßen die beiden zusammen auf dem Sofa,

Andy saß dazwischen, und sie betrachteten gemeinsam die Bilder aus Florida.

Andy führte die Farm nicht mehr, sie hatte sie an einen Nachbarn verpachtet und legte das meiste Geld zur Seite, aber sie kümmerte sich klugerweise noch immer um die Mühle und bezog noch immer ihren Lebensunterhalt daraus. Neil arbeitete für sie, er war jetzt vierunddreißig und groß und schnell und manchmal lustig wie sein Vater, und die beiden wußten untereinander über nahezu jeden Bescheid, sie wußten, wem man vertrauen konnte und wem nicht. In den letzten fünf oder sechs Jahren war Andy in jedem Frühjahr für ein paar Wochen nach Europa gefahren. Beim ersten Mal nahm sie Krissy und Carol mit nach England, in einem anderen Jahr flogen Daphne, Maggie und Jill hin und verbrachten mit ihr eine Woche in Italien und dann ein paar Tage in Spanien. Und in einem Jahr fuhr Mary mit ihr, auch wenn Mary sich schon lange von Patrick hatte scheiden lassen, und man mußte nicht eigens darüber reden, daß die Bilder von den beiden, wie sie auf der Pont Neuf standen und in die Seine blickten oder im Straßencafé saßen und frühstückten oder Wein tranken, niemanden etwas angingen. Beim letzten Mal war sie wieder nach Italien gefahren, mit Meg, für nur eine Woche, und sie war viel sicherer gewesen als zu Anfang. Wegen des Zeitunterschieds hatte Meg in verwirrter Erschöpfung geweint. Als sie sich aber erholt hatte, waren sie gut zurechtgekommen. Rom hatte Meg am besten gefallen, die heißen Pizzastücke, die man gleich auf dem Gehweg von dunklen Männern kaufte, die mit ihr flirteten, die engen, gewundenen Straßen, durch die sie an der Hand ihrer Mutter ging, die Frauen, die auf sehr hohen Absätzen über diese Straßen rennen konnten. Die Kirchen hatten ihr besonders gut gefallen, die dicken Steinmauern, die hohe, dunkle Leere im Inneren, das Echo, wenn man rief.

Nichts, was Bill sagte oder tat, schien Andy etwas auszumachen. Nichts brachte sie aus der Fassung, nicht einmal

Bills Anspielungen darauf, daß sie und Neil viel zuviel Geld ausgaben, daß sie Pauls Mühle zugrunde richteten. Eines Morgens war Bill bei einem Besuch müde und nachdenklich gewesen, und er hatte eine lange Stunde über Paul geredet, wofür sie ihm dankbar war, er hatte vieles durcheinandergebracht, aber er war immer noch offensichtlich und schmerzlich mit Liebe zu seinem toten Sohn erfüllt, und daraufhin ging Andy kochend vor Wut zu Daphne, um ihr zu sagen, daß es ihrer Meinung nach nichts Schlimmeres gab, als wenn ein Vater so jung starb, daß seine Kinder sich nicht richtig an ihn erinnern konnten. »Kannst du dich überhaupt an meinen Vater erinnern?« fragte sie. »Kann das überhaupt jemand?«

Daphne sagte zu Andy, ja, sie erinnere sich an ihren Vater. Sie erinnerte sich daran, daß sie mit ihm auf der Hochzeit getanzt hatte, und im Sommer draußen im Casino, sehr oft. Sie sagte, er habe sie zum ersten Mal auf die Tanzfläche geführt, um ihr das Tanzen beizubringen. Das war nicht wahr, er war nur einer der ersten gewesen, aber Daphne dachte, es ist wahr genug.

Murray kam. Er war immer mehrmals im Jahr zu Besuch gekommen. Während Charlottes Regiment kam er allein, und die Gründe für ihr Fehlen hatten gewöhnlich ein hübsches Körnchen Wahrheit enthalten, aber Charlotte war jetzt beinahe vergessen. In den letzten zwölf Jahren hatte er Kate mitgebracht.

Er sah oft müde aus. Gut angezogen, tadellos in seinen Gewohnheiten und Manieren, aber müde. Sein Haar war dünner geworden, und inzwischen hatte er oben auf dem Kopf gar keines mehr, aber von den Ohren abwärts war es so dick wie damals, als er ein Junge war. Bill stand manchmal hinter Murray und rieb mit der Hand über seine Platte, und dann sagte er jedesmal: »Die Haare deines Vaters. Dafür muß man sich nicht schämen.«

Murray ging nie in die Nähe der Mühle, auch nicht, als

Bill ihn einmal drängte. »Laß uns mal hingehen«, hatte er fünf Minuten, nachdem Murray gekommen war, gesagt. »Laß uns nachsehen, wie die jetzt das Geld von meinem Sohn verprassen.« Den neu angeschafften Computer, den er noch nie gesehen hatte, verabscheute er besonders.

Bill genoß es, Murray nach seinen Reisen zu fragen und nach der Zeitung, bei der er gekündigt hatte, und nach der, für die er jetzt arbeitete, nach der Firmenwelt, wie er es nannte, und nach den Geschichten, die Murray, wie er sagte, angeblich schrieb. Er wollte wissen, was wirklich in Ottawa, was in der NATO und im Mittleren Osten vor sich ging, und er sagte, er sei hinter dem internen Zeug her, hinter der Wahrheit, die darin stecke, hinter der Geschichte, die der Durchschnittsmensch nie zu hören bekam. Er haßte alles, was die Regierung tat, und er hatte ungeordnete Hefter voller Zeitungsausschnitte, mit denen er seinen Argwohn stützte und die er auf dem Eßzimmertisch ausbreitete, wenn er wußte, daß Murray kam. Jedesmal, wenn er mit Murray zusammensaß, erzählte er ihm, daß es in der eigentlichen Geschichte, in der ungeschrieben Geschichte um die Besatzung ging. Daß das ganze Land bis hinunter zu jedem gottverdammten Song in jedem gottverdammten Aufzug besetzt war, von Amerika hier, Amerika da, und warum zum Teufel schrieb niemand darüber? Warum brachte das niemand an die Öffentlichkeit? Vielleicht würden die Leute dann aufwachen und etwas merken? Und der Aufstand in Oka hatte ihn überzeugt, daß es höchste Zeit war, daß die Regierung sich anständig und fair und endgültig mit den Indianern einigen und mit dieser ganzen blöden Abzockerei aufhören mußte, denn Abzockerei konnte im Nullkommanichts zu einem Krieg führen, das wußte doch jeder, der bei klarem Verstand war, oder? Man mußte keinen Krieg geführt haben, um das zu wissen, sagte er. Das wußte doch jeder, der mal ein Geschichtsbuch gesehen hatte. Er sagte, er würde vermutlich die Wahrheit sagen, wenn er das Glück hätte, für eine große Zeitung zu schreiben, daß nämlich Ottawa sich mit seinen eigenen Leuten im Krieg befand, daß aus der NATO ein Saustall geworden war und daß die Parteien im Mittleren Osten schon seit ewigen Zeiten eine Art Krieg miteinander führten, was also war die Neuigkeit daran?

Murrays Frau Kate bezauberte Bill, weil sie neu war, weil sie Energie hatte und weil sie begabt war. Sie wollte jedesmal die Bilder von der großen Familienreise nach Florida anschauen. Sie brachte ihm Hochglanzmagazine über Sport und Jagen und Fischen mit; wenn sie gefragt hätte, hätte sie allerdings gewußt, daß Bill kaum die Zeit für Spielereien gehabt hatte, als er jünger war, und daß er vor dem Krieg nur ein- oder zweimal nach Norden zur Jagd gefahren war, als er noch seinen Zeigefinger hatte. Und sie brachte ihm dünne Toffees in einer ausgefallenen Folientüte mit, die er auf dem Schoß hielt, während sie miteinander sprachen, er steckte ein Bonbon nach dem anderen in den Mund, kostete und wartete nicht ab, sondern biß mit seinen guten verbliebenen Backenzähnen kräftig zu.

Sie fragte ihn nach seinem Garten, und er durfte sie führen und ihr die Pflanzen und die Insekten und die kleinen Stellen zeigen, an denen Braunfäule auftrat. Eines Abends nahmen sie die Gartenstühle mit an den Rand des Bachs, und als er klagte, daß etwas an seinen verschwitzten Knöcheln saß, ging sie ins Haus und kam mit Insektenspray und zwei leeren Brottüten zurück, die sie über seine Schuhe zog und mit Gummibändern an seinen Waden befestigte. Als sie deswegen vor ihm kniete, streckte er die Hand aus und berührte ihr Haar. Er sagte, sie sei in dem ganzen Haufen die Hübscheste und die Freundlichste. Er sagte, sie hätte mit ihnen nach Florida fahren müssen und nicht diese Dingsda, dieser andere kalte kleine Fisch. Diese Metapher gefiel ihm zunehmend, er lachte leise in sich hinein und sagte, Murray wäre ziemlich schlau gewesen, denn er hätte die erste wieder hineingeworfen und den Köder noch einmal gesetzt.

Als sie die Tüten befestigt hatte, richtete Kate sich auf und nahm seine Hand in ihre, wie eine Nonne oder eine Mutter. Er zog seine Hand zurück, als hätte er einen kleinen elektrischen Schlag bekommen. Dann beugte er sich vor, ließ die Gummibänder schnappen, streifte die Brottüten von seinen Füßen ab und wankte davon. Er ging am Bachufer entlang durch drei Nachbargärten und blieb dann verwirrt stehen und schrie nach ihr, damit sie kam und ihn holte.

Manches berichtete Kate Murray im Wagen auf dem Weg zurück nach Toronto. Sie konnte sehr gut Geschichten erzählen, aber die unanständigen Dinge behielt sie gewöhnlich für sich. Beim ersten Mal hatte sie Murray erzählt, daß Bill sie in den Po gezwickt hatte, wie Murray die Stelle nannte, als sie sich umgedreht hatte, um in den Wagen zu steigen, und als sie gesagt hatte: »Ist doch ulkig, oder?«, hatte Murray den Blick absichtlich für ein paar unsichere Sekunden von der Straße abgewandt. »Was für eine Vorstellung«, sagte er. »Ich besorge dir so einen Aufkleber für die Stoßstange.«

Sie entschuldigte sich, und es tat ihr wirklich leid, sie hatte lediglich diese Besuche etwas erträglicher machen wollen, weniger schmerzhaft vielleicht, und darauf sagte er, daß es offenbar schwieriger war, wenn man ihn schon lange kannte, wenn man ihn schon gekannt hatte, als er noch jung und klar war, daß das wahrscheinlich alles war.

Einmal, als Kate und Murray aus der Einfahrt gebogen waren, um nach Toronto zurückzufahren, sagte Bill zu Margaret: »Ich hätte nie gedacht, daß Murray ein Weiberheld ist, aber man kann jeden Tag noch etwas lernen, wenn man die Augen offenhält.«

Patrick war jahrelang sehr beschäftigt gewesen und nur hin und wieder gekommen. Er hatte Mary und die Kinder an seiner Stelle geschickt, aber inzwischen besuchte er sie ziemlich oft. Er hatte den Verfall von Anfang an beobachtet, aber für ihn waren es nur kleine Veränderungen, zuerst dies, dann das, zuviel von dem, zuwenig von jenem. Er war der Meinung, daß man damit fertig werden konnte, und er wollte nicht viel Zeit damit verschwenden, der Sache einen Namen zu geben. Aus seinen Erfahrungen mit Klienten, die sich scheiden ließen und über Geld und Kindern zankten, war er schon lange überzeugt, daß ein völliger Zusammenbruch oft verhindert werden konnte, wenn die Leute mit den kleinen Dingen zurechtkamen. Margaret gegenüber benutzte er Worte wie *anpassen* und wollte ihr damit nur helfen. Sie machte sich nicht die Mühe, ihm alles haarklein zu erklären.

Stephanie, Patricks zweite Frau, war fast immer dabei, wenn er zu Besuch kam, und ab und zu brachten sie Teresa mit, Stephanies beherrschte und schön geschminkte Tochter aus einer früheren Ehe, die sich selbst Tess nannte und vor allen Dingen Model war. Manchmal schaltete Margaret den Videorecorder ein, und sie sahen sich Sarahs Bänder von der Küste an. Das Kino, wie Bill sie nannte.

Und auch Stephanie wurde gebeten, sich zu setzen und die alten Bilder aus Florida durchzusehen, obwohl sie nicht die gebräunte, sinnliche, schwangere Frau war, die neben Patrick auf einem Balkon im Sonnenuntergang stand und in einem weißen Leinenkleid leuchtete, das ihre bloßen, knochigen Jackie-Kennedy-Schultern betonte. Niemand hatte sich besondere Mühe gegeben, die erste, vielbewunderte Ehefrau zu tilgen, und Stephanie wußte, daß man mit einer Frau so umging, wenn sie die Mutter von Enkelkindern war. Sie wußte auch, daß Mary irgend etwas Schlimmes mit ihrer Gesundheit erlebt hatte, und sie gab sich Mühe, nicht gekränkt zu sein, wenn ihr Name ganz natürlich und ungezwungen erwähnt wurde, als wäre sie jemand, den sie eben kannten.

Sie sah mit Bill die Bilder durch und sagte, es wäre eine sehr gute Idee gewesen, zusammen wegzufahren und große Ferien zu machen, und während er die Seiten umblätterte, zeigte sie auf diese oder jene Person und nannte ihren Namen, als ob die anderen nicht wüßten, wer es war. »Das ist Sarah«, sagte sie. »Was für ein hübscher Teenager sie war.« Und: »Daphne wird immer so schön braun, ich beneide sie.« Und: »Ich kann nicht glauben, daß Murray sich in solchen lächerlichen Sandalen blicken läßt.« Sie sagte, die Ähnlichkeit zwischen Bill und Paul, den sie nie kennengelernt hatte, sei leicht zu erkennen, sie sagte, jeder würde sie sehen. Niemand korrigierte sie. Paul hatte nie ausgesehen wie einer von ihnen, und am wenigsten wie Bill, aber sein langer, großer Sohn Neil war deutlich der seine.

Wenn Mary immer noch betroffen gewesen wäre, wenn sie immer noch gekommen wäre, um ihren alten Schwiegervater zu besuchen, dann hätte sie sich gewaltig gewehrt. Sie hätte mit ihrem eigenen Arzt und mit ein paar Spezialisten gesprochen, und sie hätte alle neueren Artikel über Demenz und Schlaganfall gelesen, die sie hätte ergattern können, und zwar nicht die aus dem *Ladies' Home Journal*. Sie hätte Bills Arzt in der Klinik angerufen, sich einen Termin gemacht und mit ihm ehrlich über die Anstrengung gesprochen, die Margaret offensichtlich schwächte, und über die Möglichkeit einer medikamentösen Behandlung, um es erträglicher zu machen. Zwar kamen Patricks und Marys erwachsene Kinder hin und wieder vorbei, eines oder zwei oder alle drei, aber von Mary bekamen Margaret und Bill keinen Besuch mehr, verständlicherweise.

Beim letzten Mal war Mary allein gekommen, um sie zu besuchen. Es war 1987 gewesen, in dem Sommer, nachdem Paul gestorben war; zumindest Margaret hatte gerade begonnen, sich auf sein schreckliches Fehlen einzurichten, sein Fehlen als allgegenwärtige, ständig sichtbare Narbe auf dem Leben aller zu akzeptieren. Sie hatte gewußt, daß es Leute gab, die so leben mußten, Leute, die tagtäglich trauerten. Und jetzt gehörten sie und Bill dazu.

Margaret und Bill hatten ihre Besorgnis dem anderen gegenüber mit keinem Wort erwähnt, aber beide hatten schon vor einiger Zeit bemerkt und unabhängig voneinander geglaubt, daß in Patricks Ehe etwas nicht stimmte, etwas Schlimmeres als das, was die Leute normalerweise durchleben mußten.

Bevor Mary aus ihrem Lieblingsgartenstuhl aufgestanden war, um zum letzten Mal zu gehen, hatte sie innerhalb von zehn Minuten das gesagt, was sie schon seit einer Stunde hatte sagen wollen.

»Vor sechs Monaten«, sagte sie, »habe ich in Patricks Wagen einen Ohrring gefunden. Einen großen, billigen Ohrring. Also habe ich ihn in die Enge getrieben und festgenagelt, und er mußte mir sagen, wer sie ist. Sie ist zweiundzwanzig. Er hat sie kennengelernt, als sie zu einem Vorstellungsgespräch in sein Büro kam. Ein Job, für den sie nicht im geringsten qualifiziert war.«

»O Mary«, sagte Margaret und dachte, jetzt kommt eine grauenhafte Geschichte.

»Letzten Monat habe ich sie aufgespürt«, sagte Mary. »Ich habe selbst mit ihr gesprochen. Für jemanden, der so unqualifiziert ist, war sie entsetzlich selbstbewußt, wie sie da in ihrer ordinären kleinen Wohnung saß mit diesen sentimentalen Postern, die sie überall an die Wände geklebt hat, rosa Wände, die zur rosa Tagesdecke auf dem Bett paßten, die zu ihren rosigen Wangen paßte. Sie hat mich sehr leise und sehr höflich beraten, daß ich nämlich meinen Mann nicht wirklich kenne, daß ich nur noch dem Namen nach seine Frau sein werde, wenn ich nicht aufpasse, und vielleicht nicht einmal das. Sie ist nicht einmal hübsch. Sie ist eine unansehnliche, sentimentale, dumme kleine Maus von einem Mädchen. Ich weiß nicht, warum ich ihr keine Ohrfeige gegeben habe. Ich weiß nicht, wie ich das ausgehalten habe. Aber offenbar kann er sich in ihren offenen Armen ausweinen. Er fährt mit dem Aufzug nach oben und weint sich in ihren Armen aus, und dann tut sie auch noch so, als wäre sie eine kluge junge Frau. Diese Affäre ist nicht besonders komplex.«

»Vielleicht der Verlust eines Bruders ...?« sagte Bill, warf heftig den Kopf zurück und starrte unverwandt in den leeren Himmel.

Margaret saß auf ihrem Gartenstuhl zwischen ihnen und konzentrierte sich auf die Weiden, die sich im Wind vom Bach bewegten. Tagelang hatte sie zugesehen, wie sich ein Kardinalpärchen dort häuslich niederließ, aber jetzt war nichts von ihnen zu sehen.

»Miss Rosenwange wollte mir unbedingt etwas mitteilen, das Patrick mir selbst hätte erzählen müssen«, sagte Mary. »Ich glaube, im Grunde hat er mir nur die eine Sache, diese einzige Sache nie erzählt. Sie sagte, mir müßte doch klar sein, daß er so schwer und so lange gearbeitet hat, weil er in seinem Leben unbedingt dem Wunsch seiner Mutter entsprechen wollte, indem er nämlich seine Zeit und Energie, sein Leben nutzt, um den Menschen zu helfen. Sie sagte, daß ihrer Erfahrung nach, *ihrer Erfahrung nach,* Männer wie Patrick fast nie die Anerkennung bekommen, die sie verdienen. Und sie hat mir freundlicherweise versichert, daß ich mir eigentlich keine Sorgen machen muß, weil er so weitermachen würde, weil er gar nicht weg will. Weil er nämlich nur sehr müde ist. Sie hat gesagt, er braucht einen Platz für sich selbst. Einen sicheren, eigenen Platz, wo er nicht gebraucht wird.«

»Das hat sie zu dir gesagt?« fragte Margaret und nahm den Krug, um Bills Glas und dann ihr eigenes aufzufüllen.

Mary schien sich ein wenig zu entspannen, und Margaret wußte, daß sie sehr bald etwas über diese Geschichte würde sagen müssen, etwas Nützliches vielleicht, oder zumindest etwas, das nicht verletzend war. Sie saß dicht neben Mary und wartete darauf, daß die Kardinäle erschienen, wo waren sie eigentlich, wenn sie so lange von ihrem Nest wegblieben, draußen auf den Feldern, um Getreide zu holen, um sich einfach nur am Fliegen zu erfreuen, und ihr fiel nichts Ehrenvolles ein, was sie hätte sagen können.

Damals nach dem Krieg, aber vor Sylvias Tod, bevor an Bill auch nur zu denken war, hatte sie selbst drei Jahre lang gerne getröstet und Trost empfangen, von einem Mann, der eine tadellose Frau hatte, eine Frau, von der er niemals sprach, weil sie es nicht erlaubte, und sie hatte geglaubt, daß das, was sie gab und empfing, wirklich und dem Wesen nach so etwas wie Liebe war. Sie hatte geglaubt, daß das, was sie tat, in gewisser Weise gerechtfertigt war, auch wenn es nur heimlich und verstohlen und überstürzt geschehen konnte. Daß die schweren Schritte auf der Treppe mitten in der Nacht, die Schritte, auf die sie mit so geduldiger, mitfühlender Hoffnung wartete, gerechtfertigt waren. Daß es eine Notwendigkeit gab.

Sie war mehr als alt genug gewesen, um mögliche Konsequenzen zu fürchten, aber es hatte keine Konsequenzen gegeben. Sicher war sie traurig gewesen, als es zu Ende war, aber sie hatte von Anfang an gewußt, daß es zu Ende gehen würde, und die Traurigkeit war nur für eine Zeit, und gemessen an seiner Gegenwart in ihrem schmalen Bett war sie nichts. Damals hatte sie nicht wissen können, daß es sie nur das schwierige, respektvolle Schweigen an einem Nachmittag wie diesem kosten würde, an einem Nachmittag, der unvorhersehbar gewesen war.

»Ich habe ihm vorgeschlagen, zu Hause zu weinen«, sagte Mary, »wo wir alle weinen. Aber das wird offenbar nicht passieren.« Margaret bot ihr Limonade an, und sie schüttelte den Kopf. »Also wirklich«, sagte sie, »sie ist ein Nichts. Sie ist nur dieses Ding, so, wie ich es beschreiben kann.«

Oh, dachte Margaret, sie ist kein Nichts. So gering sind solche Frauen nicht. Du könntest zum Beispiel Daphne fragen.

»Ich will, daß er geht«, sagte Mary, »nicht, weil er weich und schwach und so dumm und egoistisch war. Ich bin fast sicher, daß ich damit leben könnte. Sondern wegen der Sache, die ihn offenbar dahin getrieben hat, wegen der

Sache, die schuld ist an dieser Rücksichtslosigkeit, daß er so eine nichtssagende, dumme junge Frau gebraucht hat, die *kein* Nichts ist, keineswegs. Natürlich erinnert er sich an alles mögliche, was seine Mutter zu ihm gesagt hat, natürlich ist er ein hilfsbereiter Mensch gewesen, der ausgesprochen stark und kaltblütig war und einen beruhigenden Einfluß auf seine jämmerlichen Klienten hatte, auf Hunderte, Jahr für Jahr für Jahr, aber er *hat* seine Befriedigung bekommen. Er *hat* sich das Recht genommen, aufrecht auf seinem eigenen selbstzufriedenen moralischen Podest zu stehen. Und er hat es sehr genossen, alle zu überragen, alle zu verurteilen. Ihr habt doch bestimmt gemerkt, daß Patrick und ich beide die Rechtschaffenheit selbst gespielt haben. Jahrelang. Und jetzt ist er entlarvt. Sogar bei seinen eigenen Kindern. Gerade bei seinen eigenen Kindern, und die sollten es nicht tragen müssen.«

Sie stand auf. »Ich glaube, das ist einfach eine Sucht«, sagte sie, »wie jede andere auch. Und jetzt, wo ich das Wort einmal ausgesprochen habe, ich nehme an, ihr habt gemerkt, daß er mehr trinkt, als er sollte.« Sie bückte sich und küßte Bill auf die Stirn. »Aber vielleicht ist das egal. Vielleicht ist das Trinken nur ein absehbares, zweitrangiges Nachspiel.«

Die Kardinäle waren zu den Weiden zurückgekehrt, sie waren hineingeflogen, das Männchen ein paar lange Minuten nach dem Weibchen, und mit ihrer Rückkehr, mit diesem deutlichen Beweis für ihre tiefrote Ergebenheit konnte Margaret die Dinge anders sehen. Sie sah, daß sie und Bill vielleicht versucht hätten, Mary zu helfen, damit sie es sich anders überlegte, daß sie ihr geraten hätten, der Sache wenigstens etwas Zeit zu geben, wenn all das vor Pauls Tod geschehen wäre, bevor der Boden gebebt und sich unter ihnen aufgetan hatte. Sie mochten Mary sehr gern, und man mußte sie sicher nicht davon überzeugen, daß Patrick nicht vollkommen war. Wenn Paul noch am Leben gewesen wäre, wenn er noch unter ihnen gewesen wäre mit seinem Lachen und seinen langen Beinen und seinen schnellen Bewegungen vom Stuhl zur Tür, vom Transporter zur hinteren Veranda, dann hätten sie Mary vielleicht vorgeschlagen, den Nachmittag in ihrem Gartenstuhl zu verbringen und es sich von der Seele zu reden, sie hätten gehofft, daß man die Probleme untersuchen konnte, daß man sie nach und nach entwirren und lösen konnte, wie es Mütter und Väter fast immer hoffen. Wenn alles anders gewesen wäre, hätte sie keinen Moment gezögert und ihr eigenes ehemaliges Ich verraten, sie hätte Marys Sache so heftig vertreten, wie sie für ihre eigene gekämpft hatte, als sie selbst ein stolzes, junges Liebchen war. Und im Gegensatz zu anderen hätte sie sich nicht darin geaalt, sie hätte sich nicht unterbrochen, um über das schlüpfrige Wesen ihrer Treue zu klagen. Sie hätte nicht innegehalten, um den Schwindel zuzugeben.

Aber keiner von ihnen hatte die Kraft dazu, nicht in diesem Jahr. Kurz nach Marys Kuß stand Bill auf und ging allein ins Haus, ging hinauf ins Bett, und Margaret hörte Mary zu, deren Wut nachließ, deren Demütigung zu einem sprachlosen, erniedrigten Kummer verblaßte, und ihre eigene Erschöpfung tat ihr leid. Sie schämte sich für ihre Erschöpfung.

Als sie zu Marys Wagen gingen, dachte sie, es stimmt, was man über die Wahl des richtigen Zeitpunktes sagt. So viel im Leben hängt von der Wahl des richtigen Zeitpunkts ab. Und weil sie glaubte, daß Patrick dieser Frau gegenüber eine große Verantwortung hatte, was auch immer in ihrer Ehe, die Außenstehende wie jede Ehe ohnehin nicht begreifen konnten, vorgegangen war, und weil sie glaubte, daß sie vielleicht nur auf diese Weise helfen konnte, stellte sie Mary eine Frage, die sie normalerweise nicht gestellt hätte. »Kommst du mit dem Geld zurecht?« fragte sie. »Behältst du euer wunderbares Haus?«

Aber Mary versicherte ihr, daß das Geld wahrscheinlich das kleinste Problem sein würde. Sie sagte, daß sie ihren

Master of Arts aufpolieren und noch einen zweckmäßigeren Abschluß machen würde, wenn sich das wie vermutet als nutzlos erweisen sollte. Sie sagte, daß Patrick ihr helfen würde, bis sie sich eingerichtet hatte.

Sie öffnete die Wagentür und sagte: »Ich glaube, die Kinder sind alt genug, um das zu überleben«, denn sie nahm an, daß Margaret an Stephen, John und Rebecca dachte, daß sie ihren gebührenden Platz in Anspruch nahmen. »Du und Bill, ihr werdet sie weiter sehen«, sagte sie, »so oft wie immer. Das verspreche ich dir.«

Als Mary sich abwandte, um sich hinter das Steuer zu setzen, zog Margaret sie an sich und umarmte sie fest, und während sie das dichte Jackie-Kennedy-Haar tätschelte, wußte sie, daß diese Umarmung nicht Mary galt, sondern ihr selbst, der jungen, liebenden, überglücklichen Ehebrecherin, die sie kurz gewesen war, und der lebenslangen Ehefrau, zu der sie sich so unerwartet, so durch und durch gewandelt hatte. Beim Abschied benutzte sie zum ersten Mal in ihrem Leben das Wort *Liebes,* und sie dachte, jetzt bin ich eine alte Frau, und ich werde nie wieder etwas anderes sein. Außer tot.

»Ich bin gekommen, weil ich dachte, daß dir und Bill eine Erklärung zusteht«, sagte Mary. Sie war nicht einmal den Tränen nahe. »Ich habe genauso hart gearbeitet wie er. Ich habe ein Recht darauf, glücklicher zu sein, als ich bin.«

Margaret hatte »Ja« gesagt und Mary geholfen, die Tür zu schließen, dann war sie vom Wagen zurückgetreten. »Das finde ich auch.«

Und so kam es, daß acht Jahre später Stephanie in ihrer Mitte war, eine hübsche, erwachsene Frau, die genau so war, wie man sich eine zweite Frau wünschte. Weder Bill noch Margaret hatten über Marys Besuch an diesem letzten Nachmittag gesprochen, nicht miteinander und nicht mit Patrick oder mit jemandem sonst, und das Mädchen mit der leisen Stimme, das nichts gewesen war, das keinen Namen hatte, war spurlos verschwunden, war versunken wie ein Stein, war inzwischen vielleicht die junge, liebende, vertrauensvolle Frau irgendeines jungen Mannes.

Stephanie war offenbar ausgeglichener, entspannter als Mary, aber vielleicht schien es nur so, weil sie sie nicht so gut kannten. Sie würden nun nicht mehr die Zeit haben, sie besser kennenzulernen. Offenbar nahm sie nicht ganz richtig an, daß für Bill alles getan worden war, was getan werden konnte. Patrick erzählte Margaret, daß sie gesehen hatte, wie eine Lieblingstante auf ähnliche Weise dahinging.

Bei ihrem Garten, den sie gerade in diesem Frühling bestellt hatten, war Patrick die treibende Kraft gewesen. Vor Jahren, kurz nach Sylvias Tod, als außer einem großen Hickory nichts mehr stand, hatten sie ein großes Beet markiert und umgegraben, und Margaret hatte Reihen mit Kartoffeln und Mais, mit Brokkoli, Tomaten, Salat und Gurken angelegt. Dann war außer Sarah niemand mehr da, und die drei konnten so viele Lebensmittel nicht brauchen. Und es war schwere Arbeit, Margaret sagte Bill, daß es für sie eine einsame Arbeit war. Und weil keine Form für immer hält, weil das Gras eines Rasens sich wie jedes Gras ausbreiten will, war mit der Zeit aus dem geraden Gartenrechteck ein fruchtloser, runder Flecken Erde geworden. Niemand hatte sich die Mühe gemacht, das Beet zu pflegen, es war nie gewalzt und eingesät worden, auch wenn Bill es jeden Sommer ein- oder zweimal mit Unkrautvernichter behandelte.

Und Margaret hatte für das alte Beet eine Verwendung gefunden. Sie hatte es satt gehabt, die Blätter bis zur Feuerstelle unten am Bach zu rechen, und bald nachdem der Stadtrat die neue Verordnung gegen jede Art privater Feuer erlassen hatte, hatte sie angefangen, die Blätter auf dem Beet zu sammeln und sie dort zu verbrennen, und meistens machte sie sich die Mühe, ein paar Kastanien hineinzuwerfen, um wie ein Kind den Explosionen in den schwelenden Haufen zu lauschen. Und fast in jedem Herbst kam ein kleiner Haufen Kinder aus der Nachbarschaft mit ihren Rechen, sie rochen den Rauch in der Luft und wollten ihr helfen, ihr zusehen, wie sie das Gesetz brach, und wenn sie fertig war, verteilte sie Quarters oder seit neuestem auch Dollars aus ihrer Schürzentasche.

Sie hatte außerdem die Gewohnheit, sehr spät im Winter vom Küchenfenster aus zu beobachten, wie, immer ungefähr eine Woche bevor die Sonne den Schnee vom Gras nahm, der braune Flecken Erde erschien, und ein wenig später, wenn wirklich Frühling war, sah sie zu, wie aus dem Beet eine matschige, schlammige Schweinerei wurde, an der man ablesen konnte, wieviel es geregnet hatte, und, was amüsanter war, ein weicher, brauner Teller, der die Vögel zu den Würmern zog.

Patrick war an einem Freitagnachmittag im Mai gekommen, und an seinem neuesten Lincoln hing ein zusätzlicher Anhänger. Auf dem Anhänger brachte er einen Rototiller und eine Schubkarre mit, zwei Tüten Schafdünger, drei mit Torf und ein Bündel Gartenwerkzeuge mit langen Griffen, die nicht aus gewöhnlichem Stahl, sondern aus einer Art grünem Hartplastik bestanden.

Margaret und Bill gingen zu ihm hinaus in die Kieseinfahrt, und er fing an zu erklären, daß sie bei seinem letzten Besuch darüber gesprochen hatten, einen anständigen Garten anzulegen und sich sowohl die Arbeit als auch die Erträge zu teilen, aber Bill war sicher, daß er sich an keinerlei Gespräch über einen Garten erinnerte. »Du hast vielleicht darüber gesprochen«, sagte er.

Während Patrick und Margaret eine behelfsmäßige Rampe für den Rototiller bauten, lud er das Werkzeug ab, er hielt das scharfe Ende der Schaufel und der Hacke und der Forke hoch, untersuchte sie und erklärte, er habe keine Worte, weil sie so verdammt seltsam seien.

»Kein Rost«, sagte Patrick.

Als er fragte, was ihn das alles kosten würde, sagte Patrick: »Gar nichts, Dad. Vatertag.«

Patrick war achtundfünfzig. Sein Haar war sehr kurz und hatte jede Spur von Farbe verloren, es war nicht mehr flekkig, sondern überall stahlgrau, und die Falten in seinem Gesicht waren gesetzt, die in den Augenwinkeln und die beiden kräftigen Furchen von der Nase zum Kiefer hinunter, er konnte sie mit einer Veränderung des Gesichtsausdrucks nicht mehr löschen. Er behauptete, er habe sich diese Linien verdient. »Diese Linien und noch ein paar hunderttausend mehr, als du wert bist«, sagte Bill ihm gern.

Darüber regte Bill sich ständig auf, über das Geld, das Patrick verdiente. »Ich kann nicht verstehen, wo dieses ganze Geld herkommt«, verkündete er eines Sonntags. Wenn Patrick über Verhältnismäßigkeit sprach, über die hohen Preise für Wohnen und Autos und Versicherung und Ausbildung und Krankenhäuser, sagte Bill, das eigentliche Problem sei, daß die Leute über ihre Intelligenz hinaus ausgebildet wurden. »Kannst du mir sagen, wer die Drecksarbeit machen soll?« fragte er. »Kannst du mir sagen, wer noch damit zufrieden sein soll, den kürzeren zu ziehen?« Wenn Patrick ihn nicht beachtete und vom Wohnzimmer in die Küche ging, erhob Bill seine Stimme, damit er ihn hören konnte. »Wenn es noch einmal einen Krieg gibt«, rief er, »dann will keiner mehr hingehen. Es kann keiner mehr hingehen, weil alle so verflucht weich sind. Dann werden wir sehen, wohin diese Fortschritte uns gebracht haben.« Alles, was er hatte, legte er in das Wort *Fortschritte.*

Patrick hatte noch immer seine Squashspieler-Kondition, und Bill sagte, es sei eine Städter-Kondition, auf die niemand hereinfalle. Er erinnerte Patrick gerne daran, daß er sich die Hände in dreißig Jahren nicht schmutzig gemacht hatte, und manchmal auch andere Männer.

Nachdem sie abgeladen hatten und Patrick kurz in der Küche gewesen war, um ein Bier zu trinken, saß Bill mit verschränkten Armen auf der Gartenbank, und Margaret und Patrick gingen über das Beet, um jeglichen Abfall zu finden und einzusammeln. Margaret sagte zu Patrick, daß er die seltenen Münzen behalten konnte, wenn sie zufällig welche sahen, daß sie aber die Diamantringe nehmen würde. Das erste, was sie fanden, war ein ascheverschmiertes Stückchen Band mit Tartanmuster, eines, wie Mütter sie in das Haar ihrer hübschen kleinen Mädchen flochten. »Das habe ich nicht hier hingeworfen«, sagte sie und verdächtigte die Vögel. Innerhalb weniger Minuten hatte sie ein paar verbogene Drahtstückchen aufgehoben, eine halbvergrabene Limonadendose und drei ziemlich große, alte und rostverkrustete Nägel, die dort wohl gelegen hatten, seit der Zaun abgerissen worden war, kurz nach dem Krieg. Margaret wußte, daß Bill und Sylvia das Haus auch wegen des Palisadenzauns gekauft hatten, sie hatte Bilder von den Kindern gesehen, wie sie darauf herumkletterten, aber als Bill aus Übersee nach Hause gekommen war, hatte er ihn für morsch erklärt und niedergerissen.

Patrick hatte nur Steine gefunden, und als er sagte, daß sie wahrscheinlich fertig waren, erhob sich Bill von seiner Bank und ging jeden Zoll selbst ab, um alles noch einmal zu prüfen. Beim zweiten Durchgang fand er eine offene Windelnadel mit einem verblaßten, rosafarbenen Kopf. Er ließ die Nadel in Margarets Hand fallen, und sie sagte, sie sei wahrscheinlich besonders schwer zu finden gewesen.

»Ich pflanze Mais und Spargel«, sagte er. »Sonst nichts.«

Als Margaret darauf beharrte, daß sie gern ein paar Kartoffeln und Brokkoli haben würde, packte er die merkwürdige leuchtendgrüne Hacke und zog durch die Erde eine Linie, die einen Bereich abtrennte. »Das ist deins«, sagte er.

Patrick hatte im Schuppen ein paar alte Pflöcke gefunden und an die vier Ecken gesetzt, und danach schlitzte er die Tüten mit Dünger und Torf auf und leerte sie mit der neuen Schaufel aus. Als er alles über die Erde verteilt hatte, warf er den Rototiller an. Er zog ihn langsam einmal und dann noch einmal über den Boden, im rechten Winkel, als hätte er irgendwo etwas darüber gelesen. Margaret brachte ihm Limonade, das Rezept seiner Mutter, aus gekochtem Konzentrat und mit viel Eis. Während er trank, stand sie neben ihm und sagte sehr laut über den Lärm des Rototillers hinweg, daß die Erde doch wirklich reich und gepflegt aussah.

Bill hatte beschlossen, das Krocketspiel aufzubauen, das er bei Canadian Tire für seine Urenkel gekauft hatte. Er drückte die Schlingen in großen Abständen bis hinunter zum Bach in den Boden, holte dann einen Krockethammer und ein paar Bälle hervor und ließ die Bälle wahllos zu Boden fallen. Als Patrick schließlich den Rototiller ausschaltete und das jaulende Motorengeräusch verstummte, herrschte im Garten eine Stille, die ein wenig zermürbend war und die nur dadurch unterbrochen wurde, daß Bill die Krocketbälle entschlossen zum Bach hinunterschlug.

Patrick sah zu, wie sein Vater den Hammer viel zu heftig schwang, und er rief: »Gewinnst du, Dad?« Bill überhörte das, und Margaret schüttelte energisch den Kopf. Heute keine Witze. Dann half sie Patrick, den Rototiller auf den Anhänger zu laden, und nachdem sie ihn hinaufbefördert und festgebunden hatten, führte sie ihn zum Grill hinüber. Den Grill hatten sie zum Hochzeitstag geschenkt bekommen, von allen, und seit seiner Einweihung vor fünf Jahren war er noch nicht richtig gereinigt worden. »Kannst du mir zeigen, wie man das Ding gründlich saubermacht?« fragte sie und hob die Regenabdeckung an. »Ich bin nicht besonders wild darauf, daß er mich in tausend Stücke reißt. Also was genau schalte ich ab?«

Patrick öffnete den Deckel. Der Grill war nicht oft benutzt worden, also gab es nicht besonders viele verkohlte Reste und kaum Fett, aber sie sahen gemeinsam zu, wie ein paar Dutzend Ohrwürmer auf dem Grill innehielten und dann schnell aus dem Tageslicht verschwanden. Margaret beugte sich tiefer hinunter und zählte so schnell, wie sie konnte. »Siebzehn, achtzehn, neunzehn.« Und dann sagte sie: »Vielleicht zeigst du mir lieber ein andermal, wie man ihn saubermacht.« Gebückt las sie die Gebrauchsanweisung vor. »Das Gas einschalten. Das Brennerventil öffnen. Den Startknopf drücken.« Sie wartete, bis die Flammen deutlich zu sehen waren, dann schloß sie den Deckel.

Als die Ohrwürmer gebraten waren, gingen die drei hinein und aßen nach Margarets Rezepten zu Abend: Kartoffelpüree und Gemüse in Aspik und Baked Beans und Patricks Lieblingsgericht, etwas, das er angeblich lieber mochte als alles andere, Schweinelende in Brotkruste. Nach dem Essen kümmerte Margaret sich um das Geschirr, während die Männer den Filter am Ofen wechselten, und dann sahen sie sich gemeinsam »Jeopardy« an, wobei Patrick und Margaret sich bequem in ihren Sofaecken zurücklehnten und ohne Scham am Spiel teilnahmen, sie riefen die Fragen zu den Antworten mit tödlicher, aber oft trügerischer Sicherheit aus, oder sie stellten lautstark wohlbegründete Vermutungen an.

»Ach, seid ihr zwei gescheit«, sagte Bill. »Ihr müßt mich nicht davon überzeugen.«

Mitten in der Sendung stand er auf und ging beleidigt durch die Küche davon, warf die Fliegengittertür zu und rief, daß er sich auch um das Bepflanzen kümmern könne, wenn sie sich nicht in Bewegung setzten. Er sagte, wenn sie beschlossen hätten, daß das sein Teil der Arbeit war, sei das in Ordnung, aber er würde sich jetzt daranmachen, solange es noch ein bißchen Tageslicht gab.

Patrick ging ihm nach, um ihm zu sagen, daß sie kein Saatgut hätten, daß sie Saatgut kaufen würden. Als Bill von dieser Tatsache hörte, blieb er vor der Gartenbank stehen und setzte sich jählings hin. »Es gibt Tage, an denen ich glaube, daß mein Gehirn verrückt spielt«, sagte er. Dann schickte er Patrick mit einer scharfen Wendung seines Kopfes zum Haus hin weg, also ließ Patrick ihn allein. Er blieb dort sitzen bis zur Dämmerung, bis Margaret ihm seinen Pullover brachte. Und dann stand er auf, folgte ihr hinein und ging ohne ein Wort die Treppe hinauf und zu Bett.

Nach einer Weile, als Margaret und Patrick sich gerade im Wohnzimmer niederließen, um eines ihrer müden, interessanten Gespräche zu führen, erschien Bill wieder auf der Treppe und rief nach ihnen. Sie gingen in den Flur, und er stand oben und fragte: »Wenn du weg bist, wie soll ich dann zurechtkommen? Ich habe meine besten Finger nicht mehr, weißt du.« Er hielt seine Hände hoch. »Das Werkzeug ist wahrscheinlich nicht sehr schwer, aber wenn man der ist, der die Arbeit machen muß, können sie gar nicht leicht genug sein.« Patrick sagte ihm, daß er sich keine Sorgen machen sollte, daß die Werkzeuge nicht schwer waren und auch nicht schwer werden würden, deshalb hatte er sie schließlich gekauft. Er sagte, daß alles in Ordnung war. Er sagte: »Geh wieder ins Bett, Dad.« Bill drehte sich auf der Treppe um und ging, aber sie hörten, was sie hören sollten. »Sprecht nur alles durch jetzt. Sprecht alles durch.«

Seit einiger Zeit genossen Patrick und Margaret ihre kleinen Gespräche. Das schien ein paar von den anderen zu verwirren, als würde Margaret Patrick heimlich zeigen, wie man strickt oder Pfirsiche einmacht. Angefangen hatte es kurz nach dem Vormittag, an dem sie Mary zusammen im Krankenhaus besucht hatten, kurz nachdem Patrick Stephanie geheiratet hatte. Patricks Sohn Stephen hatte ihn im Büro angerufen und ihm vom Brustkrebs seiner Mutter erzählt, nicht vor, sondern zwei Tage nach Marys Operation, die schnell und schwer gewesen war, eine beidseitige Brustamputation, und ohne zu denken hatte Patrick sofort Margaret angerufen und es ihr gesagt.

»Dann gehen wir hin und besuchen sie«, hatte sie zu ihm gesagt. »Du und ich. Heute noch.« Als Patrick zögerte, weil er nicht vorbereitet war, weil er keine Verteidigungsstrategie hatte, saß sie nicht still am anderen Ende des Telefons, wie es ihre rücksichtsvolle Gewohnheit war. Sie sprach rasch und ohne eine Spur von Geduld. »Daß man sich nicht mehr liebt, ist keine Entschuldigung.«

Er hatte an einem Tisch am Fenster in der Cafeteria auf Margaret gewartet, eine erträgliche Tasse Kaffee getrunken und hinaus auf die häßlichen Dächer der Bürogebäude geschaut, die das Krankenhaus umgaben, auf den hellen Winterhimmel und auf die Wolkenstreifen, die immer noch so weiß über der schmutzigen Stadtluft schwebten. Er kannte viele der Bürogebäude, die er jetzt betrachtete, aber gewöhnlich sah er von der Straßenebene aus ihre kunstvollen Eingangsbögen, die schweren Tafelglastüren, die gedämpften, seriösen Foyers. Es war unnötigerweise eine gewisse Überraschung und eine Beleidigung, daß der architektonische Abschluß auf den Dächern fehlte. Patrick betrachtete die flachen, kiesbedeckten Flächen und den verwehten Abfall und die alten Kamine und die Luftschächte und die schmutzigen Tauben, die von einem Gebäude zum anderen flogen, er konzentrierte sich auf die Tauben, er zählte die Tauben, und er kämpfte dagegen an, wenn auch nicht annähernd hart genug, er kämpfte nicht hart genug, um es zurückzuhalten, und er erinnerte sich an Marys warme Brüste, an ihr unvermindertes Schamgefühl, wenn es um ihre Brüste ging, die so unerwartet und so schön und vor langer Zeit, vor zwanzig Jahren, so schwer gewesen waren mit ihren sichtbaren Adern, mit der bläulichweißen Nahrung, von der er selbst mehr als einmal genommen hatte, vorsichtig, während er in der mitternächtlichen Stille des Hauses ihrem sanften, geduldigen Lachen lauschte, das über ihm und durch sein Haar trieb wie das Lachen einer Mutter. Er stellte sich diese Brüste jetzt vor, körperlos. Fortgetragen mit anderen Brüsten. Verbrannt?

Er hoffte nur, daß dieses Bild Mary niemals einfallen würde, und um es abzutöten, zog er sich zu der Tasse mit dem lauwarmem, erträglichen Kaffee in seinen Händen zurück, und er machte sich doppelt Sorgen, um Mary und die Bedeutung, die diese Diagnose für sie und die Kinder hatte, und um Margaret, die im Herbst fünfundsiebzig geworden war und die jetzt allein über den schneebedeckten Highway fuhr.

Als Margaret sich an den Cafeteriatisch setzte und anfing, ihre Handschuhe wie immer Finger für Finger abzustreifen, bat er sie, ihm zu versprechen, daß sie nicht mehr über den Highway fahren würde. Sie versprach es ihm, und sie sollte sich daran halten, soviel er wußte, hatte sie bei dieser Fahrt zum letzten Mal außerhalb der Stadtgrenzen am Steuer gesessen.

Sie fuhren im Aufzug zu Marys Zimmer hinunter, zusammen mit einer Krankenschwester, die sich um ein haarloses, aber noch immer fröhliches Kind auf einer Bahre kümmerte, einen Jungen, der seine Röntgenaufnahmen im Arm hielt, und Margaret sagte zu Patrick: »Sie wird nichts von dir wollen außer deiner Unterstützung. Und du solltest in der Lage sein, ihr die zu geben, ohne Stephanie gegenüber respektlos zu sein.« Und kurz bevor sie Marys Zimmertür aufstieß, hatte sie mit offensichtlich gezwungener Autorität zu ihm gesagt: »Es ist nicht unbedingt das Todesurteil, das es einmal war. Mary kann das überleben«, als wäre dieser Kampf ebensosehr ihrer wie Marys, als hätte sie drei Jahre nach Pauls Tod endlich einen kleinen Teil ihrer Kraft wiedergefunden, als wäre sie froh über eine Möglichkeit, sie zu nutzen. Und Mary hatte es überlebt, sie hatte die ganze Zeit höllisch gekämpft und es geschafft.

Und nun sprach Patrick oft mit Margaret. Auch das war möglich, ohne daß er Stephanie gegenüber respektlos war, die er fast ohne Vorbehalt schätzte und liebte, zum Teil für ihre soliden Leistungen als Anwältin, mit denen sie nicht prahlte, zum Teil für ihren derben Witz und ihre Schamlosigkeit, wenn es dunkel war, zum Teil und vielleicht hauptsächlich, weil sie viel zuviel Respekt vor ihrer eigenen schwierigen Geschichte hatte, um die seine zu attackieren.

Und wenn er meistens leise bei einer Tasse Tee oder einem Scotch mit Margaret sprach, zögerte sie nie, eine ehrliche Bemerkung, die ihr einfiel, auch auszusprechen.

Margaret hatte eine große Kanne Tee gemacht. Sie hatte Patrick gefragt, was es Neues von seinem Sohn Stephen gab, und er erzählte, daß Stephen es bei den Symphonikern nun endlich geschafft hatte, daß er mit dreißig der jüngste Waldhornspieler war, den das Orchester je eingestellt hatte, und daß sie alle sehr stolz waren. »Was eine Scheidung auch tut«, sagte er, »den Stolz vermindert sie nicht.«

Dann gestand er ihr, daß er sich ziemlich schlecht fühlte, weil er sich gelegentlich gewünscht hatte, daß Stephen das Horn aufgeben und für ein Baseballteam spielen oder dort als Rechtsanwalt oder was auch immer anheuern würde. Er sagte, er hätte das niemals irgend jemandem gegenüber erwähnt, und er danke Gott, daß er den Jungen nicht heftiger gedrängt hatte. Er sagte, er habe keine Ahnung, was ihn daran gehindert habe.

Daraufhin sagte Margaret zu Patrick, daß sie ihn jetzt nicht zum vorbildlichen Vater erklären würde. »Du hast Glück gehabt«, sagte sie. »Gute Eltern setzen einfach auf das Glück, sie vertrauen darauf, daß es ab und zu auftaucht, und wenn es kommt, greifen sie zu.« Sie schenkte ihm Tee ein. »Schlechte Eltern haben hauptsächlich Pech«, sagte sie. »Daran glaube ich.«

Es war inzwischen eines von Margarets Alte-Frauen-Vergnügen, Patrick zuzuhören, wenn er über seine Gedanken sprach, über seine geheimen Errungenschaften, über seine kleinen Schlechtigkeiten, die ihm Sorgen machten. Es war anders, als von den Schuldgefühlen oder dem unentschlossenen Stolz oder der Reue einer Frau zu hören. Es war ihrer Erfahrung nach sehr viel seltener. Sie sah ihm beim Reden zu, wie man einem Tier zusieht, das sich im Dunkel der Nacht putzt. Sie hielt still und wahrte einen gewissen Abstand.

Während er diesmal sprach, machte Margaret sich bereit, ihre eigene Beichte abzulegen. Nach Patricks letztem Besuch hatte sie beschlossen, daß sie die Lüge gestehen würde, die sie ausgesprochen hatte, als er ein Junge war, gleich nach Sarahs Geburt, die Lüge über seine Mutter und die Baseballspiele. An die andere Lüge zwischen ihnen wollte sie nicht rühren, daran, daß er vorgab, nie gestrauchelt zu sein, seine Abende nie weinend in den Armen einer farblosen, liebenden jungen Frau verbracht zu haben. Einen anderen Platz hatte er nicht finden können. Offensichtlich. Sie war bereit, sich als selbstsüchtige Lügnerin zu zeigen, als Frau, die einen kämpferischen, trauernden Jungen belogen hatte, aber sie war keineswegs bereit, auf Zurückhaltung zu verzichten, auf den Schutz, den Zurückhaltung bot.

»Als ich gerade hierhergekommen war, wußte ich nicht, was du denkst«, fing sie an. »Ich wußte nur, daß du deine Mutter verloren hattest und daß in eurem Haus diese neue Frau war. Ich. Du warst sehr still, nicht gerade eingeschnappt, aber für meinen Geschmack zu still. Also habe ich dich in einer Sache belogen.«

Patrick stellte seine Tasse ab und schloß kurz die Augen. »Eingeschnappt paßt gut«, sagte er. »Ich weiß, daß ich nicht besonders hilfsbereit war. Wie Paul, zum Beispiel. Paul ist immer aufgetaucht, wenn man ihn gerade brauchte.«

»Mit dieser Seelenruhe ist er wahrscheinlich geboren worden«, sagte sie. »Ich habe kein einziges Mal erlebt, daß sie ihn im Stich gelassen hat.«

Sie schwiegen für einen Augenblick. Das stand Paul zu, ein stiller Raum um seinen Namen herum.

»Jedenfalls«, sagte sie. »Wegen der Baseballspiele. Um die Wahrheit zu sagen, deine Mutter und ich haben uns kaum gekannt, als wir jung waren. Sie war eines von den Mädchen, die die Highschool abgeschlossen haben, und das war eine Art Garantie für ein mögliches anderes Leben. Ich natürlich nicht. Meine Familie hat nie dazugehört. Ungehobelt. Nicht viel Geld. Keine Bildung. Also haben deine Mutter und ich nicht im selben Team gespielt. Aber trotzdem erinnere ich mich an sie, als sie jung war. Als die Männer fort waren. Und ich erinnere mich an euch Kinder auf der Zuschauertribüne, ihr wart schon gebadet und fertig fürs Bett, du bist herumgerannt, Paul und Daphne saßen in Dekken gewickelt auf den Armen eurer Großeltern.« Sie wartete einen Moment, bevor sie weitersprach, als hätte sie ein Bild gemacht, das sie zusammen betrachten konnten.

»Sie hatten gerade die Scheinwerfer für die Spiele am Abend eingebaut, manchmal gab es zwei an einem Abend, und ich erinnere mich an das Aufwärmen hinter der Tribüne, ab und zu schaute man hinüber, um zu sehen, wie das andere Spiel lief, und deine Mutter stand an der ersten Base, rammte eine Faust in ihren Handschuh, verständigte sich schreiend mit den anderen Frauen und vollführte kleine, lustige Hüpfer auf der Base, damit sie auf Touren blieb. Ich erinnere mich so deutlich daran.«

»Für die erste Base war sie nicht besonders groß«, sagte Patrick.

»Nein, war sie nicht«, sagte Margaret.

»Sie war eine ziemlich spektakuläre Spielerin«, sagte er.

»Spektakulär und lustig und fest entschlossen zu gewinnen«, sagte Margaret. »Das dachten die Leute von ihr.«

»Und der Zweck der Lüge?« fragte er.

»Sie sollte dir nur etwas geben«, sagte sie. »Oder dich vielleicht für mich gewinnen. Vielleicht habe ich nur meine Bases gedeckt, oder meinen Arsch.«

»Hat funktioniert«, sagte Patrick und lächelte, denn es gefiel ihm, wenn sie fluchte, was nicht mehr sehr oft vorkam. »Vielleicht lüge ich dich eines Tages mal an.«

»Das wäre nett, mein Lieber«, sagte sie.

Er richtete sich auf, um seinen Tee auszutrinken, und dann fragte er: »Hast du nie ans Heiraten gedacht, bevor du zu uns kamst?«

»Gedacht habe ich die ganze Zeit daran«, sagte sie. »Ich war einsam. Glaub mir, es ist nicht gut, allein zu sein.«

»Das weiß ich«, sagte Patrick. Er stand auf, ging in das Eßzimmer und öffnete die Tür der Anrichte, um den Scotch zu suchen, seine eigene Flasche, seine eigene Marke, die dort stand und ersetzt wurde, wenn es nötig war. Er setzte sich wieder hin, nahm Margarets Tasse von der Untertasse und trank ihren letzten Schluck Tee. Dann schenkte er ihnen beiden einen ordentlichen Schuß ein.

»Dein Dad hat mich gerettet«, sagte sie. »Als er mich gefragt hat.« Sie hob die Teetasse mit der Untertasse an und trank einen Schluck. »Ein Leben braucht Arbeit.«

»Es hat doch bestimmt andere gegeben«, sagte er. »Vorher.«

»Fast alle Männer waren verheiratet«, sagte sie, »alle guten. Und das hat mich nicht sehr gereizt. So herumzuschleichen.« Das waren die passenden Worte, die Lügen, mit denen man niemanden verriet. »Es hätte herauskommen können.«

»Aber vorher«, sagte er. »Bevor alle verheiratet waren.«

»Ich war sehr groß«, sagte sie. »Ungefähr so groß wie heute. Die meisten Männer standen nicht einmal gerne neben einer großen Frau. Vom Hinlegen ganz zu schweigen.«

Patrick mußte lachen und legte den Kopf weit zurück. Während er noch lachte, fiel ihm zum ersten Mal in seinem Leben die stattliche Anzahl der feinen Spinnwebrisse in der verputzten Decke auf. Er überlegte, ob er über die Risse etwas sagen und anbieten sollte, sie zu reparieren, aber dann dachte er, daß er sie wahrscheinlich so lassen sollte. Irgendwo mußte es aufhören.

»Die Männer, die in deinem Alter sind, mußten lernen, ihr Ego zu verstecken«, sagte Margaret. »Das ist mir aufgefallen. Und es ist eine gute Sache. Aber damals haben sie es nicht versteckt. Eine Frau mußte eine bestimmte Wirkung haben. Nicht gerade schwach, aber wenn man so aussah, als könnte man es alleine schaffen, mußte man es meistens auch alleine schaffen. Eine Partnerin wollte man als allerletztes haben.«

»Das ist ziemlich streng«, sagte Patrick und sah ihr ins Gesicht.

»Und ziemlich wahr«, sagte Margaret. »Meiner Meinung nach.«

»Zu streng«, sagte er und schüttelte den Kopf, er wollte es nicht glauben.

»Dein Dad hat eine Partnerin gebraucht«, sagte sie. »Weil er aufgehalten worden war. Weil er hier etwas hatte, das fortgeführt werden mußte.«

»Uns«, sagte er.

»Und sich selbst«, sagte sie. »Er hat in geregelten Verhältnissen gelebt. Die Verhältnisse mußten geregelt bleiben.«

»Einmal, als du gerade bei uns erschienen warst«, sagte er, »habe ich gehört, daß du jemanden hattest, der nach Übersee gegangen ist. Jemanden, der nicht zurückgekommen ist.«

Erschienen, dachte sie. Wie eine Offenbarung? Denkt er jetzt so darüber? »Das hast du also gehört?« fragte sie. »Ich hätte nicht gedacht, daß vielbeschäftigte Jungen Zeit für Klatsch hatten.«

Als Junge hätte er ganz sicher anders beschrieben, wie sie zu ihnen gekommen war. Damals war sie auf ungezwungene Weise liebevoll mit ihm umgegangen und behutsam und klug und geduldig, aber sie hatte sich nicht den Kopf darüber zerbrochen, wie Patrick ihre Entscheidung beurteilte, denn mit achtzehn war er einfach zu jung gewesen, um zu verstehen, wie man ein Leben aufbaute. Und noch jetzt hätte sie zugeben müssen, daß es ihr im Grunde gleichgültig war.

»Stimmte das?« fragte er.

Er würde nicht aufhören. Er würde ihr keine Ruhe lassen, und das war gut so. »Es stimmt immer noch«, sagte sie.

»Und ...?« sagte er. »Und ...?«

»Ich bin eine alte Frau, Patrick«, sagte sie.

»Du bist alt«, sagte er. »Eine alte, große Frau.«

Sie dachte, sie hätte etwas gehört, und schaute zur Treppe hinüber, sie lehnte sich weit zurück und schaute durch den Torbogen in den Flur, um sicherzugehen, daß er leer war. Sie hustete einmal und kräftig.

»Er war groß«, sagte sie gerade laut genug, daß er sie über den Kaffeetisch hinweg hören konnte. »Nicht bemerkenswert, nicht hübsch oder außergewöhnlich gescheit. Aber er hätte ein gutes Auskommen haben können, irgendwie. Er wäre so beständig gewesen wie ein Fels, ungefähr so wie dein Vater. Und er hatte den besten Körper, den man sich vorstellen kann.«

»Oha«, sagte Patrick. »Will ich das wirklich hören?«

»Sein Körper paßte zu meinem«, sagte sie. »Wir sind mit unseren Körpern immer hinaus an die Binnenseen gefahren, auf die östliche Seite, wo keine Häuschen waren.« Das ist wirklich nett, dachte sie, diese Erinnerung an eine unschuldige junge Frau, vor dem Krieg. Und sie erinnerte sich an die Reinheit, an die reine Würde, die der gute, soeben entdeckte Sex gehabt hatte, und sie war so froh, daß es gleich zu Anfang so gewesen war, denn anders hätte sie es sicher nicht überlebt. »Ich habe ihn geliebt«, sagte sie und trank ihren Scotch aus, »und er hat mich mit Sicherheit auch geliebt.«

Patrick schenkte nach. »Und dann gab es Krieg«, sagte er. »Und weil er jung und gesund war, wurde er nach Übersee geschickt. Und dann wurde er getötet.«

»Und dann wurde er auf einem Feld in Frankreich in Stücke gesprengt. Und er war nicht allein. Allein von hier waren es sechzehn, also kannst du es dir ausrechnen. Und sehr viele von denen, die trotzdem zurückgekommen sind, waren auf andere Weise verloren. Von deinem Vater sind auch Teile dort geblieben, denk daran. Teile, die er hätte brauchen können.«

»Wart ihr verlobt?« fragte Patrick.

»Nicht offiziell«, sagte sie. »Sie sind gekommen und haben es seiner Mutter gesagt. Ich habe stundenlang nicht herausfinden können, wie und wo und wann.« Sie trank ihre Tasse noch einmal aus. »Seine Mutter hätte mich nicht besonders gemocht, auch wenn ich das natürlich nie gehört habe.«

»Weil du ungehobelt warst«, sagte er.

»Aber das war ich nicht«, sagte sie. »Ich bin nie ungehobelt gewesen. Nur meine Familie, meine Herkunft.«

Sie richtete sich auf und fing an, Sachen auf das Tablett zu stellen. »Ich habe mich immer damit beschäftigt«, sagte sie, »an ihn zu denken, an alles, was mit ihm zu tun hatte. Darüber kann eine Menge Zeit vergehen. Ich hätte das Interesse eines anderen Mannes nicht einmal bemerkt, wenn es vor meiner Tür Wurzeln geschlagen hätte.« Ach, diese leichten Worte, dachte sie. Und ich sage sie mit einer so überzeugenden Sicherheit, als wäre ich auf Fragen wie diese immer vorbereitet gewesen, immer auf dem Posten.

Patrick nahm die Flasche, füllte seine eigene Tasse und wollte dann ihr nachschenken, aber sie streckte die Hand aus und hielt ihre Tasse zu.

»Manchmal bin ich mit Sandra Elliot zur Ostseite der Seen gefahren«, sagte er. »Jahrelang war ich nie ohne Decke unterwegs.«

»Du und Paul, ihr beide«, sagte sie. »Und ich habe jeden Herbst die Decken aus dem Kofferraum gezogen und sie gewaschen. Ist dir nie aufgefallen, daß sie nicht so schlecht rochen, wie sie hätten riechen können?«

»Vielleicht sind wir in denselben Dünen gewesen«, sagte er. »Weißt du noch, wo genau ihr hingegangen seid?« Er hob die Augenbrauen und spielte ihr ein übertriebenes, anzügliches Interesse vor. »Vielleicht haben unsere Decken auf demselben warmen, mondbeschienenen Sand gelegen.«

Margaret lachte laut auf und hielt sich den Mund zu, um das Geräusch zu ersticken.

»Du wirst rot«, sagte Patrick. »Davon habe ich gehört, aber ich habe es nie gesehen.« Er griff nach ihrem Arm. »Nimm deine Hand weg.«

Sie schüttelte ihn ab, stand auf und wandte ihm den Rücken zu, während sie sich herabbeugte, um die Tassen einzusammeln, ihr Gelächter war verstummt, und man sah nur noch das vertraute Beben ihrer breiten Schultern.

Sie nahm das Tablett und ging durch den Flur auf die Küche zu. Unvermittelt blieb sie stehen. Bill saß auf der Treppe, auf den fächerförmigen Stufen in der Kehre, er hatte sich in seinem Pyjama zusammengekauert und die Arme verschränkt, um sich zu wärmen, und seine Augen waren fest geschlossen, Gott weiß, wovor.

»Du bist ja da«, sagte Margaret.

Bill stand mühsam auf, er taumelte ein wenig und hielt sich an der Wand fest. »Sylvia«, sagte er. »Kommt zu Bett. Alle beide.«

Patrick fing sich schnell. »Ja«, sagte er laut und vernehmlich. »Es ist schon Zeit.« Er zog seine Arbeitssocken aus und hielt sie in den Händen, er ließ sie nicht zu Boden fallen, damit Margaret sie aufhob, wie er es als junger Mann getan hatte. »Unser Zimmer?« fragte er und meinte seines und Pauls. Er wußte, daß es da oben auf ihn wartete, daß die Laken auf seinem alten Bett frisch gewaschen und gebügelt waren, daß sie sich kühl anfühlen würden auf seiner Haut, daß die ausgeblichenen Quilts dreifach lagen, wie er es mochte, daß die Luft im Zimmer frisch war von der Spätnachmittagsbrise. Als er zuvor schwitzend im Garten gestanden hatte, war das Fenster lautstark geöffnet worden, und er hatte aufgeschaut. Er hatte gesehen, wie sein Vater mit weit ausgebreiteten Armen das schwere Schiebefenster hielt.

Er wußte, daß er aufstehen und seinem Vater folgen sollte. Dieser Tag, die Arbeit dieses Tages hatte ihn müde gemacht, wie er es gewollt hatte. Sein Körper brauchte den tiefsten Schlaf und hatte ihn ausnahmsweise verdient. Aber er rührte sich nicht. Er hörte die stolpernden Schritte auf der Treppe und dachte nach über den Mann, der angeblich immer noch sein Vater war und der da draußen gesessen und gewußt hatte, wenn er überhaupt noch etwas wußte, daß man ihn bald entdecken würde, und der jetzt die Treppe hinaufstieg in sein Bett, um dort allein zu liegen und wütend zu sein über das, was er gehört hatte oder gehört zu haben glaubte. Ein Mann, der fast sein ganzes Leben lang keinerlei Talent zum Wütendsein gehabt hatte, und der jetzt ohne Wut verloren und hilflos war.

Er senkte den Kopf. Er konnte den Kopf nicht heben, auf keinen Fall. Er dachte an Paul, was für ein guter Mann er gewesen war, wie entsetzlich es gewesen sein mußte, so schnell zu sterben, ohne Vorwarnung, auf der Stelle getötet zu werden, aber sicherlich nicht gleich auf der Stelle, sicherlich nicht ohne ein kurzes, schwarzes Begreifen, und dann dachte er an die süße Meg, die in keinem einzigen Augenblick ihres Lebens süß gewesen war und die jetzt nie wieder dieses geliebte, schwierige, zerklüftete Wesen sein würde, sondern immer jemand anderes, ein ruhiggestelltes, besiegtes Etwas, und er dachte an seine Mutter, an eine Mutter, die er nicht nur krank und sterbend in Erinnerung hatte, sondern ebensogut lebendig am Küchentisch und im Auto und im Garten, wie sie zuallerletzt an das Sterben dachte, wie ihre wache, helle Stimme lobend oder tadelnd oder überrascht nach ihnen allen rief, und er dachte an Daphne, an die ständige Belastung durch ihre Mutterschaft und daran, wie wild, wie rücksichtslos mutig sie gewesen war, bevor sie stürzte, wie sie auf dem improvisierten Trapez über der Zuschauermenge, über den Matratzen so heftig schaukelte, wie sie konnte, und Murray ihr Selbstdarstellerlächeln schenkte. Zum Schluß dachte er an eine sorgfältig geschmiedete erste Ehe, die ein dummer, scheinheiliger Mann gebrochen hatte, er selbst.

Er dachte, wenn Margaret nicht im Flur gestanden hätte, wäre er ... wäre er was? Was denn? Zusammengebrochen? Hätte er geweint? Die Kontrolle verloren? Sich selbst verloren? Nein. Nur dieses eine Mal, in diesem einen langen Augenblick, als er Paul verloren hatte, unter diesem scharfen, stumpfen Schock, Paul verloren zu haben ... Nichts dergleichen hatte ihm je zur Verfügung gestanden, nicht einmal, als er ein Junge war. Seine Möglichkeiten, wenn man sie denn so nennen wollte, waren immer viel begrenzter gewesen.

Margaret hatte sich nicht gerührt. »Sitzt du da und denkst über das alles nach?« fragte sie. Sie kam nicht zu ihm, sie stellte das Tablett nicht ab. »Das solltest du lieber nicht tun«, sagte sie. »Ich tue das nie.«

Er sah zu ihr auf. »Wer weiß?« sagte er.

»Wer kann es wissen?« antwortete Margaret. »Keiner von uns.« Sie stützte das Tablett auf der langgezogenen, sichelförmigen Wölbung ihres Bauches ab. »Es ist alles in Ordnung, Patrick«, sagte sie. »Du bist ein netter Mann. Ich bin eine nette Frau. Uns gibt es in Massen.«

Er legte seine schönen, müden Hände auf sein Gesicht, als wollte er etwas zurückhalten, als gäbe es etwas hinter seinem Gesicht, das zurückgehalten werden wollte. »Betest du manchmal?« fragte er.

»Ich verschwende keine Zeit damit, um etwas zu bitten«, sagte sie. »Aber ab und zu: vielleicht zwei- oder dreimal im Jahr, wenn irgendeine kleine Sache passiert oder vielleicht auch nicht passiert, dann erwische ich mich dabei, daß ich dankbar bin.«

»Dankbar«, sagte er.

»Oder vielleicht glücklich«, sagte sie und ließ ihn allein, und aus der Küche rief sie ihm zu: »Deine Handtücher sind auf der Frisierkommode. Du kannst jetzt duschen oder morgen früh, das ist uns ganz egal.«

Patrick stand auf und stellte den Scotch weg, dann ging er

die Treppe hinauf. Margaret spülte die Tassen und Untertassen im Spülbecken ab und folgte ihm. Es wurde nicht mehr gesprochen. Alle drei schliefen schnell und tief, und das Haus, seine Sicherheit, sein Trost, seine einfachen, gesegneten Wände nahmen die Erschöpfung jedes einzelnen leise in sich auf.

Nach einem Frühstück mit Schinken und Toast mit Ei und geschlagener Butter und einem Krug Ahornsirup von diesem Frühjahr, einem luxuriösen Frühstück, wie es Margaret jetzt nur noch wenige Male im Jahr erlaubte, koppelten Patrick und Bill den Anhänger vom Lincoln ab und fuhren zur Gärtnerei am Highway, um Saatgut zu kaufen. Bill hatte die Liste und hielt sie sich ganz nah vor das Gesicht.

»Geranien«, sagte er. »Ich kann mich gar nicht erinnern, daß wir uns für Geranien entschieden hatten.« Er griff nach dem Radio, und Patrick, der ahnte, was er wollte, stellte es leiser. »Sag mir, ob das stimmt«, sagte er. »Mais. Geranien. Paprika. Kartoffeln. Brokkoli. Spargel. Erbsen.«

»Stimmt, denke ich«, sagte Patrick.

Bill griff wieder nach dem Radio. »Wer ist dieser Kerl?« sagte er. »Wovon zur Hölle redet er?«

Patrick sagte, es wäre CBC, es wäre Arthur Black und daß er sehr schnell redete, daß es sein Stil war, und Bill sagte darauf: »Ich mag keinen Brokkoli.« Er betrachtete eingehend das Radio und ließ seine guten linken Finger über die Knöpfe gleiten. Als er schließlich den richtigen gefunden hatte, schaltete er das Radio aus. »Es wird nicht unbedingt Wert darauf gelegt, was man mag und was nicht.«

»Dann sag ihr das«, sagte Patrick und warf ihm einen Blick zu. »Das ist doch sicher keine große Sache.«

Bill drehte sich auf seinem Sitz um und sah seinen Sohn unverwandt an. »Was für Probleme Margaret und ich auch haben«, sagte er, »dich geht das unter gar keinen Umständen etwas an.« Er wandte sich ab und murmelte: »Mach du dir Gedanken über dein eigenes gottverdammtes Leben.« Als sie auf den Parkplatz fuhren, sagte er: »Ich habe nicht vor, besonders viel Brokkoli zu essen«, um die Sache ein für allemal abzuschließen.

In der Gärtnerei war an diesem Vormittag viel Betrieb. Man hatte vor kurzem expandiert, es gab ein größeres, besseres Schild über den Türen und einen größeren, gepflasterten Parkplatz. Bill behauptete, daß er ein Dutzend Autos erkannte. »Heute morgen sind alle hier«, sagte er, warf seinen Sicherheitsgurt ab, prüfte seine Krawatte und riß die Autotür weit auf, bevor der Lincoln ganz zum Stehen gekommen war.

Es dauerte fast zwei Stunden, bis sie alles gefunden hatten, weswegen sie gekommen waren. Bill sagte, daß er sehen wollte, wo jetzt alles war, was neu war. Er sagte, sie hätten keinen Grund zur Eile. Patrick ließ sich von ihm durch das alte Gewächshaus führen und dann hinaus und in ein zweites und dann in ein drittes. Auf dem Hof hinter dem Hauptgebäude sahen sie kleine Zierbäumchen in verschiedenen ordentlichen Reihen, die meisten waren verkümmert und nur so hoch gepfropft, wie es kleinen Grundstücken entsprach, die Reiser waren knotig wie die harte Faust eines großen Mannes, und Bill lachte laut auf und schlug Patrick auf den Rücken, als wären sie Verbündete, als hätte man diese offensichtliche Dummheit zu ihrem Vergnügen begangen. »Was das auch ist«, sagte er, »Bäume sind das nicht, so sicher wie das Amen in der Kirche. Stell dir vor«, sagte er, »daß diese Dinger als Bäume durchgehen. Und die Leute fallen darauf rein.«

Sie gingen wieder und wieder herum, und verschiedene andere Gärtner mußten stehenbleiben und Patrick die Hand schütteln. Manche erinnerten sich an Patrick, natürlich, und manche nicht. Bill erzählte allen, daß er beschlossen hatte, Margarets Garten neu zu bepflanzen, und daß er Patrick gebeten hatte, zu kommen und ihm zur Hand zu gehen. Er sagte, sie müßten unbedingt vorbeikommen und seine neuen Gartengeräte aus dem Weltraumzeitalter betrachten, sie wären unglaublich. Er ging ein Dutzend Mal dieselben aufgeweichten Gänge auf und ab und berührte auf beiden Seiten die noch kaum erblühten Pflanzen, als ob er sie liebte. Er hatte für jeden, an dem er vorbeikam, ein Wort, lächelte großartig und bückte sich, um alle Frauen zu küssen, die geküßt werden wollten.

Als sie mit dem Saatgut und den Geranien auf dem Weg nach Hause waren, sah Bill nach der Zeit und sagte dann zu Patrick, daß er auf der Albert Street wenden und bei Turnballs Scheune unten am Bach vorbeifahren sollte. Er sagte, daß das Old Babe's Committee heute den neuen Park einweihte und daß sie doch für ein paar Minuten hingehen und sehen sollten, wie die Sache lief.

»Wem weihen sie ihn?« fragte Patrick.

»Oh, sich selbst, nehme ich doch an«, sagte Bill.

Turnballs Scheune war fort, aber dort, wo sie einmal gestanden hatte, parkten ein Dutzend Autos, und ungefähr dreißig Leute standen am Bach herum. Der Park war nicht groß. Er bestand nur aus einem geräumten Abschnitt des Stonebrook Creek mit einer breiten Fußgängerbrücke, die über das Wasser zu einer geräumten, offenen Fläche auf der anderen Seite führte. Derjenige, der für den Park verantwortlich war, hatte genügend Geld für eine kunstvolle hölzerne Schaukel und eine Rutsche und ein kompliziertes Klettergerät auf der anderen Seite des Wassers zusammengetragen, und der Rasen war mit einem Seil abgegrenzt und neu eingesät, auch wenn er immer noch einigermaßen fleckig war. Verschiedene kleine Rotahornbäume und eine Zwergbirke hatte man abgestützt, damit sie dem gefährlichen Wind standhielten, und im Schatten der Weiden am Wasser gab es drei große Picknicktische.

Und sogar vom Wagen aus war deutlich zu sehen, daß man sich am Bachbett vergriffen hatte, daß man die Felsblöcke und die Steine entweder hineingeworfen oder mit Bedacht ganz anders angeordnet hatte. Jemand hatte mit einem Gabelstapler oder mit einem Bagger versucht, ein kleines Kunstwerk zu schaffen, hatte versucht, den Weg, das Aussehen und das Geräusch des Wasserlaufs wirkungsvoller zu gestalten. Als wäre die zufällige Anordnung, der natürliche Stand der Dinge es nicht wert, betrachtet zu werden. Und all diese Mühe, all diese Kosten nur, weil vielleicht jemand irgendwann Lust hatte, eine Weile auf einer Fußgängerbrücke zu stehen.

Diesmal stieg Bill nicht aus dem Wagen. »Brüllheiß«, sagte er. »Das wird wieder so ein Tag, an dem gehen mehr wie schwimmen ist. Der erste in diesem Jahr.« Er beugte sich vor und betrachtete eingehend die Regler am Armaturenbrett. »Wir bleiben einfach hier sitzen und machen die Klimaanlage an, wenn du nichts dagegen hast.«

Patrick schaltete die Klimaanlage ein. »Was für ein schöner Park«, sagte er.

»Kann sein«, sagte Bill. »Wollen wir's hoffen.« Er saß da und fing an, mit den Stummeln seiner fehlenden Finger zu spielen, eine Gewohnheit, die er noch nicht lange hatte. Die vernarbte Haut war bald nach dem Krieg geheilt und beinahe wieder fleischigrosa geworden, aber jetzt war sie wund gerieben, es gab jetzt wieder eine Wunde. »Sie sind gekommen und haben geklopft«, sagte er. »Ich habe ihnen fünfzig Dollar gegeben, und Margaret hat ihnen noch mal fünfzig gegeben. Überleg dir doch mal, ob du das nicht auch machen solltest.«

Patrick ging auf die Ermahnung nicht ein. Er hatte vor Jahren seine Schulden bei Mr. McFarlane abbezahlt, und danach hatte er seinen eigenen, persönlichen Weg gefunden, diese Großzügigkeit weiterzugehen. Jetzt, wo es Studentendarlehen gab, war kein Kind mehr so in die Enge getrieben, wie er es gewesen war, und er hielt es für eine gute Sache, daß die Erfolgschancen unabhängig waren vom schieren, dummen Glück. Und daß er nach Mr. MacFarlanes Ansicht ein Risiko wert gewesen war, war sicher schieres, dummes Glück gewesen. Jedenfalls sollte man solche Sachen nicht herumerzählen, wenn er sich richtig erinnerte.

Bill suchte nach dem Schalter, mit dem man seinen Sitz verstellen konnte. »Deine Mutter hätte sich gefreut wie ein Schneekönig, wenn sie dabeigewesen wäre«, sagte er und wies mit einem Kopfnicken auf die Menge. »Das wäre genau das richtige für sie gewesen. Diesen dreckigen Bach verschönern.« Er fand den richtigen Knopf und drückte darauf, dann streckte er die Beine aus und verschränkte die Arme. »Und sie hat Margaret immer unterstützt. Keine Frage. In all den Jahren kein Wort gegen Margaret.« Er streckte seinen linken Zeigefinger aus, um Patricks Aufmerksamkeit auf die Geschehnisse am Bach zu lenken.

Patrick sah von Gesicht zu Gesicht und erkannte schließlich Charles Taylor, der dasselbe trug wie immer, gebügelte Hosen und ein Hemd mit Krawatte, vielleicht dieselbe Krawatte. Abgesehen von seinem schneeweißen Haar hatte Charles sich nicht sehr verändert. Zumindest aus dieser Entfernung hatte er noch immer den Körper des jungen Mannes, der einen Sommer lang einem Haufen Kinder bei den Vorbereitungen für eine Zirkusvorstellung zugesehen hatte. Patrick versuchte auszurechnen, wie alt wohl Mrs. Taylor, die man kaum noch sah, inzwischen sein mochte, und dann erkannte er die Frau, die neben Charles stand. Es war Margarets Freundin Angela Johnston, und sie war alt und klein und beugte sich über eine Gehhilfe aus rostfreiem Stahl, die im Sonnenlicht glänzte. Vielleicht war Angela jetzt die Mutter.

Ein Mann mittleren Alters, wahrscheinlich der Bürgermeister, hielt eine kurze Rede, und dann trat eine Frau, die Patrick noch nie gesehen hatte, vor, bückte sich und zog und ein leuchtendrotes Tuch von einer Tafel. Die Tafel war an einem unbehauenen schwarzen Granitbrocken befestigt, der niedrig war wie ein bescheidener Grabstein, und sobald die

Widmungsworte enthüllt waren, fingen alle unten am Bach an zu applaudieren. Manche hielten ihre klatschenden Hände hoch in die Luft, um ihre besondere Freude zu zeigen, und Bill schloß sich ihnen an und schrie: »Ein Hoch den Old Babes.«

Margaret hatte einen Teller kalte Baked Beans mit nach draußen zur Gartenbank genommen, sie ließ die Hintertür offen und wartete mit gespitzten Ohren. Sie konnte nach dem vierten Klingeln am Telefon sein, das hatte sie schon viele Male ausprobiert. Sie wußte, daß ihre Verspätung entweder etwas sehr Gutes oder etwas sehr Schlechtes verhieß, ihr wurde klar, daß es vielleicht Konsequenzen gab, auf die sie nicht vorbereitet war, aber sie fühlte sich trotzdem wohl.

Sie betrachtete die frisch angereicherte, glatte Erde und stellte fest, daß es eigentlich eine Schande war, sich mit dem Gemüse abzugeben. Warum sollte die Erde nicht einfach so bleiben, wie sie war? Unberührt. Dunkel und reich und zart. Die Maisonne stand direkt über ihrem Kopf. Sie konnte ihre Wärme auf ihrem dünner werdenden Haar und der Kopfhaut spüren, und auf ihren großen, sommersprossigen Handrücken, deren Haut inzwischen war wie ihre gesamte Haut, nicht länger fest am Körper, sondern schlaff und dünn. Die Latten der Bank, die der Sonne seit dem frühen Morgen ausgesetzt waren, wärmten ihr Hinterteil, ein Hinterteil, das Bill nach der Lektüre eines geliehenen, ausgeleierten Exemplars von *Lady Chatterley's Lover* einmal zärtlich einen großartigen, geneigten Arsch genannt hatte und das jetzt immer öfter unerklärlicherweise fröstelte.

Sie erhob sich langsam von der Bank und streckte ihre langen Muskeln, krümmte ihren langen Rücken. Sie ließ den Kopf abwechselnd auf beide Schultern sinken und warf ihn dann weit zurück, um ihr Gesicht der wärmenden Sonne, den ziehenden Wolken zuzuwenden, dann neigte sie es langsam nach vorn, bis ihr Kinn ihre Brust berührte. Sie bückte sich in der Taille und versuchte, ihre Zehen zu berühren, und beim Aufrichten streckte sie die Arme zum Himmel und spreizte die Finger. Das tat sie dreimal. Dann schwang sie ihre Arme und machte mit jedem Arm fünf Windmühlenkreise. Sie atmete tief ein, saugte frische Luft in ihren Körper und wußte, daß es ihr wohl tun würde.

Sie war nie besonders gut in Form gewesen, aber auch nicht nachlässig, und sie hatte sich jeder Lage gewachsen gezeigt, ihre verhältnismäßig gute Gesundheit, ihr gewöhnliches Wohlgefühl schrieb sie ihrem täglichen Leben zu und der ruhigen, lebenslangen, dauerhaften Energie, die das tägliche Leben von einem Menschen verlangte. Ihr einundachtzig Jahre alter Körper trug in sich womöglich schon den Keim seines Ablebens, und sie erlaubte sich nur an den schlimmsten Tagen, diese trübe Möglichkeit in Erwägung zu ziehen, und dann dachte sie, gut, erzähl mir etwas, das ich noch nicht weiß.

Aufgewärmt trat sie in das Beet. Mit weit geöffneten, abschätzenden Augen stellte sie sich ein Gitter vor und teilte die Erde Quadratfuß für Quadratfuß ein. Sie mußte vorsichtig sein und ihre Schritte sicher setzen, denn die Erde konnte ohne weiteres weich sein, wo sie hart aussah, und hart, wo sie weich aussah, aber sie glaubte, daß Patrick mit den tiefen Schnitten des Rototillers noch mehr ans Tageslicht befördert hatte. Sie glaubte auch, daß bei einer solchen Suche ein Versprechen nötig war. Ich werde es nie erzählen, dachte sie. Was ich auch finde, ich werde es nie erzählen. Ich werde es bei mir verstecken und es mit zurück in die Erde nehmen, wenn ich gehe.

Sie stellte sich vor, daß sie ein Artefakt suchte, das in ein anderes Jahrhundert gehörte, etwas, das es kaum noch gab, ein kleines Ding, das nicht verrotten konnte. Sie nahm an, daß der Schatz glänzen würde, und sie erwartete, daß die Sonne das nötige Licht darauf warf.

1997

In der Nacht vor ihrer Hochzeit träumte Maggie, daß Kevin Costner oder jemand wie er, mit dem sie im Regen in einem verfallenen Häuschen an irgendeinem Fluß war, einen sehr kurzen, vorwitzigen Penis hatte, den er stolz einen schlauen Penis nannte, und daß jemand anderes, irgendein dunkler Robert-Mitchum-Typ aus einem *film noir*, der halbbekleidet und gebückt in einem finsteren Türeingang an einer Gasse stand und eine Zigarette rauchte, einen hatte, der einen Fuß lang war und dünn wie ein Bleistift und offenbar ziemlich mitgenommen und völlig abgenutzt. Während sie wieder zu Bewußtsein kam, klammerten sich diese gegensätzlichen Bilder, diese sehr verschiedenen Männer, die sich im Rahmen eines lustvollen Traums zusammendrängten, in ihren Gehirnwindungen fest. Aber sie verblaßten bald, sie wurden mit Fußtritten hinausbefördert und gebeten, zusammen mit dem Schlaf zu gehen, der sie gemacht hatte. Sie war noch nicht ganz bereit, ihre Augen zu öffnen, und sie dachte, das war nicht besonders passend für eine Braut.

Dann öffnete sie dem Licht, das vom Fenster kam, ihre Augen, und die Männer waren fort, ganz und auf der Stelle fort. Es war beinahe so, als wären sie gar nicht echt gewesen. Sie warf ihre Steppdecke ab und stand auf, um ins Bad zu gehen, und sie dachte, ich bereite mich nur auf die Treue vor, ich lasse nur irgendein albernes Zeug hinter mir. Und als sie dann ihren Blick fest auf ihr Gesicht im gesprenkelten Spiegel über dem Waschbecken mit dem Sockel zu richten versuchte, dachte sie, Hollywood. Ohne Hollywood geht nichts. Nicht einmal die Träume einer Braut. Sie drehte den Wasserhahn auf und gab etwas Colgate auf die Borsten ihrer Zahnbürste.

Als Maggie und Jill Teenager waren, hatte Daphne oft nach ihren Träumen gefragt, vielleicht als schnelle, mütterliche Prüfung ihrer Psyche. Und wie fast immer in diesen Tagen hatten sie manchmal ein Drama daraus gemacht und manchmal nicht. Nur ab und zu, wenn sie nicht mehr weiterwußten oder verwirrt waren, wenn es wirklich nötig war, daß sie sie verstand, erzählten sie Daphne eine wahre Fassung. Ansonsten dachten und sagten sie, daß sie aufdringlich war, daß sie nur versuchte, sich in ihr Leben zu drängen.

Daß Wasser schoß siedendheiß hervor, also wußte sie, daß noch niemand anderes geduscht hatte. Sie wollte es so heiß haben, wie ihre Haut es aushielt, sie prüfte es an ihrer offenen Handfläche und sagte sich, daß man an diesem Morgen sogar den Wasserdruck als gutes Omen verstehen konnte. Sie trat in die Wanne und zog den Vorhang zu.

In einem Sommer behaupteten sie und Jill, daß sie bis auf wenige unterschiedliche Einzelheiten dieselben Träume hatten, daß die Hoffnungen und die Bedrohungen sich mühelos zwischen Traum und Schwestertraum spiegelten. Nach diesem Sommer hörte Daphne auf zu fragen. Sie sagte ihnen, daß sie im Inhalt ihrer Köpfe beim besten Willen keinen Sinn mehr erkennen konnte, daß sie jetzt und möglicherweise für immer unbegreiflich für sie waren.

Jill hatte damals die Theorie aufgestellt, daß Träume in Wirklichkeit außerirdische Lebensformen waren, die frei durch die Nachtluft trieben, die durch Wolken und Schindeln und Zimmerdecken und Laken wehten und ein leeres, empfängliches Gehirn suchten, in dem sie sich entspannen und gedeihen konnten. Sie sagte, daß die Träume in ihrer Vorstellung zu spät entdeckten, daß sie in einem menschlichen Gehirn nicht leben konnten, daß sie nicht gedeihen konnten und daß es dann kein Entkommen mehr gab. Sie lagen schon im Sterben. »Pfffft«, sagte sie dann und schnippte mit den Fingern. »Tot und begraben.«

Daphnes Alltagsgespräche mit Maggie und Jill waren immer vollgepackt gewesen mit Worten wie *wehen* und *empfänglich* und *gedeihen* und *vergessen.* Wenn sie ihnen Kindergeschichten erzählte, gab es darin immer Worte, die sie die besten Worte nannte, seltsame, merkwürdige, köstliche Worte. Sie sagte, daß das, was eigentlich passierte, nicht annähernd so wichtig war, und daß es außerdem ohnehin immer ungefähr dieselbe alte Geschichte war, wenn man genau aufpaßte: »Seid vorsichtig, Kinder. Ihr seid ganz allein. Seid sehr, sehr gut, sonst ...«

Als Jill alt genug war, um das zu hören, ging Maggie in die vierte Klasse, und sie war es durchaus gewöhnt, schwierige Fragen zu stellen. Natürlich hatte sie ihre Mutter herausgefordert, natürlich hatte sie wissen wollen: »Was ist sonst?«, und natürlich hatte Jill sich auch eingeschaltet, denn sie machte damals fast alles nach, was Maggie tat, alles, was sie auch konnte.

Daphne saß ruhig und unerschütterlich mitten im Bett und kuschelte mit den beiden, ihre kleinen, sauberen Körper zappelten und schmiegten sich fest an sie, während ihre hübschen kleinen Finger an den Bändern im Oberteil ihres Nachthemds zogen, und sie sagte zu ihnen: »Na ja, etwas kommt und holt euch. Frißt euch auf. Kein bißchen von euch bleibt übrig. Das wißt ihr doch.« Sie erzählte ihnen diesen Unsinn, damit sie schnaubten und kicherten, damit sie in theatralischer Angst mit Armen und Beinen wild um sich schlugen, damit sie ihr geliebtes dramatisches Getue hatten. Sie konnte ihnen solchen Unsinn bieten, weil sie glaubte und weil die Mädchen glaubten, daß sie beide schon klug genug waren, um an vielen Dingen ernstlich zu zweifeln, die die Welt ihnen bot.

Als sie aus London weg in das alte Haus der McFarlanes gezogen waren, hatten sie ihre Märchenbücher eingepackt und mitgebracht. Auf einer Seite des kleinen Kamins im Arbeitszimmer gab es für sie ein eigenes Regal, wo sie ungelesen, aber abgestaubt standen und geduldig auf Enkelkinder warteten, wie Daphne sagte. Alle anderen Regale waren voll mit den kleinen Schachteln, die Daphne sammelte, seit sie die Abschlußprüfung als Krankenschwester gemacht hatte. Viele Schachteln waren aus fein geschnitztem Holz, manche aus Glas, manche aus Ton. Eine von ihnen, Maggies liebste, war aus gepreßtem Zinn, Tante Andy hatte sie aus Italien mitgebracht.

Also wußte Maggie, was alle Kinder, die sie je mit Josh haben würde, auf dem Knie ihrer Großmutter zu hören bekommen würden. Und sie fragte sich, was Josh Daphne entgegenhalten würde, wenn sie einmal Kinder hatten. Er würde ihr etwas entgegenhalten. Josh glaubte gern, daß er sich ausschließlich auf Logik und Überlegung verließ, und deswegen, oder trotzdem, hatte er keine Geduld mit Daphne, mit ihren unaufhörlichen Versuchen, Einfluß zu nehmen, wie er es nannte. Als Maggie ihn zum ersten Mal von der Graduate School mit nach Hause gebracht hatte, damit er alle kennenlernte, damit er sah, wie ihr Leben gewesen war, hatte er sich nicht beherrschen können. Er war durch den Flur in ihr Bett geschlichen, und als sie in seinen fleischigen Armen lag, hatte er angefangen, etwas zu murmeln, was er offenbar für angebracht hielt, etwas über die Auswirkungen des Feminismus, über Frauen, die sehr merkwürdige Entscheidungen trafen und über die ernsten Folgen, die diese Entscheidungen für andere, unschuldige Leute haben konnten.

Bevor sie wußte, was sie tat, hatte sie ihn aus dem Bett geworfen, sie hatte ihn auf den Fußboden geschubst, und der Knall bei seiner Landung hatte sie in der nächtlichen Stille des Hauses lautstark verraten. Er war sehr überrascht gewesen. In der folgenden Nacht, zurück in Toronto, hatte sie einen birnenförmigen blauen Fleck an seiner Hüfte bemerkt.

Sie stand unter dem kräftigen, heißen Wasserstrom und dachte über Joshs Widerstand gegen ihre Mutter nach, der im September keine Rolle mehr spielen würde, denn bis dahin würden sie dreitausend Meilen weit weg sein und bis über die Ohren in Büchern und Papieren und Seminaren stecken, und dann dachte sie über den Tonfall nach, in dem er das Wort *Entscheidung* ausgesprochen hatte, über die kühle, akademische Distanz, und Maggie dachte nicht zum ersten Mal, es ist doch eigenartig, daß die Leute, die mich am meisten lieben, so wenig darüber wissen, wie das Leben, wie mein Leben, funktioniert.

Durch das Rauschen des Wassers, das hervorbrach und ihren langen, bräutlichen Körper läuterte, konnte sie hören, wie Jill an die Badezimmertür hämmerte. Jill war wegen der Hochzeit aufgeregter als sie selbst, schon seit Wochen. »Miss«, schrie Jill. »Ich habe Frühstück für Sie.«

Maggie öffnete die Tür, sie war in eines der beinahe fadenscheinigen Strandhandtücher gewickelt, die Margaret vor zehn Jahren aus Port Huron mitgebracht hatte, als sie gerade angefangen hatten, bei jeder Gelegenheit schwimmen zu gehen. Dieses war ihres, denn es war das Klipperschiff darauf. Auf Jills war eine Giraffe.

Jill spielte den Clown, sie stand aufrecht wie ein französisches Dienstmädchen da und trug ein Tablett mit Kaffee, Orangensaft und zwei Bananenmuffins. Sie war gerade neunzehn geworden. Bill hatte in letzter Zeit oft zu Margaret gesagt, daß es war, als wäre Sylvia wieder da, und das stimmte beinahe, Jill war Sylvia im Gesicht sehr ähnlich, und vielleicht noch mehr in ihren Gesten. Maggie hatte immer mehr wie Daphne ausgesehen, allerdings waren erst kürzlich Spuren von Murrays großer Mutter mit ihrer stillen Eleganz durchgesickert, die Art, wie sie manchmal beim

Zuhören das Kinn hob, die großen Füße, die zupackenden, muskulösen Hände.

Jill stellte das Tablett auf dem Waschbecken ab. »Dein letzter Tag als Jungfrau«, sagte sie, nahm ein Bananenmuffin und betrachtete es. »Du Glückskind.«

»Wirklich?« sagte Maggie. »Es erleichtert mich ungemein, das zu hören.«

Jill biß in das Muffin. »Was machen wir denn jetzt den ganzen Morgen?« fragte sie. »Wann kommt Josh?«

»Ich bin mir ziemlich sicher, daß Patrick ihn in London am Flugzeug abholen wollte«, sagte Maggie. »Patrick hat die Smokings, also kommen Josh und Mark, wenn Patrick und Stephanie kommen.«

»Dann haben wir wenigstens ein bißchen Zeit«, sagte Jill.

»Ich glaube«, sagte Maggie. »Ich glaube, wir holen am besten unsere Bikinis und liegen im Garten herum, bis jemand kommt und uns sagt, daß wir uns anziehen müssen. Wir können auch zwischendurch in den Pool springen.«

Kurz nachdem sie das Haus der McFarlanes bezogen hatten, als die Mädchen neun und sechzehn waren, hatten die Stewarts nebenan im Garten einen Swimmingpool bauen lassen. Um einen Zugang zu haben, hatte der Baggerfahrer Daphnes Grundstück überqueren müssen, und am Ende hatte er den Rasen ziemlich vollständig ruiniert und ein paar Stücke aus der Hecke gerissen. Daphne hatte ihm vom Eßzimmerfenster aus zugesehen, aber sie hatte sich nicht beklagt, und seit diesem Tag durften die Mädchen den Pool der Stewarts jederzeit benutzen. Jeannie Stewart, die immer noch gut genug in Form war, um einen Badeanzug tragen zu können, brachte ihnen nachmittags manchmal einen Krug Limonade mit hinaus und nahm zusammen mit ihnen ein kurzes Bad, bevor sie sich mit ihrem Roman im Liegestuhl ausstreckte. Sie waren wie Fische in diesem Pool.

Bis halb eins schwammen sie und lagen in der Sonne, dann kamen die Kerle, die Daphne bestellt hatte, um die

Hausecke herum und fingen an, die Stühle und die Musikanlage aufzubauen, und sie gingen hinauf, um noch einmal zu duschen und sich das Chlor aus dem Haar zu waschen, bevor sie ihre Kleider anzogen.

Daphne war schon angezogen und wartete in der Küche darauf, daß Maggie sie rief. Sie hatte sich aufgeschrieben, was sie sagen wollte, das kleine gefaltete Blatt Notizpapier steckte in ihrer Tasche, aber als Maggie dann rief, ging sie vollkommen unvorbereitet auf das, was sie erwartete, die Treppe hinauf und ins Schlafzimmer. Sie sah diese jungen Frauen, die zusammen so schön aussahen mit ihrem luftigleichten Make-up, mit ihrem dichten, naturgewellten, sommergesträhnten Haar, das herabfiel, das einfach auf ihre Schultern fiel, und sie dachte, das habe ich gemacht. Das habe ich mit Murray gemacht.

Jill trug blaßgelbe Seide und passende Schuhe mit sehr hohen, klobigen Absätzen, sie hatte sich gebückt und zupfte an Maggies Satinsaum herum. Als sie ihre Mutter hinter sich hörte, hob sie vorsichtig den schweren Rock des Brautkleids an und zeigte ihr Sylvias weißes Spitzenstrumpfband ganz oben an Maggies Oberschenkel. »Es ist irgendwie hübsch«, sagte sie. »Geschmacklos, aber hübsch. Hast du uns schon gesagt, was sie damit machen soll?«

»Sie soll es beim Tanzen abnehmen und über die Schulter den Männern zuwerfen«, sagte Daphne. »Damit man sieht, wer der nächste Bräutigam ist.«

»Der nächste Bräutigam«, lachte Jill. »Fabelhaft.«

Daphne hätte Jill beinahe gebeten, sie einen Augenblick allein zu lassen, aber dann dachte sie, nein, ich sage es beiden zugleich, dann haben sie später genau dieselben Worte im Kopf, wenn sie vielleicht darüber reden wollen. Sie setzte sich auf das Bett. »Mein Liebes«, sagte sie und holte wie Margaret tief Luft. »Ich bin heute glücklicher für dich, als ich sagen kann. Ich bin glücklich, daß du so vielseitig bist und dich trotzdem jemandem hingeben kannst.«

Sie wartete ab, ob eine von ihnen etwas sagen würde, aber sie hatten zu tun, sie waren vollauf damit beschäftigt, sich zu wappnen. Sie mußten ihr nur ins Gesicht sehen, um zu wissen, daß noch mehr kommen würde.

»Wir sind gut zurechtgekommen«, sagte Daphne. »Es tut mir sehr leid, wenn etwas, wofür ich mich entschieden habe, eine von euch in irgendeiner Weise verletzt hat, aber was mich angeht, sind wir doch ganz gut zurechtgekommen.«

Maggie fuhr mit den Händen durch ihr schweres Haar und schüttelte es so, wie sie früher einmal Margarets Brust geschüttelt hatte. »Alles ist prima, Mom«, sagte sie. »Wirklich.«

»Ja«, sagte Jill. »Das müssen wir doch nicht heute machen, oder?«

Jill strich Maggies Rock wieder glatt und richtete die bescheidene Satinschleppe. Sie dachte daran, daß das Wort Vater in ihrer Kindheit viele tausend Male erwähnt worden war, und es hatte sie jedesmal überrascht wie ein Streifen Böller, den jemand ihr vor die Füße warf. Sie dachte daran, daß sie viele Male dankbar für eine Erklärung gewesen wäre, daß sie sie hätte brauchen können, oder eine Rechtfertigung, oder die Wahrheit. Daß sie damals eine Tür eingetreten hätte, um irgendeine Version der Wahrheit zu hören. Aber natürlich, natürlich, die Sache wurde nicht ausgesprochen, wenn eine Tochter sie hören mußte, sondern zu einer anderen, vorbestimmten Zeit, wenn eine Mutter sie nämlich aussprechen mußte. Als wäre eine Tochter bei einem Geheimnis ohne Bedeutung. Als wäre das Warten ohne Bedeutung.

Als Maggie und Jill ein wenig später in ihrem Leben über ihren Vater und mit ihrem Vater sprachen, als sie und alle, die ihnen etwas bedeuteten, es wußten und dieses Wissen in Ordnung war, gaben sie beide zu, daß sie Angst gehabt hatten, als sie an diesem Hochzeitstag ihrer Mutter zuhörten, Angst, daß sie sich vom Bett erheben und deutlich einen

Namen nennen würde, daß sie ihn einfach auf einem Tablett servieren würde wie den Kopf von Johannes dem Täufer. Jill gestand, daß der Gedanke an zwei verschiedene Väter ihr am meisten angst gemacht hatte, der Gedanke, daß sie keine leiblichen Schwestern waren, was ihr im Rückblick einfach ungeheuerlich und wundersam dumm vorkam, denn was hätte das für einen Unterschied gemacht?

Daphne hatte sonst nichts mehr aufgeschrieben. Sie hatte sich geschworen, daß sie nicht anfangen würde zu schwafeln, was auch in diesem Zimmer geschah. Sie nahm Maggies Kopfschmuck vom Bett und reichte ihn Jill.

»Hast du meine Rose schon geschnitten?« fragte Maggie.

Als dieser Tag noch im Planungsstadium gewesen war, hatte Maggie ein kunstvolles Brautbukett abgelehnt und gefragt, warum sie nicht einfach statt dessen eine Rose aus dem Garten tragen könne. Kurz nachdem sie eingezogen waren, hatte Daphne angefangen, Mrs. McFarlanes Garten wieder zum Leben zu erwecken, sie hatte sich selbst beigebracht, wie man die Rosen pflegt und verdorrte Büsche nach und nach ersetzt, wenn es nötig war. Und dem Haus selbst hatte sie beinahe die lässige Eleganz aus den Tagen von Mrs. McFarlane zurückgegeben. Es hatte nicht viel gebraucht, ein weicheres Grün für die Küchenschränke, ein neuer Küchenfußboden über dem alten, grauen Linoleum, ein frischer Anstrich für alle Wände, die Holzteile richtig gereinigt und auf Hochglanz poliert, den vergilbten Firnis von den Fußböden abgezogen. Und sie hatten die vielen Flügeltüren vom Dachboden im dritten Stock heruntergeholt und zwischen dem Wohnzimmer und dem Eßzimmer wieder eingehängt, und im Vestibül, im Eingang zum Wintergarten und zum Arbeitszimmer. Mary hatte den Stapel Flügeltüren unter einer Plane auf dem Dachboden entdeckt, und sie hatte da oben einen alten, phantastisch häßlichen, aber sorgfältig in einen Karton verpackten Kronleuchter gefunden, den Mrs. McFarlane offenbar vor Jahren ausgemustert hatte. Auch als Mary schon angekündigt hatte, daß sie Patrick verlassen würde, war sie immer noch gekommen und hatte Daphne und den Mädchen beim Einrichten geholfen, und ihre eigene Zuneigung zu diesem Haus hatte man deutlich erkennen können, wenn sie die schweren Vordertüren berührte, das Geländer oder die dicken, verputzten Wände.

Daphne erhob sich schließlich vom Bett, um ihre prachtvollen Töchter allein zu lassen, und sie fragte: »An welche Farbe hast du bei der Rose gedacht?«

»Ach, ich weiß nicht«, sagte Maggie. »Rosa? Rot? Weiß?«

»Rot«, sagte Jill. »Dunkelrot wäre ausgesprochen und vollkommen raffiniert.«

Maggie hatte außer Jill niemanden gebeten, bei ihr zu stehen. Sie hatte nie nur eine beste Freundin gehabt, weil sie sieben oder acht wirklich gute Freundinnen hatte, ein paar von ihren Sommerjobs, zwei aus der Universität und immer noch drei aus der Highschool. Und daß sie nur Jill hatte, vereinfachte die Dinge, weil Josh nur einen guten Freund hatte, Mark. Außerdem hatte sie noch nie von einer großen Inszenierung geträumt.

Daphne würde sie zum Altar führen, als der Priester der United Church ihr erklärt hatte, daß das immer noch Sitte war, hatte sie allerdings gesagt: »Nur, damit wir uns richtig verstehen, ich gebe sie nicht wirklich aus der Hand. In ihrem ganzen Leben nicht.«

Und Patrick. Nach dem Besuch des Priesters hatte Daphne zu Maggie gesagt, daß es ein paar Männer zur Auswahl gab, wenn sie dort gern einen hätte, auch wenn man Großvater vielleicht lieber nicht fragen sollte. »Dann muß es Onkel Patrick sein oder Murray«, sagte Maggie. »Und ich glaube, es sollte Onkel Patrick sein, weil er blutsverwandt ist.«

»Blutsverwandt«, sagte Daphne. »Ist er das?«

Als sie mit Maggies dunkelroter Rose aus dem Garten kam, saßen Josh und Mark im Wohnzimmer und sahen in ihren Smokings etwas steif, aber trotzdem vorzüglich aus. Sie nahmen mit Patrick und Stephanie einen frühen und wahrscheinlich nötigen Drink. Der Toyota von Murray und Kate war gerade in die Einfahrt gebogen, und Sarah, die einen Strohhut mit breiter Krempe und ein wunderbar kurzes pfirsichfarbenes Kleid trug, ging mit weit ausgebreiteten Armen auf den Toyota zu, während Jake und Natalie, die Cousins, die niemand kannte, dicht hinter ihr herliefen wie Gänschen. Sie lachte und rief etwas, das Daphne nicht verstand. Rob hatte sein Flugticket schon gehabt, aber er war nicht mit ihnen zur Hochzeit gekommen. Er hatte seinen Job verloren, das Ergebnis irgendeiner multinationalen kostensparenden Fusion, also war er in Seattle bei einem Vorstellungsgespräch, das ein alter Freund von zu Hause, aus England, arrangiert hatte. Er kämpfte, so hatte Sarah es Margaret gegenüber ausgedrückt. Margaret hatte es Daphne erzählt, und zwar sichtlich besorgt und wütend und aufgeregt, weil sie nichts tun konnte, um ihnen zu helfen, und sie war den Tränen so nahe gewesen, wie Daphne es kaum je gesehen hatte. »Gott, es werden so viele Kosten gespart«, hatte sie gesagt. »Wo man auch hinschaut, jeden geschlagenen Tag werden Kosten gespart.«

Margaret und Bill saßen draußen auf der Veranda in den wackligen, oft gestrichenen Muskoka-Sesseln. Daphne beobachtete durch das große Wohnzimmerfenster, wie ihr Vater nach Margarets Hand griff, weil er Schutz vor dem Ansturm seiner Familie suchte. Sie hatten erst gestern gehört, daß sein Bruder Gerry, Onkel Gerry, nach einem langen Aufenthalt im Krankenhaus von Windsor gestorben war, und daß es Tante Eileen gar nicht gutging, also mußte man heute auch daran denken, und an das Begräbnis, das am Montag stattfinden sollte. Und an ein weiteres Begräbnis am Dienstag, zumindest für Margaret und Bill.

Charles Taylor, der inzwischen ein alter Mann geworden

war, war auch gestorben, irgendwann letzte Woche. Man hatte ihn ein paar Tage lang vermißt, und schließlich hatten Kinder ihn unter der Eisenbahnbrücke gefunden, ertrunken im Stonebrook Creek, zwei Meilen hinter dem Golfplatz, jenseits des Livingston-Kanals. Der Weg unter dieser Brücke hindurch war nie besonders beschwerlich gewesen, aber man vermutete, daß Charles auf irgendwelchen bemoosten Steinen den Halt verloren hatte und schwer gestürzt war. Bill hatte diese traurige Neuigkeit gehört und zu Margaret gesagt, er hoffe nur, daß Charles bei dem Sturz bewußtlos geworden war, daß er die Demütigung des Ertrinkens nicht erleiden mußte. Margaret erzählte weder Bill noch jemand anderem, daß die angelaufene silberne Pfeife, die sie an jenem Mainachmittag in der gewendeten Gartenerde gefunden hatte, ihrer Meinung nach einmal Charles gehört haben mußte und daß sie manchmal darüber nachdachte, wie sie wohl in ihren Garten gekommen war.

Bis vor ganz kurzer Zeit hatte Margaret unbedingt verhindern wollen, daß man Bills Launen mit Medikamenten kontrollierte, weil sie fand, daß man es sich damit zu leicht machte, aber sie hatte Daphne gesagt, daß sie ihm heute mit seinem Lunch etwas geben würde, damit er ruhig blieb. Sie hatte gesagt, daß es für Bill ein langer Tag werden würde und daß er bestimmt nichts tun wollte, was ihn für Maggie verdarb.

Um fünf nach drei saßen alle Hochzeitsgäste auf Klappstühlen im Garten, und kurz bevor es für Patrick Zeit war, sich zu Daphne und Maggie zu begeben, Maggie den Arm zu bieten und sie den Gang entlang zur eben erst erbauten Laube zu führen, zum Priester, zu Jill und Mark, zu Josh, ging er hinüber zu Murray, der mit Kate und Stephanie ziemlich weit vorn saß, und zog ihn aus seinem Stuhl. Begreiflicherweise zögerte Murray und schaute ein wenig besorgt, aber das war für Patrick kein Grund, sich zu erklären. »Komm einfach mit«, sagte er.

Dann suchte er die Reihen nach Andy ab, die spät gekommen war, denn sie hatte wegen Meg nach London fahren müssen, und im Heim war Meg nicht angezogen gewesen, weil sie sich nicht sicher war, ob sie mitkommen wollte. Andy hatte Patrick beobachtet, und sie hatte beobachtet, wie Murray aufstand und mit ihm nach hinten ging. Sie wartete und wollte verstehen, was Patrick vorhatte, sie wollte seinen Blick einfangen, wenn er in ihre Richtung sah. Als er sie gefunden hatte, nickte sie, stand eilig auf und zerrte Sarah mit sich nach hinten.

Maggie hatte Patrick auch beobachtet, sie wartete ungeduldig darauf, daß er kam und sich neben sie stellte. Jemand hatte das Zeichen gegeben. Die gemessene Musik hatte schon eingesetzt. Jill war den Gang entlanggegangen und stand bereit, und Stephen, dessen Labrador Sailor höchst aufmerksam neben ihm saß, hatte seine Videokamera eingeschaltet. Die Leute fragten sich bestimmt, was zum Teufel da vorging.

Und dann begriff sie. Als Patrick zu ihr kam und ihr seinen Arm bot und Murray, Andy und Sarah sich dicht hinter ihnen zusammendrängten, schaute sie geradeaus den Gang entlang und murmelte: »Es war doch klar, daß es mindestens tausend sind. Wie albern von mir.« Sie klopfte Patrick auf den Rücken. »Jede andere wäre wahrscheinlich überrascht«, sagte sie. Sie nahm seinen Arm, was sonst sollte sie tun?

Daphne drehte sich nicht um. Sie dachte, jetzt reicht es, jetzt reicht es wirklich. Aber Patrick war noch nicht fertig. In dem Moment, als sie eigentlich hätten losgehen müssen, runzelte er die Stirn, zog seinen Arm zurück, trat hinter Murray und flüsterte hörbar, das sein verdammter Kummerbund locker war, du lieber Gott, er haßte diesen Kummerbund. Murray wollte ihm rasch helfen, sein Jackett anheben und die Häkchen prüfen, aber Patrick schubste ihn weg und schob ihn nach vorn. »Geh«, sagte er.

Als Murray zu Maggie trat und ihr bereitwillig seinen eigenen gebeugten Arm anbot, drehte Daphne sich doch um. Wenn es ihr gelang, Patricks Blick einzufangen, würde sie gar nichts sagen müssen, sie würde ihn nicht fragen müssen, ob er denn nicht ein einziges Mal auf etwas verzichten konnte, bitte, nur ein einziges Mal in seinem manipulierenden Leben, ob er mit diesen Manövern nicht einfach aufhören konnte. Aber sie fing seinen Blick nicht ein. Natürlich nicht.

Sie setzte sich als erste in Bewegung. Patrick, Andy und Sarah folgten, und Andy, die endlich verstand, war fast blind vor Tränen.

Als sie zur Laube kamen, konnte niemand außer dem Priester und Josh Maggie sehen, weil alle sie umstanden, und bevor die Trauformel begann, flüsterte sie Josh die Worte zu: »Gott, schau dir das an. Ich bin umzingelt.«

Aber er hatte sie schon bald für sich allein. Sie gingen auseinander, nahmen ihre getrennten Plätze in Daphnes Garten ein und hörten aufmerksam zu, während Maggie und Josh sich ihre vielen Versprechen gaben.

Man hatte die Frauen aus der Presbyterianergemeinde beauftragt, für das Buffet zu sorgen, das auf langen Tischen an der Seite des Hauses serviert werden sollte, und als die Zeremonie vorbei war, strömten sie sofort mit den abgedeckten Platten aus der Küchentür. Das Hochzeitspaar sollte inzwischen fotografiert werden, und während der Wartezeit waren die Gäste mehr oder weniger sich selbst überlassen, sie sollten sich jemanden suchen, den sie in ein Gespräch verwickeln konnten, und bei Häppchen und Bowle sollten sie sich selbst bedienen. Die kleineren Kinder mischten sich in wirbelnden, feingemachten Trauben unter die Menge, manche waren Patricks Enkelkinder und manche Andys, die Mädchen schlossen schnell Freundschaft, hielten sich an den Händen und ließen die Hände hin und her schwingen. Die Jungen verfolgten sie, traten gegen

Grasbüschel und hüpften manchmal vor den Mädchen herum, um sie mit ihren ungeschickten Scherzen aufzuziehen.

Bill drängelte sich durch die Schlange bis zur Bowle vor, und als ihm jemand zwei Gläser eingeschenkt hatte, entwischte er Margaret und ging entschlossen an Leuten vorbei, mit denen er eigentlich hätte reden sollen, bis er Patrick gefunden hatte. Er reichte Patrick sein Bowleglas und sagte, daß alle zu den Stufen der Town Hall gehen und ein Bild machen lassen sollten. Weil es sie bald nicht mehr geben würde.

»Du weißt, daß die Bastarde die Town Hall abreißen«, sagte er und zappelte und zerrte Patrick am Ärmel. »Wenn die Jungs in Toronto fertig sind, gibt es keine Städte mehr, nur ein einzige große, ausgedehnte Schweinerei. Die Arschlöcher denken, daß wir alle vor Freude an die Decke springen, wenn wir in einer großen, ausgedehnten Schweinerei wohnen.« Er hielt inne, damit Patrick die Möglichkeit hatte, genauso wütend zu werden. »Eine Großstadt«, sagte er. »Das wollen die doch gerne aus uns machen.«

Patrick wußte, daß die Provinz in ihrer Weisheit kürzlich entschieden hatte, daß ein Zusammenschluß der richtige Weg war. Um Geld zu sparen, sollten fünf Städte ähnlicher Größe bald vereinigt werden, damit die gesamte Verwaltung, die nach der lautstark verkündeten Ansicht der Regierung verdächtig teuer war, an einem zentralen Platz erledigt werden konnte, allerdings nicht hier.

Natürlich kostete es etwas, ein Gebäude wie die Town Hall zu unterhalten, die Heizung im Winter, die Instandhaltung, die Versicherung. Und es überraschte niemanden, daß grundlegende bauliche Reparaturen nötig waren. Margaret hatte Patrick erzählt, daß die Bausubstanz zum Teil durch und durch morsch war, der Tanzboden oben und ein paar Deckenbalken. Aber das spielte inzwischen keine Rolle mehr, denn offenbar gab es keinen Grund, gutes Geld dafür auszugeben. Wie sie ihm erzählte, sagten die Befürworter entweder, daß nichts ewig hält oder daß Fortschritt manchmal weh tut, und die Gegner hatte man mundtot gemacht, denn es war ihr Geld, das die Regierung sparen wollte, und dagegen konnte kein vernünftiger Mensch etwas haben. In einer der letzten Sitzungen hatte der Stadtrat offenbar beschlossen, den Platz als Skateboard-Park zu nutzen, wenn das Gebäude abgerissen und der Schutt weggeräumt war, vielleicht mit einer Rampe oder zweien, um die fliegenden Kinder in ihren unförmigen Hosen von der Straße zu holen.

»Sucht alle zusammen«, sagte Bill und goß einen Teil seiner Bowle über Patricks soeben erworbenen, eine Nummer größeren Smoking, dann zog er ein verknittertes Taschentuch aus seiner hinteren Hosentasche, um ihn abzuwischen. »Es dauert gar nicht lange, hinzugehen und es zu machen.«

Patrick ließ Bill bei Stephanie und Kate stehen und ging Daphne suchen. Er fand sie auf der vorderen Verandatreppe, sie war auf dem Weg zu einem der Autos. Sie sah ihn nicht an, und sie blieb auch nicht stehen. »Wenn das hier vorbei ist«, sagte sie, »haben wir zwei etwas zu besprechen.«

»Gut«, sagte er.

»Das hattest nicht du zu entscheiden«, sagte sie. »Sondern ich.«

»Gut«, sagte er.

»Was zum Teufel hast du dir dabei gedacht?« fragte sie. »Hast du gedacht, daß das keiner merkt?«

»Die meisten Leute, die es gesehen haben, haben gedacht, daß einfach etwas schiefgelaufen ist«, sagte er. »Und darauf habe ich gezählt.« Er ging ihr nicht weiter nach. »Ich kenne die Menschen.«

Er wußte auch, daß er mit Bills Bitte gleich zu Maggie hätte gehen sollen, aber er fragte trotzdem. Als Daphne seine Bitte hörte, gelang es ihr, sich daran zu erinnern, wo sie war, es gelang ihr, über die andere Sache hinwegzusehen, vorübergehend. Sie drehte sich um und sagte zu Patrick, daß das ziemlich schwierig war, daß sie nicht sicher war, ob der Fotograf Zeit hatte. Sie sagte, er wäre ein Freund von Joshs Eltern, sie hätten das mit den Bildern ohne ihr Wissen selbst arrangiert, und sie wollten anscheinend in der Zeit zwischen der Zeremonie und dem Empfang zum Stonebrook Park hinübergehen. Der Fotograf war früher gekommen und hatte eine halbe Stunde damit verbracht, in der Stadt herumzufahren und einen passenden Platz zu suchen, und er hatte beschlossen, daß sie in den Park gehen und die Fußgängerbrücke und das Wasser und natürlich die Felsen nutzen sollten. »Sie wollen es malerisch haben«, sagte sie und zuckte mit den Schultern. »Es ist ihr Auftrag.«

Als Patrick davon berichtete, goß Bill die restliche Bowle auf den Rasen zu seinen Füßen. »Ich hätte die Bilder bezahlt.« Er war außer sich. »Warum hat mich niemand gebeten, die gottverdammten Bilder zu bezahlen?«

Der Ball fand in der Arena statt, weil es nicht weit war und weil Daphne gesagt hatte, daß es keinen Grund gebe, die Leute in die Stadt zurückfahren zu lassen. Maggies Freundinnen, die im Motel am Golfplatz wohnten, hatten den ersten Teil des heißen Nachmittags damit verbracht, den Saal zu dekorieren, sie hatten Long-Island-Eistee getrunken und einander von ihrem Leben erzählt, während sie Girlanden von einer Seite des Raums zur anderen drapierten und die Wände mit Trauben aus weißen Ballons und mit übergroßen Satinschleifen bedeckten. Krissy und Carol hatten zusammen mit der Floristin, einer Enkelin des verstorbenen Archie Stuart, die vielen Tafelaufsätze hereingebracht, die Rosen und Chrysanthemen und Gänseblümchen, Margaret hatte ihren alten Bridgetisch gleich neben der Tür aufgebaut, ein besticktes Tischtuch von Sylvias Mutter daraufgelegt und Bilder ausgestellt: Maggie mit ungefähr sechs Monaten, wie sie sicher in Bills Arm lag und vertrauensvoll zu seinem Gesicht aufsah, Maggie und Jill, wie sie in irgendeinem Park heftig schaukelten, Maggie auf dem Weg zu ihrem ersten Schultag, als sie immer noch in der Stadt wohnten, und noch ein Bild von ihr als ältere Schülerin, wie sie offenbar peinlich berührt und verärgert eine Plakette für den zweiten Preis in öffentlichem Sprechen in den Händen hielt. Maggie vor nicht allzu langer Zeit, wie sie auf dem Sprungbrett des Pools der Stewarts posierte wie ein Pin-up-Girl und sich ungezogenerweise die Beine rasierte.

Ein Freund von Jills Freund Ryan, der DJ war und Crank genannt wurde, kümmerte sich um die Musik, und er machte es nicht schlecht. Er war noch jung, aber er konnte genau diese Art Publikum gut einschätzen, und er hatte für fast jeden, der tanzen wollte, etwas in seinem CD-Repertoire. Jill hatte Daphne erzählt, daß Crank wirklich sehr lustig Elvis imitieren konnte, ironisch imitieren, wenn er genug zu trinken bekam, und Daphne hatte zu Jill gesagt, daß es dann ihr überlassen war, auf jeden Fall dafür zu sorgen, daß Crank nicht genug zu trinken bekam.

Maggie und Josh hatten angefangen. Sie fühlten sich offenbar unwohl, weil alle sie anstarrten, weil alle sehen wollten, wie sie das taten, was man von Frischvermählten erwartete, was auch immer das war. Maggie flüsterte etwas in Joshs Ohr und ließ ihn dann los, sobald das mit Anstand möglich war. Sie suchte Patrick und Josh seine Mutter, und bald gingen die neu formierten Paare wieder auseinander, und noch einmal, um andere Tänzer zu holen und so die Tanzfläche zu füllen.

Als Bill die ersten Takte eines seiner Meinung nach anständigen Walzers hörte, verbeugte er sich tief vor Margaret und führte sie zu den anderen. Für einen Mann in den Achtzigern war er erstaunlich geschmeidig, geschmeidig wie Butter.

Daphne ging allein von Tisch zu Tisch, sprach mit den Gästen und dankte ihnen. Maggie und Josh hatten schon viele Geschenke ausgepackt, die Leute hatten sie mit Überlegung ausgesucht und waren großzügig gewesen. Als sie ihre

Runde beendet hatte und zu ihrem Tisch zurückgehen wollte, bemerkte sie, daß Patrick über die Tanzfläche auf sie zukam. Er wollte sie zum Tanzen auffordern, und was wäre normaler und kultivierter gewesen? Natürlich verließ er sich darauf, daß sie vor all den Leuten keine Szene machte, »sich nicht zum öffentlichen Spektakel machte«, wie Grandma Ferguson das zu nennen pflegte, was Daphne als Mädchen immer ausgesprochen neugierig auf private Spektakel gemacht hatte. Sie hatte sich vorgestellt, daß diese sich überall in der Stadt hinter geschlossenen Türen vollzogen, ohne Zeugen und durch Wände gedämpft und abgeschirmt, daß sie aber immer noch spektakulär waren, wie die Bezeichnung selbst es nahelegte, immer noch etwas, woran man teilhaben konnte.

Die fast vergessenen Samstagabende draußen beim Tanz im Casino waren nicht umsonst gewesen. Anders als Josh und anders als John, die beide zu jung und zu unerfahren waren, um zu wissen, daß man eine Frau auf der Tanzfläche unter Kontrolle haben mußte, führte Patrick sie mit Anmut und Selbstvertrauen, und sie hörte dem alten Motown-Song zu und war beinahe bezaubert. Aber sie wartete darauf, daß er seine Verantwortung, seinen Fehler eingestand. Es mußte gar nicht schwierig sein, er mußte ihre keine unechte Demut vorgaukeln. Er konnte zum Beispiel einfach sagen, in Ordnung, tut mir leid, ich bin wahrscheinlich zu weit gegangen. Es tut mir leid. Aber statt dessen versuchte er, so zu tun, als hätte er es vergessen, er nickte den Leuten zu, lächelte und hob seinen Arm von ihrem Rücken, um jemandem am Tisch zuzuwinken, und sie ließ seine Hand los und zwickte ihn fest in das Fleisch über seinem Daumen. »Du sollst uns in Ruhe lassen«, sagte sie.

Jeder, der sah, wie sie tanzten und miteinander sprachen, mußte denken, daß es für Patrick einer der besten Abende in seinem Leben war. Man hatte seine, wie verlautet, brillante Nichte mit ihrem gleichermaßen brillanten jungen Ehemann erfolgreich in die Welt entlassen, und Daphne sah so offensichtlich und verdientermaßen zufrieden aus. Viele Leute nahmen an, daß Patricks Geld Daphne das Leben ein wenig erleichtert hatte.

»Hast du dich jemals gefragt«, sagte er und nickte wieder jemandem hinter ihr zu, »ob es den Mädchen vielleicht zuviel sein könnte? Ob du ihnen vielleicht zuviel bist?«

»Nein«, sagte sie. »So etwas frage ich mich *nicht*. Du denkst, du kennst sie, aber du hast nicht mal eine ungefähre Vorstellung davon, wie stark sie sind.« Sie zwickte ihn wieder.

»Lieber Gott«, sagte er und ließ seine Hand sinken. »Tun sie normalerweise unschuldigen Zuschauern auch so weh wie ihre ungezogene Mutter?«

»Wollen wir's hoffen«, sagte sie.

Der Song war zu Ende, und Patrick begleitete sie zu ihrem Tisch, aber bevor sie sich setzen konnte, stand Murray neben ihr und führte sie auf die Tanzfläche zurück.

Als sie endlich, von Tänzern umgeben, zwischen ihnen verborgen waren, fragte er: »Hattest du die Möglichkeit, mit Patrick ein paar Gedanken auszutauschen?«

»Den einen oder anderen«, sagte sie.

Er zog sie ein wenig näher an sich, aber nur, um sie zu stützen. »Vielleicht hat er doch ein kleines bißchen recht gehabt«, sagte er. »Manchmal hat er so einen wackeligen Instinkt. Das mußt du ihm lassen.«

»Willst du ihm das lassen?« fragte sie. »Will Kate das?« Als sie Kates Namen aussprach, merkte sie, daß es Kate gegenüber nicht sehr fair war, sie so zu benutzen.

»Ich frage mich nur, ob es vielleicht soweit ist«, sagte er. »Wir haben niemals ausgemacht, daß es nie passieren soll. Oder? War das unser Vorsatz?«

»Was ist, wenn es sie nicht glücklich macht?« fragte sie, und sie zitterte jetzt ein wenig, ihre Hände und ihre Arme und ihre bloßen Schultern. »Was dann?«

»Warum denn nicht?« fragte er, lehnte sich zurück und sah auf ihr Gesicht herab, und das sollte heißen, daß er eine Antwort erwartete. Eine Antwort bekam er nicht, aber diese Erwartung, diese offenkundig ruhige Erwartung rührte an den Dünkel, der sich schon lange in einem dunklen, bewachten Winkel ihres Herzens eingerichtet hatte, an die Überzeugung, daß es ausreichte, nichts Schlimmes zu wollen, daß man dadurch für immer sicher und unschuldig blieb. Er rührte sich und zerbrach und zwängte sich hinaus in die offenen Kammern ihres Herzens wie die gezackten Splitter eines Schrapnells. So oder so, Murray hatte beschlossen, daß sie an diesem Tag erfahren sollte, was die Lüge ihn gekostet hatte, und daß er vielleicht eine Entschädigung haben wollte. Und daß er vielleicht endlich bereit war, sie hinter sich zu lassen.

Er drehte sie um und führte sie über die Tanzfläche, und währenddessen legte er seine Hand abwesend auf die feste Erhebung ihres Hinterteils. Am Gewicht dieser Geste konnte sie spüren, daß sie für ihn kaum noch eine Bedeutung hatte, und sie erinnerte sich an diese Hand, oder vielmehr an eine gänzlich andere Hand, die einem gänzlich anderen Mann gehörte und die behaglich auf ihrem Körper ruhte, die auf ihrem Körper überall zu Hause war.

Kurz bevor sie zu den anderen an den Tisch traten, beugte er sich zu ihr herab. »Das könnten wir wirklich tun«, sagte er, während er sich schon abwandte und nach Sarah griff, der er offenbar einen Swing hatte versprechen müssen, für den Fall, daß Swing gespielt wurde.

Sie sah zu, wie Murray und Sarah anfingen. Sie waren nicht allein auf der Tanzfläche, was Murray zweifellos befürchtet hatte, denn Jill und Ryan und Rebecca und ihr Freund schlossen sich ihnen bald an. Sie sah zu, wie Murray Sarah drehte, sah zu, wie er sie an sich zog und wieder von sich schleuderte, und sie fragte sich, wo auf der Welt er das wohl gelernt hatte. Und dann dachte sie, es wird sich einiges ändern.

Sie entschuldigte sich, um in den feuchten Waschraum aus Betonblöcken zu gehen, und während sie um die Tänzer herumging, während sie nickte und ihren tanzenden Gästen zulachte, sagte sie sich, diese ganze verdammte Hochzeit war ein Fehler. Mein Fehler. Den Kindern war es egal, ob man eine große Sache daraus macht, ich war es, ich wollte mich unbedingt amüsieren. Ich wollte unbedingt, daß wir alle zusammen sind und zu ihrem Glück mit ein Stückchen von unserem eigenen geben. Als sie schon beinahe an der Tür zum Waschraum war, packte Patricks Sohn John ihre Hand und schlug ihr mit schneller Beinarbeit und einem schrulligen Grinsen und einem hoffnungsvollen Kopfnicken vor, mit den anderen Swing zu tanzen. »Kann jetzt nicht«, sagte sie und wies auf den Waschraum. »Tut mir leid.« John zuckte nur mit den Schultern und umarmte sie kurz und stürmisch, bevor er sie gehen ließ, und er hielt sie ein paar Sekunden länger als nötig fest, denn Stephen kam mit seiner Videokamera auf sie zu, er schlängelte sich an den Tänzern vorbei mit seiner schönen Weste, feine blaue Seide, mit Goldfäden durchschossen.

Sie ging zum Waschraum, um zu weinen, und wegen Johns stürmischer Umarmung hätte sie beinahe angefangen, bevor sie sich daraus befreit hatte. Und was hätte John wohl getan, wenn diese Frau im mittleren Alter, diese Tante, von der er wahrscheinlich annahm, daß sie vollständig erwachsen war und keine ernsthaften Zweifel und ganz sicher kein Schrapnell in ihrem Herzen trug, in seinen starken, unschuldigen Armen in Tränen ausgebrochen wäre? Wahrscheinlich gelacht und sie noch fester umarmt, das war noch die beste Möglichkeit. Leute wie John, junge Leute, setzten offenbar sehr viel Vertrauen in die große, spontane Zurschaustellung physischer Zuneigung, und nach dem, was sie gesehen hatte, meinten die meisten ihre Umarmungen vollkommen ernst, als wäre das scharfe, von ihren Eltern so hoch geschätzte und schwer erkämpfte Vergnügen des Sex letztendlich doch nicht genug.

Der Waschraum war vollgestopft mit gutgelaunten jungen Frauen, die Lippenstift und Rouge und Mascara auffrischten und Ohrringe tauschten und ihre dezenten, aber eleganten Kleider hochzogen, um ihre Strumpfhosen zu richten. Lauter Freundinnen. Dreist, schön und gefährlich, so hatten sie sich selbst genannt, als sie Teenager waren und auf Daphnes Sofa lagen und in den Sesseln hingen und mit Kopfkissen auf dem Teppich herumflegelten, als sie sich mit ineinander verschlungenen Beinen bis tief in ihre Teenagernächte hinein unterhielten und gemeinsam ganz genau bestimmten, zu was für Frauen sie heranwachsen wollten.

Sie konnte nicht wieder auf die Tanzfläche flüchten, denn in dieser geräuschvollen Gesellschaft wurde sie schnell zu der, für die diese jungen Frauen sie hielten, nämlich zur mittelalten Mutter ihrer Freundin, zur hübschen, stolzen und offenkundig geliebten Mutter der Braut, nicht mehr und nicht weniger. Sie freuten sich für sie und für sich selbst, weil aus ihnen allen im Grunde das geworden war, was sowohl sie als auch fast alle ihre Mütter sich erhofft hatten, sie reichten Daphne in dem kleinen Waschraum von Umarmung zu Umarmung herum, und als es ihr schließlich gelungen war, sich wohlbehalten in einer Kabine einzuschließen, konnte sie nicht einmal pinkeln, geschweige denn weinen.

Sie saß da und wartete darauf, daß eine herbeigedachte Ruhe über sie kam, sie zwang sich dazu, denn so etwas wie Ruhe brauchte sie unbedingt, und sie hörte zu, wie sich die aufgeregten Stimmen auf der anderen Seite der Trennwand gegenseitig unterbrachen und widersprachen und bestätigten, wie sie alle kämpften, um sich in diesem Chaos zu behaupten. Es ist ein Chaos, dachte sie. Dafür sorgen sie schon. Die Stimmen wurden leiser, dann waren zwei oder drei Mädchen, die immer noch vor den Spiegeln standen, deutlicher zu hören, und dann herrschte die Stille eines ganz sicher leeren Raums. Ruhig in einem leeren Waschraum, dachte sie. Na gut.

Sie öffnete die Tür der Kabine und sah eine wellige, in Quadrate eingeteilte Spiegelung ihres kleinen, stolzen, offenkundig geliebten Ichs in einem tief himbeerfarbenen, zweiteiligen Leinenkleid, dessen Farbe Jill ausgesucht hatte und das genau richtig war für diesen Tag, für diesen Tanzabend. Als sie den Hahn am Waschbecken aufdrehte, unter dem Spiegel, der keineswegs wellig war, wenn man nahe genug davor stand, sah sie in dem gedämpften, grauenhaften Licht, daß ihre bloßen Schultern kalt aussahen, daß aber ihr dichtes, kräftiges und oft mit Neid betrachtetes silbergraues Haar gut hielt und daß die Haut am Hals unter ihrem Kiefer weich und straff war und daß ihr Gesicht zerbrochen war und von einem sauberen, weißen, unerwarteten Lächeln erleuchtet wurde. Von einem Lächeln aus dem Nirgendwo.

Bevor sie zum Ball gegangen waren, hatte sie im Haus ihr Haar zusammengerafft und im Nacken mit einem weichen, breiten silbernen Band umschlungen, und jetzt, in dieser feuchten Stille, wurde ihr klar, daß sie ihr Haar mit Absicht zusammengerafft und gebunden hatte, um den spitzen Haaransatz auszustellen, um zumindest ein paar von den Tänzern daran zu erinnern, daß es unter ihnen einmal eine sehr hübsche Frau namens Sylvia gegeben hatte. Die sich an einem Abend wie diesem die Seele aus dem Leib getanzt hätte. Sie legte auf jede bloße Schulter eine Hand, sah zu, während das Lächeln erstarb wie einer von Jills außerirdischen Träumen, und dachte, so etwas könnte ich mit meinem Leben anfangen. Ich könnte mich mit Frisuren amüsieren und mit Erinnerungen. Ich könnte mich zum Lächeln bringen.

Die Musik hatte aufgehört. Als sie aus dem Waschraum kam, sah sie, daß Maggie und Jill zur Mitte der inzwischen leeren Tanzfläche gegangen waren. Alle bildeten um sie herum einen großen Kreis, Maggie hob den Saum ihrer Satinrobe hoch, und Jill zog Sylvias weißes Spitzenstrumpfband herunter und streifte es über Maggies gestreckten Fuß.

Eine kleine Schar junger Männer stand bereit, keiner von ihnen sah auch nur entfernt so aus, als wollte er unbedingt Bräutigam sein, und als Maggie sich umdrehte und ihnen das Strumpfband über die Schulter zuwarf, wurde es von Andys sechs Jahre altem Enkelsohn Tom aufgefangen, einem Fußballspieler, der sich in seinem ersten Anzug heftig zu Boden warf, um seinen Fang zu machen. Offensichtlich hatte Jill beschlossen, daß sie das Strumpfband eines Tages auch tragen wollte, denn sie warf ihre butterblumengelben hochhackigen Schuhe ab und verfolgte den quietschenden Tom durch die Menge, damit er es herausgab.

Nachdem Patrick und Murray sich bei Maggie und Margaret und Daphne und Jill und Andy und Sarah und Meg abgewechselt hatten, tanzten sie mit ihren Frauen und tauschten ab und zu, auch wenn Stephanie und Kate ihnen erklärten, daß sie ganz bestimmt keinen Babysitter brauchten. Die beiden Frauen hatten viel gemeinsam, und wenn sie nicht tanzten, hockten sie gerne zusammen an einem der vorderen Tische, eine weiße Frau in einem schwarzen Kleid und eine schwarze Frau in einem weißen Kleid, sahen den Tänzern zu, tranken Wein, plauderten ungezwungen und vermuteten richtig, daß die Leute, die am Tisch vorbeikamen, ihre Namen vergessen hatten und sie einfach die zweiten Ehefrauen nannten. Aber das war ihnen gleichgültig. Schließlich waren sie das, beinahe glückliche, sechzig Jahre alte zweite Ehefrauen.

Nach einigen Gläsern Wein, sicher mehr, als sie unter normalen Umständen getrunken hätte, beugte sich Kate ganz nah zu Stephanies Ohr. »Sag mal«, sagte sie. »Haben es alle schon immer gewußt?«

Stephanie schüttelte den Kopf. »Nein«, sagte sie. »Nein. Gar nicht. Ich habe immer gedacht, es ist irgendein verheirateter Arzt. Oder zwei verheiratete Ärzte.«

Kate hob ihr Weinglas, als Patricks Sohn John mit einem Kind vorbeitanzte, das er in den Armen hielt, es war seine eigene süße Tochter, die mit einer gestuften Wolke aus blassem Organza herausgeputzt war. Während sie tanzten, ließ das Kind seine fette Wange an seiner Schulter ruhen, sah zu, wie die Gesichter der Fremden um ihr eigenes schwebten, und kämpfte mit all seiner geringen Kraft gegen den kommenden Schlaf.

»Ich frage mich, ob ich es gemerkt habe«, sagte Kate, »auf irgendeiner unterirdischen Ebene. Und es wäre interessant zu wissen, wieviel es mir eigentlich ausmacht.«

»Darin tut es mir leid für dich«, sagte Stephanie und dachte, o Gott, was für eine schauderhafte Wortkombination.

»Vielleicht ist es ganz in Ordnung«, sagte Kate. Sie grinste Margaret an, die geradezu strahlend aussah in den kräftigen jungen Armen des Trauzeugen, wie hieß er noch? Mark. »Möglicherweise kann ich damit leben«, sagte sie. »Es würde einige Überwindung kosten, Maggie und Jill alles zu versauen. Und was für ein Mensch würde das tun?« Sie drehte sich um und sah Stephanie ins Gesicht. »Bin ich so ein Mensch?«

Auch Stephanie lächelte Margaret und Mark zu, die jetzt auf den Tisch zukamen. »Dieser Mark«, murmelte sie, »ist ein erstaunlich hübscher junger Mann. Ach, wenn ich noch mal jung wäre«, sagte sie, »dann würde ich mir so einen suchen.« Stephanie betrachtete eingehend die kleinen Bewegungen auf Margarets Gesicht, während sie näherkam, auf einem Gesicht, das in diesem Augenblick eine wundersame Verbindung von absoluter Selbstbeherrschung und schön gealterter Zufriedenheit zeigte, und sie erkannte, daß diese Sache, die sie ihnen voraus hatten, der Tod von Daphnes persönlicher, verwirrender Lüge und die anschließende Aufdeckung der kahlen und einfachen Wahrheit, daß diese Sache sich durch eine kleine Achtlosigkeit sofort in etwas verwandeln konnte, das sogar in Margarets Partitur nicht mehr vorgesehen war. »Ich kann nicht sagen, ob du so ein

Mensch bist«, sagte sie leise zu Kate. »Ich sollte es nicht sagen. Aber ich glaube nicht.«

Kate hatte ihren Stuhl näher an den Tisch gerückt, damit Margaret hinter ihr vorbeigehen konnte. »Ich glaube es eigentlich auch nicht«, sagte sie, und als sie das sagte, bückte sich Margaret und küßte sie auf den Kopf. Ein Zufall, dachte sie, ganz bestimmt. Margaret würde als allerletzte glauben, daß man sie mit einem Kuß auf den Kopf kaufen konnte.

Nach dem kurzen Besuch von Margaret und Mark trieb Sarah am Tisch vorbei, und im Lauf des Abends setzte sich Andy einige Male zu ihnen und fing an zu reden, aber sie blieb nie lange sitzen. Immer tauchte jemand auf und lockte sie weg, sie ging jedesmal erwartungsvoll und lachend mit, und am Ende des Abends schwitzte sie, was ihr, wie sie sagte, früher einmal peinlich gewesen wäre, aber jetzt nicht mehr. Den ganzen Abend betonten die Leute, wie wunderbar Andy aussah. Aus irgendeinem Grund färbte sie ihr Haar wieder blond, vielleicht, weil Krissy ihr einen Hinweis in diese Richtung gegeben hatte, und sie konnte immer noch alles tragen, denn sie hatte in vierzig Jahren keine Unze zugenommen, seit ihrer Teenagerzeit nicht mehr. Darauf legte sie Wert.

Es gab eine offene Bar. Murray hatte Patrick gebeten, einen Scheck für die Getränke auszuschreiben. Auf dem Konto der Mädchen war immer noch Geld übrig, den größten Teil hatten sie zurückgehalten, um Jills Ausbildung zu bezahlen. Die meisten Gäste hatten schon viele Male auf dieser Tanzfläche getanzt, die meisten erinnerten sich gar nicht an Zeiten, in denen sie nicht tanzen konnten, und sie genossen einen reinen Tanzabend sehr. Als das Fest in vollem Gange war, wurden einige Außenseiter, die behauptet hatten, daß sie nicht tanzen konnten, nein, wirklich nicht, gegen ihren Widerstand auf die Tanzfläche gezerrt, wo sie zugaben, daß sie na ja, vielleicht doch konnten, und als einige anfingen, beim Tanzen zu singen, versuchte Crank, die Songs zu spielen, die sie kannten.

Spät am Abend entschuldigten sich Patrick und Murray bei Stephanie und Kate, füllten an der Bar ihre Drinks auf und verließen den Ball, sie gingen hinaus in das Foyer und dann durch die großen Doppeltüren zur Eisbahn. Sie lag leer und dunkel vor ihnen, von der sommerlichen Hitze aufgeheizt und mit einem gefährlichen Echo, und als ihre Augen sich an das Fehlen des Lichts gewöhnt hatten, standen sie zusammen an der Bande und sahen, daß es nur noch eine öde Betonfläche gab, wo sonst im Sommer ein Gitter aus Wasserrohren auf einem Sandbett gelegen hatte.

Sie drehten sich um und suchten die Treppe zum Rang, dann stiegen sie im Dunkeln hinauf und setzten sich zusammen nach vorn und in die Mitte. »Die besten Plätze im Haus«, sagte Murray.

Patrick beugte sich vor. »Ich muß schon sagen, sie ist klein«, sagte er. »Auch wenn man das immer sagt, wenn man irgendwohin zurückkommt, es ist trotzdem wahr.«

»Sie ist schon immer klein gewesen, mein Freund«, sagte Murray.

Patrick schaute über das Eis hinweg zur Anzeigetafel hinauf, und er konnte sogar im Dunkeln sehen, daß sie neu und viel größer war, viel aufwendiger als zu seiner Zeit. »Das hätte man sehen können«, sagte er, »als wir hier gesessen und zugeschaut haben. Haben wir aber nicht. Wir haben gedacht, wir sind der Nabel der Welt, aber mindestens.«

»Daran kann ich mich erinnern«, sagte Murray.

»Sie hat so verdammt groß ausgesehen. Für Kerle wie Paul war diese Eisfläche aber ein ganzes Stück kleiner.« Er hielt für einen Augenblick inne und betrachtete seinen Drink. »Jeder Trainer hat große Schrittlängen gern. Kerle wie Paul haben den Puck immer geholt.«

»Diesen Sommer sind es elf Jahre«, sagte Murray. »Und

ich kann immer noch nicht darüber nachdenken, daß er fort ist.«

Patrick trank seinen Scotch aus. »Unserer Reisedame Andy scheint es ganz gutzugehen«, sagte er. »Es ist viel besser für sie, wenn Meg in London ist. Anders hat es noch nie funktioniert.«

»Sie sollte wieder heiraten«, sagte Murray. »Sie sollte nicht mehr allein sein. Dafür gibt es wirklich keinen Grund.«

»Na ja«, sagte Patrick. »Manche Leute heiraten, und manche Leute heiraten nicht. Das hast du wahrscheinlich schon gemerkt.« Er stand schnell auf, um die dunklen Stufen hinunterzugehen. »Wenn ich Andy heute abend so sehe, habe ich allerdings den Verdacht, daß sie nicht ganz allein ist. Daphne hat Stephanie gegenüber etwas von einem Kerl aus Toronto erwähnt, irgendein Sexprotz in den Vierzigern, höchstens.«

»Ich hoffe, er hat es nicht auf ihr Geld abgesehen«, sagte Murray.

»Das hoffe ich auch«, sagte Patrick. »Denn davon würde er nicht viel sehen. Andy ist ausgesprochen knauserig mit ihrem Geld. Instinktiv und unerschütterlich sparsam. In dieser Hinsicht ist sie ein bißchen wie deine Mutter.«

Bei der Erinnerung an den Finanzsinn seiner Mutter lachte Murray in sich hinein, und als er aufstand, um Patrick zurück zum Ball zu folgen, trank er seinen Drink aus, zerdrückte den Plastikbecher in der Hand und warf ihn hinter sich in die Dunkelheit. Vielleicht war er ein bißchen betrunken, das hatte er nicht vorgehabt. Kurz vor seinem ersten Schritt richtete er eine Frage an Patricks hinabsteigende Schultern. »Wie geht's dem Kummerbund jetzt?«

Patrick blieb nicht stehen und zögerte nicht. »Offenbar sitzt er inzwischen rundherum«, sagte er. »Aber ich bin trotzdem froh, wenn ich das verdammte Ding ablegen kann. Bin ich immer.« Er ging weiter die Treppe hinunter. »Und falls du dich das fragen solltest, an diesem Nachmittag ist einfach etwas schiefgelaufen«, sagte er. »Das denken die Leute jedenfalls. Und um genauer zu sein, das denken Maggie und Jill.«

»Tatsächlich?« sagte Murray und begann, selbst hinunterzusteigen. »Dann bist du vielleicht so freundlich und sagst mir, was Daphne denkt.« Er mußte die Stimme heben, weil Patrick schon beinahe am Fuß der Treppe angekommen war. Er konnte ihn dort unten kaum sehen, und was er sah, war weniger ein Mann als der verschwommene Umriß eines Mannes. »Und was Kate denkt.«

Als am nächsten Tag bei Daphne die restlichen Geschenke ausgepackt worden waren und die Frauen aus der Presbyterianergemeinde den Lunch serviert hatten, diesmal auf Spieltischen, die auf der Veranda standen, erschien Bill. Er wurde nicht erwartet, denn er hatte allen gesagt, daß er nicht kommen werde. Er war zu Fuß gegangen und hatte seine Anzughose und ein frisches weißes Hemd angezogen, das um den Gürtel herum falsch geknöpft war. Er hatte sogar an seine Krawatte gedacht, auch wenn er sie nicht geknotet hatte. Die Krawatte lag über seinen schmalen, gebeugten Schultern wie eine harmlose Karnevalsschlange. Der alte Fotoapparat, den er aus Margarets Kramschublade in der Küche ausgegraben hatte, baumelte schwer von seinem Hals herab und schlug an seine eingefallene Brust, während er auf die Veranda zuging.

Er hatte nicht die Absicht, Daphnes Haus zu betreten, also blieb er stehen und unterhielt sich eine Weile mit den Presbyterianerfrauen, und eine von ihnen brachte ihm bald einen Teller mit Essen, von dem er sagte, daß er es nicht haben wolle, merkwürdige Käsestücke, lauwarme, gewürzte Hühnchenscheiben, kalten, geschnittenen Brokkoli, der wohl eine Art Salat sein sollte. Er stand da und wartete ab, hielt seinen Pappteller fest und aß, was er herunterbekam. Die Frauen wichen ihm nicht von der Seite, also konnte er sich kaum weigern, etwas zu essen. Und Patricks Stephen richtete wieder dieses gottverdammte Videodings auf ihn.

Er wartete, bis Maggie erfuhr, daß er auf der Veranda war. Er wußte, daß sie zu ihm hinauskommen würde. Er war da, um sein Bild zu fordern. Von Maggie und ihrem neuen Ehemann und ihm selbst und allen, die darauf sein wollten. Heute würde er sich kein Gerede mehr anhören, von wegen wer was arrangiert und wer was bezahlt hatte. Er hatte in seinem Leben genug Dinge bezahlt, und ein Bild mußte dabei herausspringen. Wenn niemand sie in die Stadt fahren würde, konnten sie laufen. Es war gar kein schlechter Tag.

Als Maggie durch die weitgeöffnete Tür kam, ärgerte er sich, weil sie nicht mehr ihre schöne weiße Robe trug, und als sie nahe genug herangekommen war, sagte er das. »Wo ist dein Kleid«, fragte er und wand sich in ihren starken Armen.

»Ach, Grandpa«, sagte sie und schenkte ihm ihr strahlendstes Brautlächeln. »Du alberner Grandpa.« Maggie hatte Margaret und Bill nicht mehr sehr oft gesehen, seit sie mit ihrer Doktorarbeit angefangen hatte, und wenn sie und Josh für den großen Umzug nach Kalifornien bald alles gepackt hatten, würde sie sie gar nicht mehr sehen, auch wenn sie dann näher bei Tante Sarah in Vancouver waren. Und ihr wurde klar, daß einer oder beide durchaus sterben konnten, während sie fort war. Anders als ihre Mutter und anders als Jill, die laut mit ihrem Großvater stritten, hatte Maggie sich auf Bills Zustand durch eine feste, einmalige Entscheidung eingestellt, auch, weil sie sich nicht oft damit beschäftigen mußte. Wenn er etwas Beleidigendes sagte, hörte sie es einfach nicht. Es zählte nicht. Heute war sie froh, einen Großvater aus Fleisch und Blut zu haben, den sie necken konnte. Einige ihrer Freundinnen hatten das nicht. »Das war doch für gestern«, sagte sie. »Das Brautkleid war nur für gestern.«

Inzwischen waren Daphne und Margaret hinaus auf die Veranda gekommen, um zu sehen, was vorging. Die beiden standen an der Spitze eines zusammengedrängten Haufens vor der offenen Tür, und Josh, Jill, Patrick, Murray, Andy, Sarah, Meg bildeten eine heimelige kleine Gruppe, sie hielten ihre Teller mit dem Essen fest, und ihre Gabeln hingen unbenutzt herab, während sie zuhörten. Margaret bemerkte die ungebundene Krawatte sofort. »Ach, mein süßer Mann«, sagte sie leise und nur zu sich selbst. »Das hast du also heute vergessen.«

»Geh und zieh dein Kleid wieder an«, sagte Bill zu Maggie. Er stellte seinen Teller mit Essen behutsam auf dem Verandageländer ab. »Wir gehen zur Town Hall und machen mein Bild.« Er hob den Fotoapparat hoch, damit alle sahen, daß er es ernst meinte.

Niemand trat vor, um Maggie zu sagen, was sie tun sollte. Sie blieben einfach, wo sie waren, und warteten ruhig und aufmerksam ab, was passierte, sie waren auf alles vorbereitet, was sich auf die eine oder die andere Art ergeben würde.

Stephen stand am Rand der Treppe, hob die Videokamera und filmte weiter. Er zoomte zuerst auf den seltsamen alten Fotoapparat, der in Bills Hand zitterte, dann suchte er Maggie und Josh, der jetzt neben ihr stand und einen Arm um ihren bloßen Rücken gelegt hatte, und dann schwenkte er über die Tische mit dem Essen und über ein paar Presbyterianerfrauen und wieder zurück zu einer Großaufnahme von Daphne, die anscheinend gleich lachen mußte, und hinüber zu Margaret und zu Sarah, die immer noch ihr pfirsichfarbenes Kleid trug, und zu Stephanie und Kate, die Seite an Seite am Geländer lehnten und leise miteinander sprachen, wobei ihre Arme sich berührten.

Und dann zoomte er auf die wilde und verrückte Jill, die ihn gestern abend angegrinst und auf die Tanzfläche gezogen hatte und die dann mit unmittelbarem und brutal selbstsicherem Gleichmut auf seine erstmals und zögernd und hoffnungsvoll erzählte Neuigkeit reagiert hatte, die natürlich für die Leute in seinem wirklichen Leben keine Neuigkeit war, für die jungen Männer, die niemals Bräutigam sein würden, deren Leben nie einen Vorwand für eine Familienfeier abgeben würde, sie hatte reagiert, als hätte sie darauf gewartet, als wäre sie vorbereitet gewesen, das zu hören, als wäre sein Vertrauen schmeichelhaft für sie. Als hielte sie es für hilfreich und für das beste, ihn über ihre Schulter zu werfen und durch das zu tragen, was da kam. Er konnte es sich vorstellen, sein eigener erschlaffter Körper und Jill, die unbelastet vom zusätzlichen Gewicht nach vorne drängte und aus Leibeskräften sang und wilde Obszönitäten schrie, um ihre Feinde einzuschüchtern. Und war das nicht das Risiko, wenn man gerettet wurde? Daß man sich in fremde Hände begab, wenn man Rettung zuließ? Auch wenn Jills Hände von diesen vielen schönen Händen vielleicht die schönsten waren.

Als er das Mädchen hinter sich hörte, als er sie kommen hörte, richtete er die Kamera auf die Straße, um die beiden Kerle einzufangen, die auf Rollerblades vorüberwehten und ein langbeiniges, vor Schreck oder Vergnügen schreiendes Mädchen mit sich zogen, und als sie fort waren, nahm er alle Autos auf, die am Bordstein parkten, den Jaguar und natürlich Patricks neuen Lexus, und von den Autos weg hob er die Kamera empor zu dem fleckigen Licht in den unmerklich zitternden Blättern der Ahornbäume im Vorgarten und zu dem leuchtendblauen Ontario-Himmel zwischen diesen Blättern. Als er mit dem Himmel fertig war, schwenkte er zur Veranda zurück, zur anderen Seite der Veranda, wo die Kinder auf die umgedrehten Muskoka-Sessel kletterten und darunter und darum herum, zu Patrick und Murray, zwei grauhaarigen Männern mit abgeschnittenen Hosen und albernen Mützen, die inzwischen rechts und links neben Bill standen, und dann zu Andy und zu einer verlegenen, unentschlossenen Meg, die als einzige direkt in die Kamera sah, die als einzige auf der Veranda zu bemerken schien, daß sie aufgenommen wurde. Und dann ging er langsam die Treppe hinunter, denn er dachte, wenn er weit genug weg wäre, vielleicht auf dem Gehweg, könnte er eine volle Weitwinkelaufnahme von allen bekommen, das ganze Durcheinander, alle zusammen.

»Na los, Leute«, sagte er, während er vorsichtig rückwärts ging. »Zeigt, was ihr könnt.«

Und ein paar Tage später, als sie in drei Autos zu Onkel Gerrys Beerdigung nach Sarnia gefahren und die meisten danach ihrer Wege gegangen waren, saßen die Zurückgebliebenen in Margarets und Bills Wohnzimmer herum und sahen sich Stephens Hochzeitsvideos an, betrachteten sich selbst in Aktion. Sie sahen Jill, die vor ihrer Schwester den Gang entlangging und Josh und Mark angrinste, sie war doch wirklich eine unverbesserliche Charmeurin, und als sie Maggie, gefolgt von ihren unerwarteten Begleitern, langsam vorwärts gehen sahen, bewunderten sie noch einmal ihr schönes Kleid. Sie sahen zu, wie sie selbst von ihren Stühlen aufstanden, als es vorbei war, als alle Versprechen gegeben waren. Sie lachten, als sie sahen, wie das Brautpaar unten am Stonebrook Creek herumalberte, während der Fotograf sich soviel Mühe mit ihren Posen gab, zuerst für ein paar Aufnahmen auf der breiten Fußgängerbrücke und dann am Wasser unten. Sie sahen, wie Josh Maggie die Hand reichte, um ihr zu helfen, sie streckten einander die erhobenen Arme entgegen wie Tänzer aus einem anderen Jahrhundert, während sie versuchte, neben ihm auf einem großen, flachen Stein Fuß zu fassen, den man absichtlich und wahrscheinlich unter einigen Schwierigkeiten am Rand des Bachs abgelegt hatte.

Und als sie Stephens Arbeit mit der Kamera leise gelobt hatten, verließen sie mit ihm zusammen das Brautpaar und die Brücke. Sie gingen mit ihm ein paar Minuten am Ufer des Bachs entlang, das Wasser floß schnell und wühlte Schlamm auf in der Mitte des Stroms, viel sauberer, beinahe kristallklar war es in den Tümpeln am Rand, dort hielten Felsklumpen und Steine die Wasseroberfläche ruhig, und sie leuchtete in der Sonne, die sich wie das langsame Schwanken der Bäume darin spiegelte. Sie sahen zu, wie Sailor am Wasser vorausrannte und sich umdrehte, als Stephen ihn rief. Und nach einer vollkommen scharfen, extremen Nahaufnahme von einer Eselsdistel mit spitzen, zarten Widerhaken, mit kleinen, stachligen, im Sonnenlicht makellos malvenfarbenen Blüten wurde ihr Blick rasch und für einige Zeit wieder zum Stonebrook Creek emporgehoben, der Bach schlängelte sich auf seinem Weg zum See durch die Stadt und bewegte sich wie ein zuckender Muskel, und ihre Perspektive wurde kurz verzerrt, wie Stephen es beabsichtigt hatte.

Und gegen Ende des zweiten Videos, das zum Teil den Ball zeigte und zum Teil sie alle am nächsten Tag im Haus, betrachteten sie die Szene auf der Veranda, und Stephens kurze, unbeabsichtigt vielsagende Bemerkung, sein zufällig aufgezeichneter Befehl, daß sie zeigen sollten, was sie konnten, rief fröhliches Gelächter hervor. Sie waren nicht so vergnügt, weil sie Stephen gut kannten, denn sie bekamen ihn kaum noch zu sehen, sondern weil sie das wenige, was sie an ihm kannten, gerne mochten und weil er seine Worte sogar dann sorgfältig wählte, wenn es eigentlich keine Rolle spielte.

Und Bills Fotos sollten eine Woche später fertig sein, Cheryl und Tara hatten sie gemacht, zwei junge, lockenhaarige Zwillingsschwestern, die gerade zufällig mit den Armen voller Lebensmittel an der Town Hall vorbeigekommen waren. Es war eng gewesen, aber es hatte genügend Stufen für alle siebenunddreißig gegeben, Maggie und Josh und Margaret und Bill vorn in der Mitte, Maggie in ihrem schönen Kleid, zu ihren Füßen ausgestreckt der hechelnde Sailor, und alle außer Bill mit vielleicht ein wenig zu ernsten Gesichtern, Daphne und Jill dicht beieinander auf der Stufe darüber, und die anderen nicht so, wie sie natürlicherweise zusammengehörten, sondern verstreut, ein Ehemann ohne seine Frau, eine Schwester weit weg von ihrem Bruder, kleine Kinder, die zufrieden auf den falschen Armen saßen.

Und als Margaret die Bilder bei einer Tasse Tee am Küchentisch betrachtete, bereute sie fast, daß sie Bills Krawatte unbedingt hatte binden wollen. Es wäre wahrscheinlich in Ordnung gewesen, so, wie er war. Und sie beschloß, daß jemand mit einer schönen Schrift alle Namen auf die Rückseite der Bilder schreiben sollte, bevor zuviel Zeit verging, und die Anordnung der Namen sollte der Anordnung der Körper entsprechen, wie eine Zeichenerklärung, oder vielleicht sollte man lieber Legende sagen.

Ja.

Danksagung

Für die Genauigkeit ihrer Erinnerungen sei Mona Huctwith, Catharine Wynne, Jean Hishon und Lena Reeder und ganz besonders Mel Huctwith Dank erwiesen.

Penelope Lively im dtv

»Penelope Lively ist Expertin darin, Dinge von zeitloser Gültigkeit in Worte zu fassen.«
New York Times Book Review

Moon Tiger
Roman · dtv 12380
»Die Heldin ist eine Historikerin namens Claudia Hampton. Das eigentliche Zentrum des Romans aber ist die Geschichte selbst …«
Anne Tyler

Kleopatras Schwester
Roman · dtv 11918
Eine Gruppe von Reisenden gerät in die Gewalt eines größenwahnsinnigen Machthabers. Dabei entwickelt sich eine ganz besondere Liebesgeschichte …

London im Kopf
dtv 11981
Der Architekt Matthew Halland arbeitet an einem ehrgeizigen Bauprojekt in den Londoner Docklands, und dabei wird die Vergangenheit der Stadt für ihn lebendig.

Ein Schritt vom Wege
Roman · dtv 12156
Als Annes Vater langsam sein Gedächtnis verliert und sie seine Papiere ordnet, erfährt sie Dinge über sein Leben, die sie tief erschüttern. Dann lernt sie einen Mann kennen, dem sie sich ganz nah fühlt …

Der wilde Garten
Roman · dtv 12336
Helen und Edward leben in einem großen Haus mit wildem Garten. Nach dem Tod ihrer Mutter gerät das Leben der Geschwister – beide unverheiratet und Anfang Fünfzig – plötzlich in Bewegung.

Hinter dem Weizenfeld
Roman · dtv 12515
Ein Roman von Müttern und Töchtern, Untreue und Eifersucht, Selbstbetrug und Solidarität.

Die lange Nacht von Abu Simbel
Erzählungen · dtv 12568

Heckenrosen
Roman · dtv 24192
Stella Brentwood hat Forschungsreisen um die ganze Welt gemacht. Jetzt lässt sie sich von ihren Aufzeichnungen in die Vergangenheit zurückversetzen.

Michael Ondaatje im dtv

»Das kann Ondaatje wie nur wenige andere: den Dingen ihre Melodie entlocken.«
Michael Althen in der ›Süddeutschen Zeitung‹

In der Haut eines Löwen
Roman
dtv 11742
Kanada in den zwanziger und dreißiger Jahren. Ein Land im Aufbruch, wo mutige Männer und Frauen gefragt sind, die zupacken können und ihre Seele in die Haut eines Löwen gehüllt haben. »Ebenso spannend wie kompliziert, wunderbar leicht und höchst erotisch.« (Wolfgang Höbel in der ›Süddeutschen Zeitung‹)

Der englische Patient
Roman · dtv 12131
1945, in den letzten Tagen des Krieges. Vier Menschen finden in einer toskanischen Villa Zuflucht. Im Zentrum steht der geheimnisvolle »englische Patient«, ein Flieger, der in Nordafrika abgeschossen wurde… »Ein exotischer, unerhört inspirierter Roman der Leidenschaft. Ich kenne kein Buch von ähnlicher Eleganz.« (Richard Ford)

Buddy Boldens Blues
Roman
dtv 12333
Er war der beste, lauteste und meistgeliebte Jazzmusiker seiner Zeit: der Kornettist Buddy Bolden, der Mann, von dem es heißt, er habe den Jazz erfunden.

Es liegt in der Familie
dtv 12425
Die Roaring Twenties auf Ceylon. Erinnerungen an das exzentrische Leben, dem sich die Mitglieder der Großfamilie Ondaatje hingaben, eine trinkfreudige, lebenslustige Gesellschaft…

Die gesammelten Werke von Billy the Kid
dtv 12662
Die größte Legende des Wilden Westens – Liebhaber und Killer, ein halbes Kind noch und stets dem Tode nah: in ihm vereinigten sich die Romantik und die Gewalttätigkeit dieser Zeit.

Margriet de Moor im dtv

»Ich möchte meinen Leser genau in diesen zweideutigen Zustand versetzen, in dem die Gesetze der Wirklichkeit aufgehoben sind.«
Margriet de Moor

Erst grau dann weiß dann blau
Roman · dtv 12073
Eines Tages ist sie verschwunden, einfach fort. Ohne Ankündigung verlässt Magda ihr angenehmes Leben, die Villa am Meer, den kultivierten Ehemann. Und ebenso plötzlich ist sie wieder da. Über die Zeit ihrer Abwesenheit verliert sie kein Wort. Die stummen Fragen ihres Mannes beantwortet sie nicht.

Der Virtuose
Roman · dtv 12330
Neapel zu Beginn des 18. Jahrhunderts – die Stadt des Belcanto zieht die junge Contessa Carlotta magisch an. In der Opernloge gibt sie sich, aller Erdenschwere entrückt, einer zauberischen Stimme hin: Es ist die Stimme Gasparo Contis, eines faszinierend schönen Kastraten. Carlotta verführt den in der Liebe Unerfahrenen nach allen Regeln der Kunst.

Herzog von Ägypten
Roman · dtv 12716
Die Liebesgeschichte zwischen Lucie, der Bäuerin, und Joseph, dem Zigeuner. Und gleichzeitig ein ganzes Panorama menschlicher Schicksale …

Rückenansicht
Erzählungen · dtv 11743

Doppelporträt
Drei Novellen · dtv 11922

Ich träume also
Erzählungen · dtv 12576

»De Moor erzählt auf unerhört gekonnte Weise. Ihr gelingen die zwei, drei leicht hingesetzten Striche, die eine Figur unverkennbar machen. Und sie hat das Gespür für das Offene, das Rätsel, das jede Erzählung behalten muss, von dem man aber nie sagen kann, wie groß es eigentlich sein soll und darf.«
(Christof Siemes in der ›Zeit‹)